花氏宅东门

李堡村香菇种植园

李堡村戏台

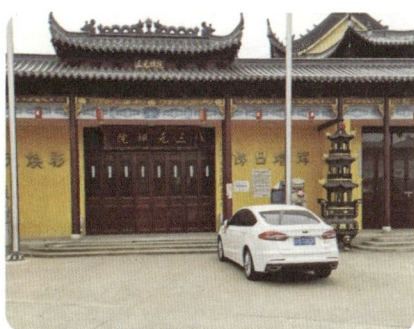

李堡村大庙东部

花堡村空中俯瞰图

古石桥北侧河道

作者花堡村住家

花堡村全景图

花堡村西东西大河

花堡南舍停车场

我与花堡村

◎ 花木林 著

图书在版编目 (CIP) 数据

我与花堡村 / 花木林著 . -- 天津 : 天津人民出版
社 , 2024.9

ISBN 978-7-201-20297-6

Ⅰ . ①我… Ⅱ . ①花… Ⅲ . ①纪实文学—作品集—中
国—当代 Ⅳ . ① I25

中国国家版本馆 CIP 数据核字 (2024) 第 056232 号

我与花堡村
WO YU HUABAOCUN

出　　　版　天津人民出版社
出 版 人　刘锦泉
地　　　址　天津市和平区西康路 35 号康岳大厦
邮 政 编 码　300051
邮 购 电 话　（022）23332469
电 子 信 箱　reader@tjrmcbs.com

责 任 编 辑　岳　勇
封 面 设 计　梁　程
图 片 摄 影　花　径
题　　　字　张雨松
主 编 邮 箱　jfjb-lx2007@163.com

印　　　刷　三河市金元印装有限公司
经　　　销　新华书店
开　　　本　787 毫米 × 1092 毫米　1/16
印　　　张　28
插　　　页　1
字　　　数　391 千字
版 次 印 次　2024 年 9 月第 1 版　2024 年 9 月第 1 次印刷
定　　　价　98.00 元

致敬家园守护人

——《我与花堡村》序

曹学林

我跟花木林此前并不认识，只是曾经在《姜堰日报》上读到一篇介绍他出书讲述"花堡故事"的报道，在脑海中留有较深的印象。2022 年春节前，区文化馆副馆长、画家张雨松给我打来电话，说桥头小学退休教师花木林写了一本书，想请我看看，并帮助写个序。我虽然有点犹豫，但最终还是答应了。我长期在文化战线上工作，对地方文化颇有兴趣，只要是与文化有关的，我都比较乐意关注，愿做一点扶持和吆喝的事情。于是，几天之后，花木林就将厚厚一本书稿送到了我手中。

春节过后，我开始阅读这部名为《我与花堡村》的 38 万多字的书稿。读完全书，如在春天的田埂上走了一遭，满身心都被醉人的菜花香、泥土气浸染。最打动我的是，作者的笔端总是流淌着一股激情，飞扬在字里行间，形成强大的气场，由不得你不一篇篇看下去。原本还担心没什么可写的，现在却感到有话要说，不吐不快了。

作为一名退休教师，是什么力量支撑着他持之以恒地坚持数年，写成这样一部内容厚重、史料丰富、文采斐然的村庄发展史、乡村民俗志？一切源自他对脚下那片土地的热爱，源自他对传承家乡历史文化的责任担当。出生于花堡村、今年 67 岁的花木林，在花堡土地上度过苦难的童年，很小年纪就为了生存，跟父母家人一起吃过苦，流过汗；担任村团支部书记后，为改变乡村面貌奉献过青春热血；1977 年走上教师岗位，在三尺讲台上一站就是 39 年，为家乡学子的成长成才、为乡村教育事业做出了巨大贡献。退休后，他本该安享晚年，可家乡的一草一木、一花一果，家乡欢腾的田园生活、淳朴的乡风民情，都像放电影一样，经常在他的眼前浮现，那埋藏脑海深处的乡村记忆，如汹涌的浪潮不时撞击着他的心房。他感到有一种沉甸甸的责任和义务压在心头。他要用文字记录下那片土地带给自己童年的欢笑和热泪，要用画笔描绘出那片土地上的改天换地、艰苦创业的动人故事，更要用自己的笔留下一段乡愁，把先辈们创造的宝贵的物质和精神财富一代代传承下去，能够"高风永励后来人"。正如艾青诗云："为什么我的眼里常含泪水？因为我对这土地爱得深沉！"正是有着对家乡发自内心的真诚的爱和对历史文化传承的自觉担当，花木林义无反顾，在退休后的日子里，孜孜以求，笔耕不辍，为家乡，为花堡，为读者，捧出了这部沉甸甸的作品，在当下这个浮躁的社会里，怎能不令人惊奇和赞叹！

《我与花堡村》是一部史志风情类著作。这类作品核心的要求是一个"真"字，决不能仅凭道听途说就敷衍成篇。为求内容真实可信，既能得到村人认可，又能经得起历史检验，花木林很费了一番功夫。从 2019 年起，他走村入户，调查走访村子里的耄耋老人、长期在花堡村任职的老干部、历经岁月的老农民以及文史爱好者，倾听他们回忆往事，认真做好采访记录，不放过一点有用的信息。与此同时，他还搜集、查阅了大量文史资料和相关书籍，并进行仔细的筛选、挖掘、整理工作，发现了许多有价值的资料，有些史料极其珍贵。全书总计129篇，包括"开篇絮语""童年趣事""民俗风情""家长里短""村巷轶事""农耕文化""乡村美食""民俗文化""古村新貌"9个部分，涵盖了20世纪50年代以来70多年间花堡村的历史变迁和发展轨迹，生动、详实地记述了花堡村深厚的历史渊源、多彩的民俗风情和朴实的乡民生产生活。从小处说，它是一个村的历史，记录的是广袤田野上一个很小很小的村庄故事，似乎微不足道；可从大处说，它就是我区、我市乃至我国广大农村的一个缩影。它讲述的花堡故事，也是姜堰故事、泰州故事，亦可说是中国故事。它从多角度较为全面地呈现出的花堡村乡土特色和地域风情，丰富了里下河民俗文化的宝库。

我很喜欢书中所写的"童年趣事"系列文章。这可以说是作者童年生活的真实记录。作者出生于自然灾害频发的年代，经历了贫困所带来的不堪回首的人生磨难。但乡村广阔的天地、春夏秋冬一年四季的变奏，还是给予了他无限的快乐。那如陈年老酒的小时候的年味儿、那六月盛夏树上的蝉鸣、那用蜘蛛网捕捉蜻蜓的游戏、那在水码头边打水漂的战斗、那夏夜纳凉时飞舞的萤火虫和说书人妙趣横生的神奇故事，还有小伙伴们一起堆雪人、打雪仗、炸蚕豆、推车子、拉雪橇、罩麻雀、学游泳、赛跳水等留下的欢声笑语……无不让他刻骨铭心、难以忘怀。这样的快乐是那个年代的孩子所独有的，作为同龄人，读到这些文字，我的心灵产生巨大的共鸣，情不自禁地陷入对往昔岁月的回忆之中。

我还喜欢书中所写的关于"民俗文化"的内容。那建于清代末年、以木料搭建房屋框架、青砖砌墙、小瓦覆顶的花氏住宅，不仅为花氏家族的繁衍留下可供后人缅怀的实物见证，而且对于研究里下河地区村庄文明史、变迁史，研究明清建筑艺术和建筑风格都具有一定的价值；那村中辈分最高、年龄最长的花氏住宅后世传人花英老人讲述的花氏家族的故事，让世人弄清了花氏一门的近代家族渊源，而且揭开了花氏家族一代一代接力、一代一代传承的"德行昭世、宅心仁厚"的基因密码；那"水濠汪"神龛的传说和二月半庙会的由来，不仅让这片土地充满了神奇的色彩，而且蕴含其中的丰富的民俗学价值更值得深入的研究和利用。因为有了这样的传说和民俗活动，花堡更具有了独特的魅力。我还喜欢"古村新貌"中《特别支部会》《花堡砖窑厂》《辉煌花堡村》《商海一只虎》《飞扬青春激情》等篇章。58年前花堡村一次特别支部会上作出的"改变纯粮种植模式，走多种经营之路"的决策，对于花堡村发展的意义，可以说一直影响至今。正是因为花堡人有着这样敢闯、敢试的精神，在改革开放新时期到来之时，花堡村的土地上才唱响起高亢激越的窑工号子，才诞生出了远近闻名、虎虎生威的"商海一只虎"，才建立起优秀的民营企业申利德智能装备有限公司，才雨后春笋般涌现出船舶机械制造有限公司、工艺品厂、大理石厂、不锈钢门市部，以及豆腐店、馄饨店、面馆、浴室、肉铺、超市等数十家大大小小的企业、店铺，共同创造了花堡村今日新辉煌！这些文章读之令人鼓舞，更能激励后人。

这部书还有一个特色，那就是多种文体的运用，文学的、文史的、论文的、诗词的、曲艺的，不少篇章都是以诗句或顺口溜开头和结尾，增强了阅读的趣味，带来了全书形式和内容的丰富以及行文的生动活泼。比较突出的是文学化的书写，大量的篇幅基本上就是一篇篇散发泥土气息的优美散文，显示了作者较好的文学功底。这也是他几十年修炼的结果。花木林是个教师，从事小学语文教学几十年，特别是在作文教学上，曾经参与多个课题研究，积累了较为深厚的写作底蕴。虽然这样多种文体的糅合不免有些芜杂，在一些内容上也缺少必要的取舍和剪裁，亦毋庸讳言，其诗词、曲艺要稍逊于散文和文史的写作，如能扬长避短，让全书在形式和内容上更纯粹些、精炼些，可能会更好一点。但我理解作者，他实际上是难以割舍，哪一块都是他身上长出的"肉"。当然这属于白璧微瑕，不会影响该书的价值和意义，不会影响读者对它的喜爱！

由于行政管理体制改革，2001 年，花堡村与李堡村合并，成立新的李堡村。从行政村的角度，"花堡村"这个名字已经不复存在，但因为《我与花堡村》一书的出版，"花堡"二字不但不会消失，还会永久留存在一代代人的记忆中。作为花堡村村民，作为花氏子孙，花木林做了一件功德无量的大好事，为花堡留下一笔宝贵财富。这本书凝结着他的心血和汗水，饱含着一腔赤子之爱，他用这本书表达了对养育自己的这片土地的报答与感恩。花木林的名字无疑也将会被更多的人记住。而那些从花堡走出去的人，不管身在何方，只要读到这本书，都会从中找到自己的情感寄托、心灵归依。

花堡是花木林的家乡，也是他精神和心灵的家园，他是这个家园的守护人。面对厚厚一本《我与花堡村》，我谨以此文向花木林表达由衷的敬意，同时真诚祝贺该书的出版！

是为序。

壬寅立夏 三水自在斋

目　录

家长里短

村巷轶事

目 录

开篇絮语

五味人生

人的一生如同演戏，生旦净丑尽数演过。
起幕开阖大起大落，一曲终了终究如故。

人的一生如同做梦，放下执念觅得幸福。
舍得进退难得糊涂，淡泊功名寻求真我。

人的一生如同写书，曲折离奇跌宕起伏。
事业名望成就功禄，留与后人品评细说。

漂泊半生毫无建树，枯木逢春慨叹蹉跎。
建党百年挥毫泼墨，留得书香后世流传。

遥望前路催壮志，展望未来情豪迈。
回望来路汗水滴，呕心沥血添亮彩。

笑脸灿烂绽花朵，踏浪潮头艰辛路。
文坛愿作追梦人，开创未来宏愿储。

沧海桑田

　　在姜堰的西北角,新通扬河北岸,如今的桥头村向西,距离大约三里,有一个远近闻名的地方。这里品字形坐落着三个村庄,东边的叫李堡村,西边的叫花堡村,北面的叫杨院村,当地人合称花杨李家堡。我家住在花堡。因此,花堡便是我的衣胞之地。

　　这里地处长江下游的冲积平原,河沟纵横,水网密布,土地肥沃,黑黝黝的泥土抓一把,握一下拳头,指缝里几乎能冒出油来。夏季南方暖湿气流北上,北方冷气流南下,冷暖气流交汇,雨量充沛。

　　很久以前,这一带濒临大海,荒芜人烟,原本是一片低洼的沼泽地,地势低矮,长满荒草,芦苇丛生。听长辈们口耳相传,明皇帝朱洪武登基以后,曾颁布诏令,奖励老百姓开荒种地,凡开荒拓地者,三年不缴纳税银。老百姓纷纷响应。当时,苏州阊门一带有许多老百姓举家移居姜堰地区。迁居花杨李家堡这一带的有三个姓氏:落地花堡的姓花,落地杨院的姓杨,落地李堡的姓李。日后经过一代又一代繁衍,形成了之后的三个村庄。

　　花姓出于华姓,许多古代史籍都有记载。《百家姓》中有"苗凤花芳"的记述,花姓系出华姓,古无花字,通作"华"。后专用"花"为草之花,故华姓亦有改为花姓者。

　　一个"花"字,让人眼前怡然而现的是片片鲜嫩、朵朵明艳,还有巧笑倩兮、美目盼兮的活泼模样儿;跳跃在脑海中的则是"桃之夭夭,灼灼其华"的诗句。而"花"之为姓,在娇柔之外,还有英武霸气的古代女将花木兰,《水浒传》中的花荣威风八面,诸如此等,让花姓名扬天下,也使得花姓后人享受荣光。

中华文化植根于农耕文明，几千年来一直靠辛勤劳动来积累财富，创造了自己的辉煌。姓花的一家落住此地时有 5 个兄弟。靠着锹挖肩挑，开河垒地筑庄，经过数代人的艰苦努力，逐渐将荒芜人烟的草地，改造成数千亩良田。日久天长，人丁兴旺。到了新中国成立初期，全村人口规模达到 1000 多人。

花姓家族最初落座的地址是在一个名叫花家尖的地方。花家尖西临绵延数公里的沼泽地，杂草丛生，北临卞家庄湖。这一地区环境荒凉、偏僻，周边也没人居住，远离人烟稠密的村庄。一年到头，经常闹匪患。蜗居沼泽地，卞家庄湖内的土匪经常入村抢劫财物，绑票勒索钱财，伤害人命，闹得村里鸡犬不宁。为了躲避匪患，后来才又东迁至现在的花堡村所在地。

花堡村是花氏家族聚居的村庄，全村 80% 以上的人姓花。听父辈说，花氏宗族旧时有 5 个堂口，按兄弟排序分为"福堂""禄堂""寿堂""喜堂""财堂"。据说花家共生有 5 个兄弟，古时人们把"福、禄、寿、喜、财"当作一生的追求，所以花姓家族的堂口就是按这一设想编排的。

小时候，我曾经问过爷爷："其他村庄杂姓人口较多，为什么我们花堡大部分是姓花的呢？"爷爷告诉我，花姓家族在全村话语权最大，外姓族氏要想入住，若是没有来由是极其困难的。现在花堡村只有刘、翟、龚、沈、陈、何、卞、周等外氏族姓，人口基数极小，占全村人口的 10% 左右，而且都有一定的来由。姓刘的当初是花家的长工，长年累月在此打工，白天下地干活儿，晚上看家护院。姓翟的替花家看守坟茔墓地，打扫卫生。姓龚的是外地来此开店，做小生意的。姓沈的，祖籍在南官河一带，因为到花堡村买了地，长期在这里种田。姓周和姓陈的在此打鱼为生。这些外氏族姓，由于长期居住于村中，日久天长，经年累月，也就融入了花堡村的生活，逐渐成了村里的原住民。

整个花堡村，家族观念特别浓厚，而且族规森严，外姓族氏的人闻听，惧怕三分，也就不敢入村居住。

婚丧嫁娶习俗特别严格。如同姓氏不许成婚，旧社会同姓氏成婚,被视作乱伦行为;丧夫之妻不得改嫁,这是受三纲(君为臣纲,父为子纲,夫为妻纲)五常(仁、义、礼、智、信)封建思想束缚;晚辈不得忤逆长辈;伤风败俗者不得入籍。违规者,轻则体罚,或者三天不得进食,严重的开除族籍,驱逐出村,更有伤风败俗者被竹笼沉河。旧社会村上的族规中还有抢亲的习俗。我小时候就知道村上有几个媳妇是抢来的。在同族之中,个别人家特别穷,娶不上媳妇。为了解决娶媳困难,在族长主导之下,先是踩点,了解家庭背景及其婚姻状况,然后组织人手集体实施抢亲。新娘子到了男方家里就算礼成,被抢人家也只好默认这门亲事。整个村庄辈分排列极其严格,家族的每个堂口,取名字皆有长幼之分,牌号分别是"堂、同、奎、兆、寿、林"等,到了我们这一辈之后,就没有牌号了,各家各取各的名字,我行我素,没有任何约束,好多族规也破除得差不多了。

据说,花堡村花启新的爷爷花越就是孙中山创立的同盟会会员之一,曾在孙中山创立的黄埔军校学习,是黄埔军校第一期学员,参加过孙中山领导的武装起义,为推翻清朝政府做出了贡献,他曾在南京国民政府任要职,后到扬州担任过典狱官。南京国民政府为了表彰他的功绩,由政府出资在花堡村修建了一处具有明清风格的民居建筑,现称之为"花氏住宅",已被泰州市列为文物保护单位。

花氏住宅正门

花堡村历史悠久、人文荟萃,民俗文化底蕴十分丰厚,多种文化符号汇聚这个古老传统村落。它虽然很小,但十分精致凝炼,无论多少行文字也写不完它的历史,本文只是粗略简述而已。

花族姓氏溯源

我从 2019 年起开始撰写《我与花堡村》这部村史,花门姓氏的来源是我颇感兴趣,也是最想探讨的话题之一。

大凡熟读或研究唐诗者,都知道诗圣杜甫有一首《赠花卿》十分有名:"锦城丝管日纷纷,半入江风半入云。此曲只应天上有,人间能得几回闻。"初读此诗,一般都认为这首诗的内容一定与音乐有关。多么美妙的乐曲啊!天上玉皇大帝和神仙们才能听到的曲子,人世间的凡人能有几个人才能欣赏到呢?其实,如果你这样理解诗意那就错了。

诗的题目告诉我们杜甫写这首诗是想赠送给花卿的。花卿何许人也?此人是唐朝时期的一名武将名叫花敬定,骁勇善战,曾领兵讨伐四川段子章谋反,立下赫赫战功,后官至宰相之位。此后自以为功高盖世,肆无忌惮,十分狂妄,生活靡奢,不把皇帝放在眼里,专横跋扈,把持朝政,如皇帝一般欣赏宫女歌妓唱歌跳舞,整天吃喝玩乐,笙箫不断,享受不应该他享受的生活。杜甫写的"此曲只应天上有,人间能得几回闻",意为如此曲子只有天上的天子才可以享用,怎么凡间的京城皇宫内也出现了呢?诗人在这里是讽刺花敬定的奢靡之风气。

探讨此诗,目的不是要讨论其诗意,而是借由这首诗歌引出另一个值得关注的话题:花姓的由来。

据此可以确定,我国唐朝时期花姓便出现了。对于"花"姓的由来,有学者考证源于"姬"氏,亦有人认为初始于"华"姓。在古代,最早是没有"花"这个字的,"花"是用"华"来替代的。"华"的本义是指花、花朵。"华"的通假字也是"花"。于是,"华"之初始,带来的就是开枝散叶一般的蓬勃、美妙和惊艳,一如后来的"花"之意。

仍有学者考证,花姓有下列几个出处:一说花姓产生于一个叫婆利的国家。二说有一个叫诃陵国的人将"诃"改姓"花"。这两种皆来自于东南亚文莱、印度尼西亚地区。三说我国原北方女真国有姓"何"的,迁移中原后便改姓"花",满族八旗中也有一分支姓"花"。历史上南北朝大槐树移民,其中有很大一部分花姓由北方迁到江苏、浙江一带。

如今花姓遍布全国许多省份,总人口约有22万多。花姓人口规模最大的属辽宁省,辽宁省姓花的是山东省闯关东移民过去的。其次就是江苏、浙江两省人口规模次之。宁夏回族花姓也是一个名门大家族。云南傣族中有一支也姓花。其他如福建、广东,还有台湾等地也有花姓分布。据老年人口传姜堰地区和花堡村的花姓是从苏州阊门移民到此(花家在苏州时从属四德堂)。据此可知我们这里花姓宗族根脉很大可能是来源于北方。

最有意思的是,若追溯历史,从古至今,我国历史上的花姓名人:花敬定、花木兰、花荣,哪个不是威风八面、赫赫有名的武将。

木兰之"花"名扬天下,永载史册。"唧唧复唧唧,木兰当户织。不闻机杼声,惟闻女叹息……阿爷无大儿,木兰无长兄,愿为市鞍马,从此替爷征。"一首耳熟能详的《木兰诗》,让木兰替父从军的故事家喻户晓流传至今,也让花姓,美在木兰,灿如群星。

其实,木兰的姓氏历史上有争议。《木兰诗》中从未出现过木兰的姓氏,诸多古籍中,记载木兰姓氏的,除了姓花,还有姓任、朱、魏等说法。

南朝僧人智匠在《古今乐录》中称:"木兰不知姓。"《新唐书》有记载:"少女木兰,姓任。"明代学者焦竑在《焦氏笔乘》中说:"木兰,朱氏女子,代父从征。今黄州黄陂县北七十里,即隋时的木兰县。有木兰山、将军冢、忠烈庙,足以补《乐府题解》之缺。"清朝康熙年间的《黄陂县志》曰:"木兰,本县朱氏女,生于唐初……假男子代父从军……至今其家犹在木兰山下。"

清代学者王士俊等监修的《河南通志》说："隋木兰,宋州人,姓魏氏。恭帝时发兵御戎,木兰有智勇,代父出征,有功而还……乡人为之立庙。"虽然古往今来,对木兰的姓氏来源有多种说法,但人们还是普遍接受木兰姓花之说。花木兰的美丽、脱俗、纯朴、正直、忠厚、孝顺……宛如一泓清流,永存在这花花世间,以木兰的柔美和刚烈,诠释"花"的本真最为恰当。

花姓出于华姓,古代书籍有记载。《百家姓》注解说,花姓"系出华氏,古无花字,通作华。后专用花为花草。故华姓亦有改为花姓者"。一个"花"字让人眼前显现的是片片鲜嫩,朵朵明艳,跳跃脑海中的则是"桃之夭夭,灼灼其华"的美好诗句,让人不禁为之赞叹与自豪。

2021年4月17日,中华花氏宗亲联谊会江苏分会苏州筹备交流会在苏州旺山启动,"花氏宗族一家亲"成为所有花氏后裔的共识,同时也祝愿全国花氏一族齐心聚力、同心同德,共同承继花氏血脉,永续辉煌。

花氏家族一家亲,
姓氏探源必有踪。
木兰从军传佳话,
花荣流芳双射弓。

印象花堡村

苏中广袤大地上,通扬运河犹如一条长长的玉带,由西向东伸向紫气升腾的东方。运河两岸大大小小的村庄星罗棋布就像瑰丽多彩的明珠镶嵌在玉带上,花堡村便是这众多明珠中的一颗。

从通扬运河乘船北上,直线距离约 2 里路就到达花堡村。花堡村在花杨李家堡三个自然村中最小。人口 1260 人,粮食种植面积 1625 亩,全村土地总面积约 2384 平方米(含河道)。村庄虽小,却十分灵动。

花堡村位于通扬河北部,属水网密布的里下河地区。河多船多是这一地区的主要特征。五家沟、翻耙沟、秦家沟、光棍荡、深沟、浅沟、活水沟、死水沟,沟沟有模有样;南塘、北塘、圆塘、方塘、深塘、浅塘,塘塘奇形怪状;入村河、穿村河、出村河、南北河、东西河、西大河,河河相连,条条相通。

船是里下河地区的主要交通工具,是农业生产方面的大型农具。进出县城坐帮船,探亲访友过渡船,远途旅行乘轮船,外加几条摇橹船,挂桨船、藕船、货船、渔船、农用船、罱(lǎn)泥船、挑粪船、扒渣船、拱渣船、运粮船;大船、小船、木头船、水泥船;三吨船、五吨船、七吨船;公家船、私家船,全村足有百十多条船。进入村中,河道中,码头边,挨挨挤挤,到处是船。这是花堡村 20 世纪社会现状的真实图景。

各种农作物品种繁多,多姿多彩;麦苗绿油油,秧稞乌泱泱,稻谷金灿灿,棉絮白茫茫,玉米青纱帐,豆角挂满枝,瓜果四季香。

春夏秋冬,四季分明,景色迷人,无限风光。

早春二月,春光明媚。河面上,白帆点点,河水中,鱼游浅底,蛙蛇穿行。河岸边,绿柳成行,春风描画鹅黄的眉眼,春燕坐落枝头,欢快歌唱;家前屋后,千树万树梨花开,千朵万朵桃花红;粉红的、深红的、浅红的、淡红的,色泽鲜亮。村前村后,亩亩菜花黄,蝴蝶穿枝飞舞,蜜蜂落花采粉酿蜜。蓝天上,白云片片,蓝天下,群鸟翔飞。

仲春,穿村而过的溪流边,浓荫稠密的小树林,婀娜多姿的修竹园内,成百上千的麻雀、画眉、喜鹊,扑翅、跳跃、欢歌,鸣叫声汇成一片,鸟语花香的早晨,处处生机盎然。

晚春,人烟稠密的村庄,炊烟散尽,太阳爬上树梢,勤劳的村民驾着农船来到村外的东西向宽阔的河道里,一条条罱泥船在银光闪烁的河面,千篙击水,万罱取泥,挥洒汗水,为三麦水稻积攒一船船的"乌金粮"。

初夏,无边无际的田野给了魔术师的舞台,大自然脱去春天的绿衣,眨眼间,翻腾起金黄色的麦海。"麦枯""草枯",布谷鸟一声声啼叫,催促花堡村民挽臂弯腰,挥着镰刀,追赶着连绵起伏的麦浪。

盛夏时节,通南地区,花生茎叶铺满地面,黄豆叶在微风吹动下沙沙作响,山芋藤儿游向四方,可是里下河地区的花堡村原野,棉花田里的棉苗舒枝展叶,风姿绰绰,绿油油的秧田,乌泱泱早已没膝,偶尔,几只白鹭呼啦一下振翅从秧田中飞起,追着遍野绿浪,飞向遥远的天际,赶去和西坠的夕阳约会,五彩的晚霞与孤鹜齐飞。

秋风爽,天气凉。白天粗男壮女收割忙,晚上急急忙忙回村赶碾场。用人掼,吃在场,睡在场。掼稻把,闻稻香,掼到月亮换太阳,掼到星星迎曙光,满场稻粒似珍珠,人人心里暖洋洋。

北风吹,雪花儿飘,神奇的天外来客,装扮大地,盖实了麦地,盖住了房屋,树木挂银条,草垛戴尖帽,阡陌的农田到处银装素裹,分外妖娆。

花堡村是里下河地区一颗美丽璀璨的明珠,只要你到此走一走,看一看,定会觉得是一个人见人爱的鱼米之乡。

童年趣事

我的降生

平凡茅室娘胎降，历经磨难铸成钢。1955年是个多灾之年，干旱、洪涝、病虫害频发。这一年农历四月二十日，我降临人世，经历了一番磨难。

我的父亲叫花鸭寿，母亲叫卫粉珍。我每年过生日这天，母亲总是滔滔不绝讲述生我时不堪回首的往事。每年农历四月，正处芒种时节，俗话说芒种小麦刀下死，家家户户忙着在田里收割麦子。家里所有能干活儿的几乎倾巢而出，家中空无一人。

农历四月二十日凌晨，鸡叫头遍，妈妈的肚子疼痛起来，赶紧叫起父亲。本来，此刻父亲应该下田劳动去了。母亲说她这几天该到临产的时候了。所以，父亲今天下田晚了一点儿，主要防止妈妈生养时，家中无人照应，怕出意外。真巧了，幸亏父亲在家，要不然母亲叫天不应，叫地不灵。父亲听到母亲的叫喊，一骨碌坐起。母亲肚子痛得一阵紧似一阵，额头上早已冒出汗珠，急促地说："你赶紧到村上去叫祥根嫂子(村上唯一的接生婆)，孩子快要降生了。"父亲夺门而出。三步并着两步来到祥根家，谁知铁将军把门，关门落锁。农村大忙时节，早上三四点钟就会起床下地干活儿了。一是农忙时节活儿多，担心做不了误了农时，影响下茬庄稼；二是担心白天天气热，干活儿热得受不了。因此，趁早凉下田，干活儿凉爽，人舒服些，多干些活儿。中午，天气热的时候好多歇会儿，避开高温的正午，这叫错峰干活儿。父亲没有叫到人，怕母亲一人在家着躁，赶紧转身回家，刚到门口，就听到房间里传出婴儿的啼哭声。原来，母亲没有熬到接生婆来，早已将婴儿降生于子桶(女人大小便用的马桶)中了。怎么办？怎么办？

父亲急得像热锅上的蚂蚁。事出紧急，父亲也顾不了那么多，连忙从子桶中抱起婴儿，又四处张望，匆忙中拿起一把剪刀，在煤油灯上消了一下毒。用剪刀剪断婴儿的脐带，找来一件干净的小褂子，草草包扎了一下，放到床上。转身弄来热开水帮母亲清洗。一番忙碌之后，才算妥当。谢天谢地，母子平安。好在父亲平时听长辈们谈论过，紧急情况，没有接生婆，一些简单的接生知识，刚好处理了这一突发事件。

母亲说生我的第二天，她就半夜起床煮早饭，昼夜不停地忙家务活儿。一星期后，就下田踏水车，沤秧田。按农村习俗，女人生完孩子，一月之内都不需要下床干活儿，应该卧床休息，送得来吃，收了去洗，专人服侍，这叫坐"月子"。女人生养，"月子"中过早忙活儿，会落下病根，多年之后，每逢刮风下雨，不是肩酸，就是腰痛腿疼。农村人管这种病叫"月子病"。可是母亲没有享受过一天女人坐"月子"应当享受的福。

没得好东西吃，更是雪上加霜。因为新麦子刚开始收割，家里的稻米早已吃光。家里正常人吃的是粯儿粥，粯儿饭，也就是将大麦或元麦压扁后的一种食物，母亲没有营养滋补，所能享受的是娘家送"月子"的二斤馓子和一斤红糖。馓子可以享用，红糖却不能。母亲连正常的米粥、米饭也吃不到，只能动脑筋，想法子：先将面粉调和水摊成面饼，然后再切成三角形的块子，放进锅里加把馓子煮好后食用。母亲吃的是几乎和正常人一样的粗茶淡饭。没有好的营养，哪儿来的奶水。即使有奶水也不能让孩子吃饱。因此，还在褓褓中的我常常吮吸着母亲干瘪的乳头而哇哇大哭，天天哭，日日哭，喉咙都哭哑了。有时还恩将仇报，使劲儿咬着母亲的乳头，气得母亲啪啪在屁股上"贴上几个烧饼"，然后才肯松口。由于我使劲吸，母亲的乳头开裂了，有时还留下带血的牙痕。我一吸奶，妈妈钻心地疼痛。每当这时，母子双双号啕大哭，泪如泉涌。实在没办法，母亲只能将自己享用的红糖和开水泡成红糖水，用汤匙一口一口喂着饿得啼哭不止的我。苦难中的我就这样在煎熬中一天天长大。

恶梦般的苦难仍在继续。20多天后,母亲嫌下田干活儿老是回家给我喂奶,家中田头两地来回跑,一天几趟,既挂念我,又耽误干活儿,划不来。终于做出一个无奈的决定,将我带到田头,放在箩筐之中,上面用件衣服一盖。我饿了,哭厉害了,就来给我喂一点儿奶,然后再去干活儿。刚开始几天,天气不热,凉风习习。母亲心中甚欢,几天下来,一切相安无事,心里为自己所作的决定暗自窃喜。

时至五月中旬,已近盛夏。有一天临近中午,太阳火辣辣的,气温高达三十五六摄氏度,箩筐中的婴儿暴晒在强烈的阳光下,虽然上面盖了件衣服,但是,对于未满月的我来说,受不了如此强烈的高温蒸烤,开始时我热得难受,扯开喉咙大声哭叫。几十分钟后,哭声断断续续,声音也越来越低,最后几乎连声音也听不到了。母亲听不到我的哭声,感觉苗头不对,赶紧奔到箩筐前,掀开衣服一看,我嘴唇发紫,已经奄奄一息,只有出气,没了进气,嘴角边吐着白色的泡沫。见此情景,母亲大惊失色,连忙将我抱起,来到一处树荫下,一边流着眼泪,一边嚎啕大哭:"我的小乖乖,你别吓唬妈妈,是妈妈不好,不该动这歪脑筋,把你弄到田里来,让你遭这份罪,你若有个三长两短,妈妈也不想活了。"妈妈声泪俱下,哭得特别伤心,父亲到河边弄来河水,不住地劝慰道:"别哭了,孩子还没死呢,赶紧给孩子洗洗擦擦,或许没事呢?"听了父亲这么一说,母亲这才慢慢止住了哭声,赶紧用湿毛巾一边擦洗,一边掐人中。奇迹还真的发生了,几十分钟后,渐渐地,我睁开了眼,缓过气来,大伙儿这才松了口气。一同干活儿的乡亲议论纷纷:"这孩子命大,将来定有大福。"也有的说:"幸亏发现得早,要是再晚一会儿,恐怕性命难保。"尽管这样,10多天后,我的身上还是脱去了一层皮。这是我生命中逃过的第一次劫难。

童年的年味儿

腊月到来年气旺,锅灶蒸出年糕香。记忆中一到过年,就被家中的长辈揉进很多独特的年味儿。

经历 1964 年秋收后的沤改旱,1965 年,花堡村粮食获得前所未有的大丰收,村里栽桑养蚕,各生产队扩种了棉花等经济作物。由于粮食丰收,饲料充足,生产队生猪养殖数量成倍增长,农村经济得到长足的发展。年底分红,以往一分工只值二三分钱,可眼下每分工的分值一下子提高到了六七分。这一年,我家扣除买口粮的钱,竟得到了 300 多块钱的分红。钱得的多的人家多达五六百元呢。最少的人家起码也能分到一二百块钱。这是多年来从未有过的大喜事儿。

往年春节,没钱没粮,整个村庄冷冷清清,死水一般,一点年味儿也没有。如今,家家粮囤满满的,钱袋子鼓鼓的,全村人脸上都洋溢着笑容,整个村庄鲜活起来。

刚进入腊月年味儿就出来了。家家户户开始忙碌起来,做新衣、备年货、蒸年糕、包馒头、杀鸡宰鹅,忙得不亦乐乎。

腊月初八,年刚睁开眼,村前村后就流淌出腊八粥的芳香,俗话说,腊月八,吃"腊八"。那时,农村虽然不是很富裕,但是煮腊八粥还是特别讲究。腊八粥的食料特别丰富:红小豆、绿豆、花生米、芋头子儿、山芋干儿、萝卜丁儿(切成不规则的小块状),再加上些青菜叶儿,放些盐,混合起来煮成咸蘸蘸的菜粥,别有风味,吃在嘴里特别地香,我一口气能吃个三四大碗,至今想起来仍回味无穷。

新年做新衣是过年的一个习俗。这一年,爸爸、妈妈破例要为我和哥哥姐姐每人做一套新衣服过年。这消息让我高兴得手舞足蹈。

以往过年，由于家里穷没钱，往往只给姐姐做新衣服，姐姐已成大姑娘了，当然要穿得漂亮点。偶尔也会给哥哥做一两件新衣服，我可是轮不到机会的，只能穿哥哥剩下来的旧衣服。那时，农村中常流传这样一句顺口溜：新老大、旧老二，补补贴贴由老三，更坏的由老四。我能穿上新衣服，真是打着灯笼难找的喜事儿。

据《吕氏春秋》记载，中国在尧舜时代就有春节前扫尘的风俗。因"尘"与"陈"谐音，就有"除陈布新"的象征，用意在于扫除"晦气"，迎来"好运"，寄托人们辞旧迎新，招祥纳福的美好愿望。《清嘉录》（卷十二）也有记载："腊将残，择宪书宜扫舍宇日，去庭户尘秽。或有在二十三日、二十四日及二十七日者，俗呼'打尘埃'。"因而就有了"腊月二十四，掸尘扫房子"的俗语。

记忆里，每年腊月二十四这一天趁着大寒没过，家家户户都在忙着打扫卫生：男人仰头掸掸擦擦，女人低头洗洗刷刷，家中里里外外都要收拾一遍，这叫"掸尘"。农村中对"掸尘"有说法。一定要等交了大寒才能进行，否则会惊扰家里的"家神""灶神""财神"，那样的话会很不吉利。

里下河地区腊月二十四过小年。这一天是送灶神的日子，父亲特别慎重，先在灶台上贴上灶神像，叩头祷告灶王爷"上天言好事，下界保平安"。然后盛一碗"灶饭"供到神龛前。"灶饭"上还要插上精心制作的摇钱树。摇钱树的枝条上吊上花生果，挂上小宫灯、小玩具，枝条间夹些 1 角、1 元的纸币。预示新年全家财源广进，丰衣足食。

小年（南方把腊月二十四称作小年）一到，大人们开始紧锣密鼓地准备年货：敬天地用的香烛、大鞭炮、小鞭炮，贴刮用的开花旗儿、红纸、春联，招待亲友的茶食：红枣儿、京果粉、云片糕、糖果儿、麻饼儿、芝麻饼、柿子饼、花生糖等，还有肉、鱼、豆腐、卜页，油、盐、酱、醋等各种物品都一应俱全。男主人走村串巷大包小包往家里拎，商店里、地摊上，人头攒动，车水马龙、络绎不绝。每天晚上，女主人会分门别类逐项查验，若有漏项，就会絮絮叨叨，责怪其草率马虎、拖泥带水。家家户户，如此忙忙碌碌，就是满满的年味儿。

除了买年货，还要蒸年糕、做馒头、炸鱼丸、煎肉圆儿，炒花生、炒蚕豆、炒葵花籽儿，各种美食让人眼花缭乱，到处是满满的仪式感。

腊月三十特别忙碌，男人们吃过早饭就开始裁红纸，写春联、打浆糊，为贴春联做准备。写春联要有针对性。厨房联：一人巧作千人食，五味调和百味香。大门联：千门万户曈曈日，总把新桃换旧符。家中若有年长的老人，卧室门联：寿比南山松不老，福如东海水长流。诸如此类，不再一一而论。贴对联也有规范。对联先贴左边，后贴右边，不可颠倒。米缸上贴"福"字要倒着贴，寓意"福到了"。

男人们有事做，女人们也不闲着：切卜页，择大蒜，洗青菜，擀面条，包馄饨，做圆子，清洗厨房内的各种餐具和家中的各式用品。不管家里穷和富，一定要过个干净年，所有一切都是为大年初一做准备，几千年的传统习俗，大年初一不动手、不动刀具。除了煮一日三餐的早点饭食，其他一样农活、家务活儿都不干，只有两个字"吃"和"玩"，保证吃得快乐，玩得尽兴。

到了晚上，才是过年的重头戏，妈妈准备好一桌特别丰盛的"年夜饭"。餐桌上各式菜品，品种繁多，可是有一样不能少，一条红烧大鲢子鱼，辞年辞年，所以不能少了鲢子鱼（"年"和"鲢"谐音）。可是这条鱼只能看不能吃，不仅年三十晚上不吃，大年初一也不能吃，一直到年初二才可以吃。因为"鱼"和"余"同音，代表"年年有余"，如若破了规矩，新的一年将会缺衣少食，忍饥挨饿，没有好日子过。

吃完年夜饭，我们小孩子最开心，先是洗澡，后是试穿新衣、新鞋，过年了，讲究从头到脚要一身新，新衣服穿在身上，母亲为我扣上钮扣，捋一捋衣袖，整理一下衣领，这儿拍一拍，那儿掸一掸，捏一捏存留在衣服上的残存线头，前望望、后瞧瞧，然后夸上一句"这衣服真合身"。我呢，乐得合不拢嘴，心里充斥着满满的幸福感。忙完之后，抓上两把炒熟的花生、蚕豆儿放进新衣口袋中，然后蹦着、跳着到邻居家串门，找熟识的伙伴比谁的新衣好看，谁的新鞋做得漂亮。一直玩到夜幕降临，万家灯火亮起，辞旧迎新爆竹声响彻夜空，才会恋恋不舍而归。这时，长辈还会递给一个鼓鼓的红包，这叫"压岁钱"。然后，

（左侧竖排书名）我与花堡村

一家人相聚一起吃瓜子儿，嗑向日葵籽儿，一直玩到很晚才睡觉，这叫"守岁"。

睡觉之前，母亲还要再反复叮嘱几句，大年初一起身时，要说吉利的话，遇见长辈要叫人，不要把新衣服弄脏了……在大人心中，孩子永远长不大，很不成熟，总害怕哪儿做得不周全，小孩子说漏了嘴，冒出不吉利的话语，搅了过年的好心情。当然了，孩子即使说了不吉利的话，大人会说："童言无忌，没关系。"

小时候，虽然家里并不十分富裕，但是年味儿很浓。时至今日，家家过上了小康生活，物质产品极其丰富，吃不愁，穿不愁，这年味儿却越来越淡。每到新年将近，却找不到小时候盼望过年的感觉。小时候的年味儿就像一坛陈年老酒，仔细品尝，它是那样的甘醇绵柔。

大年三十夜幕临，
家家院内鞭炮鸣。
千门万户辞旧岁，
祖孙同乐过新年。

蝉闻趣事

已是盛夏犹伏虎，更有鸣蝉唱不休。蝉是一种季节性昆虫。每年芒种前后，收割小麦的大忙时节，蝉便会栖息于高高的树枝上，旁若无人地叽叽喳喳叫个不停，为本已酷热的盛夏增添几分燥热，搅得人心烦意乱。

小时候，我最初很讨厌蝉，因为，睡午觉时，常常被聒噪的蝉鸣吵醒，气冲冲地捞起一根长长的竹竿，窜出家门，用竹竿逐个敲打家前屋后的树木，倒也立竿见影，瞬间蝉声停息，受到惊扰的蝉，亡命地迅速逃离。如此，倒也能获得片刻的宁静，可好景不长，短暂的平静之后蝉鸣声又照样恢复如初。

不过事物总是一分为二的。有烦恼，也有乐趣。这种乐趣随着不同年龄段的改变，以及有关对蝉的相关知识的累积而不断地攀升，其中有实践的，也有理论上的。

早先还在蹒跚学步时，哥哥姐姐们常常把从树上捉来的蝉折断翅膀放到我的面前。我看着在桌子上爬动的蝉，既好奇，又忐忑不安，小心翼翼靠近蝉，缓慢地伸出两个手指头去拿蝉，不料蝉会用它那毛绒绒、带刺的爪子勾着细皮嫩肉的小手不放，本能地像触电似的甩着小手，可是甩也甩不掉，吓得我放声大哭，泪珠儿瞬间从脸颊的两旁滚落。这时，在身旁观看的哥哥姐姐们笑得前仰后翻。

笑过之后，他们就会哄着你："别怕，哥哥拿给你看，它不咬人。"边说，边把蝉放在掌心。然后，像老师给学生讲课一样，开始滔滔不绝地讲述早已熟知的有关蝉的知识：蝉分"响巴"和"哑巴"两种。"响吧"呢有"嘴"会叫，"哑巴"呢不会叫。不过会叫的"响巴"它的"嘴"却不在头部，而是长在腹部。一边讲一边拿着蝉，用手指在"响巴"蝉的腹部腮板处弹动，每动一下，蝉就会叫唤一声。我在一旁既听得专心，又很好奇，觉得这蝉很有意思。

我作为20世纪六七十年代的一名儿童，小时候要想获得乐趣，只能寻找这种不花钱的天然"玩具"。

到了10多岁之后，对蝉的了解又有了新的飞跃。小时候，我们没有零花钱，那时，我们很可怜，哪怕几分钱的一块糖果也奢望不到，想吃糖，只能自力更生挣钱买。于是，星期天或晚上放学后，成群的小伙伴三五个一伙，河坡边，树根下，树干上，到处寻找蝉蜕，找到了，拿到供销社去卖钱。一个蝉蜕能卖二分钱（那时七分钱一斤食盐）运气好能卖几角钱，甚至一块多钱。有了钱就能吃到朝思暮想的甜甜的糖果（一块糖二分钱），那感觉不知有多享受。

捡蝉蜕既能挣钱品尝到糖果的美味，又能获得意想不到的新奇。有一次，在树根下找蝉蜕，我发现蝉蜕旁，地上有一个圆圆的小洞。年长我几岁的哥哥介绍说，这是蝉幼虫的洞。原来，幼蝉是藏在泥土下面，这太新奇了。夏天，当温度达到30摄氏度左右，蝉的幼虫便会在夜间破土而出，随即脱去外壳，脱壳时，是从背上裂开一道口子，每脱一次外壳，蝉的体型便会增大一次，躯壳也由绿色转成棕色，最后变成黑色，翅膀也随之变黑，羽翼也逐渐丰满，直至会飞。这时，我也渐渐懂得"哑巴"蝉是雌蝉，"响巴"蝉是雄蝉。雄蝉的腹部有两个腮板，振动肌肉能发声，目的是向雌蝉发传信号，以显示自己，博得雌蝉的欢心。

新的发现引发更大胆的想象。孩子的好奇心，总是在不断地变化，先前捡蝉蜕卖钱，改为挖蝉的幼虫。在落满树叶的潮湿树根旁，用小锹铲去上面一层薄薄的虚松泥土，便会露出一个小洞，洞内准能刨出一只肥壮软体的蝉的幼虫。经过一番努力，有时能挖到十几个，甚至几十个幼虫。挖到了蝉的幼虫，不知哪来的突发奇想，将幼蝉用清水洗干净，再用篾签串上，找来一些干树枝，点上火，把幼蝉放在火上烤熟，烤熟后的蝉咬上一口，居然特别鲜嫩，是很好的美味。

据美国昆虫学家研究，蝉从蛰伏地下到破土而出有一定的周期。

周期蝉，分为不同的"群"，有的蝉在地下 13 年一个周期，来到地上交配一次，有的 17 年一个周期。目前，昆虫学家还不知道这种昆虫为什么以这种周期出现。不同周期的蝉由于发育期互相错开，有些地区同一时间可能出现不止一个周期"群"的蝉。很多蝉在地下生活了13 年或 17 年后，在地上通常只存活两到四周。

我们对蝉的生活习性，了解得并不多。比如它吃什么，如何新陈代谢，如何繁衍后代，知之甚少。只知道他不拉屎，只撒尿。有时我们捕蝉，站在树下，正要捕捉时，受惊的蝉猛然间撒一泡尿，然后振翅逃之夭夭。尿水溅得满脸都是，但是蝉的尿没有什么气味，有无危害，一无所知。

科学永无止境，人类对蝉的研究还在继续，在科学家们的不断研究和探索下，今后，我们还会发现更多蝉的秘密。

我有一首《捕蝉》诗描述了当年儿童生活的情景：

六月盛夏火辣辣，
树上蝉鸣叫喳喳。
三五孩童聚一起，
争先恐后捕捉它。

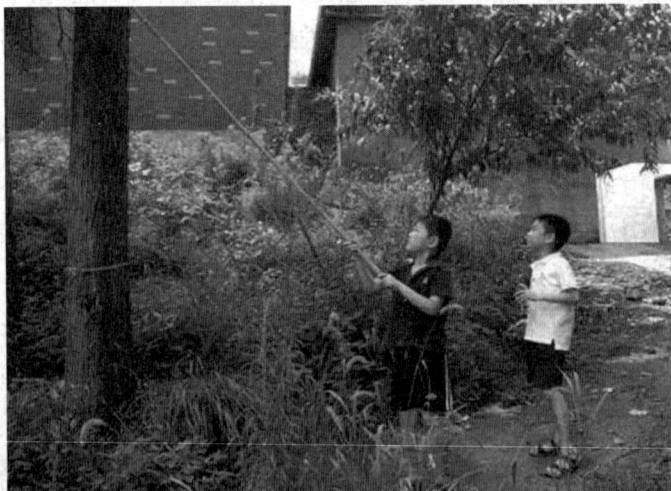

捉蜻蜓

日长篱落无人过,唯有蜻蜓蛱蝶飞。季节依次序而铺开,转眼芒种到了,农村有句谚语:芒种小麦刀下死。农历四月下旬,五月头农忙时节,几乎天不亮,父母就已下田忙收割小麦去了。

20 世纪 60 年代末至 70 年代初,农民们非常艰苦,收割麦子依靠纯手工劳作,生产队五六百亩麦子,要在短短十来天时间内收割归仓谈何容易。父母们整天披星戴月在田间忙收割,根本照顾不到家里的孩子,到了星期天,就是农村孩子玩乐的天堂。

春眠不觉晓,处处闻啼鸟。十几岁的我,早晨起床时,天早已大亮,我已习惯没有大人看管,独立生活能力很强。自己掀开锅盖,三扒两咽吃完早饭,收洗完锅碗瓢盆,便窜出家门找伙伴们玩耍,二秃子三疤子伙伴一大堆。

年龄相仿的农村孩子扎堆在一起,少不了一起玩游戏。那时,我们所玩的项目没有科技含量,都是些原始土气的项目:滚铁环、抽陀螺、逮知了、捉蜻蜓……我觉得捉蜻蜓最有意思。

捉蜻蜓先得准备工具。俗话说:"三个臭皮匠,凑成一个诸葛亮。"几个小伙伴一商量,办法就有了。先到竹园中砍来一根大拇指粗、三四米长的小竹子,然后,找来一根一米多长的细铁丝,弯成一个月亮形的圆环。家里没铁丝也不要紧,可以折一根小拇指粗细的柳枝条,弯成一个圆环,然后将圆环绑在竹竿一头,至此,捉蜻蜓的工具算是做成了。接下来就到屋檐下、巷道间寻找蜘蛛网。找到了,将竹竿一端的圆环,贴着蜘蛛网左右翻转,那蜘蛛网就网到了圆环上。不过蜘蛛网必须是当天夜里刚织成的,最好带有露水的蜘蛛网最有粘性。网到的蜘蛛网越多粘性越强。制作这样的工具看似简单，但农村孩子因陋就简制作网具的聪明才智，恐怕是现在的孩子望尘莫及的。

捉蜻蜓的工具制作完成后，接下来就是捕蜻蜓了。那时，农村种田，还很少使用农药，对昆虫没什么伤害。每到农历四月下旬五月上旬左右，河坡的柳树枝条上挂满了蜻蜓，有时一棵树上十几只，甚至几十只，真是太多了。这时，你只要下到河坡，举起网具，将竹竿上面的那个月亮形圆环，从下方慢慢逼近蜻蜓，在离蜻蜓大约一尺左右距离时，猛地向蜻蜓贴上去，一只拼命挣扎的活蜻蜓就网到手了。

网到了蜻蜓，把它放到事前准备好的布袋子里（像护袖套样的布袋子），大约半个小时就能网到十几只。捉到了蜻蜓有什么用呢？当然应该物尽其用，要么放到蚊帐中吃蚊子，要么用来做放"飞机"的游戏，都是挺不错的选项。

什么是"放飞机"呢？用一根三四米长的棉线，一头扣着蜻蜓的尾巴尖，扣好后，右手握着线，左手举着蜻蜓，对着空中一松手，蜻蜓就展开双翅在空中飞起来。再看那蜻蜓一会儿东，一会儿西，左冲右突，时而低空掠过，时而拉升抬高，时而高空盘旋，时而俯冲歼击，拽着线的小伙伴们跟随着蜻蜓，左闪右追，边跑嘴里还吟唱着歌曲："雄赳赳，气昂昂，跨过鸭绿江，开飞机，打美帝，中朝好儿女，团结起来，打败美帝野心狼。"那阵势就像抗美援朝时期，朝鲜长津湖上空的激烈空战。

还有一种名叫"红红"的小蜻蜓，身长不过三四厘米，周身红色，小巧伶俐。上了岁数的老年长辈把这种蜻蜓叫"龙虱子"。也许是"红红"出现时，天空就会由晴转阴，乌云翻滚，还伴有乌龙现身，所以人们就叫这种蜻蜓"龙虱子"。

捕捉这种蜻蜓十分有趣，制造捕捉的工具更是别出心裁，找来一根两米左右的芦柴棒，一端扣上两尺左右的细棉线，用手一招，捕获一只活苍蝇，将苍蝇拦腰用线拴着（通常要两个小伙伴搭配，否则难以完成），举着芦柴棒，将拴着线的苍蝇悬在空中，因为苍蝇会飞，在空中盘旋飞舞的"红红"以为碰上了一顿美餐，上去一口咬住，死活不肯松口。这时，欣喜若狂的毛头小子，一下子便将小蜻蜓俘获了。时间如白驹过隙，儿时的一切趣事早已成过往烟云。

　　光阴催人老，原先还穿开裆裤的小孩子，而今早已两鬓斑白。人虽老了，可童心不灭。回首童年往事，常常乐得合不拢嘴。步入黄昏之年，仍隔三差五地畅想嵌入大脑的记忆，更多的是羡慕年少时代的美好，激发延年益寿的欲望，奢望生命之树长青。

小小蜻蜓柳枝挂，

引来学童捕捉它。

蹑手蹑脚轻飘飘，

瞬间捕获俘虏抓。

打水漂

故乡的美,是梦里的,梦里的水乡是游动的,迷人的,孤鹜与落霞,明月与倒影,波光与鱼跃,帆影与渔火。朝霞与旭日,浓荫与微雨,仪态万千,这便是我孩童时记忆中的家乡。家乡碧水三千里,家乡的河有三千条,条条是游动的龙,流淌的窗,搏动的心跳,是儿童时代打水漂玩耍的天堂。

在我家东边的河码头边,哥哥常教我学习打水漂。哥哥一边说,一边做示范。捡一片五六平方厘米的瓦片,右手握着,叉开双腿,侧身,右腿弯曲,成弓字形,左腿伸直,降低身体重心,身体离地一尺左右,握着瓦片的右臂用力向前一挥,脱手的瓦片就会贴着水面跳跃着向前滑行,挥臂的力气越大,速度越快,那瓦片跳跃的节数就越多。每天中午或晚上放学后,趁挑猪草的间隙,村外小河边就是村里孩子打水漂的天然场所。

蓝天之下,碧水河畔,几个挎着猪草篮子的顽童,呼啦啦蜂拥到此,摆开了战场,一场势均力敌的打水漂战斗即将开始。

绰号"小猴子"的顺手从河滩上捡起一块瓦片,侧着身子,挥臂一甩,瓦片贴着水面"啪啪啪"跳跃着向前方快速滑行而去。绰号"二狗子"的不甘示弱,"滚一边去,你这水漂打得不咋样,总共才跳了4节,太毛毛雨了,看我的——"话音未落,右臂一挥,又一块瓦片流星般贴着水面向河对岸滑行过去。"一二三四五六七……""你看怎么样?我比你多了一倍。"三愣子、四娃子几个看热闹的拍着手,唱起了啦啦歌:"打水漂,真热闹,远看一座桥,近看好像火车跑……"歌声此起彼伏。一边是你来我往的"打水漂"拉锯战,一边是呐喊助威的啦啦歌,火爆场景,引得过路之客也停脚注目观战。

　　20世纪六七十年代,与我年龄相仿的一群顽皮孩子中,要数绰号"小猴子""二狗子"的两个"打水漂"打得最出色。每天放学之后,挎个竹篮子到野外打猪草,猪草篮子打满后,就不约而同地聚集到村西头的河滩边比赛"打水漂"。"打水漂"是那个年代里农村孩子们最喜欢的玩耍项目。

　　地之野,河之畔,"水漂"在河面上溅起片片水花,掀起阵阵波澜。半空中,朗朗的"打水漂"啦啦歌,伴随着阵阵轻风向空旷的天边飘散而去。河岸边,孩子们的欢乐连同水面泛起的阵阵涟漪在河面荡漾。时近黄昏,夕阳下,极其艳冶,极其柔媚,极富浪漫,西边满天橙黄血红的晚霞将河面染得金光闪耀,就像古诗所描述的"一道残阳铺水中,半江瑟瑟半江红"。几只小鸟也急匆匆赶来,站立在不远处河滩边的芦苇之上,芦苇弯成秤钩状,小鸟跟随着芦苇慢悠悠地晃动,那样子仿佛在给两个交战的对手当起了裁判。

　　远处天空的夕阳,面对这场无休止的较量失去了兴趣,渐渐地躲进了云层。

　　那个败下阵来的"小猴子"心有不甘,手指着"二狗子"的鼻尖不服气的说:"打水漂我甘拜下风,明天咱俩踢毽子、跳绳再决一雌雄怎样?""比就比,谁怕谁呀!"

　　今天的打水漂战斗虽已鸣金收兵,但明天一场新的激烈较量又将重新开场。

　　童年是短暂的,但快乐是无限的,记忆是永衡的;自我的童年是孤独寂寞的,但与伙伴们结伴的童年是充满阳光的;小时候的童年是饥饿的、灰色的,但打水漂、滚铁环、打猪草的生活是饱满的、五彩的。这五彩的童年生活给我整个人生留下一段值得永久回顾的美好记忆。

　　　　柳色青青波浪摇,几对顽童打水漂。

　　　　岸畔阵阵呼声高,加油助威到碧霄。

刻下的记忆

成语"刻骨铭心"说的是给人留下的印象特别深刻。"春宵一刻值千斤"说的是时间的珍贵。"朽木不可雕也",这里的"雕"指的是"雕刻",用錾子等工具雕刻石头,制成工艺品,或用刀具雕刻木纹图案。农村中有一种匠人叫雕匠,是木工的一个分支,农村人家打八仙桌、打床或者屏风门等都有木工雕刻的工艺。我不是手艺人,但我小时候对雕刻却有着浓厚的兴趣。

我对雕刻的兴趣是从20世纪60年代末期刻开花旗开始的。小时候,我刻开花旗绝不是因小孩子贪玩淘气,闲得无聊而搞的游戏。20世纪60年代的农村,每个农户家里都很穷。

贴开花旗是春节的一个年俗,寓意旗开得胜,万事开门红,一帆风顺。贴开花旗也有讲究,进入院子正门或者是主屋进入大厅正门的门楣上贴五张,其他的米缸、粮屯,各种农具物品上有贴福字的,也有贴红纸条的,甚至连灰堆处也会插几根芝麻楷,芝麻楷上从下到上环绕着贴上红纸条,处处见红,家家红红火火,一派喜庆景象。过春节,每家每户都要花钱买开花旗,花费大约要一二角钱,要知道,当年农村一个男劳力做一天的工分也只值一角多钱。如果能省下这笔开支,可算为父母做出不小的贡献。

没有雕刻工具自己制作,没有模板,就将上年贴在门楣的旧开花旗取下来作模板用。每年一进入农历腊月就开始忙碌起来。单是准备工具就要一个多星期。最初的雕刻刀具是叫隔壁铁匠用铁条打造成的,将其放到磨刀石上磨锋利。到了70年代,就用旧钢锯条制作而成,雕刻的刀具有二三种之多。

雕刻之前先将买来的红纸（一张五分钱）裁剪成开花旗一般大小，一次能雕刻25张左右。模板放在裁好的红纸上面，找一块小木板，用贴年画的图钉将四个角固定在木板之上，一切工作准备就绪就可以开刻了。刻开花旗很耗费时间，一般都是利用早晚放学时间，或者星期天进行。一个流程大约要三四天时间，除了满足自己家需要，有时还帮邻居家雕刻，对方提供红纸，我花点时间而已。当年我们老二队能刻开花旗的孩子有五六个之多。

到了70年代，上了初中，年龄大了，能力也增强了，就开始向更高层次迈进，尝试着为家里和自己刻私章。那时刻章要到桥头街上，找一个专门刻图章的老师傅，刻章很贵，一枚木头章要四五块钱，刻水晶的章就更贵了。为了节省钱，我就尝试自己刻章。最难的是如何将自己的名字弄到印章上。印章上的文字是反字，可反向的字又不会写，怎么办呢？经过一番琢磨，终于想到了办法。先在白纸上弄一个印章的方框，然后用粗笔尖的铅笔在方框内写上自己的名字，接着再将名字拓印到印章上。

雕刻印章既要大胆又要心细，稍有大意就会前功尽弃。雕刻时先刻边框，最后刻中间的文字。字要一个一个的刻，下刀既要轻，又要慢，然后再逐步加深，最后再精细打磨。从开始到结束，一枚印章需要一个多星期时间，真所谓慢工出细活，也由于自己不够专业，所以耗费的时间才长。我自己刻的一枚水晶私章伴随我用了几十年，直到临近退休才丢失了，心里失落了好长时间。每个人对自己使用的旧物件一般都很念旧，这恐怕是人之常情。

小时候，我家吃饭的碗，底部通常要刻个记号。在碗上刻记号，不是为了美观，而是为了区分这是谁家的碗。在经济十分贫穷的年代，碗是一个家庭不可或缺的财产。农村人家因为红白喜事，有相互借碗的习俗。从20世纪八九十年代开始，到21世纪初，谁家有了红白喜事，会请厨师到家里办家宴，普通人家，不可能拥有太多的碗，酒席多，碗不够用，要向周围邻居家借，有时不止借一家的碗。为了防止还错碗，新碗买回家时，各户得在自家的碗底刻上记号。

村里的铜匠,或者修锅碗的修锅匠都会给碗刻字。鲁迅《风波》里六斤家,就有一只补过十六只(也有十八只的说法)铜钉的饭碗。我们小时候,小孩子要是摔碎了碗,屁股是要挨打板子的。每年春节前,是农村家庭买碗的高峰期。新碗买到家,首先要给新碗刻上记号(一般从家中某个人名字中选一个字刻上)。讲究的人家,为了美观好看就请修锅的手艺人刻,给一点手续费。我既然能刻章,给碗刻个记号还不是小菜一碟。很简单,找一枚两寸半的新铁钉,在碗底中部刻一个"木"字。"木"是我名字中间的一个字。花堡村上没有和我同名的,用"木"字为我家的碗做记号再好不过了。

随着农村经济越来越好,农村家庭日子一天好似一天,碗在家庭中越来越算不上贵重财富,没有人家因为小孩子摔破碗而舍得把小屁股抽出红杠杠。现在的农村,哪家有事办酒席,有了专门提供"一条龙服务"的行当,锅碗瓢盆,连煤球炉,桌子板凳,包括择菜端盘子的人,都带得齐齐的,再也没有人家相互借碗了。

碗底刻字的消失,表面上是碗在一个家庭的地位由珍贵到普通,所折射的却是社会发展和生活的变化。这样说来,那刻在碗底的字,也积淀了特定的社会内容,它是社会历史变迁的纵坐标和民俗风情横坐标的交汇点,在我们的头脑中刻下了一段难忘的记忆。

开花旗,家家贴,
红红火火过春节。
巧手刻,不花钱,
谁料留下小秘密。

夏夜纳凉

浩瀚夜空观天象，夜色茫茫逐流萤。我的家中至今仍珍藏着一把童年时代使用过的蒲扇，虽然很破旧，但是几次搬家都未舍得丢弃，因为上面不仅缀满儿时的风景，而且还写满儿时的记忆和故事。

我家"丁头府"新房是在老房基上复建的。向东四五米是个河坡，河坡下向南有一条40米长的死水河沟，向北10多米左拐一个直角弯，向西延伸至庄外的西大河。离拐角处不过五六米有一座小竹桥，走过竹桥就到了庄上。拐角处向东有一条更开阔的河道，所以，站在小竹桥上向东向西都能看到河两岸的小竹园和岸边遮天蔽日的树木。河岸上鳞次栉比的房屋依次向两岸延伸，河里经常有渔夫催赶鸬鹚下河捕鱼，早出晚归的农船也不时地穿梭来往。

"丁头府"东边的河坡上有一个砖头铺就的斜坡码头，河水清澈，附近的村民都喜欢到这里取水用，最忙碌的是早晚。大妈、大婶、老奶奶挎着淘米箩、菜篮子、脏衣服、旧被单等来到河边。这里的嬉闹声、棒槌声、锅碗瓢盆的碰击声组成独特的交响乐。

这里留下的童年往事和故事数不胜数。河坡边捕蝉、打水漂；河道中仰泳、潜水、藏猫猫、打水仗；柳树下捕知了、捉蜻蜓；夏日河岸上晚上纳凉、捉流萤、听老人们讲故事、猜谜语……

盛夏的太阳像巨大的火球燃烧着大地，地面上卷起一阵阵热浪，路边的小草挡不住太阳的曝晒，蜷缩着身子。小狗伸着舌头，耷拉着脑袋，热得直喘粗气，不得不躲藏到树荫下。知了不知疲倦地鸣叫："知了，知了，知了……"

好不容易等到太阳落山，可是热浪好像捉弄人似的，一阵阵钻进屋内,这时,你会觉得在屋内不如在屋外凉爽。儿时的夏日,没有空调和电风扇,即使后来有了天黑睡觉之前也舍不得用。每当夕阳西下,大人们会在晚饭前,提来半桶冰凉的井水,用手将井水泼浇在被白天烈日炙烤得发烫的地面,瞬间暑热被浇灭。"丁头府"东边靠河边的空地就成了人们消暑乘凉的好去处。

吃过晚饭洗完澡,大人小孩不约而同地拿着凉匾,破旧的缺角损边的坏凉席、凳椅、铺板,来到河边的空地乘凉。刚刚到此的大婶惊叹地说:"还是河风吹在身上凉爽舒服。"

西巷边存稳的老婆也来到这里,用木凳、门板搭成简易的床铺,将4岁的儿子睡在凉席上。可能是怕孩子受凉,就在孩子的肚子上系个肚兜。

"知了……知了……"一天的蝉叫声停歇了,渐渐地黑暗降临,夜幕笼罩着村庄,河对岸的码头边停靠着几只渔船,一闪一闪的灯光倒映在随波起伏的河水中,梦幻般地蠕动着橙黄的粼光。

三五成堆的人群中,男人们凑在一起,一边抽着旱烟,一边谈论当天田间的农活。女人们扎堆到一块絮叨各自家中的琐事。

天色变得墨黑之前,浓重的夜色从低洼的河面爬上岸来,河面上空、人群四周,萤火虫在夜空游荡。

我们几个年龄相仿的孩子,呼朋唤友追逐着纷飞的流萤,萤火虫漫无目标地飞着,忽左忽右,忽高忽低,时而在高空盘旋,时而在低空掠过。忽然一只萤火虫从我眼前飞过,我用扇子一拍,萤火虫掉落在地上,轻轻捡起,放到准备好的玻璃瓶中。瓶盖上事先钻两个小洞透气。有的萤火虫躲在草丛中,这萤火虫看似聪明,实则愚蠢,自认为藏得巧妙,可是屁股后面的萤光还是暴露了目标。我们寻着萤光,拨开草丛,小心翼翼,用大拇指和食指轻轻一捏,然后将俘获的萤火虫放入瓶中。有时萤火虫会落在树条枝叶上面,我合拢双手将萤火虫捂在手心,偶尔透过手指缝隙偷偷观察那萤火虫屁股后的萤光一闪一闪的。等你张开双手,萤火虫又会瞬间飞入夜空。不一会儿,小伙伴们的瓶中萤火虫越来越多,绿莹莹的光芒犹如一盏盏明灯。

"奎二爹来了,奎二爹来了!"奎二爹读过几年书,说话细言慢语,可是讲起故事来,声音抑扬顿挫,很受孩子们欢迎,孩子们迅速聚拢到他的身边。奎二爹肚子里的故事好多好多,可是每天只讲一个。《嫦娥奔月》《牛郎织女鹊桥会》《七仙女下凡》《北斗七星》等,一个又一个神奇故事,伴随我们度过了一个个儿时的夏夜。

故事听完了,夜已渐渐深了。玩累了的伙伴们,鸟兽散地各自回到母亲的身边。每当这时,妈妈会让我们猜谜语:"麻帐子,红房子,里面坐了个白胖子。"当我把头摇得像拨浪鼓时,妈妈就降低谜语的难度。"千条线,万条线,掉进河里看不见。""这是天上下的雨——啊,猜着啦!我猜着啦!"谜语猜累了,往门板上一躺,看着满天繁星,一个一个数着,一直数到眼皮打架。

一觉睡到半夜三更,要是遇到雷阵雨,筛豆似的雨点落下来,猛然间惊醒,一个鲤鱼打挺,灰溜溜逃回家中。

50多年后,当年的毛孩子,荣归故里,作诗一首,描述小时候夏日纳凉的经历。

落日西天坠,河边凉风习。
夜幕已初垂,遥望满天星。

半空流萤飞,手摇蒲草扇。
月宫桂花酒,吴刚双手献。

银河一道开,织女对郎泣。
牛郎隔岸呼,七夕难相会。

妈妈对我笑,猜谜好不好。
我来说一个,可否猜得到。

大姐树上叫,二姐点灯照,
三姐拿棒打,四姐吓一跳。

月亮对我笑,恐你猜不到。
要想答案知,明天早点到。

冬日儿童倍更忙

　　一九缩脖子,二九寒抖抖,三九四九鹅毛飞,五九六九冰上走,轮到七九,吃饭拱手,八九九九沿河插柳。

　　冬天是特别寒冷的季节,乡下的风是带刀子的,站在寒风里,你能感觉到风从脖颈处钻进人的衣服里,让人感觉透骨的凉。

　　屋外大雪纷飞,大片大片的雪花从半空中飘落到树梢上,落到屋顶上,草垛戴上了白帽子,田野里的庄稼盖上了厚厚的棉被,柳树的枝条变成了银条儿,耸立的柏树成了雪人儿,到处是童话般的世界。

　　第二天早晨,天放晴了,太阳露出红红的笑脸,仿佛一位慈祥的老人微笑着把温暖的阳光洒向大地,满眼白茫茫一片,处处银装素裹。小朋友们欢呼雀跃,来到路道上,三五成群,一会儿堆雪人,一会儿打雪仗,你一炮,我一弹,大家你来我往,你躲我闪,敌我双方互不相让。雪沫儿在空中飘飞,头发上,衣服上落满雪沫,谁也不觉得累,谁也不觉得冷。

　　俗话说:霜前冷,雪后寒。第二天,屋檐下挂满冰棱,长长的冰棱晶莹剔透。顽皮的孩童,捡一根柴棒对着冰棱一敲,右手在半空中接住一根,折半截放在手心,另一半放进嘴里,"咯嘣,咯嘣",当作冰糖吃了起来。然后一个转身,趁同伴不注意,把手心的半截冰棱,从后脑处揣进同伴的衣服里。被捉弄的伙伴,缩着脖子,抖着身子,随后追着对方打。河里已经加了盖,河码头已经取不到水,要想取水只能从家里扛来钉耙,敲开一个锅盖大的洞口,一水桶下去,提上来一桶凉水,半桶冰碴。

　　冬天虽然寒冷,但却是村民们一年中最清闲的时光。男人们闲不着,把用了三季的农具拿出来修理一遍,或是捶一捆草把,悠闲地打着毛窝儿。女人们穿针引线,纳鞋底、补衣服,修修这件,补补那件,忙着自己的女红活儿。玩累了的孩子回到家里,将冻红的小手冻麻的双脚,放到铜炉上烤火。手脚焙暖和了,从坛子里抓来玉米、蚕豆儿铺放在炉面的草灰上,见炉火不旺又抓来一把粗大糠放到草灰下,等炉火旺了,重又将玉米、蚕豆儿放上去。过不了多久,就听到玉米花"噗噗"的爆裂声,待玉米花差不多全炸了,蚕豆儿这才"啪啪"地炸响。蚕豆儿炸裂之后,透出一股香味直往鼻子里钻,滚烫的蚕豆儿吃在嘴里,烫得人嘴里不住地直冒热气。冬天的寒冷耍着无赖,待着不走,零下七八摄氏度的低温还在一天天加重。风像哨子般穿过田野,刮过树梢,在农家的窗户上拍打着,呼啸着。冬天,白日短,暗夜长,几天前下的雪,屋面上丝毫感觉不到减少的痕迹。河里的冰在一天天加厚,我和邻居家的几个孩子,来到我家屋东边的河码头边,敲了一块比磨盘还大的冰块,想把它抬上来。可是这冰块,足有几十斤重,靠徒手是搬不动的。此刻,大家无可奈何,我说这样,我们几个先合力将冰块的半边抬起来,搁到码头上,然后,折一截芦苇杆,对着厚厚的冰块吹气,冰块遇到热气,就会融化,用不了多长时间,就会融化出一个孔来。有了小孔,再用一根麻绳穿进孔内,将麻绳打一个结,再找来一根木棍,只要两个人就能将冰块抬上岸来。大家一听,觉得这办法不错,七手八脚地忙碌起来,十几分钟后,我们抬着冰块,在村巷里学着敲锣卖糖人的样子,一边用木棍敲打冰块,一边高声吆喝:"哐哐哐,卖糖喽!"我们一行人排着队,轮换进行"哐哐哐,卖糖喽!又香又甜的糖,快来买呀。"有个孩子一边吆喝,鼻尖上挂着长长的鼻涕,引得围观的人哈哈大笑:"小二子,你是卖糖呢,还是卖糖丝啊?"说完,人们又是一阵大笑,羞得那小二子满脸通红。

陆地上玩够了,孩子们就到冰面上玩。跳绳、踢毽子、推车子、拉雪橇。推车子、拉雪橇需要多人合作,游戏才能进行。就说推车子,一人作车子,两人作车夫。作车子的人张开双臂,后面两个车夫推着车子向前滑行。开始速度慢,后来随着惯性会越滑越快。结果,后面两个车夫跟不上车速"哐当"一声三人全都滑倒了,屁股摔得生疼,痛得呲牙咧嘴,可是心里却一点儿痛苦也没有。拉雪橇的游戏,也很有情趣。借用打谷场晒谷子用的翻耙,一人坐在翻耙头上,另外二人拉着翻耙柄来回跑,时而走直线,时而转圈子,时而拉着走,时而推着走,花样百出,妙趣横生。

　　农村的冬天,冰天雪地,可是寒冷禁锢不了乡下孩子爱玩耍的天性:堆雪人、打雪仗、炸蚕豆、推车子、拉雪橇,铜炉边、巷道里、冰面上处处有活动的身影,处处留下孩子们的欢声笑语。

　　　　檐下冰挂腊月冬,屋面积雪渐消融。
　　　　菜园两行猫爪印,树梢雪末飞半空。
　　　　河面厚厚冰盖封,聚集众多滑冰童。
　　　　追逐打闹扬笑语,逗乐岸边观赏众。

屋后的小桥

小竹桥，小竹桥。若想从此过，小心水中掉。白天颤巍巍，黑夜学狗跑。无风也自危，有风腿打飘。秋天霜花结，雨天泥涝涝。这是南舍人行走这座竹桥时的真实感受。我对这座小桥所发生的故事至今仍历历在目，记忆犹新。

一条U形河道将花堡村分割成三大块。西北的一块叫北舍，南面一块叫南舍，最大一块是村中心。从南舍到村上必须经过这座小竹桥，若没了桥，只能绕向南面然后向东穿过李堡和花堡两村交界的地方，向北再折返向西，才能到达村中心。这样要绕行两里多路，所以费工夫，费时间。

小竹桥是南舍通向庄中心的咽喉要道，桥分三段，四根木桩。北边离河岸三米左右打上两根木桩，两桩之间用一根横梁一挑，然后平铺三根毛竹，用铁丝捆扎成竹排，宽度40厘米左右。一端搭在河岸上，另一端架在两根木桩间的横梁上，形成北边的引桥。南岸的引桥和北岸相同。中间一段要比引桥长一点，大概有4米多长，也是用三根稍粗的毛竹扎成一个竹排架在两边的引桥上面。

这样的一座竹桥，哪怕是白天，胆子小的人也不敢通过。即使是胆子大的人通过，也要谨慎加小心。要是碰上刮风下雨，更是百倍的危险。碰上伸手不见五指的黑夜，只能丢下尊严，放下前面的两只手，趴在桥上，像狗一样爬过去。从这座桥上掉下河的人不计其数，所以人们称这座桥为断魂桥。凡南舍的人要是没什么重要的事是不会轻易过桥的。

我已10多岁了，还不会游泳，对这座桥是爱恨交加。"爱"是因为这是一座快乐桥,"恨"是因为这是一座断魂桥。

每年的夏天,南舍和庄上的小朋友分成两派聚集到这里进行跳水比赛。比谁跳得好,比谁花样多,就像奥运会参加比赛的运动员一样。会跳水的人,由低到高逐步升级提档。那时,我们跳水分低档、中档、高档三个级别,裁判和评审员由最高档的人员充当。

从桥面到河面,大约有 3 米的高度。对于初学者来说,多少有点恐惧心理。人站在桥面上,总是胆战心惊,犹豫不决,迟迟不敢迈出这一步。即便敢跳,也要闭上眼睛,捏着鼻子,猛吸一口气,极不情愿地跳下去。

俗话说,万事开头难。第一次跳下去,感觉没怎么样,心里的恐惧感消失了,第二次再跳就勇敢多了,姿态和动作放松了好多。一站到桥面,不需要像首次那样,做更多的准备动作,就会迅速地跳下去。慢慢地,动作变得非常迅速、敏捷、流畅。这是自由式跳水,属于最低档。中档次的有规定动作,如站立式跳水、倒立式跳水、平卧式跳水等。

站立式跳水相对比较容易。人立于桥面,两臂上举,两手合掌,头向上,脚在下,向前跨出一步,垂直入水,凡会游泳者,几乎每人都会,没什么难度。

倒立式跳水稍微有点难度。人立于桥面,两臂上举,然后手掌向前俯身,成倒立式鱼贯入水。入水后,人体会向前滑行好远才会露出水面,这种动作,姿态优美,富有欣赏价值。

平卧式跳水最难,具有相当大的危险性。人先站立于桥面,然后人体挺直,成"一"字形向前平卧状态落下。由于人体平躺着接触水面,肚皮撞击水面后疼痛难忍,胆小者绝不敢轻易尝试。因此,只能永远停留在低档次上,升不了级。

高档次跳水就更难了。这一档次主要有三种姿态。一种是人成蹲立式,人体向前两臂抱着两腿,向前翻转一圈落水。第二种,人站立着,然后反转向后弹跳起来翻转一圈落水。第三种,人体后背对着河面,弹跳起来后,向后翻转一圈入水。这样的姿势,没有大量的练习是难以做到的。能够做出这种高难度动作的孩子，真是凤毛麟角，几乎不亚于现在奥运会上的运动员了。

那时南舍的孩子和村上的孩子经常举行跳水比赛。跳水比赛一般分团体赛和个人赛。团体赛比速度，比协调配合。个人赛比技术的难度和技术的熟练程度。

先看团体赛。两组人马中，各挑选少则 5 名、多则 10 名能力强的选手。村上的站在河北岸，南舍的站在河南岸，各排成一路纵队。发令员一声令下，双方队员就像两趟出栏的群鸭一样同时从桥两边一个跟着一个奔向桥中间，离桥桩大约一步远的地方依次鱼贯式跳下，然后迅速从各自的岸边爬上河岸重新站好队形，先完成动作的一方为胜方。

值得注意的是，比赛过程中，前一个人与后一个人之间的间隔距离要把握恰当。距离太近，后一个人会跳到前一个人身上，容易出危险。如果间隔的距离拉得过长，就会多浪费时间，导致比赛的失败。所以，团体赛比的是队员与队员之间的协调配合。

比赛结束，胜利的一方欢声雷动，跳着，喊着："村心队，是孬种，失败了，是狗熊。"叫喊声此起彼伏，经久不息。

那边村心队也不甘示弱："南舍队，少逞能，个人赛，别装熊。""谁英雄，谁好汉，比赛结果，看一看。"双方隔空叫板，于是扣人心弦的个人赛继续上演。

个人赛属于技术型比赛，参与的人数少多了。中档的也就两三个一决雌雄，高档的就更少了，只有一两个敢于挑战。这种情况下，那些勇敢者大多为自己的团队荣誉而战，获胜者就是团队的首领，享有至高无上的荣誉。参与组织，安排调派人马，所有比赛程序、规则的制定，他们可是一言九鼎。

当时比赛热烈、紧张、激烈的程度堪称"水上奥运会"。20 世纪 60 年代末至 70 年代初，农村还没有电影，也没有电视，农村孩子们的生活太枯燥了，只能变作法子自我寻找乐子。因此，这小竹桥就成了孩子们展示能力、娱乐生活的舞台。

我与花堡村

　　要说这竹桥是断魂桥，也是名副其实。1961年冬天，我到庄上小杂货店去买东西。返回时，可能是河中行走的船只撞击了桥桩，使桥面倾斜了，加上下过雪，桥面打滑，不小心脚下一滑，身子重心失去平衡，跌落桥下河水之中。冰天雪地，河水寒冷刺骨，那时我还没学会游泳，幸亏身上穿着棉衣，一下子不会沉入水中。我只能拼命挥舞着手臂，乱拍乱划，经过好长时间的挣扎，猛然间手臂触碰到了河岸，我这才站立于水中，被路过的行人救上岸来。虽然我没被淹死，但是人连冻带吓，身体每况愈下，一直病恹恹的。父亲、母亲为了多挣工分，养家糊口，舍不得歇工。那年头要是没工分，到年底分不到红，不仅没有钱花甚至连口粮也称不到，全家人的生活往哪里着落？所以，他们一直舍不得歇一天工，把我撂在家里，任其自生自灭。就这样一直拖了两个多月，我已经骨瘦如柴，人几乎连站也站不稳。后来，还是西边邻居叫德有的对我爸爸妈妈说："你们不能对这孩子不闻不问，再这样拖下去，孩子恐有性命之忧。"父亲母亲这才向生产队的队长请了假，将我驮到一个叫大家舍的老中医家，医生一看说："这孩子得的是'干将火'，要是再晚来三天，满嘴的牙齿都会掉光的。"医生给我开了几副药，并嘱咐父亲，回家后称点肉，给孩子增加点儿营养，焯肉的水别倒掉，用来给孩子洗两回澡，吃完这几副药之后再来一趟，我再开几服药，保准孩子药到病除。

　　回家后，吃完医生开回来的药，第二趟也没去，病竟然好了。这次，我算是从鬼门关又走了一遭，逃过一劫。虽然我害了一场大病，但是这病恐怕是因桥落水，受到惊吓而起。由于这桥老是有人落水，险情不断，到了20世纪70年代，村里也曾修理过一次。但只是加固了桥桩，将原来的毛竹换成了三根树木拼成的木排做的桥面，尽管比以前桥面宽了好多，也平整了些，可是遇到雨天或者下雪天，桥面依然泥泞泞得打滑，险情仍然时有发生。

　　党的十一届三中全会以后，人民生活发生了翻天覆地的变化，村集体经济得到长足发展，经济状况大为改善，小木桥改建成平坦、结实牢固的水泥桥,水泥桥还加了护栏。至此,这座影响人们生产生活的小桥脱胎换骨,变成了老百姓喜欢的幸福桥。这座小桥的变迁史,是花堡村由穷变富的历史。最后以一首诗概述小桥留下的记忆:

屋后小木桥,

危险生烦恼。

细想也好笑,

童年好热闹。

学游泳

　　冰天雪地的 1961 年冬天，就像一个让人见不到亮光的隧道，总是让人看不到希望的未来。自从我失足落水连惊带吓，生了一场大病痊愈之后，我常常一个人来到小桥边呆呆地发愣。

　　小桥啊，小桥，你是在显示自己的骄傲，还是嘲笑我的胆小？倘若显露你的骄傲，无疑是在我的面前展示你的险要。我的胆小，才让你有机会对我表示嘲笑。你也别骄傲，我也别胆小，我一定会成为浪里白条。

　　小桥耸立的桥桩，高悬半空的桥板，让我回想起掉落桥下惊魂的一幕，脑子里总有一种挥之不去的阴影：一朝被蛇咬，十年怕井绳。这座桥，我以后还跑不跑？这一刻，我清醒地意识到：只要我学会了游泳，就不会惧怕这座小桥。

　　时间就像哪吒的风火轮跑得飞快。时光老人送走了可怕的 1961 年冬天，又还给我们一个充满希望的 1962 年的春天。芒种刚过，小暑跟着就到了。

　　太阳烤红了脸，像个大火球般悬挂在空中，蛰伏了一个冬天的蝉又挂到了柳树的枝头，"知了、知了、知了"地叫个不停，更增添了夏日的燥热。

　　村前村后会游泳的小孩子又聚集到我家"丁头府"拐角处向东的开阔的河道中，踩水、潜水、抓泥巴打水仗，有时还做起栽花栽菜的游戏。

　　虽然哥哥会游泳，可在这一群孩子中找不到他的身影。他要完成父亲交给的新任务：教我学游泳。

我家东边这条小河向南是一条长约 40 米的断头死水沟。河水并不深，河心最深处，连我们小孩子都能踩到底，河底也没有污泥，污泥早被罱泥船刮光了。所以，这里就是我们学游泳的天然场所。

游泳有很多姿势：闷头泳、狗爬泳、蛙泳、仰泳、侧身泳、潜泳……作为初学者，起步只能从闷头泳开始，然后再慢慢升级其他的游泳姿势。这是我们小时候学游泳选择的最行之有效的做法。

当年，农村中小孩子学游泳既没有专业的游泳教练，更没有大人陪同。我有哥哥陪伴，已经够幸运了。其他孩子只能一个人自己学，一点外援也没有。

哥哥当游泳教员，其实也不称职。他只是把自己学游泳时的笨拙方法再在我身上复制一遍，并没有什么创新的巧妙技能。

哥哥教我学游泳的方法很原始简单：第一步，他让我捏住鼻子憋住气，蹲下身子，沉入水中，憋气的时间越长越好，就这样反复练习多遍。第二步，不用手捏鼻子继续憋气沉入水中，如此反复这是为了消除我的恐惧心理。第三步，脸向下，俯伏在水面上，伸出两臂不停地在水里划动，后面的两只脚不停地扑打水面。刚开始，只能划动两三下，身子就会往水下沉，尽管如此心里也不害怕，因为河水浅，很快脚就能踩到河底站直身子，露出水面，呼吸一下空气。

关键时刻，哥哥还是发挥了教练员的作用。哥哥说："你在伏向水面之前，要深深地猛吸一口气，将肚皮吸得鼓鼓的，伏到水面后，嘴要紧闭，千万别张开。只要你不松开，肚子里有气，你的身子就不会往下沉。你只需一个劲儿的划动双臂就能游很远。"说完，哥哥还做了一个示范动作，竟然一口气游了十几米。

听了哥哥的讲解，也看了他的示范，我若有所悟。我模仿哥哥的样子重新练习。果不其然，身子不再往下沉了，我使劲挥动手臂，用力划水，竟也能游三四米远。我的信心大增，就这样不到一天，我就学会了闷头泳，两三天之后，我就大胆地尝试横游五六米宽的小河道。

横渡小河道之后，我又在向新的目标发起挑战：仰头泳。仰头泳就是脸不再伏在水面上，而是将头抬出水面。刚开始，头一抬身子就会往下沉。每当这时,我就降低要求,继续将头伏下去。就这样不断地重复练习,不断地探索总结经验,在经历无数次失败之后,终于悟出了门道:要想做到身子不下沉,必须手臂和两腿同时发力,有效协同,才能达到目的。这就应验了一句老话:失败是成功之母。

学会了游泳,也就学会了一种谋求生存的本领。父母在田里干活儿也就少了一份顾虑,不再害怕孩子在家里因溺水而死亡。为父母解除了后顾之忧,这便是学会游泳的意义。

如果我们再进一步联想:小时候家里很穷。因为穷,孩子们必须自己主动谋求生存。要想生存,一是不被饿死。为了战胜饥饿,孩子们学会了爬树,采桑葚;学会了登高,掏鸟蛋;学会了下水,踩河蚌,捞鱼虾。要想生存,二是不被淹死,他们还必须学会游泳。现在生活富裕了,家里不缺钱。如今的孩子学游泳,父母将孩子送到游泳馆,找专职教练,一下子舍得花数千块钱,可我们小时候学游泳全都是自学,不花一分钱,两相比较,天壤之别。

> 稚气孩童兴致高,
> 不畏深水赤条条。
> 为防溺水学技巧,
> 自学游泳志向高。

村庄里的喜与忧

下雨没鞋穿，打粮没饭吃，有棉没衣穿，生病没医生。这是我童年时代，曾经留下的记忆。那时农村人有五愁：愁吃、愁穿、愁住、愁生病、愁屋漏。你也愁，我也愁，家家愁，天天愁，月月愁，年年愁，衣食住行样样愁，这也愁，那也愁，何年才是个头啊！这是当时农村人内心无比焦虑的共同点，也是一种无赖的苦闷与绝望。

三四岁时，春天赤脚奔，夏天木屐跶，雨天穿钉鞋，冬天毛窝儿踹，说的是没鞋穿。

木屐即木头脚底板，脚面用帆布带做成的木头拖鞋。

钉鞋是一种鞋底是木制的，木制鞋底下有两根小方木块制成的横木，前脚掌下一块，后脚跟下一块。木制鞋底上面是用布做成的鞋面，但是没有脚后跟，只有脚面。脚前面用布做成的鞋面还要用桐油油好多遍，形状像拖鞋。

在当年的生产队，干一天活儿，小劳力一天三四分工，大劳力五六分工，一分工只值二三分钱，一天收入也就一角多钱，多的不过两角多钱，这样的微薄收入哪里有钱买布做鞋做衣服呢？印象特别深的是那时农村全是泥土路，南方高沙土地带下雨天雨一停，地面就干了，穿布鞋走路还好走。可是里下河地区全是黏性土壤，下雨之后，泥土路坑坑洼洼，水塘又多，脚一踩就是一个坑，如果连续阴个十天半月，泥土路因为人经常跑，路面泥泞不堪，人称叫"泥坞子"，走路时脚能陷进去几十厘米深。夏天人赤脚走路可以应付，可是冬天怎么能赤脚呢？偏偏那时商店里还不曾有防雨鞋卖，里下河地区的人最怕下雨天，一旦下雨就无法出门走路，闷在家里干着急。哪怕近在咫尺的邻居串门，也只好穿钉鞋。

六七岁时，知道家里家具少，农具多。诸如钉耙、大锹、小锹、镰刀、犁耙、犁耖、粪桶、竹篙、戽掀、锄刨（除草的工具）、把钗（挑稻把、麦把的工具）、粪舀，算起来不下几十种，几乎占满整个屋子的空间。如今，农业已经实现了机械化，很多以前使用的农具，现在基本上销声匿迹了。比如秧尺、秧凳儿、戽掀、棉花钵、拆墒锹，这些千奇百怪的农具都是农耕时代的产物。

七八岁时，记得衣服少，虱子多；粮食少，票券多。打从我有了记忆，身上总少不了破皮烂肉，六七十年代的农村中，几乎家家都有虱子，衣袖内，被子里，铺板缝，枕头上，头发里处处都是虱子的藏身之处。冬天一有空，大人小孩 就会蹲在草垛下捉虱子。身上满是虱子咬后留下的疙瘩，痒得难受，拼命地用手挠，越挠越痒。不停地抓，不住地挠，身上能不破皮吗？有人要问，为什么有这么多虱子呢？有句俗语：饱汉不知饿汉饥。没有经历艰难年代生活的人，是不会体会到当年农村人身处困境的滋味。当年农村人因为衣服少，翻来覆去仅有一套衣服，整天穿在身上，无法轮换，加上冬天个把月才会洗一回澡。试想一下，衣服不换洗，头也不洗，澡也不洗，这虱子能不多吗？

我的童年，一直是在饥饿中度过的。那时，农村人没粮吃还可以吃糠咽菜，可城里人生活更艰难。每人每天口粮只有五六两，实行的是配给制。所以，吃粮有粮票，穿衣有布票，称肉有肉券，买烟有烟券，吃油有油券，打酒有酒券，烧煤有炭券，由于经济不发达，各种商品十分匮乏，样样都是凭票供应。

小时候见到的农村，草房多，瓦房少。在广大农村有 90% 以上人家住的是茅草房，墙壁是土坯砌成的，小麦秸秆铺就的屋面，三间五架梁结构，十分低矮，大人一伸手就能够到屋檐头。

这样的草房，我们小朋友很喜欢，房屋山头的屋檐下是麻雀儿的藏身之处。每年春天，我们可以掏雀儿窝，拿麻雀儿蛋，这项工作需要两个小朋友配合，一个蹲下身子，另一个站在他的肩上。站好之后，下面的小朋友，扶着墙壁，站直身体，这样上面的小朋友就很顺利地掏到麻雀儿蛋。大人叮嘱我们，掏麻雀儿蛋要小心，邻村有孩子掏到大毒蛇，从高空摔下来丢掉了性命。麻雀儿蛋掏多了，就会呼朋唤友，来到野外烧野锅儿。吃野炊很有趣，食材全是天然的，集体农田里的豌豆儿、蚕豆儿，河里摸的鱼虾、螺蛳、河蚌（小河蚌最好），配上麻雀儿蛋、野菜儿，煮熟后香味扑鼻，味道十分鲜美。

这样的草房还有一个好处。因为墙壁是泥土的，冬天蜜蜂儿就钻进泥土墙壁洞穴中过冬。经过一个冬天的冬眠后，春天油菜开花后，苏醒后的蜜蜂儿争先恐后地飞出来采蜜，这时，我们小朋友个个忙着掏蜜蜂儿。左手拿一个小小的墨水瓶，右手拿一根细小的篾棒，听一听墙洞儿里面有没有嗡嗡的叫声，如果有，里面一定有蜜蜂儿。这时，心里特别兴奋，立即将左手的墨水瓶放在地上，将左手放到洞口，搅动篾棒，一会儿蜜蜂儿就会探出身来，左手拇指和食指一捏，蜜蜂儿就乖乖地成了俘虏，蜜蜂儿装进瓶子后，不要忘了在瓶盖上掏个小孔，不然瓶子里的蜜蜂儿会因缺氧而死亡。为了使瓶子里的蜜蜂儿活的时间更长，我们还会采点油菜花放进去，蜜蜂儿有了粮食，一个星期也不会死亡。

住草房的人家，最大的担心就是夏天刮大风，如果遇上六七级的大风，房屋顶上的麦草就会被大风刮跑了，所以有经验的人家，为了屋面不被大风掀了盖，就会在屋山头房檐边压根粗木棒。不少茅草房年久失修，屋面就会漏雨，每逢夜里漏雨，常常会把床上的被子淋湿了，这时，家里的脸盆、木桶、水桶儿就会全部摆放到床上等雨，全家人一个也睡不成觉。所以住草房的人家有两怕：一是怕刮大风，二是怕下大雨，尤其怕夜里下雨。遇此情况，全家人都会愁眉不展，心里忐忑不安。小时候，我特别羡慕住瓦房的人家，一年到头，不受风雨的侵扰，生活安定幸福。由此，我就心存奢望，如果哪一天，我家也能够住上新瓦房该有多好啊！可在当时，这种奢望只能是海市蜃楼。

20世纪六七十年代，农村工人少，匠人多。比如篾匠、瓦匠、木匠、箍桶匠、修锅匠、磨刀匠、鞋匠、铜匠。这些匠人大多半农半工，专业人员很少。他们四夏大忙和秋收秋种时，忙农活儿种田地，到了农闲时,他们就利用自己的专业技能赚点儿小钱,贴补家用。

越穷越困难,穷人天天难。农村人最怕的是交通难,看病难。里下河地区,河网密布,出门就是河,所以,船是里下河地区的主要交通工具。近路坐渡船,远路搭帮船,长途乘轮船,这就是当时农村的交通状况。不少村庄,小孩子上学要坐渡船,大人下田干活儿也要坐渡船。渡船有两种,一种是绳渡。什么是绳渡呢?有些河道小,两岸距离只有六七米,或者十几米,这种情况就设绳渡。绳渡就是船上没有专门的驾驶人员,在渡船的两头扣上绳索,绳索与两岸相连。比如有人要到河北岸去,那么上船后,就自己拉扯船头北边的绳索,渡船自然就到了北岸。渡河的人既是乘客又是艄公。还有一种是篙渡,有些河道比较宽,有 20 多米或 30 多米,这种情况就设篙渡。由生产队专门派人负责用竹篙撑渡船。渡船较大,一次能装十几人,甚至二十几人,这样的摆渡船工,一般生产队有报酬,记工分。既服务生产队早上上工、晚上放工干农活儿的人员,又面向走亲访友外村过路的客人。不过为过路客服务是要收钱的。一般过一趟收取五分钱,那时从农村到县城没有公路,当然也没有公交车。如果村里人有小病小患,伤风感冒,跌打损伤,病情不严重的,就在村里找赤脚医生看病,如果碰到大病或者急病就只能到县城大医院看病。若是走旱路就用木制小推车,走水路就会选择搭帮船。什么是帮船,就是农村人到县城买东西等,来往于农村和县城之间的船只。坐这样的帮船不但费用很贵,而且速度也慢,走一趟几乎要半天时间。试想一下,一个患上急病的人,路上耽误这么长时间,生存的希望太渺茫了。所以,交通难、看病难是困扰当时农村人的一大难题。

岁月蹉跎,童年时代的农村人所经历的艰难困境,至今仍在我的脑海里挥之不去。我以忧郁的心情记录这段经历,不知道是给历史留下一段记忆,还是给自己卸下一份沉甸甸的责任,也许更是给我们的后辈留下一段深沉的追缅。

岁月蹉跎揪心焚,渡船装载种田人。

草房害怕大风刮,害病担惊去县城。

草 堆

夏秋两季田头忙,入冬草堆排成行。20世纪六七十年代,草堆是农村的标志,是乡村里独有的风景。对于城里人来说,只要你看到了草堆,你就知道已经来到了农村。不过现在的农村,几乎看不到草堆了,只有烧土灶的农户屋旁偶尔才会看到一两个,草堆已经成了当今农村中比较稀有的景观了,估计很快就将绝迹。

20世纪50年代,一直到90年代,远离城市的乡村,在树木和村庄的包围中,农民房屋的周边到处是星罗棋布的草堆。尤如边防哨所站岗的哨兵,守护着鸡鸣犬吠的村庄。

我的记忆中,乡村的草堆有麦草堆、稻草堆之分。在南方的高沙土地区,大都是麦草堆(当年通南地区还没有种植水稻),农户们用木板车将麦草拖回家散着堆码。可在里下河地区大都是稻草堆。人们习惯用草蔓子将稻草捆成草捆子,直径一尺左右,如此操作便于用船运输。堆草堆时,一般位置选择地势较高之处,防止底部潮湿腐烂。讲究的人家会在草堆底部垫放一些杂树枝或小的树木棍,将草捆子放在小木棍上,这样草堆底部既不会受潮,也可以让鸡、鸭、猫、狗等动物,到了炎热的夏天在底下乘凉,能给小动物们遮风挡雨避寒,一举多得。

主人将草捆子一层层堆放,逐层加高。一般底部草捆子的根部向外,尾子向内,草堆底部宽,越往上逐渐收窄,最上部只有三、四尺宽。到了顶部,草捆的根部向内,尾部向外,且顶部做成房屋一样的八字形斜面,便于排水。最顶部的草捆结合部要用散稻草覆盖,防止雨水渗漏进草堆里面。堆草堆是种技术活儿,有技术有经验的老农堆成的草堆样子很美观（远看像一座房屋），既不容易倒坍，也不漏水。

在里下河地区，到了冬天满眼看到的几乎全是稻草堆，麦草堆几乎没有。因为农村人住的房屋，屋面大都用小麦秸秆盖的。由于农村经济条件差，买不起砖瓦，90%的人家住的是草房子。盖草房小麦秸秆需求量特别大。每年夏季，新麦秆一下来，很快就被用来修补屋漏。即使自己家不需要，也会卖给左邻右舍盖新屋、修旧房，整齐的小麦草是当年农村的紧俏商品，一百斤小麦秸秆能卖好几块钱，为了收集整齐的小麦秸秆，20世纪六七十年代每年四夏大忙时，收割上来的小麦全都是用人工掼，所以用工量很大，掼小麦把常常通宵达旦不合眼。夏天，农忙时节，白天，割麦、拿把、沤田、耕田、栽秧……农活太多，掼麦把只能放到夜晚开夜工。天黑看不见掼把，用一把钗子插在地上，将马灯吊在钗柄上照明。十多岁时，我也参与过掼麦把，不管是大人小孩，年老的，年少的，男女老少齐上阵，累了、困了，靠在麦把堆旁打个盹，醒来继续干活儿，没一点空闲。一个四夏大忙下来，个个熬红了眼，眼眶也大了一圈，浑身筋疲力竭，80年代，用"小老虎"（脱粒机）脱粒，几乎不掼麦把了。

当年农村，不仅家家户户门口有草堆，每个生产队的场头都会有四五个大草堆。草堆底部宽有五六米，长有十四五米，高有近二十多米，高耸入云，犹如高大的山峰。这些草堆不是用来烧火煮饭用的，而是为生产队的耕牛准备过冬吃的草料。当年，农田全部是水牛耕地。一个生产队少则两三头，多则五六头耕牛。如此多的耕牛，每年冬天水冷草枯，水牛没有青草料，只能吃场头上的干稻草。耕牛吃干稻草咀嚼困难，而且不易消化。到了冬天，看守牛棚的牛倌儿要负责清扫牛粪，给牛喝水，还有一项特别的任务，用铡刀将干稻草切碎。这样既节约了草料，减少了浪费，耕牛吃起来又省力，还容易消化。所以，每年冬天用铡刀碎草料就是守牛棚人的一项重要工作。

由于场头有好多草堆，所以草堆就成了麻雀过冬安家繁殖、生儿育女的好去处。每到冬天，生产队的场头，成百上千的麻雀群居于草堆之中。20世纪50年代，一直到70年代，农村人生活特别苦，一年吃不到两次肉，要想打牙祭、开荤腥，农闲的冬季，可以到野外打野鸡、捉野兔，也可以到场头捕麻雀。

冬天，下过一场大雪，到处银妆素裹的世界。麻雀遭了大难，无处觅食。农村孩子逮到了机会，带上早就准备好的工具来到生产队的场头草堆旁，张网捕麻雀。先在地上清出一块空地，铺撒些瘪稻壳、草絮子，然后支起网具，尺把长的短竹撑上扣一根长细绳，牵着绳索躲到远处的草墩后面。饿疯了的麻雀哪里知道这是一个陷阱，虽然开始时小心翼翼，东张西望，但到底还是禁不住诱惑，一步步走进网具，一只、两只……麻雀们看到同伴埋头吃着难得的美食，一下子来了几十只，躲在草墩后面的狩猎者，眼疾手快，猛地一拉绳子，呼啦一下，半圆形的网具扑倒下来。麻雀们知道大难临头，拼命地在网具中挣扎，但事已至此，只好乖乖地当了俘虏。捕鸟的过程趣味无穷，更何况还有一顿意料之中的美味晚餐呢！

有草堆的村庄是温暖的、安闲的。稻草是庄户人家生火做饭必不可少的燃料。烧草烙出来的饼，炒出来的菜，煮出来的饭，吃在嘴里特别地香。进城之后，用液化气灶和电饭煲煮出来的饭菜，怎么吃，也不及用稻草做出来的味道好。城里的人常常感叹，还是用铁锅，稻草煮出来的味道正宗，那才是想象中祖宗传下来的几千年的饭香。

草堆看上去很平凡，但是它代表的是20世纪中期农村人火热的生活图景。每年农闲的冬季，农村人会捶稻草，打蒲鞋，搓绳子，家家户户，男女老少忙得热火朝天。蒲鞋可以给脚带来温暖，节省家庭开支。绳索可是农村人必不可少的生产生活用具。当年农村人几乎天天要用绳子，拖拖拉拉，捆捆扎扎，绑绑缠缠，牵丝瓜棚，缠挑泥渣用的泥络儿……用处多着呢！

草堆也是农户家鸡鸭禽兽们生活的天堂。村里的骡马牛羊多，鸡鸭猫狗多。白天，鸡鸭会自行溜到草堆脚下扒扒草窠，刨刨疏松潮湿的泥土，啄蚯蚓，找小虫子吃。小猫、小狗结伴围着草堆追逐打闹。时而爬上，时而跳下，时而蹿上树杈，时而落地转圈，快乐无比。冬天的夜晚，家猫、家狗会在草堆旁掏个洞，躲进里面取暖，草堆成了它们的安乐窝。

冬天夜幕降临，小朋友们呼朋引伴聚集到此，玩打仗，捉迷藏，草堆可是天然的屏障，更是孩子们百玩不厌的娱乐场所。冬季的白天，暖阳高照，不管是大人，还是小孩，都会选择避风朝阳的草堆，蹲着身子，拱着手，蜷着身子，三五个汇聚一处聊天说笑。有时也会孤身一人背靠草垛，眯着眼睛睡懒觉，那种暖洋洋的滋味无法用语言描述。

寒风呼啸，大雪纷飞。飞舞的雪花，覆盖了田野，压弯了柏树的枝条，给草堆戴上了白色的绒帽，如同童话世界一般格外慈祥善目，令人遐想不已。

有草堆陪伴的童年是饱满的，生活充满诗意。如今，时过境迁，虽然进城了，可是，一到冬天，我仍想重回农村，蹭着草堆，再过一把暖阳之下睡懒觉的瘾，重温一遍童年时代的记忆。

年代久远记忆长，
村头草推排成行。
柴草入灶炉火旺，
农家菜肴口味香。

童话小故事二则

白云和山顶

白云绕山顶,彼此甜蜜蜜。

一日变了天,白云翻了脸。

天空彤云布,山顶惊了心。

彤云压山顶,山顶裹雪衣。

飞雪吻大地,大地卧冰心。

冰心凝世界,苍松将帽戴。

瑞雪兆丰年,原野裹素白。

和风和大海

和风好安静,大海静静睡。

一个甜蜜蜜,一个似陶醉。

阳光吃了醋,海鸟也羡慕。

晚霞作嫁衣,夕阳红扑扑。

童话小故事,慢慢细品味。

春夏秋冬变奏曲

春

河岸边的垂柳,风骚多姿,
鹅黄的眉眼在飘悠的枝条初现。

夏

池塘河藕,擎起华盖,
蜻蜓用尾笔涂抹荷花的红艳。

秋

凉风变成扫帚,
清扫地面飘落的黄叶。

冬

漫天鹅毛般的雪片,
铺盖早已赤橙黄绿的田园。

春是花姑娘,
夏成荷花娘,
秋是黄脸婆,
冬变白发妆。

雪

一

午间艳阳三月天，傍晚飒风寒惊心。
天空倏然彤云密，浑浊半空雪花缤。

昏暗云层凝滞滞，灰空脸色悲戚戚。
山川河流肃穆穆，树木竹林低萋萋。

二

雪停了，放晴了。
门开了，地白了。
绿树穿上白衣了。
草堆戴上白帽了。
柏树披上白袄了。
竹子撑开白伞了。
麦地盖上棉被了。
白鹅向天高歌了。
太阳露出笑脸了。

乡村印记

一座沉睡的村庄在五色的晨辉中苏醒，
一轮初升的朝阳染红了东方半边天空。
一缕缕和煦的太阳光洒向幽静的小溪，
一条孤影渔舟在水面划出清晰的水痕。
一位悠然渔翁站立在微微颤动的船头，
一阵清闲悦耳的乡间民曲已由近而远。
一张稀疏的渔网从船舷边缓慢地垂落，
一道"V"字形水纹在平静的河面延伸。
一行翠绿的柳树在河道边规则地排列，
一头膘壮的老牛正从河岸边痴醉前行。
一位顽皮的牧童正吹奏着欢快的乐曲，
一个美好的憧憬在明媚的春光里萌动。

秋天美

秋天来了，

秋色美得人都快陶醉了；

秋风凉了，

银杏树却把外衣脱了；

秋意浓了，

五指枫叶红着脸笑了；

秋实熟了，

金光闪闪的稻穗把腰弯下来了；

秋景美了，

一年四季的希望来了。

秋天很美，

美在街道旁火红的枫树叶里；

秋天很美，

美在庭院内清香满枝的桂花树里；

秋天很美，

美在棉絮般飘动的白色云朵里；

秋天很美，

美在孩子们笑盈盈的酒窝里；

秋天很美，

这是一种绚烂之美、丰收之美、奉献之美。

动物诗集锦

动物尾巴

麋鹿头上长棵树，孔雀尾上开彩屏。
松鼠尾巴鸡毛掸，公鸡头上高山岭。

咏蛙

青蛙身上披绿衣，独坐秧田如虎踞。
偶有一丝小动静，瞬间跳入水中去。

喜鹊报喜

喜鹊枝头翘尾叫，欣闻庭前把喜报。
房中呱呱降金童，阖家欢乐拍手笑。

蛇

惊雷一声报春到，桃红柳绿花如潮。
尺蛇浮游近水岸，没入草丛踪迹消。

猫

小猫咪咪叫，纯如小羊羔。
天生乖巧样，主人怀中抱。

乡村诗歌

青青河边草，悠悠不会老。

野火烧不尽，春回更妖娆。

白鹅河中漾，菜花黄又黄。

微风耳边吹，河水浪打浪。

遍地麦苗绿，菜花一片黄。

柳树枝叶长，满眼好春光。

院内桂花树，花开万点黄。

叶密千层绿，晚秋压群芳。

绿叶衬黄花，黄花更优雅。

细赏桂花香，犹似品浓茶。

野鸭戏溪水，波纹随风起。

落日近黄昏，晚霞更凄美。

墙角一树梅，凌寒傲风霜。

黄花似冰雕，朵朵吐芳香。

春来菜花黄，荷花满池塘。

八月桂飘香，寒梅庭内放。

春暖桃花红，杏花紧跟上。

梨花千万朵，百花争妍忙。

玫瑰蓄势久酝酿，花苞咧嘴待开放。

花开花落年复年，生命轮回吐芬芳。

民俗风情

男婚女嫁

婚嫁是终身大事，婚姻状况的好坏，不但影响自己的一生，还会影响子女的一生。在农村地区，谁家儿子要娶妻，哪家女儿要婚嫁，都不是一件小事。男大当婚，女大当嫁，历来人们十分重视，唯恐在某一环节上出现差错，而发生不可挽回的影响，因此，婚嫁有许多禁忌。

过去异族、异教、同姓、异辈、血缘相近是禁止通婚的，现在由于科学的进步，社会的发展，人类往来的增加，异族、异教、同姓不在禁婚之列了。但是在农村中同姓氏婚姻仍然被认为是乱伦行为。由于血缘关系影响优生优育，社会生活中还是在严格禁止之列，这是符合科学道理和社会道德伦理的。

民间男女二人能不能合婚，还要看生辰八字，姐姐谈婚的时候，父亲、母亲请算命先生进行掐算，是否相生相克。据算命先生讲，凡六合则宜，六害、六冲则忌。民间有"羊落虎口""龙虎相斗，必有一伤"等属相不能合婚，但命书无此规定。另有"猪猴不到头""鸡犬不宁"等也不能配婚。"红蛇白猴满堂红，福寿双全多康宁""青兔黄狗古来有，万贯家财捉北斗"等可以合婚。姐姐属狗，按命书说法，犬和龙配婚，犯了六冲，犬和鸡相配，又忌六害。现代年轻人在这方面观念已经淡漠，重要的是在于真情相爱。

结婚之日，新娘离开娘家，出门时，姑嫂不能相送。因为"姑"与"孤"同音，"嫂"与"扫"同音，不吉利。

我的姐姐叫花财英，出嫁那年19岁。记得姐姐上轿时，是由哥哥和我送上轿的。姐姐一手搭在哥哥的肩膀上，一只手臂搭在我的肩膀上，我和哥哥就像小孩玩游戏抬轿子一样，将姐姐送上了轿。花堡村婚嫁习俗与周边地区大致相同。

新娘上轿由家中的胞兄弟抱上轿，双脚不能踩地，以防冲犯地气，带走娘家的财气。到了男方家，要由新郎背新娘下轿，迎娶新娘往来要走同一条路，即从一而终之意。亲友送礼要成双，不能把钟表和镜子当礼物送。因为"送钟"和"送终"谐音，镜子易碎，会使人联想到"破镜难圆。"

20 世纪 60 年代末、70 年代初，农村口粮标准低，仍处于饥荒年景。家中红白喜事，招待亲友也没什么好款待。比如有菜品：慈菇烧肉，慈菇多，肉块很少（这便是当年的红烧肉）。肉皮、腐竹、木耳、菜帮等杂烩，外加点卜页炒韭菜以及一些蔬菜类。饭食：一尺八锅饭，两三斤米，其余就是剁碎的胡萝卜，混在一起煮成的胡萝卜饭。尽管如此，亲友们皆吃得美美香甜，甚为满足。

> 男女洞房红盖头，
> 拜天拜地拜父母。
> 同床共枕生贵子，
> 白头偕老鸳鸯合。

丧事习俗

在花堡村，如果哪家有老人老死，第一件事是找"土公"。父亲因患脑溢血，于1999年农历十一月十八抢救无效死亡，那一年父亲77岁，没有逃过逢七有坎的魔咒。人死不得复生，我只能强忍悲痛，到村西的河北舍找"土公"。花堡村上的"土公"诨名叫"二绰子"，80多岁，也是行将就木之人。"土公"这行业专和死人打交道，没有人对此羡慕，所以没人接"二绰子"的班他也就继续"癞蛤蟆垫床脚——硬撑"。

父亲倒下来了，只好将"土公"请到家里来，家中的丧葬礼仪自然由他说了算。其实，花堡村的丧葬习俗和里下河地区的丧葬礼仪同根同源没有多大区别。

寿终。死者断气后，灵床要设在长子的家里，死者脚两侧用两块砖撑起来，左手抓一把干面，右手抓一炷香，头前点上长明灯，门外置小桌，放三只水碗，安放七个酒盅，头前一个，脚后二个，捧盘内四个。

披麻、戴孝。死者断气后，孝子、孝媳在纽扣上系上麻，孝子头戴白色孝帽，帽子两边挂棉花球，孝子、孝媳腰上都要系上草绳。姑娘、女婿穿白孝衣，顶长幅白布，孙子辈戴红帽子，曾孙戴黄帽子，玄孙戴绿帽子，其余本家、亲戚、朋友、勤杂人员等一律戴白帽或黑臂套。本家、近亲等按全家人数发孝饰。

烧千张纸。死者直系晚辈到全后，烧千张纸。所有在场的人全部戴孝跪在遗体两边，"土公"用一条席子挡在大门口，吹打的人奏乐，待千张纸点完结束。

送纸。化完千张纸，周围邻居及庄客差不多家家都会提一沓草纸前来叩头跪祭，吹鼓手吹号迎接，主家分支烟接客，顺便赠送两只

"富碗",碗内放四粒糖块,意思是先苦后甜。

守尸。死者在咽气前必须穿上寿衣,否则到了阴间,鬼魂就会赤身露体。寿衣上不能用纽扣,要用带子,因为扣子会扣住魂魄永世不得超生。"带子"表示骨肉团聚,永不分离,子孙兴旺发达的意思。断气后,要在死者脸上盖一张草纸(现代用白布代替)。要严格防止鼠、狗靠近尸体为死人换体,以免死人因得到畜生们的灵气而成游尸,在阴间居无定所,活着的人也会寝食难安。所以死人上了灵床后,就不能离人,一般由扶棺的人轮流守尸,直到收殓盖棺为止。

送饭。送饭由"土公"负责,带上死者晚辈往土地庙送饭,共送七顿,每次参加人数由少到多,遗体火化前送五顿,火化后送两顿。

暖材。收殓之夜,家中有血缘关系的兄弟们,夫妻双方要睡在死者棺材下方,名叫暖材。"材"指棺材。"材"和"财"同音,寓意晚辈承继死者的财运。

收殓。死者断气后,须请人批亮方,也叫七单,定下收殓时间。收殓一共有如下程序:①上供饭菜,姑娘要上供倒头饭,然后叩头;②为遗体洗脸,在口中放糖;③孝子贤孙等晚辈向遗体告别,绕灵床三圈,走出大堂;④"土公"将遗体下棺,加棺盖,然后封棺。

挽钉、执钉。封棺时,有一钉名为子钉。"土公"将其直系子女各剪一绺头发,包在锡箔纸锞儿里,戳到子钉上部,名为挽钉。执钉者应是死者的亲兄弟或侄辈或孙辈,辈中选长。旧社会,往往母亲的娘家人为执钉闹丧。孝子、孝媳要三约、三请,才答应抢斧执钉。钉位按男左女右,由抢斧执钉人敲一下,"土公"送钉到位。

安葬。旧时安葬日期,必须选择交了大寒之后,其他季节不宜。出殡时,死者的儿女们必须披麻戴孝,长子孝帽后系一根打了七个结的麻绳结。每烧一次七,就剪掉一个结,与纸钱共同火化。孝子每人还要拿着一根用柳树棍制作的"哭丧棒"。死者下葬要暖坑、转坑(绕坑三圈)、添土、竖旗管,吹鼓手说合子等,做好坟墓后,将"哭丧棒"插在墓前。因为柳树棍易生根成活,将来可以长成护墓的伞盖。参加葬礼的人归来时要跨火盆,防止把鬼魂带进宅院,跨过火盆后,送葬的人要吃糕吃糖圆儿。吃糕寓意，今后生活步步登高，吃糖圆儿寓意今后生活甜甜蜜蜜。进入宅院前，靠近家门口的路上要摆上柴草捆，人们跨过一头点燃的柴草捆进入院内，寓意为"脚脚生财"。

上路。安葬结束后，众人稍歇一会儿，接着上路。所有亲友，带上赠送的花篮、花圈等排着长长的队伍出发，所有勤杂人员、和尚、吹鼓手一众人吹吹打打，声势壮观。这是整个丧葬过程中的高潮部分，上路队伍浩浩荡荡途经花杨李家堡三个村庄，沿途经过三四座土地庙，每到一处"土公"都上香叩拜，所有人员也要一一跪拜，行走三四里路程，在仪式结束前，众亲友将孝帽、黑臂套等和花圈、花篮火化。回家时，不可走原路，进家门前要从下向上走（即由西向东），寓意步步登高。

吃散伙饭。上路结束后，即刻吃散伙饭（中饭）。席中孝子在"土公"引领下，给各宗亲、族长和众亲友、周围邻居、庄客敬酒谢客，打招呼。至此，整个丧葬仪式完毕。

虽然同属姜堰区，梁徐一带和里下河地区的丧葬习俗，还是有一些区别。主要表现在，里下河地区，从火葬场火化完遗体，灵车直接开到墓地安葬，而梁徐一带，火化完遗体，先不到墓地安葬，而是返回家中，举行一套复杂仪式后，才到墓地安葬。

人生一世大江流，
闭眼升仙西天游。
茫茫星海无数宿，
试问银河哪一颗？

建房习俗

在花堡村，人们常常把建房和家运兴衰联系起来。不少人家房子砌好后，家中老老少少平平安安，就认为这宅地是个宝地，有祖上的阴德庇护。如果房子砌好后，家里老是出灾祸，不是有人被车子撞伤，就是走路不小心，摔伤了臂膀，家中日子过得不安，必有原因，因此，就会找人算命。算命先生掐八字一算，就信口开河乱说一通，说你家房基地建在太岁头上，惹恼了太岁，家里自然就不太平了。然后吓唬你要"拜部改作"，无非就是骗取钱财。

由于农村中迷信盛行，大凡建房人家砌房之前会十分慎重，都要请风水先生为自己家选一块好的宅基地。选择一块宅基地，按照阴阳（风水）先生的说法，最为理想的，应该左有流水（青龙），右有路道（白虎），前有排污（朱雀），后有高丘（玄武）。照此说法，选择宅基地要避风、向阳、利水、路通、近水。但是，选择宅基地最重要的要避开"两箭"：一是大路直对房子叫路箭；二是河道直对房子叫水箭，箭会伤人，这两箭一定要避开。另外，选住宅地还要避开墓地、庙宇、祠堂，这些地方不仅凶险多，而且不安静。

砌房子动工要请风水先生选择黄道吉日，避开月忌（每月的初五、十四、二十三诸事不宜），最忌在"太岁头上动土"。按照风俗太岁对应天上的岁星和地上的凶神。触犯了天上的岁星，中年会夭折短寿，惹怒了地上的凶神，全家会整年不得安宁。门向禁忌也较多：自己家的门不能对着别人家的门、窗和屋山墙，有"门对着门，家里必死人""门对门尽死人"之说。也不能对着巷口和人家的屋山尖、烟囱，否则不吉利。

砌房时房高很有讲究,前后左右邻里房高要大体一致,忌左邻右舍,特别是门前邻里的住房高于自家,有"周围房子高压断自己腰"的说法。20世纪农村建房,邻居之间,常因房屋高矮不一致,闹得老死不相往来,严重的甚至会闹出人命。

美化环境栽树植草也有考究,"前椿后槐,中间夹榆材",榆树结荚似圆钱,象征"余钱"。农村中也有院子内栽皂角树的习俗。皂角树结荚似刀形,古钱币有刀形状的,故皂角树称为摇钱树。特别禁忌"前栽桑,后栽楝"。因为"桑"与"丧"谐音,楝树的果实是苦的,不能自己种下苦果自己尝。

民间砌房子是每个家族最重大的事情,不少人家会倾其所有花掉一生的积蓄。其实,砌房子还是要量体裁衣,根据自己的经济条件而定。农村建房,有多种架构:三架梁、五架梁、七架梁,甚至九架梁。各人应根据自家的经济状况,选择其中一种较为合适的架构。生活中,人们选择最多的是五架梁和七架梁。

砌房子木匠先进门,先要断料,刨凿,然后打门窗,刨柱凿榫,穿二梁膀子,刨椽子……瓦匠一般要等木匠做得差不多了才会请到门上来。仅几天工夫瓦匠就砌好墙。以前农村落后,大多人家没钱砌砖头墙,只砌土坯墙或者砌草房,很少砌瓦房。不管砌草房、瓦房,上梁仪式总要举行。上梁仪式,既隆重,又有趣,大多选择良辰吉日,并邀请众亲戚前来祝贺,围观的人也很多。

浇梁。先把大梁刨削一新,并用桐油,油一油,黄灿灿的。上梁首先要浇梁。这时请喜神菩萨登位,就是用一张红纸,上书喜神之位,然后贴于堂屋后墙中央,并点烛焚香,主人对喜神磕头,接着木瓦匠请起大梁,用大凳搁在堂屋中间。木瓦匠常用"请大梁"而不用"抬"。"抬"是丧葬术语,不吉利。主家夫妻站大梁北面,脸朝南。木瓦匠站大梁南面,脸朝北,主人把红纸写成的"福"字交给木瓦匠,木匠贴东角,瓦匠贴西角,边贴边说合子:"福字生得乌溜溜,出在苏杭共二州。福字本是状元写,魁星提笔断其章。我把福字贴起来,恭喜主家子孙发大财。"瓦匠也得说合子:"福点写得像桃子,旁边写成衣领邦。写上一横再写口，先砌华堂后串楼。田字写得四角方，主家买田成了方。"

　　这时主家又递来一壶酒，让木匠浇梁，木匠一边浇梁一边又说合子："一把银壶接手上，我替主家来浇梁。银壶滴金又滴银，万两黄金砌玉亭。我把银壶往西浇，浇到湖广江西入琼瑶！我把银壶往东浇，浇到龙宫取财宝。恭喜诸位，请梁登位。"木匠说完合子，主家把红纸封儿交给木瓦匠才算结束。

　　抱梁。浇梁结束后，木匠又用红绸子扎成绸花系于大梁福字两边，这就叫抱梁。如今农村地区只在大梁登位后，在屋梁两端用红绿绸布条和各两支金花代之。

　　此时，主家又把点了红点儿的馒头和粽子接上去，把亲友祝贺上梁的绸被面也挂上大梁，然后把馒头粽子往下撂，木匠一边撂一边说合子："小麦生得两头尖，种在田里过九天。九十月里种下去，四五月里晒场边。磨出面粉白又细，做出馒头大又香。我把馒头往下撂，拾得快来发得高。"

　　为了答谢各位亲朋好友祝贺，合子还在继续。木匠："日出东方喜洋洋，恭喜主家砌华堂；亲朋好友贺新房，幸福生活万年长！"瓦匠："恭喜主家砌华堂，感谢大家来捧场；各位观众笑哈哈，荣华富贵发大家。"

　　至此，上梁仪式在众人欢笑声中圆满结束。

孙子的周岁生日

2012 年正月三十，我时年 57 岁，抱上了孙子，如若农历月小，孩子就没有准确的生日，家人决定按公历年 2 月 21 日作为孙子生日的纪念日。2012 年是龙年，于是取名叫泽龙。花泽龙寓意孩子像大海里的蛟龙，将来前程似锦。我家的红灯有人传，孙子过周自然要大操大办。花家的宗亲族长，周围邻居一个不落悉数到场。其他还有姑奶奶、姨奶奶、舅奶奶所有亲戚都请了个遍。

农村人把小孩子每年出生的这天叫过生日，到了 50 岁向上的老年人就叫寿诞。孙子的一周岁生日我操办过，自己的 50 岁生日、60 岁生日也经历过，寿诞习俗了如指掌。（古有"父在不蓄须，母在不庆生"的习俗，在当今社会，那些老传统已经不再遵循了。）

孙子过周这天，家里人把孩子精心打扮一番，给孩子穿上新衣，眉宇间点上红红的圆点，更显得英俊，惹人喜爱。

外婆办了盒子，盒子上有长寿面、肉、馒头、粽子，旧时还有银项圈、手镯、脚链、帽子等。

晚上吃周酒。酒宴快要结束时还会放鞭炮、放烟花。放鞭炮、烟花时，外婆、舅舅家的要先放，其他亲友的紧随其后。

中午吃周酒之前，一般外婆、姑姑、姨娘们会集中于厅房内，让孩子抓周。抓周，最早见于 1500 年前的南北朝时期。据《颜氏家训·风操》记载："江南风俗，儿生一期为制新衣，盥浴装饰，男则用弓矢纸笔，女则用刀尺针缕，并加饮食之物及珍宝玩物，置之儿前，观其发意所取，以验贪廉愚智，以之试儿。"试儿，即为抓周，这就是抓周的出处，此习俗一直留存至今，社会上仍在沿袭。

抓周时，桌面上放些笔、墨、纸、砚、花粉盒、小梳子、麻将牌、小酒杯、木尺、针箍儿之类，让小孩伸手去抓。一般以孩子抓的第一件东西来判定孩子的聪明才智及爱好。如抓的是笔墨纸砚之类，说明孩子将来爱学习，能上大学，有美好的前程；男孩子抓到木梳子、花粉之类，将来会好女色、爱风流；如果抓到麻将牌、酒杯等，将来会好赌博、贪吃喝、不学好。若女孩子抓到剪刀、木尺、针箍儿等，说明将来女孩爱女红，针线活儿好，心灵手巧。虽说抓周缺乏科学依据，纯属无稽之谈，但老百姓仍然乐此不疲，以此来推断孩子的愚智和喜乐爱好。

孙子抓周时抓的是铅笔，众亲友欣喜万分，都说花家是文昌之门，孩子将来必成栋梁之才。

孩子过周后，第一个整生日便是 10 岁生日。10 岁生日农村中也十分热闹。同样外公、外婆或舅舅、舅母要办盒子，其他如姑父母、姨父母、伯父母、叔父母等也来庆贺，但不办盒子，一般出封儿钱（金额没有严格规定，有多有少），名叫"接官"。父母的朋友也会备礼前来祝贺。孙子 10 岁生日纪念日，家里早就大操大办了一番。

旧时孩子 10 岁生日这天，男孩子头顶或脑后勾留"耷桃儿"，女孩子开始蓄发打辫子。这天，大人吃酒、孩子吃蛋。

在花杨李家堡一带，一般人家不做 20 岁、40 岁生日，但是 30 岁生日，不分男女一定要做。俗话说三十而立。农村中流传"做三不做四""30 不做，40 不发""30 不理，滚到沟底"。我 50 岁生日时，排场就很大，仪式也隆重，酒席摆了 10 多桌，吃蛋糕、吃寿面。放鞭炮，放烟花，持续时间差不多有半个小时左右。

在里下河地区到了 70 岁以上，普遍"做九不做十"，也就是做 79、89、99，不做 80、90、100 岁。但是现在经济条件好了，普遍流行既做"九"也做"十"，目的是讨老人欢喜，尽晚辈的孝道，也为了家里喜庆、热闹。生活好了，家里富起来了，多花点儿钱小事一桩，何足挂齿。

农村中还有"躲寿"的风俗。"躲寿"分两种：一种 50 岁向上，逢"三""七"要躲寿。有种说法："七十三，要过关。""七十七，必挨跌。""七十七，必烧七。"老人最怕跌怕死，往往因跌而生灾祸。"躲寿"即为"躲坎""躲祸"。到姑娘家过几天，或者出一次远门，就能将灾祸躲过去。还有一种"躲寿"是指那些耄耋老人。高龄老人普遍怕死，做寿时放鞭炮，轰动大，老人们怕惊动阎王老爷，提前勾魂。所以有的老人不准子女为他祝寿，或者即使做寿，不准放鞭炮、放烟花，这叫"闷仄声儿大发财"。

做冥寿。子女为已故的父母做整生日叫作冥寿。即像活人一样大操大办筵席，请和尚放焰口，还买扎好的香烛纸马，超度亡灵，以此来显示家中富有，显示自己的身价。

家老接香敬家神，

祈祷观音旺子孙，

香火开花结富贵，

老来子孙庆寿辰。

民间道情

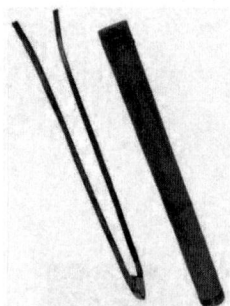
道情人简板和套具

一曲悲歌诉春秋,三声道情叙人生。道情是一种在民间流传的民俗文化,在里下河地区,源远流长。在花杨李家堡一带,道情因李堡村文艺演出队演出的《珍珠塔》中,方卿用道情数落自己的姑母是一个势利小人而妇孺皆知。

道情的表演形式古老而简朴,在里下河地区的曲牌有《白蛇传》《小上坟》《小尼姑》《梳妆台》等数十支之多。

花堡村中,会唱道情的人只有麻井根一人。麻井根名叫翟井根。因他脸上留有许多麻子,所以庄上的人们就叫他麻井根。他家住在花堡村四队,是我家的一个远房堂叔。他健在时,我家一有红白喜事,就会请他来唱上几段,我家和麻井根家一直都有人情往来。他于2016年病逝。

麻井根爱好唱道情。自己在家闲得没事时,会吼上几句;夏天左邻右舍乘凉时,为了给大伙解闷也会吊吊嗓子;甚至在田间劳动,休息时也会清唱几曲。每当亲戚家有什么喜事儿,到人家吃喜酒时,他都会身背一个道情袋子赶去赴宴,道情与他真是如影随行。

曾记得,我结婚正日那天,三杯酒下肚,他就毛遂自荐,取出道情,清一清喉咙嗓子,开始唱起道情来。开唱之前,会有一段开场白:"各位亲友,今天,我为大家唱一曲郑板桥所唱的道情。"

只见他左臂怀抱道情,手拿简板,右手食指、中指、无名指并拢敲打渔鼓,配合简板击节作为唱句的过门:"老渔翁,一钓竿,靠山崖,傍水湾,扁舟来往,无牵绊。沙鸥点点轻波远,荻港萧萧白昼寒,高歌一曲,斜阳晚。一霎时波摇金影,蓦抬头月上东山。"声音清脆悦耳。

一曲唱罢,满屋之人,齐声喝彩:"好,好,好!"刹那间,掌声四起,经久不息。这麻井根见众人喝彩,更是兴致高昂,又摆开架势要给大家来一段方卿戏姑母。正要开唱,父亲说:"井根叔子,赶紧吃酒,免得菜都凉了,等吃完了酒席,有的是时间让你唱。""好,好,好,大家喝酒。"说完,继续喝起酒来。

大家一边吃酒,一边谈论道情话题:"兄弟,你会唱道情,那你把道情的来历,给我们说说好吗?""那好,既然大家想听,我就给大家说说。"

麻井根喝了一口酒,一边吃菜,一边叙说起来:"里下河的道情,是郑板桥、金农诸家起而复活。师傅曾经给我讲过道情的起源。"

据说道情起源于唐《九真》《承天》等道曲,以道教为题材,宣扬出世思想。南宋开始以渔鼓和简板为伴奏乐器,因此,又叫渔鼓。明清以来,流传甚广,题材也有所扩大,在各个地区结合民间歌谣而发展成许多曲艺。

麻井根兴致不减,喝一口酒继续讲:"我10多岁就跟师傅唱道情,经常在溱潼、姜堰街上卖唱。唱道情很辛苦,除了在街上的店铺门前卖唱外,还会到车站、码头、轮船、茶社等处卖唱,奔波一天,收入只能维持一两天的生活。成年累月在外奔波,也只能勉强填饱肚子。唱道情不是个好营生,愿意学道情的甚少。在我们三村之内,恐怕现在只有我能唱几段。这门艺术在民间都快失传了,真是后继乏人。说到这里,麻井根不免有点伤感,嗓子都有点沙哑了,周围听的人,也跟着惋惜起来。

下面辑录几则麻井根经常口头传唱的郑板桥道情词,供大家分享。

老樵夫,自砍柴,捆青松,夹绿槐,茫茫野草秋山外。丰碑是处成荒冢,华表千寻卧碧苔。坟前石马磨刀坏。倒不如闲钱沽酒,醉醺醺山径归来。

老头陀,古庙中,自烧香,自打钟,兔葵燕麦闲斋供。山门破落无关锁,斜日苍黄有乱松。秋星闪烁颓垣缝。黑漆漆蒲团打坐,夜烧茶炉火通红。(注:麻井根家人提供)

十六大嫂腰鼓队

　　每年李堡村二月半行会快要结束时，会场上满场舞龙队精彩表演之后，就是花堡十六大嫂腰鼓队登台表演的时候。她们一般年龄都在 40—50 岁之间，平均年龄 45 岁，全身披红挂绿，身上斜背长筒粗腰形腰鼓，热情奔放地表演起来。

　　腰鼓队的队长是原花堡村支书刘双红的老婆，名叫申龙女，50 多岁。十六大嫂都各有能耐，她们有的是种田大户，有的在工厂打工，有的在家门口附近的服装厂做工，边做工边照顾孩子上学。

　　申龙女是花堡村的种粮大户，家中数百亩农田全是她一人打理。如此女强人，担任腰鼓队队长，当然众望所归。每当二月半庙会、溱潼会船节、正月十五元宵节等重点节日到来前一两天，她会利用晚上的时间把散居各处的人员聚集起来，训练打腰鼓。她们个个身手敏捷，跳起腰鼓舞来，身形灵动，舞姿飘逸，观看的人个个称赞不已。

　　腰鼓是中国汉族民间舞蹈，主要流行于我国西部地区，新中国成立后传遍全国。抗日战争期间，延安边塞腰鼓最流行，也最出色。腰鼓以热情奔放的形式，深受延安人民的喜爱，鼓舞了延安地区抗日军民的抗日热情。

　　腰鼓有武腰鼓和文腰鼓两种。文腰鼓的鼓点变化丰富，

路舞

动作比较活泼,技巧性高,表演细腻,多以单人即兴表演为主。

从表演形式上看,基本上可分为路鼓和场地鼓。在二月半庙会迎会时十六大嫂腰鼓队在行进过程中表演的就是路鼓。腰鼓队在迎会过程中一边走路,一边表演各种鼓点和动作,如"走路步""十字步""三步一停""左右侧蹬腿"等。

十六大嫂腰鼓队,在舞台上表演的就是场地舞。场地舞是停留在广场上或舞台上表演各种鼓点和动作,如"马步大细腰""单腿盖儿""连身转""老虎洗脸""雷神鼓""蝴蝶飞""紧三锤"等。

集体表演的腰鼓队形富于变化,有"卷白菜""九连环""十枝梅""丹凤展翅"等。

让我们把目光投注到舞台上十六大嫂腰鼓队身上。你看她们身着五彩服装,左侧腰间斜挂一个长筒粗腰形的腰鼓,双手各执一鼓槌,边击鼓边舞蹈,以强烈多变的鼓点与矫健的舞姿紧密配合,抒发欢快的热情。他们不断变化舞姿和队形,有单人、双人、四人和集体表演等各种形式。

打腰鼓常在节庆期间和高跷、狮子舞等一起在广场上演出。

现如今,打腰鼓遍布城乡各地,成了节庆娱乐不可或缺的项目之一。打腰鼓尤以老年人居多,每个乡镇以及各社区都有腰鼓队,他们浓妆艳抹,大红大绿,彰显出青春活力和喜庆的色彩。

场地舞

花堡村十六大嫂腰鼓队,就是她们当中最出色的一支腰鼓队。

不平凡的七巧队

斗七巧在里下河地区广泛流传，尤其是姜堰市张甸镇梅垛岑家村的斗七巧最出名。花杨李家堡的二月半庙会上就有七巧队表演，一直延续到"文革"之前。"文革"中因"破四旧"运动，使得李堡二月半庙会一度停办，七巧队也就自动解散消失。

随着改革开放不断深化，农村搞活了经济，人民的生活水平也逐步提高。农村人对文化生活的需求也越来越强。20世纪80年代后期，二月半庙会恢复了。

我的父亲花鸭寿，为了让面临灭绝的七巧队复活，凭着自己头脑中的记忆，苦思冥想，自己在家画草图，请木匠师傅根据自己画的草图制作模块，反复试，反复改。在摸索试制七巧板期间，自己忧虑得吃不下饭，睡不着觉，在家凑拼图，总结归纳斗七巧的种类、图形。父亲是一个大字不识的庄稼汉，对七巧板痴迷的程度以及尽心尽职的态度，让我既感动又心疼。

制作七巧板模块需要经费，我给父亲的零花钱他舍不得用，全部节省下来，资金还不够，就把家里的废铁、旧废物，只要能卖的，全收罗起来卖钱。通过多方筹措资金，克服重重困难，经过一个多月的努力，终于将七巧板制作出来。可以毫不夸张地说，花堡村七巧队的成立，父亲做出了不可磨灭的贡献。

七巧由七块形状不同的花窗板拼制而成，包括两块大三角形，一块中三角形，两块小三角形，一块平形四边形。七巧由七名表演者各执一具七巧灯具变化各种图案，可拼接组合成各种不同的文字和图画造型。

据有关资料记载,古老的七巧板花窗上的图案丰富多彩,有"狮子滚绣球""龙凤呈祥""二龙戏珠""唐僧取经""出水芙蓉""和合二仙""岁寒三友""万年青"等几十种。

自花堡村七巧队成立后,每年李堡二月半庙会上都有花堡七巧队表演的身影。斗七巧中,七名女演员的服饰是统一的,均为粉红色镶黑边大襟上衣,水绿色中式裤,腰系黄色腰带。

斗七巧的基本步伐为:①七巧鸳鸯步,②七巧便步,③七巧四方步。

斗七巧的拼凑图形一般有"斗"字形、"七"字形、"出水芙蓉""雪松挺立""仙人指路""红花绿叶""铁锤""镰刀"等。这些图形由基本步伐和队员踩着锣鼓打击乐的节奏在场上表演成形。

斗七巧由锣鼓伴奏,表演者走"鸳鸯步""七巧步""秧歌步"等舞步。表演时随意变化,时间长短一般没有严格的规定,一直玩到尽兴为止。

自从父亲去世之后,因花堡村的七巧队缺乏带头人而解散,实在令人遗憾。

七巧队,不平凡,行会路舞群口赞,

场地舞蹈吸眼球,庙会集场人如山。

扎龙巧手

虎踞龙蟠今胜昔，天翻地覆慨而慷。吟诵诗句，唤起我们对龙的崇拜。李堡二月半庙会名噪周边四邻八乡，声名远播。之所以名声在外，除了迎会时引人瞩目的神秘菩萨龛之外，那就是集会上必不可少的民俗文化符号——龙。

我们花堡一村，就有红、白、黄、紫四条龙，加上原李堡村、杨院村、花杨李家堡合起来不下十四五条龙。那么这么多龙出自何人之手呢？当然是扎龙师傅花晴春了。

花晴春是我家东边的邻居，和我家一墙之隔。他的父亲就是前文写到的"奎二爹"。"奎二爹"曾上过私塾，认字不少，是当年花堡村中少有的文人。他不仅识字，还有一身好手艺——箍木桶。什么水桶、面盆、洗脚桶、粪桶、洗澡桶，凡是木制桶类他样样都会。更值得一提的是还会扎龙，真是心灵手巧。"奎二爹"老了之后，就将自己的手艺传给了他的二儿子花晴春。

花晴春子承父业，青出于蓝而胜于蓝，经他之手扎出来的龙，栩栩如生，活灵活现，十分传神，人人夸耀，赞不绝口。花晴春去世了，人虽然不在，可他生前扎的龙还在。整个西片地区，以及周围村庄上的龙几乎全是他扎的，兴化的不少村庄的人也远道而来找他定制。可以说，花晴春的手艺在里下河地区声名远播。

我当教师时，碰到节假日，闲来无事，就会去看花晴春扎龙。我边看，边听他讲述有关扎龙和舞龙的相关知识，由于我听得多，见多识广，了解到有关扎龙方面的知识也就更多。

龙，分为龙头、龙身、龙尾三个主要部分。乡村里的能工巧匠们想象丰富,用铁丝,竹片和绸布扎制而成。布有黄布、红布、青布、黑布、白布等几种,在布上画上龙麟,便形成了黄龙、黑龙、青龙、白龙、紫龙。龙身有 9 节、11 节、13 节,也有 17 节、19 节的,最长的达 30 米左右。龙的每一节有一根木棍(人们习惯称龙棒),龙棒由表演者握持。因此,每条龙玩起来亦需 20 人左右。

农村中有接龙棒的习俗,接龙棒要慎重,你若接了龙棒,至少要舞三年的龙,中途不得放弃,满三年之后,若有特殊情况,才可交下龙棒,若没有人接过龙棒,你就必须继续把龙舞下去。否则对你和家人不利。

舞龙,有时一龙独舞,亦可二龙抢珠,还可群龙共舞。若是群龙共舞,当推黄龙为首,其他各色蛟龙只能与之伴舞,这是远古留下的老规矩。

每年二月十五庙会,花堡、杨院、李堡三村的舞龙队迎会结束后,都会云集三村交界的原杨李小学前的戏台处,10 多条龙汇聚一场。只听会长哨声一响,或大锣一敲,手执彩球的人便会引领长龙翩翩起舞。时而腾云驾雾,时而翻江倒海,气势磅礴,令人叹为观止。

花晴春师傅不仅会扎龙,对如何舞龙也懂得不少,我常常听他讲述舞龙的方法和技巧。

舞龙的动作多变,技法也较多。有蛟龙戏水、二龙抢珠、转大圈、绕"8"字,还有撬荷花、叠罗汉。在里下河地区传下来的技法只剩二三十种了。

龙舞的表演者,过去大多为男青年,他们扎一色的头巾,穿一色的彩服,扎上绑腿,显得雄姿焕发。随着时代的发展和进步,现在农村地区,巾帼亦不让须眉,她们也纷纷组织起来和男人们一起,表演起龙舞来了。

龙是中华民族的图腾,也是中华民族奋力开拓、自强不息的精神象征,龙的精神已经深深植根于中华民族的血脉之中。我们都是龙的传人。

快乐凤凰千家落

竖排书法：我与花堡村

喜庆锣鼓百家到，快乐凤凰千家落。我 1975 年高中毕业，刚刚跨出高中大门，重新走进了农业生产之路。

从学生蝶变成农民，我与花堡村所有村民一道投入到农业学大寨的热潮中。1976 年，我担任村团支部书记。新官上任三把火，这一年年底，为了进一步搞好农村的思想文化建设，活跃村民的文化生活，经村两委会同意，我组织成立了花堡村文艺宣传队，并担任队长，排练了大型现代戏剧《蝶恋花》。

在排练戏剧的过程中，我还组织文艺宣传队中有特长的文艺骨干，成立了一个凤凰演唱队，预想为农历春节增添一点欢乐气氛。为了能使凤凰演唱队演唱成功，我们到处搜集资料，整理挖掘唱词。功夫不负有心人。经过一段时间努力，我终于背熟了几十首凤凰词。花堡村凤凰演唱队的成立，让这一古老的民间文化艺术重新焕发青春活力。

凤凰是一种理想中象征吉祥的鸟。鸡头，蛇颈，燕颔，龟背，五彩色，高 6 尺许，其形威猛而美丽。

在花堡凤凰演唱队中，资格最老的是一个名叫丁志高的，他对唱凤凰的相关知识颇为熟悉，我们经常听他介绍一些鲜为人知的相关知识。

每年正月初一，凤凰队出村演唱，按老规矩，必先参庙拜神挂红。一到庙门口，敲一阵锣鼓，便唱："云淡风轻近午天，凤凰抬头看春联，上写禅门深似海，下写佛法大如天。"

门口唱完了，进庙里唱："淡月疏星绕建章，凤凰展翅来庙上。四大金刚两边站，哼哈二将列两旁。释迦牟尼朝南坐，观音药师在两旁。笑佛菩萨哈哈笑，八百罗汉各模样。"

参了庙后，就算挂了红，便可到村上各家各户门口演唱了。不过水乡桥多，入户演唱时，每过一座桥，还要参桥："张班造桥鲁班修，关公骑马观春秋。周仓扛刀桥上走，武松打虎过桥头。""锣鼓一打格朝朝，鹊仙桥头凤凰到。上桥喜逢铁拐李，下桥巧遇张果老。"

参了桥才可以挨门逐户演唱。每当来到一户百姓家门口。由执大锣的人起捧。只听"嗵，咚咚嗵，咚咚嗵……"敲打着，因为唱凤凰虽有现成的词，但有时还要编新词，编好后才敲"杀板"锣"嗵嗵嗵"，接着开声唱："云淡风轻近午天，小小凤凰到门前。一向主家送凤凰，二向主家来拜年！"一阵锣鼓后又接着唱："锣鼓一打响嗵嗵，老板家华堂真漂亮。向阳门第春常在，日后定出状元郎。"

此时，捧捧盘的人进门，道声"恭喜恭喜"。主家照例会放上一包香烟，也有包红纸封给钱的。若唱罢两曲主家仍不给钱，敲一阵大锣再唱："锣鼓一打响嗵嗵，老板家天井四角方。两边长出青竹子，中间放的荷花缸。荷花开花结莲子，莲子头上落凤凰。凤凰不落无宝地，状元出在你府上！"

直等主人给了红封儿，这才敲锣打鼓转到第二家。一般主人见上门唱凤凰，先放一串小鞭儿以示迎接，这时唱凤凰的一定会更加卖力，多唱几段。

凤凰一般都在本村本庄唱，也有争强好胜者到外庄外村去唱。这时本村的凤凰就会和外村凤凰斗一斗，名曰"斗凤凰"。

斗凤凰，实际比谁唱得多。一般本地凤凰先唱："锣鼓一打响嗵嗵，我们喜爱唱凤凰。鱼有四两各有主，母鸡岂能充凤凰！"外地凤凰连忙打招呼："锣鼓一打闹哄哄，小小凤凰会仁兄。仁兄犹如一把伞，为弟遮雨又遮风。"本地凤凰立即回应："锣鼓一打闹哄哄，仁兄有伞自遮风。如若有胆比凤凰，输赢全在凤凰中。"

双方一个接一个轮唱下去。他们唱了古人，再唱今事，客人若唱输了，擎起凤凰走人。客人若唱赢了，本村凤凰必须陪客人一路唱下去。

　　唱凤凰是农村老百姓非常喜爱的主要娱乐形式之一。由于凤凰旋律流畅，朗朗上口，好唱好听，深受人们喜爱。随着岁月的流逝，时代的变迁，如今的农村中已见不到唱凤凰的身影，每当回想起小时候农村唱凤凰的情景，脑海中常常泛起一阵美好的追忆。

附：

凤凰词

锣鼓一打格嘣嘣，凤凰来到你家中。
凤凰不落无宝地，祥云就在家上空。

锣鼓一打格嘣嘣，门头上方姜太公。
姜太公下四个字，百无禁忌在当中。

锣鼓一打格排排，两只麒麟一块来。
一只麒麟送子来，一只麒麟来送财。

锣鼓一打格喳喳,麒麟开口想说话。
若问说的什么事,观音送子到你家。

格噔噔来格噔噔,府上华堂胜十分。
华堂落在财宝地,富贵荣华万年春。

锣鼓一打格喳喳,姑娘头上戴红花。
她戴红花我晓得,早晚都要找婆家。

喜鹊枝头叫喳喳,姑娘如同一枝花。
学习成绩顶瓜瓜,不是清华上北大。

锣鼓一打咣咣咣,老板院子四角方。
四角方来四角方,皂角树来栽中央。

锣鼓一打咣咣咣,皂角树来栽中央。
皂角树是摇钱树,元宝堆到屋梁上。

锣鼓一打响铛铛,院子当中荷花缸。
荷花缸里开荷花,儿子将来题金榜。

锣鼓一打响铛铛,院子当中荷花缸。
荷花开得好鲜亮,儿子做官到中央。

锣鼓一打响铛铛,老板二老喜洋洋。
寿比南山松不老,福如东海水流长。

锣鼓一打响铛铛,老板妻子真漂亮。
胜似当年杨贵妃,貂婵美女比不上。

锣鼓一打格排排，老板长得实在帅。
常去北京和上海，财宝铺满铺子街。

锣鼓一打格喳喳，老板生意做得大。
生意兴隆通四海，财源滚滚淌进家。

锣鼓一打格喳喳，凤凰跑得汗洒洒。
若问跑的什么事，天荒日短赶下家。

村巷吆喝声

　　小巷深深，吆喝渐近。小巷悠悠，记忆绵绵。花堡村中多数小巷没有名字，但每个巷子里都有故事，无论你到城市待多久，哪怕你出差走遍大江南北，夜晚高悬的明月总会唤起你去追忆懵懂童年、快乐少年村中小巷的记忆。

　　我们把时钟拨回到 20 世纪六七十年代，在五谷归仓、四野空寂、农船泊岸、冰河冻水的农闲季节，待到早晨鸡鸭出栏、炊烟散尽、霜花消失、粥香散去、碗筷归橱时，狭窄沉寂的村巷深处便会传来阵阵吆喝之声："呛——箩——啰！——"声音微弱，耳朵能分辨出是从村北传递而来，又渐渐远去，直至慢慢消失。时辰不长，"磨剪子啰！戗——菜——刀——"又一清晰的吆喝声感觉是从屋西边的巷子传来。

　　水冷草枯的冬天，终年顶风沐雨，辛勤劳作的农夫们，钉钯、镰刀、锄具等早已刀枪入库，可是补鞋匠、铜银匠、箍桶匠、弹花匠、修锅匠们挑着自家的担子，唱着熟悉的乡村俚调，从幽深的巷道中走来，从人们淡出数月的记忆深处走来，且越来越近。

　　母亲捧出针线笸箩，顺手取一张小爬爬凳，坐到门外朝阳的屋檐下，边晒太阳，边纳鞋底。

　　父亲捆一支穰草，放在地上捶打，准备着打草鞋、毛窝儿，冬季的农村 70%的农户家中都在忙碌着几乎差不多一样的手头活儿。"修锅啰！坏锅、破碗修啰！——"如果说"鸡鸣犬吠蝉叫"属于大自然的交响乐，那么村巷中五匠人员的吆喝声是来自"柴米油盐酱醋茶"等衣食住行的乡间协奏曲。我的印象中修锅碗、戗菜刀、弹棉花、磨剪子、拨浪鼓货郎担是那个年代农村中最为普遍的生活常态。

修锅师傅个头不算魁梧且偏瘦，脸黑得像从煤炭堆里爬出来似的，头发蓬松，腰系一条长长的厚厚的黑色围裙，挑着一副沉重的担子，一头风箱，一头化铁炉。风箱顶一个敞口木盒，木盒分两档：一档摆放小铁锤、小铁钳、小铜钉，刷锅的稻草把等常用的修锅用具。另一档放着碎烟煤块，外搁一张矮小木凳。

"修——锅——啰!"沈师傅从巷道尽头走来，吆喝声由远而近。"沈师傅，今天出担怎么这样早啊，好几天不见你的身影，到哪儿发财去了?"父亲老远就和修锅师傅搭上腔。"哪里?干我们这行当，今天在西庄，明天去东村，吃的是百家饭，瞎忙活，发不了大财，赚点零用钱罢了。"沈师傅回应道。"挑子放下来吧，搁在肩上不累吗?我找点活儿你做，你可得客气点哟。""哪里话，都是乡里乡亲的，早不见晚上见，好说好说。"沈师傅选一个避风朝阳的地方放下挑子，又从工具箱上拿小凳坐下。

"二小，快去把屋里的坏锅、破碗拿来，让沈师傅补补。"父亲嘱咐道。时间不长，左邻右舍有的拿来破瓷盆，有的送来破米缸，锅碗瓢盆杂七杂八摊了一地。沈师傅理好担子，就近找来几块砖头，垫放在风箱与化铁炉下面，取一根一尺多长的空心钢管将风箱和化铁炉勾连起来。沈师傅开始忙着升炉火：从工具箱上拿出一个比拳头大点儿的稻草把，擦燃火柴，点燃穰草把，迅速将草把插进化铁炉灶堂内，右手一边轻轻拉动风箱，左手拿火钳夹着煤块放进炉堂内，煤块加完，略等三四分钟，待到化铁炉内的煤块烧红后，沈师傅从木盒中找出一只坩锅放进烧红的煤炭块中，再用小铁锤敲几个小生铁块放进坩锅内。

我见沈师傅右手拉风箱，左手还要拿铁锤敲打铁块，有点手忙脚乱，就主动上前帮沈师傅拉风箱。修锅师傅一见，高兴地说："这孩子有眼头见识，长大一定有出息，谢谢你小朋友。"父亲说："谢他干什么?闲着也是白闲，帮点忙也是应该的。"

趁着坩锅内的生铁还没熔化，沈师傅为我家修起碗来。修碗要用"碗钉"，"碗钉"形状和贴年画用的图钉差不多，只是"碗钉"内侧，中间部位有两支分叉的脚丫。脚丫插入破损的碗缝之后，将两支脚丫向两边掰开，当两个"碗钉"完成之后，就将碗瓷固定住了。一般一只碗要用四到五只"碗钉"，"碗钉"打好后还要在缝隙处涂上软石膏。

修缸和修碗不大一样。修缸时先要在缸壁上用钻头对称打两个眼儿，再用狭长的薄薄的铁条弯曲后插入打好的眼儿里固定好。这样的薄铁条叫锔钯，锔钯打好后，用调好的涂料将缝隙涂抹好。修好的锔钯，远远地一看就像蜈蚣趴在缸壁上一样。修缸按锔钯的个数给钱，一个锔钯大约一角钱。

几分钟时间，沈师傅已把我家的破碗修补好了。这会儿化铁炉内炭火熊熊，坩锅内的生铁已经完全熔化，熔化后的铁水红红的，那色彩就像打破的鸡蛋黄。

修锅与修碗、修缸迥然不同。既要胆大，又要心细，更要眼疾手快，动作稍有迟缓就会错过最佳时机。沈师傅沉着冷静，动作十分流畅娴熟。修锅先要除垢：取来铁锅，用铁刷子将外面的锅灰、铁锈除尽，用草把掸去灰尘，再用小铁锤、铁针、锉刀处理好破损的洞口，这才完成了修锅的第一个工序。这道工序做完，沈师傅拿出一个巴掌大椭圆形的厚布垫。这布垫用好几层黑布像纳鞋底般缝得密密麻麻，抓一把草火灰放在布垫上面，再备取一根大拇指一般粗的黑布卷。一切准备妥当，沈师傅将铁锅架于两腿之上，左手掌托着铺满火灰的布垫，右手拿一把小铁钳夹住一个微型汤匙，从烧得通红的坩锅中舀出一勺铁水，倒在左手的草灰上，快速地从锅内侧把铁水按到要修补的洞口部位，与此同时，抓着黑布卷的右手从外侧以极快的速度把红如豌豆般的铁水珠儿压平。瞬间，"呼"一股白色的烟雾腾起，待烟雾散开，一个圆溜平滑的铁钯牢牢靠靠地固定在了铁锅上。

这一过程看似简单，其实要想在几秒钟内一气呵成，完成这么复杂的高难度动作很不容易。首先握钳子夹汤匙的手不能有丝毫的抖动，稍有不慎，铁水就会伤害手臂。再就是左手草灰上的铁水珠儿要准确无误按到位，要是稍有偏差，部位选不准，一切都将前功尽弃。最后一个环节，右手舀完铁水丢开铁钳再拿黑布卷压平铁水，这一连串动作要做到环环相扣，协调恰当，动作稍有迟疑，一切都会报废重来。

右手用黑布卷压牢锅钯之后，沈师傅会拿稻草把端点水在泥土地上来回搓动几下，然后再到刚修好的锅钯处来回涂抹几下。这时，我忍不住问沈师傅："师傅，你为什么要拿穰草把给锅钯涂泥水呢？"

"你们小朋友一看见我们，不都跟前跟后追着吆喝：'修锅没法，全靠泥塌'吗？（"塌"，涂抹的意思）自古以来，师傅传徒弟，就这么一代接一代传下来的，至于什么缘故，我也说不清楚。不过手艺人干活儿各有巧妙不同：木匠断料，习惯留长一点（木料若断短了，这根木料便浪费了，所以木工断料宁长勿短）。铁匠选料一般短一点没关系。人们常说，'长木匠，短铁匠，不长不短泥瓦匠'这话很有道理。"

父亲接过话说："社会上流传五匠人员许多雅号：做官的瓦匠（瓦匠做工时，一般都要配个小工，零打碎敲的杂活儿丢给小工去做，自己做甩手掌柜），讨饭的漆匠，搬家的木匠（木匠干活儿要用的工具很多，像造船、修船、砌房子，大锯、剁凳、案桌等有时要跑好几趟搬运工具），劈劈剥剥的篾匠，铜匠的担子挑到哪儿响到哪儿（铜匠招揽生意不吆喝，担子上挂着许多铜制品，走起路来碰得钉铛作响）。想一想，真有趣味。"

"好了，咱闲话少说，老哥哥，今天修碗的钱，我也不收，这锅一共补了四个钯，收你二角钱，你看怎样？""你说多少就多少，那就谢谢你了。"父亲边说边掏钱，"荒年成饿不死手艺人，你看，一会儿功夫，现钱到手了，抵得上一个女劳力一天的工分钱呢。"父亲打趣地说。"不是我自夸，现在村里除了村干部，就数匠人最吃香，家里孩子要想有出息，还是学门手艺为好，免得将来讨不到媳妇。"

小时候，农村中一到冬天，每家每户都会拿些破锅、坏碗修修补补。沈师傅只要担子一放，马上大娘、老大爷、老奶奶就会拿着自家的破碗盆之类的东西围拢来，让他修补，沈师傅忙得差不多连中饭都顾不上吃。20世纪50年代至70年代，农业学大寨期间，农村人做工分，收入微薄，干一天活儿只有几角钱的收入。坏了的锅碗，花几分钱，几角钱修一修，补一补，能当新的一样使用，过生活掰着手指头精打细算,多省个钱好个钱。穷日子过惯了的一代人,目睹现在年轻人花钱大手大脚,不懂得节约,老人们看在眼里,难过在心里,不临深渊,不知道深浅,这就是不同年代的两代人存在心理代沟的原因。

岁月悠悠,风吹雨打,年复一年,故乡依稀在梦里,巷子狭小悠长,儿时村中小巷就像地窖里的一坛陈年老酒,在没有打开泥封盖之前,不免让人产生许多遐想。

"卖老鼠药哎!老鼠实在坏,饿了啃锅盖"。这就是记忆中的乡愁小巷;"磨剪子哎,戗菜刀,菜刀不顶用,气得屁轰轰"。这是乡味古村;"呛——箩——啰!箩筐坏了个洞,稻谷往外拱"。这是乡趣故事;"修——锅——啰!锅子有个洞,灶堂不好用"。这是乡情传音。这一声声吆喝,留存在我们的灵魂深处,等着我们去定格,去摹写,去激活。

闲话农村五匠

童年农村闹饥荒,家中缺粮少衣裳。

巧妇难为无米炊,锅里无粮富水缸。

种田凭借一双手,不及匠人一技长。

木工凿榫挣小钱,铜匠担子叮当响。

铁匠砧上显身手,瓦匠瓦刀砌高墙。

篾匠箩筐编得巧,修锅补碗炉火旺。

裁缝皮尺量短长,鞋匠店里通宵忙。

荒年不穷手艺人,身有一技家兴旺。

农村炊烟有需求,五匠人员最吃香。

正月半掌茅贺

正月半，人们普遍熟知的是炒元宵、吃汤圆儿，再就是正月十五花灯节，赏花灯、猜灯谜的习俗。其实正月半掌茅贺（火）也是农村地区的一个乡风民俗。这一民俗在 20 世纪五六十年代农村地区普遍存在，60 岁以上的农村老年人应该还有深刻的记忆。

掌茅贺就是通过扎茅火把子，在舞茅贺的过程中，观察茅火把子的颜色，预测当年的天气趋势，同时说唱贺词，借以祈求粮食丰收。当年的农村农业生产方面靠天吃饭，只有大自然风调雨顺，粮食才会丰收，一旦遇上干旱、洪涝或病虫害，就只能眼巴巴地看着农田里的庄稼减产。所以，每年开春，人们就以掌茅贺这种形式祈求菩萨保佑给老百姓带来美好生活的愿景，这一古老的民俗形式在广大的农村地区世世代代沿袭。

掌茅贺首先得扎茅火把子，选择笔直、大小基本一致的芦柴或河沟坎长的一种叫红柴茎秆做外层包皮，以芝麻秸、黄豆秸，或易燃的碎麦草、稻秸子等做包芯，用细稻草绳密匝匝地捆成碗口粗、约一丈长的草捆子，草捆的扎数等同当年的阴历月数，每月扎一道，平年扎 12 道，闰年扎 13 道。

正月半这天晚上，村庄上的每一户人家吃过炒糖圆宵之后，户主们就各自扛着自备的茅火把子来到自家的田头，村里十几岁的孩子也会蜂涌而来，站在田埂上看热闹。等到天色暗下来，夜幕笼罩整个田野，各个户主用火柴将茅火把子一头点燃，然后两手抡起烈火熊熊的草把，一边跑，一边向农田两侧舞动，火把舞动时会散落无数燃烧的火星，火花四溅，如同数不尽的萤火虫在黑暗的夜空中满天飞舞。

茫茫的夜空，空旷的田野无数舞动的茅火把子把夜空点染得五彩缤纷。火树银花的农田，一条条吞云吐雾的火龙在翻滚、游动，场面十分壮观。站在田埂上看热闹的孩子们，拍着小手，眉飞色舞地呼叫着，跳跃着，嘴里噢、噢、噢不住地喊叫着……田野里欢笑声此起彼伏。

正月半一般在农历立春和雨水两个节气之间。这时，土壤里阳气回升，土壤中的水汽就会蒸发到空中，水汽遇到茅火把的火苗，会呈现出不同颜色，有经验的老农民根据火苗色彩的变化来预测当年的天气趋向：若火苗发红（水汽稀薄），预示可能少雨干旱；若火苗发白（水汽重，湿度高），表明当年可能遭水灾。人们根据预测，调整农作物种植品种，布局茬口，防患于未然，减少农业损失。虽然这不是科学，但是农业生产中，世世代代有经验老农积累的农谚知识还是不无道理。

各家主人在舞茅贺时，一边舞动，还要一边说唱贺词，一边走，一边高声喊叫："正月半，掌茅贺，拾个穗头呃称斤半，打下麦子磨成面，蒸出馒头甜津津，阖家老少笑嘻嘻，吃不了切馒片，馒头片儿渡春饥，余下的麦子换金钱，子孙享福万万年。"相邻的户主接着说："正月半，掌茅贺，我家麦穗一尺半，颗粒饱满赛珍珠，打下粮食渡饥饿，蒸出馒头白又大，人人见了笑哈哈。"也有一些庄户相互之间寻欢取乐，打情骂俏。掌茅贺时无论怎样打情骂俏，彼此都不会兴师问罪。平时不敢说的话，这会儿会口无遮拦地尽情释放，说过头了，也不会遭人怪罪。农村人识字的不多，文明的话、高大上的话也说不出几句，张口尽是些低级无聊的粗言秽语，其实，寻找的就是一份乐趣。掌茅贺时说的贺词没有固定的程式，都是临场发挥，现编现说，逢场作戏。

掌茅贺结束后，人们将剩余的、没用完的短短茅火把子带回家，抛到家前屋后的树杈上，抛得越高越好。树杈越高，来年打下的粮食越多，粮囤也就越高，讲究的是一种好的兆头。往树杈上抛茅火把子有讲究，抛掷时最好一次成功，要是抛掷时茅火把子没能准确落到树杈上，掉下来了，则兆头不好，主人心里会闷闷不乐。所以，抛掷茅火把子时特别认真谨慎。为了关键时刻不失手，平时主人一有闲空还会专门练习。据说，旧社会有的村庄家族之间还曾经举行过抛投茅火把子的竞赛。

后来，随着农业上化肥、农药，大量先进农机具的使用，农业生产不再靠天吃饭，人们逐渐就把这种乡风民俗淡忘了。当年"一条田埂，一把火，狼烟四起烟火红"的正月半，掌茅贺的农村习俗早已销声匿迹，只能留存在60岁以上的人们头脑记忆之中。

> 正月半，掌茅贺。
> 小孩欢，大人舞。
> 火树银花不夜天，
> 民俗风情田埂火。

洗　澡

衣冠楚楚进澡堂，赤身裸体入池汤。进入澡堂多身衣，走出门外少层皮。这两副对联用在澡堂门口较为合适。洗澡是常入人耳朵的最为熟悉的一个词汇，也是寻常百姓日常生活绕不开的最为普通的平凡小事。

在我的记忆中，小时候洗澡的地方叫澡堂，门口挂一招牌"开汤"。若是关门停业，就将牌子反挂在门口。20世纪，农村地区没有女澡堂，女人到浴室洗澡也就这十几年的事。

进入21世纪，澡堂这一名字差不多在看众眼里消失了，普遍改用浴室。使用浴室名称是从城里开始的，然后才逐渐进入农村。20世纪中期洗澡，服务项目比较单一，从浴池中出来，最多跑堂的打个热手巾把子而已。后来，服务项目逐渐多了好多，添加了提供果品、泡茶、搓背、修脚、捏脚、敲腿、采耳、捶腰、拔罐、按摩等，从头到脚几乎服务个遍。

我觉得小时候"洗澡"一词指的是清洗掉身上的污垢，让身体肌肤清爽干净。如果从词性上来说是褒义词，至少是个中性词。可是如今，对于进入高档休闲中心的人来说，美其名曰是娱乐身心泡澡，不如说是污染灵魂。

让我们将思绪重回20世纪穿开裆裤时期熟悉而又清晰的记忆。

记忆中天气不太寒冷的夏秋时节，河水就是澡堂。晚上不管是饭前饭后，睡觉之前，只要扑通一声扎入河水中，用手或毛巾上上下下揉搓几下，短短几分钟就大功告成。这样的洗澡轻松、直白，清清爽爽，也简简单单，无繁文缛节。

可是,到了浓霜遍地的深秋或者是大雪纷飞、冰挂垂檐的隆冬就要进澡堂洗澡了。20 世纪 60 年代初,到澡堂洗一回澡只要二分钱。60 年代末、70 年代初,洗一次澡要五分钱。之后,每隔几年就会涨一次价,每涨一次多加五分钱。

那时洗澡,条件简陋。脱下的衣服堆放在砖头搁的木板上,一人只占据一尺左右的距离。衣服脱好后,记得是光脚走入浴池,地面是泥土。到 70 年代,改用木制的拖鞋,再后来就是塑料拖鞋。

六七十年代,整个花杨李家堡只有李保鉴一家澡堂。一个冬天,每人也就只洗三到四次澡,相隔一个多月才洗一回。浴池是二个长方形的池子,池宽约二尺,长大约二三米,水深二十几公分,池水很浅。头池一般老年人洗,水很烫,只有那"老榆树皮"皮肤的人,才吃得消烫。二池一般是成年人洗,水温相对于头池要低很多。三池专供小孩子洗,水温不冷不热。

澡堂一般从中午 12 点左右开汤,一直洗到夜里 12 点左右才放汤。晚上八九点钟后,那水池中的水就像糖丝般黏稠,水体都能闻得到恶臭味。

在澡池内洗好身子后,会拿一小木盆领到一水勺的干净温水,用浴巾将身上汰洗一遍,可以重复领两次水,最多可领三次。小孩子领不到汰洗的水。因为,农村六七岁的小孩可以跟随大人洗澡,一般不收洗澡的费用。

澡堂内也有卖小孩子零食的,零食只有花生,一分钱能买两个,舍得给小孩买零食的家长并不多,只有有钱人家的孩子才有这种待遇。多洗一次澡都舍不得,哪里还舍得给小孩买零食呢?

20 世纪六七十年代,农村妇女一般只在过年时才洗一次澡。几个妇女相约一起到生产队的牛棚或养猪厂去洗澡。烧上几锅水,倒进杀猪用的长木桶内,木桶四周可以围上竹篾做的凉席,顶上用布遮顶,这样能保温,加上杀猪桶又大又深,桶内放的水多,人浸泡在深水中,一点儿也不冷。

小时候,由于贫穷落后,条件简陋,洗澡方式既简单又原始。那时能洗一次澡，觉得很幸福，很满足。

那个年代，贫富差距不大，人与人相对平等，自然洗澡的档次也相差不了多少。

可当今社会，贫富差距越来越大，有的人只要几块钱就能洗个澡，而那些有钱人洗一次澡可能要花几十几百，甚至几千块。在穷人和富人之间，不同的人群，对洗澡有不同的标准，不同的追求，自然对洗澡也就有了不同的认知和理解，温差不一样，变得多元复杂。

穷人洗澡，只是洁身净体而已。可富人洗澡追求的是舒适、愉快、享受。穷人洗澡，我认为是清水洗白萝卜，越洗越白，越洗越干净；而现在城里富人在所谓高档休闲中心泡妞，这种洗澡，在老百姓眼里是染缸里染白布，越染越黑。总而言之时代在变，消费方式在变，洗澡的含义也在变。

穷人洗澡褪黑衣，
富人沐浴摩肚皮。
浴池温差不一致，
消费差距有高低。

家长里短

张鳅鱼

腿入水田咬指头，早收鳅鱼晚下钩。1959 年我已 4 岁，冥冥之中，开启了童年的记忆。

母亲病倒了，好长时间卧床不起，父亲因营养不良，去了公社办的营养食堂，家里没了顶梁柱，就像天塌了一般。这可怎么办呢？俗话说：穷人的孩子早当家。在这山穷水尽疑无路的艰难时刻，哥哥、姐姐施展了能耐。哥哥比我大 4 岁，那年已 8 岁，姐姐比哥哥大 5 岁，也不过才 13 岁。姐姐对哥哥说："爸爸不在家，妈妈又病了，家里断了粮，没得吃，怎么办呢？我俩得主动点，咱们不能被活活饿死。"

姐姐和哥哥用缝衣针弯成鱼钩，挖了蚯蚓，到我老家东山墙的小河边钓鱼。说来也巧，第一次竟钓了一条四五两重的大鲫鱼。姐弟俩欣喜若狂，急匆匆跑回家，给妈妈烧了碗热腾腾的鱼汤。鱼汤烧出来了，香味扑鼻。我至今忘不了当时闻到的那股香味。看着妈妈喝着香喷喷的鱼汤，我目不转睛地看着，馋得口水直流。哥哥、姐姐强将我拖开，妈妈喝住，让我喝了一口鱼汤，吃了一点儿鱼肉，我这才恋恋不舍地离开。

从此以后，哥哥、姐姐经常钓鱼给妈妈吃。可是并不是每次都是那么幸运，有时只能空手而归。即使钓到几条，也无济于事，毕竟全家 4 口人，只是杯水车薪，哪儿够全家人吃。怎么办呢？到底姐姐岁数大，有主意。姐姐甩着不长的马尾巴辫子，忽闪着一双明亮的大眼睛，悄悄地说："打鱼人在河里张卡，咱们就到水田里张卡，听爸爸说水田里有鳅鱼，咱就到水田里张鳅鱼去。"哥哥说："姐姐这主意不错，可是这卡钩到哪儿去弄呢？咱总不能到河里去偷吧。"姐姐一时语塞。

姐姐用右手搔挠着头发,眨巴着眼睛,停了一会儿,兴奋地说:"办法有了。"接着姐姐细说了详细的制作方法。

姐弟俩拿定主意决定张鳅鱼。1959年的时候,村里有许多老沤田,水稻收完后,不放水全年泡在水中。老沤田一年只种一茬稻,由于长年有水,水田中有泥鳅。可泥鳅怎么取呢?当然要制作捕捞的工具。制作这种工具也不复杂,花不了多少钱。取一根一米长左右的芦柴秆,上端扣上一尺多长的棉线,棉线的一端扣上一根比米粒稍长的篾刺。篾刺的粗细和大小与米粒相仿。线的上端扣到芦柴秆上,下端扣在篾刺的中间。篾刺上面装上两三厘米左右长的蚯蚓鱼饵。只要鳅鱼一吃,篾刺就会横在鱼的喉咙里,想逃也逃不了。

削篾刺也有技巧。这篾刺如果一个一个削真是太难了。因为小得无法抓手,不好操作。最好的方法是将竹篾剁成一尺多长,然后将篾条削成直径两毫米左右粗的篾条。在此基础上,用剪刀在篾条末端的左边剪成一个斜面,然后把右边也剪成一个斜面。剪下的篾刺稍微比米粒长一点点即可。照此依次剪下去,速度很快,效率又高。

这样的捕鱼方法,只有在那个特殊年代,特殊情况下,穷人家的孩子才能想到的绝妙办法,如果当下,学校中哪个孩子有这一创新,也许还能获得科学发明奖呢?

那时,我虽然年龄小, 可也能当哥哥姐姐的小助手。篾刺我不会削,可我会扣线。就这样,姐弟三人制作了几百个捕捞渔具。哥哥姐姐差不多要等到天黑才会到田里去下钩,将芦柴秆的下端插进水田中,俗称张卡。到了第二天早上,天快亮之前下田收钩,也叫收卡。

刚开始,张卡没经验,收到的鱼并不多。后来,哥哥和姐姐互相介绍经验,逐步摸索到不少技巧,鱼也就张得越来越多。原来,哥哥和姐姐他们插芦柴秆的方法各不一样。有的插得深,有的插得浅,有时芦柴秆插得笔直,有时插得歪斜。后来,慢慢发现,芦柴秆插深了效果不好,插浅了同样也不行。通过不断测试,最后总结出了科学的扦插方法。

芦柴秆垂直插,线容易缠绕在芦柴秆上。因此,扦插时要稍稍倾斜一点,芦柴秆与水面的夹角在 80 度左右。再就是下田涉水的时候,动作要轻,以免将水搅浑。水一浑就看不清下钩的深浅。深浅的尺度为鱼饵离泥土三至五厘米最为理想。插深了,鱼饵贴在泥土上,鱼不容易发现。离泥土高了,鱼同样也不容易发现鱼饵。水田中的水,没人搅动时,清澈见底。所以,涉水的动作要轻。动作重了,水浑了,就没法把握下钩的深浅。深浅把握不好,捕鱼的效果也就不好了。

这说明,劳动出真知,实践长才干。这些捕鱼的经验和技巧,我也是从哥哥和姐姐回家后相互对话中获知的。

第一次下田回来后,姐姐的钓线好多缠绕在芦柴秆上,哥哥却没有。哥哥取笑姐姐:"在田里下钩时,你责怪我,把渔具插得东倒西歪,还说我做事马虎不认真。现在好了,你的钓线变成了乱麻,这不自找麻烦吗?"

要我说,哥哥的幸灾乐祸并不值得称道,偶尔也有态度不认真,做事草率,能够歪打正着,碰巧撞对了方法。但这种机率很小,只能当作特例对待,绝不能片面作为做事不认真的理论依据,不然是要吃大亏的,甚至付出惨痛的代价。姐姐的窘迫也不足为虑,船在大海里航行总会遭遇漩涡和暗礁。失败会让我们逐渐成熟起来,因为失败是成功之母。

张卡捕泥鳅这活儿,虽然不花什么力气,但是早春、晚秋时节,田里的水还是很"咬"人的。在水田里泡的时间长了,腿会抽筋的,杨院村就有一个张鳅鱼的,因腿抽冷筋倒在水田中淹死了。张鳅鱼还是带有不小风险的。

那个年代不能跟现在比。如若是现在,人们下水田可以穿着高筒防水毡靴。可是,在那个穷得连一双好布鞋也穿不上的年代,只能卷着裤腿,赤脚、光着腿在冰冷刺骨的凉水中深一脚、浅一脚地行走。那种冷得根根毛孔渗血珠的滋味是相当不好受的。

吃鱼没有取鱼乐。每次收卡回来,哥哥姐姐看着小木桶里半桶的鳅鱼,特别有成就感,脸上总是挂满笑容。泥鳅弄回来后,不像现在人烧菜,佐料放上一大堆,烧出鱼来五味俱全。那时煮鱼特别简单,将鱼拾掇好，拿到河里洗干净，锅里倒进水，水烧开后，将鱼倒进锅里，放点盐，除此之外，什么佐料也没有。为了填饱肚子，以便多吃几顿，在煮鱼的锅里掺杂进采回来的树叶、野菜等。别看如此简单，可是吃起来，比现在饭店里的山珍海味不知要香多少倍。

说来也怪，也许吃了哥哥姐姐取回来的鱼，增加了营养，妈妈的病逐渐好了，身体也一天天强壮起来。

在此，我有一番感慨：假如，父亲没有去营养食堂，母亲也没卧病在床。那么，姐姐和哥哥还在父母的羽翼下生活，他们也许不会主动承担起支撑起整个家庭生活的重担，也就不可能激发人脑潜能，主动作为想方设法制作出捕鱼工具，张泥鳅来维系家庭生活。这种困境中求生存的潜能，绝不是哥哥姐姐的生命体中所仅有的，其他孩子也应该具有这种能力。

扯到荷花带到藕。由此引发我去思考另一个问题：如何培养孩子自强不息的独立生活能力？在日常生活中，广大父母总是担忧孩子年龄还小，体力不足，本应该孩子自己所能承担的事务，父母却样样包办代替了。这种护犊子的思想是普天之下所有父母共有的。恰恰是这种过度疼爱、庇护子女的思想，对于孩子的成长极为不利。农村有句俗语：儿孙自有儿孙福，莫为儿孙担忧愁。其中就蕴含了这一深刻的哲理：平常的生活中，父母一定要放开手脚，让困在笼中的小鸟，振翅飞向蓝天，飞向大自然，让它在困境中求生存，在困难中添才干，这才是培养孩子成才的最好方法。有道是顺顺当当生娇气，沟沟坎坎增胆识。

> 童年烙印记心间，
> 多亏姐姐和兄长。
> 心灵手巧做鱼具，
> 捕回泥鳅度饥荒。

年三十夜话

寒来暑往一元复始，冬去春来万象更新。熬过了多灾多难的 1959 年，柳暗花明的 1960 年新春佳节快要来临。

家父在营养食堂待了大半年，年前回来过春节。这个春节过得很平淡，平淡得跟往常一样，除了屋门口贴了一副红纸写的新春联，其他皆没什么变化。这一年全家人保住了性命，就算是不幸中的万幸。

父亲将去年失去房子的烦恼抛之脑后，乐呵呵地坐在床沿上面带着少有过的笑容。妈妈怕冷，刚吃完晚饭就上床坐进了被窝，后背靠着床头。我们姐弟几个围坐在一张矮矮的木制小方桌旁。家里也没什么家具，除了泥垒的锅灶，一只木制的木桶和全家人吃饭用的碗筷，其他什么物件也没有。这张小方桌就是家中较大的一个物件了。桌子上摆放着一盏用小瓷罐做的煤油灯，昏黄微弱的灯光，跳动着火苗，给冷清的屋内带来了些许生气。也许是大年三十晚上，全家人心里觉得暖暖洋洋的。

父亲轻轻咳嗽一声开了腔："去年咱家失去了房子，咱不怨天，不怨地，只怨咱家倒了大霉。今天是大年三十，我们别垂头丧气，咱们打破瓢，换个碗，从头再来。我想在明年底或后年开春，咱们要将自家的新房子建起来。"爸爸话音未落，母亲迫不及待地接上话："当家的，只要有你在，咱家就在，全家人性命没损，这就是最大的财富。咱人穷志不短，我相信在你的带领下，咱全家人齐心合力，最多奋斗两年，一定能将新家建立起来。俗话说，金窝银窝，不如自家的草窝。只要能建起新家，我就是累断了筋骨也心甘情愿。"妈妈今天显然很激动。虽然她是个大字不识一个的农村妇女，可是田里的样样农活都

107

能拿得出来。平日里妈妈话说得不多，今天，显得很特别，一开腔，就收不住话匣子。姐姐拍着小手高声叫喊："太好了，太好了，我们要有自己的新家了。"爸爸说："你别太高兴，砌新房子要吃好多的苦哟。"姐姐歪着小脑袋："吃苦我不怕，只要能住进自家的房子，吃再多的苦我也不怕。"父亲说："那好，二头（我的小名）还小，你和三元儿挑猪草，来年，咱家养头猪，现在家里还有点积蓄，开春了，我就到街上去，买头小猪儿，你要挑猪草喂猪，可不许偷懒的。"妈妈养哥哥时，听说家里仅有三元钱，父亲顺口一说，就给哥哥起了这么一个不伦不类的小名。父亲话音刚落，哥哥也兴致勃勃搭话："爸爸你别担心，我和姐姐一定挑最好的猪草，把小猪养得壮壮的、胖胖的，养成大肥猪，卖钱盖新房子。"

"你别乱插话，刚才我忘了，你已经岁数不小了，开年你要去上学，挑猪草的事还是留给你姐姐。"

"没事，我放学了，放假了，照样可以挑猪草的。"哥哥人小志大逞能地说。

妈妈插话说："狗儿头，你别怪爸妈重男轻女，咱家穷，没能让你上学，你可不能有怨言呀。"姐姐属狗，所以小名就叫"狗儿头"。农村人识字不多，小孩子取名，属羊的就叫"羊兰儿""羊珍儿"。"弟弟是男孩儿，长大了要走南闯北，有大出息，我一个女孩子，就蹲在家，和你们一起干农活，做家务。"

"孩子他妈，咱们先把孩子们的事放一放，咱俩聊聊今后的打算。""我也有此意。孩子他爸，虽说咱有雄心壮志，可咱家积蓄不多，总共不过 20 块钱左右，砌房子可不是个小数目呢！"妈妈极为担忧地说。"别怕，房子材料我来想办法，咱养猪攒点钱，家里开销再紧紧，明年咱全家别添新衣服，鞋子也别做，我来打蒲鞋，省下布钱。""要我说，砌房子，砖头就别指望了，那是个天文数字。咱就脱土坯，到了明年开春，尽早准备，到河滩边，渠道旁，起早带晚脱土坯，多花点力气，能省好些钱。"妈妈轻言细语，说出自己的打算。爸爸说："我也是这样想的，不管怎么说，明年底，咱尽量把新屋先搭起来再说，我们先简陋一点,等钱攒多了,再砌好一点的房子。"

"咱俩今天一唠叨,我对今后的日子就有了盼头,你要保重好自己的身子,只要有命在,今后什么东西都会有的。"妈妈充满自信地说。

我虽然小,听着爸爸妈妈的对话,竟然没有一丝睡意。这时,我竟冲动地说:"爸、妈,等我长大了,一定挣好多的钱,到城里买套房子,让你们住到城里去。""好孩子,你长大了,一定要有出息,不要辜负了爸妈对你的期望。"妈妈脸上堆满笑容。

除夕之夜的家庭座谈会结束了。言语虽尽,可余音还在。如果我们重温父亲在座谈会上的开篇语,将会感慨良多。"去年咱家失去了房子,咱不怨天,不怨地,只怨咱家倒了大霉……咱们打破瓢换个碗,从头再来……咱们要将自家的新房子建起来。"

多么平实的话语,却让人感受到了博大的情怀和海纳百川的胸襟,也听到了铿锵奋进的脚步声。"咱们要将自家的新房子建起来。"这是催人奋进的号角,更是中华民族宁折不弯的脊梁。没有悲观,没有叹息,只有高高昂起的头颅向着灿烂的明天高歌猛进。

> 一盏油灯烁火花,
> 大年三十话新家。
> 自立更生树壮志,
> 气势如虹迎朝霞。

挑猪草

俗话说：一年之计在于春。1960年年底，为了能够建起新房，大年初一刚过，父亲就开始忙碌起来。人们常说，菜要一筷子一筷子地夹，饭要一口一口地吃。重建新房的第一个步骤：建猪舍，养猪崽。

建猪舍没多大难处。老家房子虽然拆了，木头桁条、木头椽子，被拆房队的人弄走了。但是一些断椽子、断木棍还留下不少。墙上的土坯还在，把一些整块子完好无损地清理出来，堆码起来，用草盖好，建新房时还可以回收利用，不可浪费。那些断了的大缺头儿，收拢起来，堆砌猪圈绰绰有余。经过父亲、母亲、姐姐的共同努力，两天时间，一个崭新的猪舍就建成了，正等着猪主人入住呢！

春天像刚落地的娃娃，从头到脚都是新的，它蓬蓬勃勃地生长着。春风杨柳万千条，二月春风似剪刀。二月的春风，吹醒了大地，吹绿了柳树，染红了桃花。春回大地万物苏，蛰伏了一冬天的草籽儿发芽了，草根吐绿了，各种草芽儿，伸着懒腰，探着脑袋偷看着大好春光。二月半一过，父亲就迫不及待地到姜堰下坝小猪行，花7块钱买回来一头猪崽子。那小猪崽子，鼓鼓的肚子，肥嘟嘟的身子，打着"又"形圈儿的尾巴，两个蜜蜂洞似的鼻子，桃子形肥大的耳朵，特别惹人喜爱。父亲美滋滋地说："狗儿头，你这新猪倌，现在就可以走马上任了。明天你就可以拿个小锹儿，挎个竹篮子下田挑猪草，我们全家正等着年底肥猪出栏，钱一到手就可以建新房子呢。"

我在一旁兴奋地说："爸爸、妈妈，明天我给姐姐拎篮子和姐姐一块儿挑猪草。"父亲用他那粗糙的大手，抚摸着我的小脑袋，自豪地说："小乖乖，咱花家人丁兴旺，后继有人呢！"

雨水时节到了。雨水有两层含义：一是天气回暖，降水量逐渐增多；二是雪渐渐少了，雨渐渐多了。

《月令七十二候集解》中是这样定义雨水节气的："正月中，天一生水。春始属木，然生木者必水也，故立春后继之雨水。且东风既解冻，则散而为雨矣。"意思是"雨水"节气后，万物开始萌动，数场春雨满野绿。

第二天，等太阳公公露出红红的笑脸，吃完了早饭，姐姐就拿了个小锹，拎了个竹篮子和我一起出门挑猪草去了。

20世纪60年代，挑猪草是农村孩子最普遍的活儿。四五岁时跟着哥哥、姐姐挑猪草；到了八九岁，十几岁自己独自挑猪草。上学了，早上上学前挑一会猪草。中午、晚上放学了还要挑猪草。星期天，节假日，特别到了寒暑假村上成堆、成批的孩子成群结队一起挑猪草。春天的猪草最多。

一出村庄，家乡的原野好大好大，一望无际。油菜花追着春天的脚步开了，开得铺天盖地，在一阵阵春风的催动之下，一株株拔节而起的麦苗，绿毯似的铺天盖地，延伸至天边，翡翠般青翠欲滴。

当年农村还没施用过农药、除草剂，生态环境没有遭受到伤害，田间地头，拾边隙地，沟坎水中的猪草名目繁多，前伐后起，取之不尽。姐姐一边挑猪草，一边给我介绍不同季节，各种猪草的名称。

春天有野菜儿、涩珠儿、驴耳朵、泼辣儿、繁细头儿、瞌睡草儿、牛舌头、狗尾壳儿、野芝麻草、兔子苗、烂眼儿草、洋马菜、奶浆草、野竹叶子、猫耳朵、马齿苋、野苋菜、钉字苋、灰灰条、野胡椒、白胡老头儿、牛角藤儿、荞麦头儿、花生嘴儿等；树上有榆树叶、壳树叶、槐树叶、枸杞头儿、榨树叶等；水里有鸭舌头、毛鱼尾子、四叶菜儿、油塌儿、水湿珠儿等，还有许多叫不出名儿的。所以猪崽吃的野草特别丰富。到了冬天，野外的草少了，但是厨房里各种蔬菜瓜果的下脚、胡萝卜、米糠等就是猪崽吃的好饲料。

猪草挑累了，肚子饿了，我和姐姐来到河滩边，姐姐拿出两块政府发的救济粮，山芋干儿。山芋儿白度度的，吃在嘴里甜丝丝的。可能是由于那个年代物质生活不丰富的原因,只要人能吃的,都觉得好吃。1959 年,政府发放了一些救济粮:黄豆饼、花生饼、菜籽饼、山芋干儿,这样能让老百姓度过春天的饥荒,我家也分到了一些救济粮。

我说:"姐姐你也吃一点吧!"姐姐说:"你吃吧,姐姐岁数大,个子比你高,能扛得住饥饿,你正在长身体需要营养。"我疑惑地问姐姐:"我肚子老是饿得咕噜咕噜叫,总有点忍不住。"姐姐说:"你的话,我也问过妈妈,妈妈说,肚子饿了,别老惦记着,心里去想点儿快乐的事,或者唱一唱歌,饥饿就没有了。熬过了今年,也许明年就会好起来,只要对生活有信心,一切都会好起来"。

说完姐姐从河边的柳树上折了几根长长的枝条儿,挽成圆形的花冠,戴在头上。花冠上插上几株粉黄的油菜花,以及星星点点的各种不知名的野草花儿,花冠上五颜六色的花朵,映衬着姐姐红扑扑的脸颊。我傻乎乎地看着、笑着,姐姐仿佛成了一位出嫁的新娘。

到了星期天,哥哥和左邻右舍邻居家的孩子五喜子、大二小、马铃子、羊扣儿……也一起加入挑猪草的行列中。篮子挑满了,剩下的时间,大伙儿变着法子玩耍:走弹子儿,打大砖,挑斗鸡,打呆子,跳房子,拿母儿等。大一点儿的孩子嫌这些项目太单调,玩得不过瘾,喜欢掏鸟窝、钓田鸡、摸鱼虾、挖老鼠洞、烧野锅儿等。

因为贪玩,篮子里的猪草没挑满,怕回家交不了差,于是种种弄虚作假的手段层出不穷。有的谈谎聊白编造谎言骗大人。有的将太阳晒瘪了的猪草放到水里泡虚松了,好看点儿。有的在篮子下面用向日葵叶子、黄豆叶子、壳树叶子垫一垫。这些做贼心虚的伎俩很少能在父母面前蒙混过关。一旦被发现,轻则受到责骂,重则挨打加罚跪。可是姐姐从不做亏心事,篮子里的猪草不挑满,是不会玩耍的。所以姐姐一直是我学习的榜样。做事认真,一丝不苟,这一品质影响了我的一生。

挑猪草可算作我人生之初的一种历练,既增长了知识,又拥抱了大自然,同时也增添了小时候与同伴们之间的友谊和感情。

编草鞋

没布鞋，手头来；好布鞋，穿不来；为省钱，毛窝踩；既保暖，又实在。这是我小时候，父母常常挂在嘴边的顺口溜。

20 世纪 60 年代末至 70 年代初。当时农村做一天工分，只能挣得几角钱。男劳动力罱泥、挑渣、挖墒、拿把（稻把、麦把）做重活儿，一天也就七八分工。女人们栽秧、拗泥船、薅草、挑灰、打场等，一天只能挣个四五分工。十几岁的小孩子也干活儿，薅草、起秧、挖胡萝卜、掐蚕豆头儿、掐山芋藤儿等，也能挣个二三分工。穷村，穷队一分工值二三分钱，中等的三四分、四五分。富裕村，富裕生产队，一分工值七八分钱。到了年底分红，壮劳力多的人家，扣除口粮钱，能分到二三百元钱。劳力小的人家只能得个几十元钱。极少数人家全年连口粮也挣不回来，还要从家里掏钱给生产队，才能称到口粮。

微薄的经济收入，如何能支撑全年一家人的家庭生活呢？所以，那时当家人一分钱恨不能掰成两半用。家家户户既缺衣又少粮。冬天穿夏天的衣服。夏天男人们只穿一件短裤。七八岁、十几岁的小男孩都光着身子，赤条条的。小女孩肚子上系一条布兜。冬天，女人里面穿一件单布裤子，外面腿子上穿套裤，外加一件单布裤。男人穿瞒裆裤，上身穿件夹袄（没棉花的双层布衣）。小孩子冬天只穿一件薄薄的棉袄，下身光光的，不穿裤子。最穷的人家，每人平均还不到一件衣

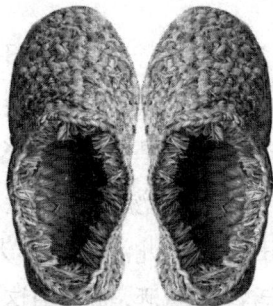

服。男人外出,女人钻在被窝里。女人外出,男人钻在被窝内。哪像现在的人,到了冬天,里三层,外三层,包裹得严严实实,还嫌不暖和。相比之下,真是一个天上,一个地下。

要说脚上穿的,有钱人家才穿得起布鞋。村上百分之八九十的穿的都是用稻草编成的蒲鞋。用稻草制作的鞋一共有三种:一是草鞋(有底没帮)只在夏天才穿;二是蒲鞋(有底有帮)春秋两季穿;三是毛窝儿,用稻草夹布条编成(有底有帮盖到脚面)。春天、夏天不冷就穿没帮子的草鞋,到了冬天天冷了,就穿毛窝儿。

小时候,我们白天挑猪草,晚上也不闲着,照样有事儿做。哥哥上学了,取名叫花桂林,晚上做作业。我和姐姐当父亲的助手捶稻草,打蒲鞋。

捆一支生稻草,大约碗口粗。姐姐抡起树根做的木榔头,不停地捶打稻草把。我两手握住草把的一头,姐姐用榔头捶打另一头。大约捶打10多下子,我就将草把翻转一下,依次轮回。这头捶熟了,再调过头来,捶打另一端。大约要用半小时左右,才能将生稻草捶熟。草捶得越熟,越柔软,打出来的蒲鞋,穿在脚上才舒服。走路时,脚后跟的皮才不会蹭破。否则,会将脚后跟的皮蹭得鲜血淋漓。

打毛窝儿主要分三个步骤:一是打"掌",二是纳帮,三是封口。三步之中,打"掌"最关键。"掌"打小了,脚穿不进,那就白忙活一场。"掌"打大了,穿上后不跟脚,掉链子,同样不合适。父亲打毛窝儿是把好手,一晚上能打一双,既快又合脚,大小适中。而且样式美观,人见人爱。父亲不仅为自家人打,而且还帮邻居家打,有时还作为礼物送给亲戚朋友。

那时,全家人穿的全是父亲编的毛窝儿,讲究一点,用旧布条编鞋帮。等到冬天,穿在脚上比用棉花做的棉鞋都暖和。母亲还乐呵呵地说:"这毛窝儿虽然编的是草,可穿在脚上还是个宝啊。"父亲说:"那当然,穷人自有穷活法,富人哪能体会得到这滋味。"母亲带点儿讽刺的语调说:"人家会计春生的老婆,田里农活儿没干过一天,整天锅上香喷喷,身上光鲜鲜,头上油光光,活得多潇洒,你恐怕这辈子过不上了。"

"你也别替他高兴,这钱来得不干不净,说不定有他倒霉的一天。"父亲愤愤不平地说。

"你小声点儿,严防隔墙有耳,有人打小报告,给你穿小鞋。"母亲责怪道。

"怕什么,咱穷人穷得硬铮,穷得干净,日子过得踏实。只要咱们埋头苦干,一定会过上好日子的。"停了一下,父亲又继续说,"明天,我们俩到姜家威子外河滩去脱土坯,把建新房子的材料准备好。"

老人们常说:"只有吃不尽的苦头,没有享不尽的福。"

童年记忆入寒冬,

隆冬飞雪光脚冻,

捶捆穰草编新鞋,

一双毛窝过一冬。

贺新家宴

新宅落成现瑞气，四方受邀聚宾朋。经过全家人的努力，新家在年底的十一月份建成了。新房子建得很简陋，形状是个"丁头府"。一间正屋，正梁是一根差不多十几厘米的松木方子，两根二桁是直径十几公分的粗毛竹，边桁就是船篙子，椽子用的和钗子柄一般粗的竹尾子。另有半间是燕尾形的斜面披。西墙只砌了大约一米左右高，然后用和膀子差不多粗的毛竹尾，还有自家菜园边、河坡上长的杂树棍等砍下的材料。上方架在正屋上，下面搭在土坯砌的墙壁上。这样设计既增加了房子的居住面积，又节省了三根主桁条，建房成本降低了好多。在当时的农村，像这种被称为"丁头府"的低矮农舍到处都是。"丁头府"其实就是农村住房条件落后的代名词。

房子从一无所有，到重新归建，虽然并不气派，很简单，但也是全家人披星戴月含辛茹苦建起来的新家，也是家庭开始走向复兴的良好开端，有必要好好庆祝一下。父亲与母亲商量，决定将梁徐孩子的舅舅、姨娘、姨父们请来，毕竟已经好几年不见面了，也该走动走动了。父亲是几代的单传，也没什么姐妹。左邻右舍，砌房时帮过忙的也准备请一下，算起来一桌人差不多。

新房建好后，亲友相聚叫作贺新。贺新的时间就确定在 1962 年农历十一月二十六日。这一天，父亲特地买了张红纸，请东舍的"奎二爹"写了副对联。"奎二爹"60 多岁，上过几年私塾，算是庄上少有的文化人。父亲用"面糊"将对联贴上。正门是"春色染柳柳色新，勤俭持家家兴旺"。横批是"万象更新"。大门上的斗方是"新居添秀色，家宅气象新"。东边中竖上上联"上梁欣逢黄道日"，西边中竖上，下联"竖柱巧遇紫微星"。鲜红的对联，散发着油墨芳香，给人一种紫气东来的吉祥气象。

为了招待亲友，父亲舍得到杨院的肉铺买了一斤肉，那时一斤肉七角四分钱。平常一年到头难得吃一次肉。一般农村人家除了家里有红白喜事才会称肉。母亲烧菜时添加些慈菇进行搭配，能烧两大碗红烧肉呢。一盘炒鸡蛋，姐姐张卡弄回来的鳅鱼烧干咸菜。一盘卜页炒韭菜。这一桌菜，在当时那种年代，可称得上少有的丰盛。

中午时分，客人已经到得差不多了。大舅卫文铮会理发，那年头，能有个手艺，家里就活泛多了。香烟、洋火、油、盐、酱、醋的花费都能应付过去。二舅卫文珠是生产队里的队长，家里也不算穷，农村人常说，再穷穷不了干部，至少不会挨饥饿。小姨夫姚余红是个退伍军人，但也只是个普通的农民，家里生活十分艰苦。

开宴之前，父亲净了手，点上三炷香，叩了头，然后燃放鞭炮。"爆竹喧天纳瑞福，四方亲友喜临门。恭喜恭喜主人。"父亲为了答谢"奎二爹"为我家写对联，所以也把他请来了，正好赶上燃放鞭炮，顺口说了这个合子。在农村，遇上上梁、贺新等时兴说合子。其实就是说点吉祥纳福的话，给主人家讨个好彩头。

八仙桌子中央上满菜肴，父亲邀各位亲友入席。大舅二舅对门向南而坐，桌子南面小姨父挨着西边邻居卜德有落座。桌子东边是父亲和奎二爹相邻而坐，西面落座的一位叫宏寿，一位叫根寿。是我们的堂叔。母亲没有入席，这是旧社会的老规矩。家里有红白喜事，家中女人一般不入席，陪客人那是家中男主人的份。

"今天为了增加点喜庆，我特地到供销社弄了两个二两五的'手榴弹'，咱们麻麻口。"一边说，一边给各位满上酒。那酒杯不大，差不多只有大红枣一般大小。小姨夫站起来说："我建议，为大姨夫新家乔迁咱们走一个。"大家心里明白，酒杯很小，完全可以一干而净，可是为了慢慢品味，各人只是小饮了一口。那个特殊年代，生活特别艰困，桌上能有点酒已经是少有的大气。何况那时酒也是紧俏商品，甚至要凭票供应呢。

众人重新落座之后，二舅开言说："大姐夫（二舅比母亲小两岁），你是白手起家，能在这样短的时间里把新房子立起来，了不起呀！"说着翘起大拇指。父亲说："咱一家人就像握在手里的一把筷子。这房子是全家人一条心流血流汗苦出来的。"父亲夹了一口炒鸡蛋，搁下筷子继续说："来来来，大家别闲着，吃菜，咱边吃边聊。"堂叔根寿吃了口菜说："你先给我们介绍一下，房子的材料是如何准备的。"

父亲举起右手指着正梁松木方子："这是我找宽寿老弟，从村里弄回来的，村里砌养蚕房，剩下了这唯一的一根木方子。这两根粗毛竹是狗儿头挑猪草养猪子卖了钱换来的，包括这些竹篾椽子。砌墙的土坯是我和你嫂子起早贪黑忙出来的，说到底就是多流点儿汗，少睡点儿觉。"

坐在父亲旁边的"奎二爹"插话说："鸭寿侄子，你把全家人比作一捆筷子比得好啊，我认为，如果把家比作一条船，那么房子就是这条船入港停靠的码头了。"大舅这时忙着抢了一句："'奎二爹'不亏是喝了点墨水的人，这比方贴切。要我说如果一个家没有了房子，那么这个家就是河里漂着的一颗浮萍草。"坐在小姨父旁边叫德有的，接着说："听了大舅的话，我感受很深。新中国成立后，听人说江南比咱江北富裕，好挣钱，所以我弄了条船到江南去给人家罱泥、运东西，打工挣钱。因为没家，有时船停在前不着村，后不着店的地方，总感觉不安全，心里空空的，总害怕遭强盗抢劫，若是钱遭劫也就算了，可要是把命搭上那可就……哎！那滋味不好受啊。在外漂泊了两年多，还是回江北来了，到底还是坐在家里踏实。房子好坏无所谓，只要有个安身立命的地方就行。"

坐在桌西的堂叔宏寿也不甘示弱凑热闹："听了德有这番话，我倒觉得，有家无房浪淘沙，有房无人是空架。"

"奎二爹"说："宏寿侄子，你这话虽糙，可理不糙。我说这房子是有生命的。有人的房子是活的，没人的房子就是死的。房子的寿命长短靠人。所以人是房子的胆，房子若是没了胆，寿命也就结束了。"

父亲迫不及待地说："是啊，人在，家就在，有了家，也就拥有一切，你看，我这不是白手起家吗？"

　　大舅没等父亲把话说完，就急切地站起来，激动地说："听了你们这一番议论，我忽然间有了一个新想法。我有一个比喻——家就像一盆炭火，孩子小时，大人一把屎、一把尿把他们拉扯大，等到孩子们大了，父辈们却老了，这时，孩子就成了父母的拐杖。平时一家人，要是有个伤风感冒，彼此嘘寒问暖。在你遇到困难时，能够雪中送炭的，始终是家里的骨肉亲人。俗话说："打断骨还连着筋啊！"

　　　　　　一席家宴贺新居，
　　　　　　宾朋相聚情谊诚。
　　　　　　千言万语杯中酒，
　　　　　　融融深情旺家门。

家长里短

官青解困

20世纪六七十年代,春饿是农村孩子终身也抹不去的记忆,像刀刻一般铭记在心。

每年立夏前后,上年的陈粮早已吃得所剩无几,可是地里的新粮还没开镰收割,此时,正是青黄不接的时候。那时,我大概八九岁,清清楚楚记得一连十几天,几十天也吃不上一顿饱饭,喝的是几乎照得见人脸的稀粥汤。父亲是家里的顶梁柱,在生产队里,不是罱泥挑渣,就是清墒挖沟,干的是重体力活,倘若吃不饱肚子,没硬茶饭下肚,饿坏了身子,挣不了工分,没了工分,就会断了全家的口粮,来年只能喝西北风了。母亲十分担心父亲饿坏身体,总会在粥锅里捏些元麦糁儿疙瘩,趁开饭之前捞出来留着,由父亲带到田里吃中饭。我也闹着要吃,母亲总会在我的屁股上留下几声"啪啪啪"的响声,打完之后,转过身去,用肘背抹一下湿润的眼睛。

我小时候几乎天天围着妈妈吵吵闹闹,要求妈妈煮干饭吃。可是得到的回应是妈妈反复的唠叨:"吃饭——吃饭——马上连粥也喝不上。"听着那声音,仿佛是和着泪在说话。

小时候,常常是吃了早饭,盼中饭,吃了中饭,盼晚饭。也难怪,那一碗照得见人脸的粥汤喝到底没两口米。个把小时,肚子就饿得前心靠后背。

小时候,春头上,米缸里没粮,总能想到熬过每一个苦日子的办法。官青渡过饥荒是最普遍的事儿。差不多家家户户采摘刚暴青的榆树叶和细米糠做饼吃;挑兔子苗、刺楷等野草用盐腌一下,凉拌着吃。这些苦菜虽苦,若从医学角度思考,却具有清热、凉血解毒的功效。还有的人家偷割集体田里的麦青（清明后的嫩小麦苗）炒着吃，这是老百姓苦度饥荒的无奈之举。到了小麦穗刚发黄，还没成熟，就有人到田里剪小麦穗头儿，回家后揉去外壳，农村人叫青小麦果儿，放在锅里炒熟后吃，这种现象在农村中叫官青。

那年月，没得吃还得做，农家无闲人。成年人是大劳力，到公家的生产队做工分，争口粮。我们小孩子是小劳力，为自家干私活儿，做家务寻猪草。假使不养猪，就缺了零用钱，家里的柴火、油盐、酱醋就没了着落，到了年底，过年时连新衣服也没得穿。

铲猪草，篮子没装满，肚子早已瘪瘪的，饿得咕咕直叫，两眼直冒金花，头晕目眩，四肢无力，没办法，只有想办法找吃的。

那时，能够吃的东西不多。除了路边桑树上结的桑葚果，河坡草丛里红红的野草莓，那就是生产队田里的豌豆荚、蚕豆荚、油菜苔了。于是，就有了官青的说法。

偷吃得最多的是豌豆荚、蚕豆荚，一般蹲在田塝里吃。那时，生产队为了防官青，专门派人看青苗。碰到心地善良的看青苗人，逮着小孩子官青，会吼一声："谁叫你偷的？"然后拍打一下屁股"滚"。要是偷吃菜苔，这情节就严重了，一旦逮着会扣工分（相当于扣口粮），如果是这样的话，那就叫"偷鸡不成，反蚀一把米"，很不划算。

青的豌豆荚、嫩蚕豆吃在嘴里甜滋滋，很合我们的口味。个别胆子大的孩子会将蚕豆荚偷偷塞进猪草篮子里带回家，剥成蚕豆米，用棉线串成串，煮粥时，放在粥锅里煮熟后，捞上来用冷水洗一下，挂在脖子上，就像项链一样，然后还会在同伴面前炫耀一番，洋洋自得。那时，同伴之间官青，没有人到生产队告发，大家彼此心里有数，心照不喧。

即使偷吃豌豆荚、蚕豆荚，只要量不大，被生产队长逮着了，也算是情节轻的，会把你交给父母，让家长责罚，免不了挨一顿揍。但那是做给别人看的，父母的手高高举起，轻轻落下。可吃油菜苔的过错就严重多了，一旦被逮着，就要扣罚两三天的工分。因为油菜苔是结籽榨油的。那年月，食用油很稀缺，城镇居民每月只能供应四两。有的生产队队长够狠毒了，除了扣家长的工分，还会把你交到学校老师那里。老师不仅狠狠批评，还让你要写保证书，在班上公开作检讨，这可就丢大面子了。

想吃东西不被打骂和责罚，那就只有爬树吃桑葚果。结熟了的桑葚果黑黝黝、油光光的，吃在嘴里很甜，不过采桑葚是件很危险的事。若是你爬树的技术不好，一不留神，随时会划破手皮，擦伤肚皮，甚至还会刮破衣服，家长发现后，又会遭一顿打，即使这样，也比挨饿的滋味强，倒也心甘情愿。

在那艰困挨饿的日子里，不光彩地官青，冒着受伤的风险吃野果，既满足了自己，又营养了我们的童年，也让我们更懂得珍惜现在的幸福生活。

> 挨饿三分苦，
> 官青填饱肚。
> 爬树摘桑果，
> 衣服常刮破。

腌咸菜

四季挨饿熬饥荒，一缸咸菜半缸粮。冬至到了，天气凉了。太阳显得疲乏了，缺少了夏日抖擞的精神。凉风拂面，早起的人们将衣领翻得高高的，个个缩着脖子，双手伸进衣袖中，躬身驼背地在路道上行走。害怕寒冷的人们特别盼望太阳早点升起，冬天的阳光尽管柔弱，但毕竟能带给人丝丝的暖意。

草枯了，路边枯草叶梗上结满白绒绒的霜花，屋东边的桑树已经落光了叶子，老槐树枝丫间的喜鹊窝格外显目。

天气预报说，明天有寒流南下，母亲赶紧将门前菜园里的高腿菜采收起来，晚上好腌水咸菜。剩下的矮脚菜，母亲抱来一些稻草，均匀地铺撒在菜地上，防止寒流将菜冻坏。这可是全家的保命菜，马虎不得。

吃过早饭，母亲将采收的青菜削去菜根，剥去黄叶，清洗干净后，晾晒在路道旁。万事俱备，就等着晚上腌制水咸菜了。

韩国人喜欢制作泡菜，中国人偏爱腌制水咸菜。虽说叫水咸菜，但是腌制时却一点水也不放。当年农村中，每年冬天，家家户户都要腌制一缸水咸菜。人们常说："一缸咸菜半缸粮。"那年月口粮少，当肚子里饿得难受时，吃点咸菜，再喝点儿水，就能将肚子撑起来。所以，老百姓常说咸菜能当饱。

人口多的人家，腌咸菜的缸也大。大的咸菜缸直径有一米左右。缸大，腌的咸菜才多。农村中有个约定俗成的规矩，咸菜一般都由男人踩。因为青菜、盐卤是凉性的，属阴，男性属阳，阴阳相克，据说这样腌出来的咸菜才有灵性，吃起来清脆爽口。小时候，每逢腌菜都是父亲踩,等我十几岁时,也就轮到我接班了。

腌制咸菜前,我脱去鞋子,屁股坐在咸菜缸边上,母亲端来一盆凉水,先要我把脚用水清洗干净。踩之前,先在缸底整齐地按辐射状排成一个葵花盘状,菜根靠向缸壁,菜心朝向缸中心。菜铺好后,洒上一些粗子盐,然后沿着缸的四周环状碎步踩踏。

由于青菜凉的,盐也是凉的,加上冬天,天气又冷,起初双脚冻得就像掉进了冰窟窿,时间不长,两脚已经冻得失去知觉,此刻,眼泪在我眼眶内打转。母亲知道我冷得难受,就不住地给我鼓劲打气:"孩子别怕,只要你不停地踩,熬个十几分钟,脚马上就会还阳的。"果不其然,一刻工夫,脚上、身上开始转暖。最后,我索性连身上的棉袄也脱掉了,热得头顶直冒热气。后来,家里有了积蓄,踩咸菜时,总会穿上高筒毡靴,脚也就不挨冻了。而在 20 世纪五六十年代,家庭不富裕,买不起,况且当时市场上也买不到高筒毡靴,所以腌制水咸菜只能光着脚踩,挨冻是避免不了的。

每铺一层菜,就要洒一次盐,每一层菜至少要踩七八分钟。直踩到青菜的颜色失去本色,由绿转深,菜梗菜叶渗出水汁,才又重铺一层新的。

踩咸菜的滋味真不错。我站在咸菜缸里,双臂放于身后,时而左转,时而右转,时而环着缸壁踩,时而踩到缸中心。时轻时重,时快时慢,节奏均匀,有板有眼。脚踩在脆嫩的菜帮上发出"咔嚓、咔嚓"的声响。当你的脚由冷转暖后,脚底板有一种难以表达的舒服:软软的,却不黏;凉凉的,却不寒;滑滑的,却不腻;痒痒的,但却痒得舒坦、惬意,心里有一种难以形容的快意。

层层铺垫,层层踩,当越过缸的中线,就已经感觉到缸的底部开始渗出卤汁。因为,当你踩到缸的北边,南面就会抬起,踩到西边,东边就会抬高。这时你就不能沿着缸壁踩,即使要踩,也要两腿叉开,一脚踩向缸壁,一腿踩在缸中心,这样才能保持平衡。当你踩到接近缸口时,脚下的卤汁就会淹没你的脚背。菜嫩汁多,所以用来腌咸菜的青菜至少要晒一天。如果不晒,就会多用好多盐,卤汁太多,会影响咸菜的咸度。咸菜踩好后，要封缸。事先洗干净几块重石块，将石块压在腌制的咸菜上面，这样保证咸菜不上浮，泡在卤汁之中。

腌制10多天之后，心急的人家就会取出来食用。这时，咸菜梗儿如琥珀般青绿、晶莹、水灵。切后盛放在盘中，颗颗犹如玲珑剔透的珍珠。放几粒嘴里：鲜、嫩、脆。咂咂嘴，仔细品味，透出一股淡淡的清香。不过，这期间的咸菜青蒿素含量高，吃多了容易得青紫病，所以要少量吃。

咸菜起码要经历一个多月才腌制成熟。咸菜可是宝贝，早晨，切几颗生咸菜，伴上几碗米粥，脆脆生生，十分爽口。中午，可以伴着几块豆腐烧点咸菜豆腐汤，可是不错的选项。亦或加一碗蚕豆瓣烧几碗豆瓣汤，也十分下饭。晚上，煮面条加点咸菜叶，一边吃面条，一边喝几口面汤，满嘴淡淡的酸香。

来年夏季，将还没吃完的咸菜捞出来晾晒，晒干后的干咸菜，酱红色，十分鲜亮，切碎后，便于久藏。到了冬天，放些干咸菜烧红烧肉，堪称一绝。烧出来的红烧肉，肉的油汁被干咸菜充分吸收，吃在嘴里，既不缺油水，又腐烂腐烂的。肉块既不油腻，又渗透着干咸菜的焦香，真是相得益彰。

腌制水咸菜，既消弭了我儿时饥饿的岁月，又留下了我梦牵魂绕的记忆。身上无病，心里无事，再平凡的日子，都来之不易，只要能如常迎接每一个清晨阳光，即便粗茶淡饭也值得感激，就算像腌咸菜这等小事也永远不会因时间的流逝而消亡。

泥瓮子

　　数股稻草揉稀泥，一樽泥瓮作粮仓。小时候，口粮少，粮食金贵。家里装稻子的袋子被老鼠咬破了，偷吃了粮食，都会心疼得掉眼泪，就像伤了自己的性命一样，恨得咬牙切齿。

　　那年月，村子里经常有卖老鼠药的光顾。他们从村东到村西，从村南到村北，在家前屋后的巷道中不停地吆喝："卖老鼠药哎！你不买，我不怪，你家的老鼠在家里啃锅盖，锅盖啃条缝，煮饭不密封。"吆喝声先由远而近，再由近而远，慢慢消失在巷道的尽头。前脚走了一个，没过多久，后面又来一个，还是照例吆喝"卖老鼠药哎！你不买，我不怪，你家的老鼠啃"马盖"（旧时农村中妇女大小便的工具，马桶盖儿）马盖儿啃个洞，家里臭哄哄。"庄上卖老鼠药的多，说明买老鼠药的人多，买老鼠药的人多，说明老鼠偷吃的粮食多。那时，农村中每个家庭存粮食是件很伤脑筋的事。

　　20世纪六七十年代，农村中大多数人家存放粮食很少用缸。曾记得，小时候，家里木制家具少，但缸不少。水缸、茅缸、咸菜缸，缸的种类很多。买缸得花钱，农村里家里的鸡屁股是银行，不过银行里的钱只供油盐酱醋用。为了省钱，装粮、贮存粮食一般都用泥瓮子。虽然费功夫、花力气，但是泥瓮子不仅省钱，而且还很实用。一般情况下，老鼠咬布袋子，啃木制桶，但它不啃泥瓮子，粮食藏在泥瓮子里很安全。不仅老鼠偷吃不到，还能防虫咬，防霉变。

　　农村人家里用来装粮的泥瓮子一般是圆形的，上部口大，下面底小，成倒八字形状，高一米左右，一般能装箩把稻谷。也有圆底，大肚子，小口形的，腰鼓状，便于盖盖儿，主要用来装米。

做泥瓮子的材料不复杂，也很简单，不花钱，仅需河泥、稻草，还有粗皮糠。制作泥瓮子，虽然不需要多高技术，却也很讲究。泥巴要选用从河里捞上来的"绿豆青"，这种泥细腻，黏性好。稻草要选晚稻草，不仅草长，还很有筋骨，做出来的泥瓮子结实，牢固，不易损坏。和泥时，还要加些粗皮糠，（用筛子把细糠去掉），搅拌均匀，这样制作出来的泥瓮子才不会裂缝。

秋后，田里的稻子还没收割登场，农村里几乎家家就开始忙着制作泥瓮子。在家前屋后选一块空地，或者选在生产队的打谷场的场头。我小时候，经常看妈妈和邻居大婶制作泥瓮子。妈妈先在地面上洒一些细碎的稻草秸子、瘪稻壳儿，以防泥瓮子的底板和地面的泥土粘接在一起。

做泥瓮子之前，先在河泥里加进一些大糠，搅拌均匀，然后抓一小支稻草，取一把河泥放在地面上抹、揉、搓，将河泥与稻草均匀地融合在一起。打成"十"字或"米"字的筋骨，再用泥草把子把泥瓮子底板填实。然后，再将周围折弯拉高到 20 厘米左右，做成洗衣桶状，此时底板就算做成功了。等太阳晒一两天，硬铮了再由下向上一圈一圈，逐层加高。每次加高只能 30 厘米左右，不能一口吃个胖子。如果想一气呵成了事，那样的话，泥瓮子会坍塌，反而欲速则不达。就这样分成三到四次，大约六七天之后，泥瓮子就成形了。圆的、高的、矮的、粗的、细的、大的、小的，形状千姿百态。在打谷场的场头，无数的泥瓮子错落有致地站立在那里，那阵势，就像卖物件的瓷器店一样。立在场头的泥瓮子不计其数，任由风吹太阳晒，成了一道奇特的靓丽风景线。

等太阳将泥瓮子晒硬铮了，泥土色彩变成灰白色了，才可以往家里搬运。泥瓮子在场地上晒太阳期间，也要百般呵护。一要留心防雨，泥瓮子最怕淋雨，一淋雨所有努力就会白费，前功尽弃，白忙活一场。除此之外，还得防贪玩的小孩，藏在里面拉屎、撒尿。为了不使泥瓮子受到伤害，只能吓唬他们："躲躲擒擒，不许藏到泥瓮子里，谁要是不听，夜里会尿床，湿被子。"

每一回，当泥瓮子进家门时，一家人都会像迎接新娘子一样，喜喜闹闹，也难怪农村人这么喜欢泥瓮子，因为老鼠什么都啃，但就是不啃泥瓮子。

稻草和泥制泥缸，
高高矮矮藏米粮。
老鼠偷食枉费机，
家家不缺足寻常。

泥瓮子

母亲的三春晖

孤灯一盏伴寒夜，夜半三更忙纳鞋。如今每当我们走到大街上，在南来北往、川流不息的人群中，稍微留心关注一下，他们脚上穿的鞋子，便会发现布的、皮的、运动的、休闲的、凉爽的、保暖的，这一双双光鲜夺目、色彩艳丽的鞋子，就会自然地将我的记忆带回到自己的童年时代。

20世纪五六十年代，只要能穿上一双新布鞋，就是一件奢侈的事。儿童年代家里穷，连身上的衣服都没得穿，哪还顾得上穿布鞋呢？即使做一双新布鞋，只是过年时穿个三五天。过了年，母亲就会收起新布鞋，留待下一年春节时拿出来再穿。平时，只能穿补了又补的旧布鞋。冬天就穿父亲用晚稻草打的毛窝儿，夏天可以马虎一些，那就当个"光脚掌"呗！

记得在学校的课堂上，常常能听到老师们常说的一句耳熟能详的名言："好好读书学文化，断文识字，有朝一日脱了草鞋穿皮鞋。"有时，我们小孩子跟着父母上街买小猪儿，走在人声鼎沸的大街上，偶尔会看到开店的老板，穿一双乌黑油亮的皮鞋，时不时弯腰用手掸掸落在皮鞋面上的浮尘，那派头，酷极了。那时，我就梦想长大了，要是能穿一双有钱老板脚上那双油亮的皮鞋，那该多好啊！我知道这只是一种幻想，只有在童话世界里才会实现。

理想是丰满的，现实是骨感的。当年农村中，就算是学校的老师，或者是村里的大小干部，也没人能穿上皮鞋。人们下地干活儿，不是光着脚板，就是穿草鞋，即便做一双新鞋，也是逢年过节或是走亲戚时才穿那么一两回，宝贝似的，爱惜着呢！

小时候，不光是没钱做新鞋，就是有了钱做一双新鞋也很不容易，到了 20 世纪七八十年代，家庭经济状况有了极大的改善，全家人过年做双新鞋这点钱也还是拿得出的。到了临近春节，一进入腊月，母亲就开始忙碌着、张罗着，为全家人赶制新鞋。

要说做新鞋，看似简单，但是真正做起来很繁琐：剪画鞋样，裱糊袼褙，拧绕鞋绳，锥纳鞋底，备面料，捋棉绳，上鞋帮，钉器钮，流程一大摞，复杂着呢，这可不是说在嘴上就能拿在手上这么简单。就说纳鞋底吧，虽谈不上浩大的工程，但也得好多个甚至六七个夜晚，通宵达旦，千层布、万针线地把鞋底纳出来才行啊！抛开千辛万苦熬夜不说，纳鞋底时，还会三番五次地被锥子刺伤手指。每当母亲手指上被锥子扎出鲜红的血珠儿时，她都会将手指放进嘴里衔上几秒种，然后，再拿出来，继续纳下去。这样的画面，深深烙印在我童年的记忆里。

为了缩短年关前做鞋子的周期，母亲在夏天总会挑选一个晴好的天气糊袼子。她先打半头盆浆糊，然后，用热水将实在穿不出去的旧衣服，拆成一块块小的布块，烫洗干净。晒干后，再一层层糊到洗涮干净的门板上。一层一层往上加，大约糊到三四层厚，就将门板靠到屋檐下晒。等到太阳落到地平线上时，糨子也就干透了，母亲从门板上取下鞋糨子，收藏起来。

一进入腊月，数九寒冬，北风呼啸，大雪纷飞，气温降到零下七八摄氏度，冻得人受不了，两手都会拱进衣袖里。夏日长，冬日短，夜幕降临后，吃过晚饭，昏黄的煤油灯下，母亲捧着笸箩放到床头前，里面摆满了布块、线团、剪刀、木尺等针头线脑，脱掉棉裤钻进被窝，然后从笸箩里取出鞋底，右手食指套上针箍儿，左手取出自制的棉线绳，开始一针一针地纳起鞋底来。

做鞋子，除了要花钱买鞋面布，棉绳儿也要花钱。一只鸡蛋只能从货郎摊上换两框棉线绳，母亲舍不得，托人从纱厂里带些废弃的棉纱回来，我们帮着把零乱的棉纱理出来，绕成一个个线团，母亲把棉纱的一头衔在嘴里，另一头勾在门搭子上，这样来回三次，然后，两手合掌将每一股的三根线依次搓上"缯"，这一股搓好了，再将衔在嘴里的另一股换下来,继续搓上"缯",等三股棉纱都上了"缯",再将其合于一处,搓上"缯"之后,一根纳鞋底的棉线绳也就制作成功了。

母亲的手一到冬天就裂拆子,特别是抽棉绳的右手,口子裂得像小孩子的嘴,一碰就疼。为了不影响纳鞋底,她就到村里医疗诊所,找点白胶布,将裂开的血口子用胶布包裹起来,继续工作。

有时候,我睡到半夜,睁开蒙胧的睡眼,在跳动着昏黄火苗的煤油灯光下,母亲仍在"呼呼"地扯着棉绳。她的眼里布满血丝,红红的眼睛注视着一针一线,她要保证针脚细密均匀,行行齐整。她不时地将发涩的针头,在额前"川"字形皱纹上方的头发上擦一擦,然后,再低下头,将针头从鞋底的正面扎下去,用针箍儿使劲一顶,针头就会从鞋底的另一面钻出来,左手再用夹针的夹子夹住针头使劲向上一拔,那棉绳就"呼"一下抽出来了。

由于连续多日的熬夜劳累,母亲显得十分苍老疲惫,这时,我用乞求的声调对妈妈说:"妈,夜深了,早点休息吧!"母亲会微微一笑装得很轻松的样子,平静地对我说:"没事,今天我一定得把这只鞋底赶出来,再不加点儿紧,你们过年会穿不上新鞋的。"她一边说,还一边替我摁一摁被窝:"你睡吧,把被子盖好,天气冷,别冻感冒了。"在母亲心里,时刻关心的是我们这些子女的冷暖,却从来不为自己着想。

全家老小四五口人,等我们过年都穿上新布鞋、新棉鞋,可她自己的新鞋子还没赶出来呢。她还风趣地说:"等你们的鞋穿旧了,我的鞋还是新的呢!到时候,你们可别抢我的鞋穿哦!"

一晃几十年过去了,母亲已经作古,远离我们而去。如今,我们已经过上美好的小康生活。全家老老少少再不会为穿不起一双新布鞋而发愁。每逢过年,我家鞋架上就会多出十几双新鞋,新鞋有高帮的、平底的、高跟的、防滑的、磨砂的、健身的,应有尽有,特别新潮,只有你想不到的,没有你买不到的。

小小鞋子的变化,反映了祖国的日益强盛、农村的日益变化、人民生活水平的不断提高。从儿童时的"光脚掌"再到如今的"皮鞋族",虽然儿时的梦想实现了,但是为了让全家人过年时能穿上一双新鞋,母亲没日没夜操劳的身影，却在我的脑海里挥之不去，冥冥之中，我总想写点什么，总想说点什么，可千言万语难以表达，只能以一首诗概述之：

母亲，我敬爱的母亲！
您平日一次次叮咛，
增添了我成长的自信。
母亲，贴心的母亲！
您生活的苦涩多了三分，
我生活的幸福就添加了十分。
母亲，辛劳的母亲！
您用额角上艰辛的皱纹，
无私地温暖着儿女们的心。
母亲，无限热爱的母亲！
看着您慈祥的双眼，
我就看到您大海般的深情。
我情不自禁地对星星说，
我热泪盈眶地对蓝天说，
我激情满怀地对大地说，
谁言寸草心，报得三春晖。
春晖日月存，儿女思母亲，
星辰对我笑，母子续深情。

恋双亲

双亲百年家中凉，日后鲜少归途茫。
秋风起时落叶黄，无母絮语添衣装。
世人缺少爹和娘，老家人走茶就凉。
少小父爱重如山，偶触思虑泪双行。

恋母

慈母千针线，灯下密密缝。
晨起着新装，雪天手不红。

恋父

少时去探亲，蹦跳随父行。
半途力衰竭，骑上父双肩。

孝父母

烧香拜佛别搞错，谨记父母才是佛。
坐享轿车不算富，孝敬二老才是福。

老酒仙

草庵堂在花堡村，花堡村内草庵堂。

堂中主人栽桂树，又摘桂花浸酒香。

桂花树旁老酒仙，桂花树下设酒宴。

受邀好友相对坐，推杯论盏各自欢。

杯满酒溢香四散，自斟数杯活神仙。

酒香和着桂花香，半饮半品桂花盏。

半醒半醉赏桂花，花开花落年复年。

但愿老死花间酒，酒盏花枝酒有缘。

别人说他酒疯癫，我笑别人看不穿。

酒仙不见瓶见底，无花无酒锄禾田。

背向天来面对地，远树和天两相齐。

酒醒自知花前坐，酒醉与天比高低。

改编唐寅《桃花庵》

幸福的韵味

幸福是什么？
是儿子骑着你的肩头，
你抖动着身子，心里却乐呵呵。

幸福是什么？
是女儿挽着你的手，
你们母女一高一矮相伴行走。

幸福是什么？
是家人们的节庆欢聚，
互道几句祝福和问候。

幸福是什么？
是你已人到中年，
初尝创业成功的甜头。

幸福是什么？
是你抵近黄昏之年，
儿孙满堂，绕膝转悠。

幸福是什么？
是家的温暖，
一家人日常生活的甜酒。

幸福是什么？
是添子添孙，
家族香火延续存留。

幸福是什么？
不是财富，不是官位，
而是人生无憾，安乐仙游。

杂 诗

人忧悲欢挥泪洒，心里揣个小疙瘩。
勤劳致富阳光道，一夜暴富说梦话。

能言善辩巧如簧，社会纷争乱如麻。
势利小人苟蝇利，分毫不让马大哈。

鱼死网破血腥味，坐收渔利享奢华。
荣华富贵水中月，利禄功名镜中花。

纸醉金迷不久长，吆五喝六是人渣。
三尺牙床三餐饭，两腿一伸坐轿马。

腐败堕落世人唾，两袖清风传佳话。
人民公仆孺子牛，松竹高洁人人夸。

真情话

香茗喝不出朋友，香烟抽不走寂寞。
泣诉唤不回同情，怨恨买不来命数。

汤水解不了饥渴，炫耀带不来幸福。
世态炎凉千百态，自我警诫早醒悟。

爱恨情仇空自恼，自然规律天知晓。
内心若存小鸡毛，处事皆会存困扰。

慈心若纳海量川，堑壕也会成大道。
道路若是长一丈，大路通天架彩桥。

人心若是短一寸，岂不自我设地牢。
山盟海誓打交道，不如千里送鹅毛。

良言一句三冬暖，恶语伤人百日寒。
忍字头上一把刀，压住邪念天地坦。

村巷轶事

草鞋书记

　　在花堡村，只要一问草鞋书记是谁，人们总会脱口而出：我们的村支书花宽寿同志。那么人们为什么称他为草鞋书记呢？因为他常以一件件感人的事迹温暖着花堡村群众的心，以一个穿草鞋、戴草帽的特殊形象出现在人们的面前。

　　新中国成立初期，农村实行了土改，农民手里分到了土地，个个欢欣鼓舞。但是有不少人家孤儿寡母，家中无壮劳力，种田就成了大问题，花宽寿同志穿着草鞋，带领村里的民兵，给这些困难家庭耕田、收割，什么活儿都干。

　　到了 1957 年，农村成立了农业合作社。由于村里原始的田地高一块，低一块，田地大小不一，严重影响了集体化劳动生产。这年冬天，花宽寿同志仍然穿着草鞋带领全村干部群众，锹挖肩挑，平整土地，修渠道，筑圩堤，对高低不平的农田进行方整化改造。改造后的田地，田成片，地成方，沟渠如蛛网。

　　农田方整化改造好了，花宽寿仍然脚不离草鞋，每天早晨天一亮，总要将全花堡几千亩土地巡查一遍，了解田里庄稼苗情，各种农活的进展情况，以便及时指导生产队长，统筹安排社员的农活，保证每块田地不缺肥，保证农活儿不漏项。俗话说，习惯成自然。如果他哪一天不用脚丈量村里的土地，他的心里就不踏实。他常常对人说："早上起来，头发上沾点儿露水，脚上沾点儿泥土，鼻子闻闻田野里的青草味儿，既是一种身体锻炼，也是一种对大自然田园风光的欣赏，更能激发起自己建设美好家乡的工作热情。"每天，他在处理好全村工作任务后，总要挤出点滴时间，来到田间地头和群众一块儿劳动，不管身体多么劳累,总是和群众一起谈笑风生。

不管是巡田也好,还是在田间劳动也罢,花宽寿总是头戴一顶旧草帽,脚穿一双旧草鞋,两腿裤管卷到膝盖头,地地道道的普通庄稼汉模样。由于他每天脚不离草鞋,所以,全村人都叫他草鞋书记。

1964年,全国掀起了知识青年上山下乡运动。村里来了不少有知识的青年人。其中有一个叫杨开文的知青,在田间劳动时,目睹了花宽寿身先士卒的劳动身影,耳中也听到了当地群众讲述他的一个个动人的事迹,情之所至,于是杨开文连夜赶写了一篇文章《一双草鞋》,花宽寿的先进事迹刊登在《新华日报》上。由此,草鞋书记的事迹传遍了大江南北。

由于他出色的工作表现,加上报纸的宣传,他担任了桥头公社党委常委,并当选为省人大代表。虽然他的身份变了,但是他的穿着打扮没变,他的工作干劲和热情没变。在他身上总有使不完的劲儿。他就像一个闹钟,那个秒针总是一刻不停的转动。

如果我们把花宽寿同志比作一匹千里马,那么他的入党介绍人周深根就是伯乐。新中国成立前周深根是杨李乡的一名地下交通员,原本是个看守坟墓、种点瓜果蔬菜的农民。身高仅一米四左右,身材瘦弱矮小,其貌不扬。就是这么一个貌不惊人的朴素农民,为我党传递过好多重要情报。凭着他多年的对敌斗争经验,化解了许多风险,为人民的解放事业做出了重要贡献。更值得称道的是他为解放后的花堡村革命事业,选准了一位好领导人,真是慧眼识英才。

花宽寿是花堡村农民的后代,周深根从小看着他长大,认准他根正苗红,将来一定会成为老百姓最好的带路人。

从那以后,周深根就有意培养他,让他进入村委会工作,给他压担子,还引导他多参加一些政治学习,提高他的思想觉悟,他也没辜负党组织的培养,工作积极主动,踏实肯干。不久,周深根作为入党介绍人,推荐他加入了党组织。入党宣誓那天,周深根和花宽寿同志语重心长地谈了一次话:"我们党闹革命,为的是替老百姓打天下、谋幸福,我们党的干部手中的权力是为老百姓服务的,我们要把党的温暖送到老百姓的心坎里,而不能为个人谋取私利。"

入党后不久,他又挑起了党支部书记这副重担。党的信任,让他感到重任在肩。他把党的话时刻牢记于心,曾为自己立下了三点誓言:一是把花堡村困难群众的冷暖装在心里;二是为花堡村的革命事业鞠躬尽瘁,死而后已;三是不为自己谋取一点儿私利。回顾花宽寿同志的一生,他没有改变自己的初心,也没有违背自己立下的誓言。观树影而知其高大,视人之评论而知其德性。直到他身患癌症病逝,他家 8 口人仍然住着三间茅草房,而村中大部分群众都已住上了新瓦房。他家有 3 个子女是高中生,但却没有一人进厂当工人,没有安排一人做民办教师,把机会全都让给了村里其他群众。他真正做到了为官一任,两袖清风,做到了先天下之忧而忧,后天下之乐而乐,他用自己一生的奋斗经历,为党旗增了辉。在他百年之后,花堡村民称他为焦裕禄式的好书记。

他在任职期间的一次全村党员会上这样讲:"我们每个党员和干部要将自己变作一块煤,送给村里生活最困难的群众。"

他是这样说的,也是这样做的,他以身作则给全村干部党员做表率,每月至少走访一次全村特困家庭,了解他们家中的实际困难,为他们排忧解难。他扶危济困的故事至今仍在花堡村中传诵,经久不衰。他那点点滴滴关爱特困群众的事迹,仍在温暖着花堡村全体村民的心。

花堡村上有一户姓徐的人家,孤儿寡母,人们称他家为侏儒家庭。母子二人身高只有一米三四左右,这样的家庭在生产队里,干不了什么重活儿,只能做些打场、挑灰之类的轻微活儿,一年忙到头,挣不了几个工分,到年底分红,连口粮也挣不回来,哪还有零花钱开支,一旦有伤风头痛的病患,根本无钱医治。"黄鼠狼专挑病鸡咬",有一年,因为连续阴雨,加之他家的房屋年久失修,土坯墙受潮后倒坍了,花宽寿闻讯带领村里的党员干部立即来到徐家义务劳动,没吸一支烟,没喝一口茶,没吃一口饭,帮他家把倒坍的墙重新砌好了。

这样一个穷困家庭始终是他的一块心病。机会终于来了,一次红旗农场驻军派医生到村中为老百姓义诊看病，了解到村里干部群众缺医少药，生了病，要到三四十里外的姜堰镇看医生，加上交通不便，群众看病难始终是困扰全村的遗难杂症。为了从根本上解决群众看病难的问题，部队决定为村里义务培训医护人员。花宽寿得知后，心想，徐母的儿子，人虽不高，但十分机灵，学医定是把好手，于是就推荐徐母的儿子参加医疗培训，当了村里的一名赤脚医生。村里两委会研究决定，赤脚医生的报酬靠生产队一等劳力的工分。这样一来，徐家彻底甩掉了贫困家庭的帽子。

花堡村村东头有一户名叫花根寿的，由于他脸上有许多麻子，人们习惯称他为麻根寿，麻根寿有一个儿子叫花押红。这孩子聪明伶俐，上学时在班上成绩名列前茅。一年，麻根寿害了一场大病，家中的一点儿积蓄，看病全花光了，到了开学时，家里拿不出钱给儿子报名，只好辍学在家。这一天，花宽寿又一次登门看望生病的麻根寿，了解到孩子辍学的事，他立即找到生产队长夏增如，要求生产队垫资解决麻根寿儿子的报名费，并指示以后生产队每年为花押红垫付学费钱，直至完成学习。花押红也没辜负党的恩情，刻苦学习，终于考上了军校。

花宽寿经常跟村里干部讲，自己就是因为家里穷，上不起学，走上工作岗位后，深知没有文化知识的艰难，上一辈人的苦难。绝不能在后代人身上重演。

还有一位孤寡老人，丈夫儿子都没了，只剩下她一人，每逢过年过节，花宽寿都会带上钱和礼品，看望这位老人。他拉着老人的手，仔细询问生活上有没有困难。老人逢人就夸："花支书是个好人，共产党是咱们的贴心人啊！"

花堡村的每一户生活困难的家庭都留下了花宽寿同志的足迹，他那嘘寒问暖的话语一直刻印在人民群众的心里。

花宽寿同志的一生是奋斗的一生，是永葆艰苦朴素本色的一生，是清正廉洁的一生，是无私奉献的一生。他的精神，将化蛹成蝶，永存于花堡村广袤的大地。

献上一段致敬词为他点赞：你原本是农民，后却蝶变成村官；党给了你舞台，你就精彩无限；你是那夜行者，为贫苦百姓送炭；你是那春蚕，吐丝为村民脱贫致富；你是那池塘里的莲藕，一身正气一尘不染。

感谢亲人解放军

新中国成立初期,花堡村西边,是一片方圆十几公里芦苇丛生,地势低洼,荒芜人烟的沼泽地。

1962 年,在这片沉寂了上千年的土地上,迎来了开发她的主人。在这片原始的处女之地上,一夜之间,就像是《封神榜》中姜子牙撒豆成兵一般,眨眼间,成千上万的解放军在这里安营扎寨,开荒垦地,一派热火朝天的景象。

花堡村沸腾了。人们奔走相告:西边的荒田,来了不计其数的解放军,穿着一色的黄军装,戴着红五星帽,脚穿黄色的解放牌球鞋,听说是来开荒种地的,要长期跟我们处邻居了。也有消息灵通的人说:"据说部队在这里建红旗农场,这下好了,我们这里要热闹了。"

从那以后,每天村前村后,街头巷尾,人们谈论的全是解放军的话题。白天下田干活儿的人,晚上收工回来就像喜鹊聚会,喳喳喳叫个不停:"你们没看到,荒田里整个工地上红旗招展,军歌嘹亮,那些解放军战士人人手拿铁锹,卷着裤腿,挑土挖沟,修渠垒地。今天是长满荒草的土地,明天就成了平展展的田地,那场面太壮观了。人家那干劲儿,个个生龙活虎,太牛了。"一个年轻小伙子夸赞道。"你没看到,到了开饭时人家吃的可是白米饭,又都是年轻的小伙子,你能跟人家比吗?"一位年轻大婶说。也有胆大的姑娘说:"你看那些解放军战士穿着一身黄军装,帽子上有红五星,衣领上有红领章,帅呆了。我要是嫁人,一定要嫁个解放军。"说完后,双手捂着脸笑个不停。

整个村庄喧嚣了几十天之后,才慢慢沉寂下来。在社会生活中,任何事件的出现,都不会孤立地存在。红旗农场解放军的到来,引发花堡村及周围农村掀起了一股解放军热。

最为摄人心魄的是能穿上黄军装，戴一戴黄军帽，总想拥有一颗金光闪闪的红五星，要想得到这些稀有的珍品，如同上九天揽月。倘若谁有了一颗红五星简直如获至宝，拿在手上反复揉搓，仔细察看，虔诚之态无法言表。仔细玩弄之后，会用红绸布包裹起来，藏于箱底。

偶尔有几名解放军战士从庄上路过，马上就有许多个小屁孩围住，争着要戴一戴解放军头上的黄军帽，摸一摸军帽上的红五星。一旦戴上黄军帽，就高兴得手舞足蹈："我是解放军了，我当上解放军了……"平时，孩子们做游戏，也会学着解放军的样子，排着队抬头挺胸，迈着整齐的步子，嘴里喊着口号："一二一，一二一，立定。"然后，再行一个军礼，俨然自己已经就是一名解放军战士。

由于红旗农场与花堡村比邻，下田干活儿，中午休息，一些十五六岁、十七八岁的小姑娘总会围着站岗的解放军战士，拿出笔记本，要解放军给自己签名，或者拿出自己的相片让解放军签名，甚至有些还偷偷地谈起了恋爱。

村里的适龄青年掀起了参军热。每年秋季，征兵时间一到，村上所有适龄青年踊跃报名，一旦体检合格，全家人兴高采烈，就像过年似的，所有亲朋好友都会登门贺喜。到了送新兵入伍的日子，家里会贴上红对联，邀请所有亲友到家里相聚，各个亲友还会送上一份厚厚的贺礼。村里两委会也会置办宴席，欢送新兵，村里的所有干部到场，为新兵敬酒。正式登车启程的那一天，新兵会胸戴大红花，村干部敲着锣鼓，放着鞭炮，路道两旁，引来无数人围观，那场景轰轰烈烈，热闹非凡。

农村的婚姻观念也彻底改变了。那时，年轻姑娘谈恋爱、嫁人，首选对象就是解放军，只要能嫁给当兵的，就是全家的光荣，周围邻居也会不住地夸赞、羡慕："这姑娘真有福气。"

红旗农场解放军的出现，给人们的思想观念、生活方式、婚姻观念都带来了深刻的变化。

军队向前进，生产长一寸，军民同发展，共建鱼水情。红旗农场党委制定了部队发展年度计划：军队军事素质的提高与部队的生产劳动相结合；军队驻地发展要和周边农村军民关系发展相融合。于是，一个拥军爱民热潮在部队和花堡村开展起来了。花堡村一块 500 多亩的地块凹陷在部队围垦的田地中，为了使部队的围垦地成片成方，也使部队用来防洪水的圩堤缩短里程，花堡村决定，将这 500 多亩地让给部队，这样困扰部队发展的难题也就解决了。这件事让部队首长大为感动，决定派出部队工作组，来到花堡村，开展军民共建活动。部队工作组进村之后，挨家挨户了解村里群众的生活状况和生活需求，很快做出了三项工作安排：

一是针对农村落后的村容村貌和脏乱差的卫生状况，迅速派出工作队，在村中开展爱国卫生运动。

1. 首先对村中的特困户进行帮扶，为贫困户送去救济粮。不少贫困户没有衣服穿，没有被子盖。部队官兵开展捐衣捐物救助活动，为贫困户解决了衣食住行的困难。

2. 将村中的危房进行了修理。对破损的墙壁进行了维护，粉刷了墙壁。

3. 工作队的解放军战士为每个农户清理家前屋后的杂草、垃圾，帮助打扫室内外卫生。解放军战士人人动手，清除屋内蜘蛛网，帮助农户挑水劈柴，样样家务活儿抢着做。

4. 当时农村家家没有好的粪坑，到了下雨天，粪便横流、污染道路和饮用水。解放军挨家逐户改造茅坑，农村粪便管理得到有效治理。

5. 那时农村中，家家户户都有虱子，解放军引导群众，烧开水烫洗衣被，经过一段时间的努力，几乎让虱子消踪灭迹。

经过部队工作组和广大群众数十天的艰苦努力，花堡村里里外外变了样，人民群众的生活质量得到极大改善。俗话说，精诚所至，金石为开。解放军的点滴作为，感动了全村百姓。工作队离村的那一天，村支部制作了一面"鱼水情深"锦旗送给工作队，全村村民聚集到村头敲锣打鼓欢送解放军，一句句热情的话儿互致问候，一双双热情的大手紧紧的握在一起，一双双泪眼模糊了视线，一位位大娘大婶泣不成声,这场景感天动地。

二是再派医疗小分队,为花堡村民送医送药,解决农村群众看病难的问题。前期工作队离村没多久,部队再派医疗队来到花堡村进行义诊。当年农村中大肚子病(血吸虫病)、疟疾、痢疾、青紫病相当普遍。解放军医疗队进村后,一人不缺、一家不漏进行看病问诊。为了彻底解决农村缺医少药的问题,部队专门为村里培训医护人员。村里有了自己的赤脚医生,群众的小病小患就再也不要到县城姜堰去看了。医疗队还给村民开办卫生讲座,要求村民饭前便后勤洗手,勤换衣,勤剪指甲,要求村民不喝生水,教给村民将明矾放进水缸,给饮用水消毒。医疗队的大量工作,使花堡村民的健康状况得到极大提升。

三是部队还经常给村里的群众放映幻灯片,放电影,不断地派出文艺演出队为花堡村村民演出文娱节目,村民的文化娱乐生活也得到很大改善。

另外,梅雨季节,暴雨常常引发洪水,部队专门派人站岗守护河闸、圩堤、坝口,为村民战胜洪涝灾害做出巨大贡献。

最令花堡村民终身难忘的是,农历大年三十晚上,村庄西头有一户人家蒸年糕做馒头,烟囱里的火苗引发了火灾。那时农村百分之九十的人家住的是茅草房,偏偏那一天刮着六七级的大风,风借火势,火助风威,熊熊大火冲天而起,如果不能迅速控制火情,大火将火烧连营,全村所有房屋都会处于极度危险之中。

火情就是命令,红旗农场五工区官兵,看到东边村庄大火冲天,浓烟滚滚,官兵们来不及多想迅速集合队伍,向火灾现场奔来。部队住地和花堡村隔着一条30多米宽的大河,要救火必须摆渡过河才能到达火灾现场。渡船很小,一次只能渡过十几个人,渡河速度太慢了。心急如焚的解放军官兵在连长的带领下,脱去外套,手举衣服,泅水渡河迅速来到现场投入灭火战斗。没有救火工具,官兵们排队用脸盆接水灭火。有的爬上屋顶,用湿被子遮盖住邻居家的房屋,有的夺过当地村民的水桶,疾走如飞挑水灭火,有的跌倒了爬起来继续奔跑,有的战士脚板被玻璃划伤,鲜血直流,拐着腿带伤战斗,有的战士手臂被火烧伤了,来不及包扎继续担水。熊熊大火冲天起,军民并肩战火魔。经过两个多小时的奋战,大火终于被扑灭了。

当一声哨音响起,救火官兵已经集合好队伍准备撤离时,在场的全村百姓含着眼泪为他们送行。免遭大火涂炭的邻居大娘,紧紧拉着部队首长的手,泣不成声地说:"首长啊,是你们这群满身泥巴的娃娃兵,个个铁骨柔情,为了咱老百姓的安危,一见危难就冲锋在前,你们不愧是咱们老百姓的子弟兵啊!"

浓烟火情党召唤,
闻哨而动泗水渡。
天寒地冻无所惧,
心向百姓如父母。

村巷叫夜娘

花堡村,叫夜娘;走村东,串西巷;叫炊烟,半夜忙;冒风雨,受寒凉;迎春夏,过暑往;人人夸,美名扬。这是一首花堡村中妇孺皆知的顺口溜。

由于这首顺口溜的流传,花凤小的名字红遍了周围村寨。花凤小是当年花堡村妇女中屈指可数的典型人物,一米六五左右的个子,身材坚实,腿脚壮实有力,没上过一天学,不识一个字,为人快言快语,说起话来连珠炮似的。

1957 年,农村成立了农业合作社。全村共有 4 个生产队,花凤小是四队妇女中的佼佼者,干农活儿,说在人前,干在人前。薅草栽秧,割麦挖墒,踏车(水车)挑粮,行行能上,样样在行,是农业生产方面劳动妇女的领军人物。做的农活儿,既快又好。小时候常听年老的人夸她:割麦、割稻三刀一抱,一捆三抱。捆的麦把、稻把像洗锅掸儿,齐刷刷的,瞧着顺心,看着顺眼。栽的秧横成排,竖成行,棵棵等距离,行行一个样。要说劳动进度,她说排第二,没人敢说排第一。挑泥挖沟敢和男劳力叫板比高低,每当有胆气的男人和她挑战,她就火辣辣地说:"是你们男人腿粗,还是我们的腰胖,咱们比一比,看一看!"话音一落,引得众人哄堂大笑。诙谐中带着幽默,幽默中含着粗俗,粗俗中透着泼辣,泼辣中藏着倔强,不少男人在她面前也会让她三分。花凤小走起路来,脚下像是踩了风火轮,说起话来,炸得人耳朵响,是农村中少有的作风泼辣,天不怕地不怕的能干妇女。

当年农村处于原始的农耕年代,没有农业机械。要干的农活儿特别多:薅草打场,割麦插秧,耕田清墒,拗船挑秧,罱泥挖墒。三百六十行,样样全凭手工忙。农活儿太多,白天干不了,需要起早带晚干。早上天不亮就要下地干活儿,晚上做到天黑了才会收工。到了春播夏收大忙季节,甚至要通宵达旦地在田里赶工时。由于白天劳动强度大,身体劳累,加上不少妇女还年轻,特别爱睡觉,晚上一觉睡下去,早上就不知道醒,到了上工时间,早饭还没煮熟。为了解决这些年轻妇女的后顾之忧,花凤小主动担起了生产队里的叫夜员,每天半夜起身,先煮好自己家的早饭,然后再把生产队里的妇女挨家逐户地叫醒。

她的出色表现,村支书看在眼里,觉得是个好苗子,就提拔她当了村里的妇女主任,鼓励她:"你不仅要在自己生产队起好带头作用,还要带领全村妇女,为建设社会主义新农村多做贡献,争取早日加入党组织。"

从那以后,花凤小工作更有劲头儿了,每天夜里三四点钟起身,从村东到村西,从村南到村北,不落一条巷,不漏一条道。春夏秋冬,寒来暑往,头顶星辰,脚踩月光,冒风顶雨,叫全村人起床煮早饭。一年 365 天,天天如此,一以贯之,一干就是几十年。这样的坚持不是一般人能坚守得了的。试想一下,每天早上四五点钟就要起床,比其他妇女要早起两个多小时,每天睡觉时间,只有四五个小时,想一想,就会让人由衷的敬佩。

花凤小这种不知疲倦的工作干劲,吃苦耐劳的意志品质,任劳任怨的工作作风是从哪儿来的呢?这与她的苦难家庭有着很深的渊源。

花凤小 1935 年出生在一个贫农家庭,一共姐妹 4 人,全家 6 口人,仅靠父亲租种地主的几亩地为生。旧社会苛捐杂税如牛毛。交完了地租杂税后,所剩无几,常常吃了上顿没下顿。屋漏偏逢连夜雨,11 岁时父亲病亡,家庭更是雪上加霜,她是家中的长女,失去了父亲,她就和母亲一起下田干活儿。这样一个孤儿寡母的家庭,生活是何等的艰难啊!

没办法,14 岁那年,经人介绍,母亲让她到上海一户王姓老板家,先是给人家带了一年的孩子。后来就到一家纱厂当了一名学徒工。工厂的老板给她的工作任务十分繁重,完不成任务就不给工钱,还没有饭吃,经常饿着肚子工作,一天一夜只有四五个小时的休息,一直到 1954 年,19 岁时母亲让她回家,嫁给了本村一个叫花奇宝的农民。

童年的苦难生活,上海打工的艰困经历,铸造了她吃苦耐劳的品质和坚韧不拔的毅力。

自从花凤小入党后,她工作的劲头更足了。她在全村组织了十几人的铁姑娘先锋队,为村里栽桑养蚕,发展壮大集体经济。组织团员青年铲青草沤草塘,开展秋季超产运动。农忙时节,农活儿忙,怕赶不上季节,误了农时,她就组织妇女们参加义务劳动:挑把打场,踏水车沤田……凡是村里危难险重的任务,她的铁姑娘先锋队从不缺席,冬天搞农田基本建设,平整土地,打圩堤,筑沟渠,样样少不了她们的身影。

1958 年公社要求男民工报名挑周山河。这本来是男民工的事,可是花凤小挑选了村里 6 名身体强壮的妇女也报名和男工们一起参加了周山河工程。他和男工们同吃同住(在工棚内用篱笆隔了一堵墙)同劳动。晴天一身汗,雨天一身泥,工地上,晚上又不好洗澡,她们克服了许多难以想象的生理困难。劳动中,她们不因自己是妇女而减轻工作量,男工完成任务收工了,她们继续干。不仅工作量不减,还和男民工开展劳动竞赛,劳动工地上,你追我赶,热火朝天。

一次,连续下了两天雨,低洼的工地积了好多雨水,如果不把积水排除,就无法施工。加之又是冬天,零下七八摄氏度,冰天雪地。花凤小见此情景手一挥:"姐妹们咱们上。"说完,带头卷起裤腿,踏着冰碴,光脚浸泡在泥水里,挖沟排水。在她的带领下,姑娘们战胜了严寒,排除了积水,保证了工程的顺利施工。

周山河工程结束后,铁姑娘施工队作为先进集体受到表彰。

如今,在花堡村 60 岁以上的老年人中,仍然传诵着花凤小"村巷叫夜娘"的美名。

在社会主义建设的大潮中,在平凡的工作岗位上,无数像花凤小这样的普通妇女,说在人前,干在人前,创造了许多可歌可泣的不平凡的业绩,她们的精神永远值得人们传诵和学习。

二队长的"阳谋"

在我们花堡村，从 20 世纪 50 年代到 70 年代，全村只有 4 个生产队。到 80 年代，将原老二队分成两个队，被分出来的队，就是现在的李堡村 19 组，也就是原花堡村的第五生产队。这个队总共十几户人家，人口也就 100 多号人，是原花堡村最小的生产队。

二队长花祥根

花堡村的生产队长任职最长的只有花祥根一人，前后有十五六年。其余生产队总是三天两头就换人，走马灯似的，轮换不息。

这二队长到底有啥法宝，能使自己任凭风浪起，稳坐钓鱼船呢？这个疑团，一直潜藏在我的心中，老是解不开。

一个多月前，我准备写花堡村沤改旱这一题材，就相关内容，去采访如今还健在的原花堡村二队队长花祥根同志，老队长现年 90 多岁，身板还很硬朗，除了耳朵有点背，说起话来声音还很响亮，大嗓门，一点儿也不像 90 多岁的老人。

采访结束后，我就好奇的问："老队长，有个问题一直闹不明白，在花堡村的几个生产队中，其他队的队长，就像纸糊的灯笼不牢靠，而你却是常在江边走，就是不湿鞋呢？"二队长用右手挡在耳边，满脸疑惑地说："你刚才说什么灯笼，我听不懂。"我一看二队长一脸狐疑的样子，心里咯噔一下，我这对谁说话呢？逞什么能呢？于是，连忙改口说:"是这样,我在问你,你当队长 10 多年,不像其他生产队,队长人选老是换来换去当不长,你有什么诀窍吗?"老队长听后,轻松一笑:"没什么蹊跷,说到底就是你把人家的难处装在心里,你得替他们着想,替他们分忧,知道吗?"我着急地说:"老队长,你说具体一点儿好吗?"那好,我给你说几件事儿,你就清楚了。

二队长在任职期间,使用的"阳谋"。20 世纪 50 年代到 70 年代,村里各队的口粮标准是统一的,每人每天只有六两口粮。到了沤改旱之后,每人每天八两左右,农业学大寨期间,农活儿多体力消耗大,特别是男劳动力罱泥、挑渣、挖墒、倒坞子,肚子吃不饱,就没力气干活儿。可是,肚子吃饱了这口粮就不够,到月底,家中小孩子少的人家,就容易断顿。好多人家,临近月底,有一个礼拜左右,面临断炊的危机。

一天,祥根队长到我家排工(分派农活儿),父亲抹着眼泪说:"叔台啊,今天我就不上工了,你来看,米缸里已经底朝天了,离分粮还有好几天呢,家里揭不开锅,这日子怎么过啊?"祥根比我父亲长一个辈分,所以叫他叔台。二队长一听,不住地安慰道:"鸭寿侄子,叫你媳妇到我家去弄点粮回来,别哭,老大不小的了还哭鼻子,丢不丢人啊,我来想办法。"说完就走了。

到了晚上,二队长又来到我家对我父亲说:"这样,明天你去泰州肉联厂装红汤回来壅田。现在生产队场上的稻子还没过秤进仓,这次你们去两条船,口粮就别带,中午开船时,我让看场的人回家吃中饭,你们可别心太野了,够吃就行,知道吗?这话就当我没说,你别纸包不住火。"父亲点点头,听懂了意思,神秘地说:"好!放心,有事我自己扛着,不碍你的事,你把心放肚子里。"父亲高兴得一拍掌:"太好了!"

第三天下午,父亲从泰州回来了,走时没带一粒米,回来时每人还分了六七斤米,还有更想不到的,父亲还带回来一头盆的椭圆形的肉球,当时,我也不知道叫什么东西。平常成年累月家里不沾荤,今天晚上可要开荤了。那天晚上,我吃得特别多,这肉圆子全是瘦肉,吃在嘴里好香好香，我吃了差不多有大半碗。不仅如此，父亲还带回两大碗熬好的猪油。母亲问父亲："你怎么带回来这么多猪油？"父亲说："我看见红汤上面浮了一层白花花的猪油，我哪舍得浪费，捞起来洗了一下，放进锅内熬出来的，就是粪渣不少，脏是脏一点，喉咙浅的吃不下，我反正不嫌脏，又吃不死人，你们不吃，我一个人吃。"母亲说："管它脏不脏，庄稼人整天与尿粪打交道，不吃白不吃。"

从此以后，生产队派人外出扒渣、送公粮，都不带口粮，反正这好处，大家轮着去，也没人有意见。

二队长为了让群众得实惠，特别重视搞好和泰州肉联厂的关系，逢年过节生产队总要派人给肉联厂送东西，这回送大米，下回送豆油，要么送花生。厂里有些心眼好的工人肯帮忙，下班时，等没人将案板上的猪蹄、大肠等推到下水道内，我们这边生产队的人就将东西藏到粪桶下面弄上船，这些好东西，船上的人吃不了，就带回家来，所以家里人也跟着沾光。

到泰州装红汤是个肥差，被派去的人，实际上是来"靠赏"的，借此机会，增加营养，补补身子。

听了二队长的讲述，勾起了我好多童年的回忆，原来是这样。二队长说："你那时岁数还小，不懂什么，我和你爸处得很好，大事儿小事儿常一块商量。"

二队长心眼好，心肠实。不仅如此，他还继承了老支书花宽寿的传统，经常巡田，一有空，就和队里的劳力们一块儿劳动。全生产队的人都得了队长的好处，每当这时，大家就说："队长，这些活儿你就别干，有我们呢，你就歇会儿呗。"二队长说："没事儿，人嘛出点汗有好处，身子反而舒服，咱农村人就是个挨苦受累的命。"

我觉得要想成为一名群众拥戴的好干部，必须时刻为百姓排忧解难，才会人心所向，众望所归。

小学往事

　　文坛英才挥彩笔,寒门子弟唱颂歌。新中国成立后,在三村交界处办起了一所小学,即杨李小学。这是一件新鲜事,也是三村人民的一件大事。辞别了1963年的岁尾,很快迎来了1964年的开春。新年一到,我已经八岁,即将开始学习生涯,记得那时学校实行农历年头开学。

　　开学那天,父母对我入学显得非常隆重。妈妈用旧布为我缝制了一个小书包,买了一支铅笔,用菜刀将铅笔削好放进书包里,没有作业本。上学之前,父亲在厅房家神柜的香炉内插了三炷香。那时农村家家户户厅堂中央都没有菩萨像,只是用了半张红纸,中间竖着写了几个字:天地君亲师。上了香之后,父亲领我对着香炉叩了三个响头。

　　"天地君亲师"这几个字当时我不认识,也不知道什么意思。我的小学一年级是在村里的教学点上的,一间茅草房,教室前面挂了一面小黑板,学桌凳各人自带。老师给我取名叫花木林,那时连课本都没有,全班只有六七个学生。村里不少小朋友到了上学年龄也不入学,女孩子一个也没有,农村中普遍存在重男轻女的现象。课程只有语文数学两门。教我的老师只有小学三四年级的水平,当时农村中,就连这样的文化程度也算是凤毛麟角了。

　　记得第一堂语文课,老师教了这样几个字:日、月、水、火。算术学的是"1、2、3、4、5"。放学后,我不停地反复念叨着:"日、月、水、火,1、2、3、4、5。"一见到还没上学的小朋友就念给他们听。晚上念给爸爸、妈妈听,然后再念给姐姐、哥哥听,见了谁就念给谁听,显得特别兴奋,感觉无比的骄傲和自豪。

第二天学了"山、石、田、土"。第三天学了"人、口、手、耳、足"。开始几天,一如既往地兴奋。可是随着识的字越来越多,这种新鲜感亢奋感慢慢消退。随着所学知识的不断增多,学习压力也越来越大,渐渐地由兴奋转变成冷淡,原先的活泼机灵被笨拙木讷所代替,最后甚至是害怕和恐惧。因为那时,老师只是课堂上领着你把所教的字念几遍。然后让我们自由地读背,根本没有多少作业。学生普遍没有本子写作业,老师又疏于检查,一年下来究竟学了多少知识,脑海里糊里糊涂,一点印象都没有。

到了第二年,该上二年级了。上二年级要到三村交界的大学校上。杨李小学是花杨李家堡三村合办的,三村二至六年级的学生都到这里来上学。新中国成立前,这里是一座尼姑庵,后来改成了学校,房子是三关厢坐北朝南,东边6间厢房,可分作三个教室,西边和东边对称,朝南中间的两间是全校教师的办公室。办公室两边相互对称,各有5间房,可分为两个教室,每个教室两间,中间多出一间用来做远路教师的宿舍。教室前面全是柱式走廊相连,整个校园宽敞明亮。办公室的前面有条宽阔的甬道,三米多宽,全用砖铺设而成,甬道直通学校大门。大门入内,三五步远,一个六角形的花坛,花坛中央一棵三米多高的雪松苍翠欲滴。

甬道两边是由二尺多高的小冬青树围成的四方形绿化带,绿化带有一尺多宽,上部修剪得平平展展。方形绿化带里,栽种了各种花草,还有老师们为改善伙食栽种的各种蔬菜。教室走廊下面是一米左右宽的人行道,人行道的南面,每隔两米左右,从东到西,从南到北长着许多高大的梧桐树,树干笔直,直径有十几厘米。梧桐树枝繁叶茂,遮天蔽日,风吹树叶,发出沙沙的响声。夏天,人走在梧桐树下凉风习习。学校东南角和西南角的院墙边各有一棵高大的银杏树,整个学校各种绿化树木布设得错落有致,环境幽雅清静。第一次进入如此美妙的校园,如入仙境,此情此景,美得让人陶醉,流连忘返。

我来不及欣赏校园美景,父亲带我急匆匆来到办公室,办公室内人声嘈杂，十分忙碌，报名的家长、学生不计其数。我和父亲来到二年级报名处。接待的是一位姓钱的女教师，她是学校曹校长的夫人。钱老师询问了相关情况后，出了几道题让我做。语文还蒙对了好几个词，可算术题几乎全做不出来。钱老师急了，急切地对父亲说："这孩子成绩太差了，我们不能要，你还是领回去重上一年级吧。"父亲着急地说："老师，村里学校哪有你们这里好，上来上去还不是一个样，不行，无论如何，我也要让这孩子上二年级，至于学习成绩学得好不好与你无关，反正，你要让这孩子报上二年级。"在父亲的再三要求下，老师只得勉强答应下来。

报名的第二天开学了，进了教室，学桌排得整整齐齐，玻璃窗户擦得干干净净。长条形学桌不足一米高，两人一张，凳子自带。教室前一面两米多长、一米宽左右的黑板乌黑发亮。黑板上方正中是一面鲜艳的五星红旗。一张学桌做讲台，上面摆放着一个红墨水瓶，红墨水瓶里斜放着一支端钢笔和一把狭小的长方形戒尺。

我在一个空位上坐下，教室内大约只有20多人，当中只有三名女学生。学生中个子大小不一，年龄悬殊也较大，个别学生已经有十三四岁了。

坐在座位上没等多久，老师给我们发放课本，课本分语文和算术两种。课本发好后，我仔细观看课本封面的图画，然后，再打开课本一页一页地观看，十分新奇，爱不释手。

大学校和村里的教学点大不一样，教学秩序十分规范。一阵"铛、铛、铛"的预备铃声响过后，所有学生的脸面向内侧伏在课桌上，静候老师来上课。这时，你偶尔偷看一下，会发现老师站在教室门口，面色严肃地扫视着整个教室，教室内鸦雀无声。又一阵"铛铛铛"清脆的铃声过后，算是正式上课。老师走进教室，放下课本，果断地发令："上课。"话音未落，"起立！"班长一声令下，全班学生齐刷刷站得笔直。老师说："同学们好！"学生答："老师好！"然后向老师鞠一下躬。"坐下。"学生坐下后，两手在胸前弯曲着，交叉平放桌面，身体挺直，坐得端端正正。

　　由于一年级的知识没学好，尽管老师的课上得很认真，讲得也很精彩，但是我头脑中却是一片空白。语文还能应付，算术一点也不会，一点儿也不懂，只能傻傻地坐在那里。

　　中午放学了，我的算术作业一条也不会。大学校老师抓学生的学习抓得特别严，每个学生逐个过关，一个也不放过。老师见我课堂作业做不出来，十分气愤。我坐在教室内，听到老师在教室外的走廊上发火，说给其他老师听："花木林这个学生太差了，什么都不会。报名时，让他留级，家长死活不肯。这学生我是没法教了。"然后，站在教室门口严厉地对我说："作业做不好，别想回家吃中饭。"说完愤愤不平地走了。偏偏和我一组的小组长就是老师的儿子，一步不离地看着我。我能有什么办法呢？只能忍受着组长的催促咒骂，委屈的泪水哗哗流淌，心里倔强地说："不吃就不吃，看你能把我怎么样？"

　　一连数天，天天如此。面对如此困境，有些学生选择逃课，或者干脆辍学在家。那时，学校内逃课辍学的现象很多，可是我却没有退缩，每天坚持到学校上课，默默忍受折磨。为了改变这种困境，上课时，我不敢有半丝半毫的分神，认真听老师讲课，一个星期后，情况有所好转，课堂作业大部分都能做得出来，做不出来的题目，在组长的帮助下，也能完成，10多天后，已经能适应了。刻苦学习了一个多月后，所有题目我都能独立完成。这时，我也看到了老师的笑脸，能听到老师表扬的话语。

　　算术方面的难题解决了，可语文方面又带来新的困难。当时，语文老师布置我们抄写字词，一个生字词，少则四五遍，多则七八遍，有时甚至十几遍。偏偏那时家里穷，父母不给钱买纸和笔，没有作业本如何完成老师的作业呢？起初，想办法捡拾路边的香烟壳纸或者到灰堆里翻找，有时还会将茅缸里的香烟纸用树枝挑起来，拿到河边洗干净，晒干后使用。香烟壳纸毕竟有限，哪里够用。没本子写字，只能放弃做家庭作业。可是第二天，当老师检查不到家庭作业时，便会操起讲台上的戒尺，敲打我的小手。"啪、啪、啪"，每一次敲打都会让人痛彻心扉，无奈之中只能咬牙坚持，晚上回家，小手红肿得捧不住饭碗。

　　为了不挨老师打，我只能强行记忆。每学一课生字，我都会在放学路上想，吃饭时想，睡觉前想，睡醒后还是想，哪怕一边玩耍，心里也会在想。这样一来，当老师查不到家庭作业，要拿戒尺打我时，我就央求老师："老师，如果我默写得出来，你就别打我。"老师听后，果真让我默写。结果我还真的写得出来，偶尔也有个把词写不出来，但也能得到老师的谅解。经过三两次检查后，老师放松了对我的检查，这种状况一直持续到三年级结束。四年级以后，知识多了，任务重了，不做作业显然已经不行了。好在这时，我就捡蝉蜕卖钱，捡杏核敲杏仁卖钱，有时采桑叶到村里卖钱（桑叶给村里蚕宝宝吃），有了钱就能买白纸订作业本。所有的纸、笔、墨水什么的都是自力更生解决的。

　　小时候，因为贫穷给学习带来无数的困难。俗话说：穷则思变。面对贫穷，面对学习中碰到的困境，我所庆幸的是，自己没有退缩，没有灰心，而是以坚忍不拔的毅力，持之以恒的努力加以应对。如果我当时选择逃课，选择辍学，就不会有今天的我。我虽然没能有机会走进大学之门，但是历史有机会让我成为一名人民教师，为教育事业奋斗了一生。回顾我艰辛的小学学习生涯，不禁使我想起这样两句诗："书山有路勤为径，学海无涯苦作舟。"

农民夜校

农村夜校书声琅，男女青年学习忙。20世纪50年代至60年代，农村地区98%的成年人都是文盲。在偌人的花堡村，想找个识字的做记工员当会计都很难。即使能找到，也只不过是小学一二年级的水平。当时在村里任职的干部几乎都是扁担大的一字不识。

1964年是个值得记忆的年份。在春回大地、万象更新的季节，村里来了一群年轻人，有的十七八岁，有的才20刚出头。他们是积极响应毛泽东"关于知识青年上山下乡"的号召，来到花堡村接受贫下中农再教育的。

广阔的农村，是广大知识青年茁壮成长的舞台。他们和广大的农民群众一块儿，风里来，雨里去，晴天一身汗，雨天一身泥，摸爬滚打在一起。经过一段时期的农村艰苦生活的洗礼，涌现了一大批优秀的知识青年代表。其中，一名叫王芳的女知青已经成为劳动生产中的能手。薅草起秧、割麦插秧样样都与农村中顶尖的妇女不相上下。原先五体不勤的娇小姐，如今蜕变成各种农活都拿得出手的农村知识青年。另有黄岫声等因为表现出色被村里推荐当上了民办教师。还有一位与众不同的知青叫黄春山，毛遂自荐当上了农民夜校的教员。

村里对开办农民夜校很重视。挑选了村里最好的房子，将新中国成立前伪保长花兆胡的三间七架梁瓦房做夜校的教室。村里为各学生无偿提供一个写字用的小本子（白纸裁后订成的小本子），一支铅笔，在当时，可算是了不起的优待。

教室内的设备很简陋。西山墙中间挂着一面一米宽、一米五长的黑板。讲台是一张长方形木桌子，木桌子上放着一盏罩灯，一个粉笔盒,这是专为教师准备的。

村里请木匠制作了三张两三米长的圆木凳,北面一张,南面一张,上面放上三块长松木方子,算是学生学习用的学案。学生坐的凳子各人自带,长的,短的,高的,矮的,参差不齐。油灯也是各学生自带,有条件的学生买白色的洋蜡烛。有的用墨水瓶自制成煤油灯,有的用雪花膏瓶儿做煤油灯,也有的百雀灵盒盖里倒点煤油,放上一根粗棉线做灯芯。各学员的油灯五花八门。

黄春山老师出生于书香门第,父母是高中的教师。从小受到父母的文化熏陶,在班上学习成绩名列前茅,高考时,由于发挥失常,只差一分没有考上大学。

虽然是农村夜校,但是黄老师一点儿也不马虎,特意为学生编写了教材:从政治、军事、工业、农业、自然、生活、职业、学习等方面进行编写,分门别类,条理清楚。

政治方面:中国人、中华人民共和国、中国共产党、社会主义、共青团、五星红旗、国歌、国徽、人民大会堂等。

军事方面:飞机、大炮、坦克、步枪、机枪、冲锋机、战马、碉堡、壕沟等。

工业方面:工厂、机器、农药、化肥、汽车、火车、轮船、抽水机、拖拉机、自行车、缝纫机、电灯、电话、火柴、煤炭、石油等。

农业方面:水稻、大麦、小麦、元麦、玉米、黄豆、蚕豆、棉花、胡萝卜、山芋,收割、插秧、耕田、挖墒、罱泥、拗船、挑粪、挑灰、打场,大锹、小锹、粪桶、铁钗等。

自然方面:天空、高山、河流、星星、月亮、太阳、云朵、风雨、雷电、树木、桥梁,春、夏、秋、冬等。

生活方面:锅碗瓢盆、油盐酱醋、衣食住行,衣服、帽子、裤子、袜子、鞋子等。

职业方面:工人、农民、商人、学生、教师、解放军、干部、医生、司机、驾驶员等。

学习方面:书、课本、小刀、铅笔、橡皮、毛笔、钢笔、纸、文具盒等。

由于有了课本,老师教起来有规划,学生学起来有依据,教学秩序有板有眼。

1964年，我已在村里教学点上了一年级，当时老师给我起名叫花木林，意思是希望我将来长大能像参天大树一样成为有用之材。白天，我在村里教学点学习，晚上，我就和姐姐一起到农村夜校学习。姐姐自从上了夜校，也有了自己的名字，取名叫花财英。

黄老师的课上得特别精彩，记得第一天上课，黑板上写了："中国人，中华人民共和国，中国共产党，社会主义"几个字。然后，黄老师用极其洪亮的声音说道："'万般皆下品，唯有读书高'，这话的意思是在各行各业中，只有读书学习才最为高尚，只有学好了文化，我们才能拥有建设社会主义新农村的本领。别看我们现在的农村还很落后，将来一定会楼上楼下，电灯电话。将来的农村，栽秧不用手，耕田不用牛……我们只有学好了文化，才能适应建设社会主义新农村的需要。"这样的话语，学生们从来也没有听说过，大家就像听神话故事般，听得如痴如醉。

黄老师又领着学生朗读黑板上的字，字字铿锵有力。教室内，灯光熠熠，照着每个学生神采焕发的脸庞，个个都聚精会神地听黄老师讲课，黄老师的每句话都像磁铁般吸引着学生的心。"我们每个人都是中国人。我们要爱国，爱党，爱社会主义，做一个有文化，有理想的爱国者。"然后，黄老师又开始指导学生写字。他一边写一边说："中国字是方块字，写字要认真，一笔一划，一丝不苟。写字如做人。写字时，横要平，就像人走路要一步一个脚印，步步扎扎实实。竖要直，意思是做人要正直，诚实，不虚伪，不说谎。先撇后捺，意思是我们每个人要举止文明，做到彬彬有礼，懂文明，讲礼貌。所以，这写字中蕴藏着许多很深的做人道理，字要写得字正方圆，做人才会堂堂正正。"

农村夜校不仅让学生们学到了文化，提高了知识素养，拓宽了眼界，更让他们知道了许多做人的道理。几年的农村夜校学习，使大批农村青年，摘去了文盲帽子。从农村夜校走出去的学生，不少后来成为拖拉机手、文化宣传队的骨干，能读书，能看报，成了建设社会主义新农村的新型农民。这真是夜校园丁播春光，甘洒热血育栋梁。

"碰头赌冬冬"

　　小时候，农村中经常有"碰头赌冬冬"（方言意为比输赢）的习俗。比如，不管是男劳力或者是女劳力在一起干农活儿，碰巧打到了野兔子、野鸡，甚至撑船跳了条大鱼船舱内，都会聚在一起吃顿饭，这叫碰头。还有一种碰头，四五个姐妹，或者铁哥们在一起凑份子，每人掏腰包拿出点米和钱等合在一起，彼此吃顿饭，热闹热闹，加深感情，相当于生活中的同学聚会。

　　20世纪60年代至80年代，农村每个家庭、每个人生活都很艰苦，饭粥都吃不饱，鱼肉什么的荤腥味儿成年卯月也沾不到嘴边儿。有时候，生产队养猪厂偶尔会有生病的死猪子，舍不得丢弃，宰杀之后，生产队顶尖的男劳力每家一人，聚在一起吃顿饭。因猪子小，只能是大劳力碰头，人多了不够吃。农业学大寨期间，男女劳力分三个等级，不同等级的劳力，工分标准不一样。如果死猪子五六十斤，甚至更大一点儿的，就全生产队的男劳力碰头，每户人家还可以加派一个小孩子参加，那阵势比过年还热闹。

　　碰头煮饭吃的米生产队提供。所以，每次碰头，每个人都是往死里吃，小锅煮饭不够，就用大木头甑子煮饭（木甑子木桶形状，没有底，架在尺八锅上煮饭）。每个劳力都能吃到六七大碗、七八大碗。哪怕我们小孩子也能吃个四五碗。所以农村中有句俗语："碰头赌冬冬，死吃不放松。"

　　曾经在我们村里，有人赌冬冬能吃下一尺四锅的米饭（约四五斤米），外加二斤肉，还有二斤馓子（用开水泡开来吃）。若是现在人听起来，打死也不相信。可当年这样的事的的确确存在。

村巷轶事

赌冬冬实际上就是甲乙双方比力气、比胆量、比技巧等。比输了的一方出钱,称肉,打酒(过去酒很少瓶装,大多用木头端子打散酒,故称打酒)。赢了的一方白吃白喝一顿,无非沾点小便宜。举几个例子:比如,甲方要求乙方,将两箩黄豆(约三百多斤)要从船头踩着船帮子一直跑到船艄,若赢了就怎么怎么;还有赌挑两箩黄豆,从花堡村一直走到姜堰下坝(路程三十多里远),中途不准将担子放到地面停下来休息,参与者只能途中换肩休息。面对这些苛刻的要求,要想完成任务,看似天方夜谭,无人能信。但凡有人敢于接受挑战,十有八九能赢,赌输的不多。这实际上就是现在电视节目中的挑战不可能。

小时候农村中,碰头赌冬冬时有发生,小赌三六九,大赌十五六,基本上成为一种常见的社会风气。不仅大人们赌冬冬,小孩子之间也常有这样的事发生。比如,村上老年人中就流传老陈大与老陈二赌喝水的故事。

父亲常给我们讲说老陈大、老陈二,十几岁时,一次在姜家圩田里挖胡萝卜,兄弟二人玩起石头剪刀布游戏,规定赌输的一方,要把一盆冷水喝下去。结果,老陈二竟真的将一大盆水全喝了,那肚皮圆得像鼓一样。时光过去了几十年,可这故事至今仍在村中流传。

村中不识字的白大肚子的庄稼人赌冬冬,比的是力气、胆量与技巧。但是那些识字的文化人赌冬冬往往比的是学识、文采和计谋。

花堡村中有一批男知识青年,他们分别是黄春山、田军海、钱末东、黄岫声、胡钰、胡魁、刘井元等。其中,黄春山、钱末东、黄岫声等最有才华,尤其钱末东最顽皮,最有鬼点子,曾经将花堡大庙一座偏殿上的正梁换下来,当柴草烧了,奇怪的是屋顶却没有倒塌,好长时间也没人发现。时至今日,人们都搞不懂,他使用什么方法偷梁换柱,这简直就是奇闻怪事。他还和同伴赌冬冬,从房子东头抱住屋梁一直爬到房梁西头。"文革"中"破四旧,立四新"的时候,他将庙上的菩萨,用锯子、斧头劈开,当柴火烧,老百姓们知道后,个个惊讶万分,认为这钱末东简直无法无天、不可理喻。

一次,哥们几个凑钱买了五斤肉碰头。烧肉时加了一些大头菜,满满烧了一大盆。吃之前，黄春山提议说："咱们今天定个规矩，每人先背一首诗，背完诗才可以吃肉，背不出来的只能吃大头菜了，大家看好不好？"其实，这一规定是冲着刘井元去的，大家都清楚这一群人中，就刘井元文化程度不高，专门想让刘井元出点洋相。加上刘井元块头大，肚子特别能吃，因为他饭量大，被人称为"刘大嘴"。如果不定规矩，开吃起来，估计没人吃得过他。黄春山话音一落，其他人都跟着附和说："好！"只有刘井元不吱声。大家都赞成，自己一人反对也无济于是，只好被动接受。

黄春山一马当先说："长宵月影清莛竹，近署更声远报筹。墙短过萤飞闪闪，阁深归燕语啾啾。"黄春山接着介绍说："这是清朝诗人仲莲庆的一首回文诗，可顺读，也可以倒过来读，足显作者高超的写作技能。"朗诵完毕，挑一块最大最肥的肉块，美滋滋地放进嘴里，搅得其他人肚子里的涎虫乱翻腾。

黄岫声也当仁不让背诵道："杨柳垂丝漫青川，裁红剪绿助春工，唯有杨花太轻薄，乱翻香雪舞晴空。"赵笺霞的这首诗意象灵动，声韵流转，造语活脱。黄岫声也做了恰到好处的评价。言毕自然也将一块透着肥香的肉块落入口中。

吃到的人津津有味地品尝，还带有几分洋洋自得，边咀嚼边闭眼，有种飘飘然扶摇入仙的意味；没吃到的人，咽着口水，人人都迫不及待，要披挂上阵。

"过春社后软东风，来往营巢入绛栊，却怕香泥经雨琬，隔帘衔碎海棠红。"仲贻銮这首《新燕》诗意清雅，读之令人齿颊留香。钱末东也不甘示弱背诵了一首。接着其他几位也都接二连三地背诵了诗句。

其实，背诗对于刘井元来说并不难。没吃过猪肉，难道还没听见过猪崽叫吗？你看，他张口就来："床前明月光，疑是地上霜。举头望明月，低头思故乡。"背完诗，刘井元挑选一块肉，仰面朝天，咧开大嘴，美美地吃了起来，边吃边说："这肉好吃，太香了。"一副不可一世的模样。看着刘井元这副做派，黄春山、黄岫声、钱末东等人，个个都如鲠在喉。

那黄岫声见背诗难不住刘井元，又心生一计："这样，我们换个方式，每人自己作诗，会作诗者吃肉，不会者吃大头菜，大家说行不行？"其他人一听异口同声："好！"

黄岫声自报家门，好，我先来："插队乡村二年多，一人独居影只孤，田间劳作几时休，巴望回城时日数。"这是我们农村知青的心里话。

钱末东说："老黄，你这诗太低调悲观了，一点气势都没有，缺少阳刚之气。我来一首：龙王起歹意，海天生祸事，狂风卷巨澜，巨浪滔天齐。你看，我这首有没有气势？"

黄春山紧跟着也米了一首七言诗："久卧何机行必远，虎落平阳听风啸。久伏待机飞必高，龙卧浅滩等海潮。"

听完黄春山这首诗，刘井元好像若有所悟，不禁皱眉沉思，坐在那里，心里打起了小九九。

胡魁争先恐后插上来说："海到尽头天作低，山登绝顶我立峰。红日东升奋再起，大鹏展翅恨九重。"

其实刘井元心知肚明，大家在小瞧自己，决定露一手给他们看看。刚才黄春山的那首诗对他有所启发，经过一番思考，心里有了底气，心想不给他们一点颜色，不知道马王爷有几只眼。此时，他胸有成竹地说："虎落平阳受犬气，龙陷浅滩被虾欺。如若东山能再起，威风八面腾云骑。"大家一听，哎哟！本想捉弄刘井元一下，没想到，他竟然还敢反唇相讥，真是小瞧他了，大家哑口无言愣住了。

这刘井元虽然只上了一二年级，文化水平不高，但是，顺口溜一套一套的，花堡村中留下不少他的经典妙语。一次，他和村里人聊天，沾沾自喜地说："你知道我现在过的什么生活吗？说给你一听，保管大吃一惊，我现在的生活是早上'燕窝'，中午'一荤'，晚上'莲子烧粥'，你看我的生活过得好不好？"有人听后感叹道："想不到，你刘大嘴过的是神仙般的日子啊！""是神仙过的日子，不过要加引号。"大家疑惑不解，后来听了他的解释后才恍然大悟。原来刘井元说的"燕窝"指"一饿"，即早上起来肚子饿，"一荤"指肚子饿得头发晕，而"莲子烧粥"是指用草廉子烧粥。接着他又说道，我有一首诗反映了我现在的生活："一早一晚一人过,一枕一被一人睡。一来一去一人归,一杯一饮一人醉。"停了一下自我评价说:"我是'光棍堂儿油漉漉,饭一吃门一锁。'不是你们想象中的神仙般的生活。"对于刘井元来说,随嘴来几首打油诗不费吹灰之力。

到底还是钱末东脑筋好使,来了个妙招:"这样,我们干脆把灯熄了,免得个个瞪大眼睛专拣肉吃,灯熄了,谁也看不见,各碰各的运气,大家说怎样?""没意见。"

于是,熄了灯,大伙儿摸黑吃起来。到底还是刘井元智商低人一等,只有他用筷子吃。其他人悄悄地将筷子放到桌面上,直接用手到盆子里抓肉吃。捏到肉就放进嘴里,捏到大头菜就丢到刘井元那一边。

吃着吃着,刘井元抱怨说:"奇怪了,我怎么尽吃的大头菜,一块肉也吃不到呢?"钱末东说:"老刘啊,看来是你运气不好。运气是天生的,谁也改变不了。"黄岫声怕刘井元起疑心故意说:"我也没吃到肉,大多吃的是大头菜,唉,菩萨不公平啊!"

细细一想,碰头和赌冬冬是两回事,两者有着本质的区别:碰头一般是相熟的同事或朋友之间,为了增进友谊而采取的一种娱乐方式;赌冬冬则大多带有赌运气的性质,是不怀好意的所谓聪明人为对方设计的一种圈套或者陷阱。但与赌博有所不同,大多是因赌吃局而引起。既有赢的一方独吃,也有输赢双方,甚至还有围观者一起吃局。

另有一种赌冬冬是有人恶意伤害和算计对方。曾经在我们生产队就发生一起让人啼笑皆非的事。一条船上装满了大粪,甲要乙徒手从船这头踩着船帮跑到船的另一头。当乙方跑到船中间时,甲方故意将船摇动了一下,乙方因船突然摇动,身体失去平衡"扑通"一声掉进了粪水之中,弄得浑身臭气熏天,出尽了洋相。民间有句古语:明枪好躲,暗箭难防。生活中,有时出于娱乐目的赌冬冬倒也无所谓,但是人心难测,我们还是要多个心眼防止遭恶人算计,轻则让你破财,重则影响自身前途命运,到时将后悔莫及。听了这个故事,或许你能从中吸取到一点经验教训和精神营养。我的人生就曾多次遭遇别人的算计和捉弄,可谓刻骨铭心。

士英墓前

苍松翠柏绿色流,士英墓前注目久。
碑文记述悲壮史,大缺热血写春秋。

人生选择多路头,为民造福抛头颅。
丹心碧血照汗青,生命短暂光照秋。

苍茫大地留精魄,乾坤大音无希声。
高山江河存呜咽,呜乎安兮悼英魂。

刘士英烈士,1921 年 5 月 27 日出生于桥头杨家院一个农民家庭。1940 年参加革命工作,同年加入中国共产党,1941 起先后任姜北区第一游击队指导员、城东区文化教员、反攻营教导主任、城东区副区长、区长等职。其间,扩大游击武装、击溃敌伪扫荡、组织秘密联络,进行减租减息、土地改革等,工作卓有成效。1947 年 7 月 8 日深入李家堡遭受伏击,同行的王顺华、仇世堂同志先后遇难。士英同志受尽酷行,被凶残的敌人用铁丝穿掌,开水洗背、轮番刺戳 42 刀,于7 月 12 日在姜堰大缺口壮烈牺牲。

刘士英烈士墓建在李堡村党群服务中心内。李堡村党群服务中心原为杨李小学的一座教学楼,2021 年刚建成,地点属原花堡村第一生产队地界。

兄弟俩（单口快板）

打竹板，啪啪响，
踏着节奏走上场，
不说东来不说西，
不说圆来不说方。
讲一段花堡村里的新鲜事，
说一说我们村里的兄弟俩。
话说 1989 年真是不寻常，
十一届三中全会指航向。
改革开放号角吹得响，
把勤劳致富大提倡。
全村老少齐响应，
争先恐后挣钱忙。
村里建起砖瓦厂，
消息传遍花堡庄。
大姑娘忙着把泥踹，
王大妈开始做瓦忙。
王大叔用船挖河泥，
李大哥烧砖在窑厂。
徐存根建起鞭炮造纸厂，
花五小建起了养猪房。
王五开起化肥农药门市部，
花五农机配件店生意实在忙。

王三外出打工挣大钱，
粉兰卖起香烟洋火薄荷糖。
村东头有一对兄弟俩，
应该把他俩来表扬。
弟弟就叫花龙余，
哥哥就叫花龙网。
这对兄弟确实不寻常，
你说该不该来夸奖。
弟弟的左手有点爪，
哥哥的妻子头脑智力伤。
两人虽然结了婚，
双方妻子却是姐妹俩。
哥哥的妻子脑残疾，
弟弟的妻子称小妹。
妹妹嫁到花家不为啥，
只为照顾姐姐当姆妈。
这对组合让人费思量，
兄弟情谊深，
姐妹情谊长。
这是两家困难户，
村里理应来相帮。
但是兄弟俩不简单，

困难面前斗志昂。
决心不给村里添负担，
勤劳致富共把重担扛。
这一日哥跟弟弟来商量，
我们两家都有残疾人，
但不应自暴自弃把志伤。
咱要想法来赚钱，
好给村里树榜样。
残疾家庭不自卑，
自力更生树立新风尚。
你的手虽然有点儿残，
但是养兔挣钱不影响。
你的嫂子大脑有问题，
我可以到村里承包大鱼塘。
投入成本并不高，
完全可以把鱼养。
花龙余一听两眼放了光，
哥哥你说得太对了，
我们完全可以自食其力，
齐心合力把共同富裕道路闯。
兄弟俩双手一击斗志昂，
说干就干不停留，
小康路上大步走。
弟弟买回小白兔种子苗，
哥哥包了村里养鱼塘。
为了养好小白兔，
弟弟没日没夜来守护。
新华书店买图书，
自学防病知识不停步。

茶不思来饭不想，
废寝忘食把兔养。
功夫不负有心人，
兔子养得肥又壮。
兔子剪毛卖大钱，
很快成了万元郎。
县里开会受表彰，
先进事迹登上光荣榜。
再说哥哥也不错，
自从承包养鱼塘，
起早带晚割草忙。
青草投入养鱼塘，
鱼儿养得肥又壮。
为了把妻子来照顾，
只好将她每天带身旁。
风里雨里三轮车上挤，
夫妻二人形影不分离。
有点饭食省给妻子吃，
自己忍饥挨冻饿肚肠。
刮风下雨没处躲，
雨衣披在妻身上。
自身热得汗水淌，
还给妻子搧风凉。
全村百姓全知道，
他俩夫妻恩爱头一桩。
酸甜苦辣一肩挑，
天大困难自个儿扛。
为了脱贫心欢喜，
沿途群众竖拇指，

龙网兄弟了不起。
苦难家庭不气馁，
奋发图强自奋起。
养鱼也能挣大洋，
身残照样成为状元郎。
原先村里的穷光蛋，
现在喜报贴上墙。

胸前戴上大红花，
龙网脸上放红光。
手摸胸前大红花，
幸福泪水腮边挂。
十一届三中全会政策好，
改革春风富万家，富万家。

村巷轶事

闹　雪

入夜飞雪迟，开门好惊喜。

扫雪开路径，行人笑嘻嘻。

红日东方起，满脸堆笑意。

原野驰蜡象，大地披白衣。

家猫爬高树，小狗喜奔驰。

鸡鸭欢振翅，喜鹊歌声美。

乡村好热闹，老少皆欢喜。

父子打雪仗，母亲眉眼挤。

爷爷饰雪球，奶奶旁观之。

雪瑞兆丰年，新年将伊始。

阖家共欢笑，吉祥又如意。

无题诗

莺语初解蝶恋花，黄鹂千姿微雨酥。
红肥绿瘦春色笑，杨柳曲调春风谱。
小草湿脚清明雨，百花婉约韵宋词。
菜花惬意歌一曲，春雨亮喉豪放时。
满树桃红色泽鲜，痴蜂恋粉授精髓。
春阳夏雨常照看，秋摘蜜桃液汁甜。
飞燕剪柳催春绿，白鹭翔飞低掠空。
遍野麦苗掀绿浪，偶见村边桃花红。
几只黄鹂柳枝唱，溪中蝌蚪寻母忙。
远见一片绿油油，近看菜花黄又黄。
早春二月软春风，家燕春回入绛栊。
衔来香泥筑营巢，檐下点染海棠红。
夜空一弯新月挂，悠然摇扇庭院中。
院内散碎斜竹影，墙外蛙鸣伴晚风。
夜沉空寂朗月清，忽有越墙闪流萤。
几只蝙蝠低空过，蟋蟀啾啾低调吟。

悯 农

七老八旬爹和妈，二十世纪老土渣。
小康生活不忘本，手里有钱不乱花。
辛酸往事常唠叨，饮水思源嘴边挂。
年少时，穿小褂，干脏活，吃得差。
皮糠饼，野菜汤，榆树叶，青菜帮。
吃上顿，愁下顿，山芋粥，照见亮。
早也愁，晚也愁，早愁晚愁愁断粮。
脸浮肿，病殃殃，早上起来薄稀汤。
个子小，没营养，不到中午饿得慌。
早喝汤，晚咽糠，吃糠咽菜家难养。
妻叹气，缸没粮，夫生气，哪儿抢？
夫妻吵，天天杠，富遭殃，穷杠丧。
吵也好，闹也罢，吵吵闹闹孩子怕。
夫妻不和老打架，寻死上吊房梁下。
面朝黄土背朝天，披星戴月滚泥巴。
田头挥镰捆稻把，河里罱篙取泥渣。
夏天割麦汗水淌，寒冬麦田打泥扒。
家里孩子没人管，小小孩童满地爬。
大带小，小哭妈，哪知爸妈锄田茬？
茅草屋，府头舍，吃饭碗里掉泥渣。
大风一吹草上天，夜里漏雨眼巴巴。
蚊虫叮咬满身疮，没有蚊帐度一夏。

冬天缺衣又少被，一床破被裹全家。
一件棉袄过一冬，破衣烂衫过冬夏。
衣不蔽体寒抖抖，蟑螂臭虫遍地爬。
苍蝇蚊子嗡嗡叫，虱子咬得痒难熬。
老鼠饿得啃锅盖，锅里煮粥冒气泡。
环境差，你别笑，伤风感冒自煎熬。
生急病，心发焦，没有车，没有桥。
坐帮船，县城跑，早出发，晚上到。
心里急来似火烧，早生病，晚上翘。
天灾人祸无法料，全家伤心哭号啕。
尝遍人生万般苦，换来鬓角染霜花。
如今赶上新时代，幸福日子富万家。
养尊处优新一辈，未经苦难盆中花。
甜水里，红旗下，没吃苦，坐高厦。
忆苦思甜他不听，妄称你是土鳖渣。
祖辈辛劳他不信，还说一堆风凉话。
你苦一生留了啥，三间茅舍空落落。
祖辈苦，父辈穷，我说一句大实话。
如若不思来时路，空落现在你自夸。
旧中国，旧社会，政治腐败穷国家。
山河破碎列强欺，几代英烈鲜血洒。
新社会，新国家，建国之初穷得怕。
农业大国底子薄，一片废墟穷起家。
改革春风沐神州，发家致富遍华厦。
赚钱门路宽又广，家家有了小银行。
砌高楼，买新房，新农村，大变样。
全靠党的政策好，生活才会达小康。
不是你的能力强，不要张嘴有多棒。
感谢政府拨航向，感谢英明党中央。

东方巨龙再腾飞,民族复兴举世夸。

一首《悯农》话沧桑,漫长岁月传佳话,

勤奋开拓万年载,世代传承耀中华。

夫妻谣

夫妻一对同林鸟，同在檐下筑营巢。
同池鸳鸯并蒂莲，夫唱妇随千般好。
女子无男断纸鸢，男无主室浮萍草。
出入社会无人呼，屋无梁柱一摊草。
船无帆篷水中飘，家无主事凉锅灶。
夫妻结对传香火，世袭流传有根苗。
家族繁衍世代旺，宗族渊源堪自豪。
一对夫妻一锅灶，同一被窝共掌瓢。
牙碰舌头碗碰勺，生疑生隙别争吵。
夫有陋习妻忍耐，妻有瑕疵夫关照。
妻莫嫌夫命不好，瘦田丑妻家中宝。
夫妻嫌隙同化解，映日荷花不会老。
夫妻成双天意定，无缘注定独木桥。
半斤八两两对称，门当户对共一生。
互敬互爱蝶双对，永结同心创前程。
相依为命合八斗，寻遍天下无满升。
相濡以沫共进退，白头偕老同仙升。

盼夫

独立村头盼远兮，吾夫出门何归期。
明知他乡打工苦，无奈油盐艰困时。

夕照

夕照溪水沉倒木,远羡残阳半边缺。
且看天边霞染墨,近傍夫君悠闲坐。

消　愁

夜半无眠始于忧，慢吞云雾愁白头。
一支香烟燃半截，半入清风半入喉。
料峭凉风冷未完，飞入窗棂入画楼。
不叹人生多磨难，清风消遣人间愁。
香烟难解心中闷，借烟消愁愁更愁。
人生纵有心酸事，千难万险不低头。

夕阳人

步履蹒跚夕阳人，耳失聪来目不明。
背驼眼花牙不平，老树遇秋叶归阴。

失眠

夜与失眠常相伴，想东想西乱方寸。
躺在床上难合眼，苦等慢熬月夜沉。

寻常日

晨迎炊烟起，晚临夕阳沉。
奔波为哪般，三餐添一更。

逝年华

朝赏日出满天霞，日落西山逝年华。
生命尽头终谢幕，珍惜人生慢品茶。

农耕文化

号子和歌谣

中华文化延续 5000 多年，全国 56 个民族在漫长的演变和相互融合中，形成了各民族、各地域不同特色的优秀传统文化。蒙古草原的赛马、摔跤，云南的泼水节，贵州的赛龙舟等，除了这些闻名全国、蜚声海内外的民俗文化外，在我们里下河水乡，农耕文化同样是中华文化的重要组成部分，值得我们很好的研究和继承。于是我遍访各个村寨，进行搜集、筛选、整理、修改，汇聚了一些散落、留存于花堡村及里下河地区民间的一些栽秧、开泥、打场、踏水车等种田号子和歌谣。也许这些种田号子和歌谣有不少文学爱好者、文史资料编辑者已经进行过挖掘、整理。但是本人在搜集、整理过程中，也发现了一些不完善，或有欠缺的地方，并对此进行去粗取精、捡遗补缺，进行适当的修改完善。农耕文化是里下河地区人民共同创造的区域特色文化。花堡村同属里下河地区的一个村落，现将我辑录的里下河地区种田号子和民谣集锦呈现出来，目的是和广大读者共同分享。

种田号子

车水号子：

别人不来我就来，哎嗨哟！

我把号子打起来，哎嗨哟！哎哟哼哟！

太阳出来三丈高，旁人吃饭我作焦。

老婆娶了七八个，两个淘米两个烧。

两个园中割韭菜，两个担茶送饭到。

还有两个在一旁，等着换我睡午觉。

中午打的号子：

太阳平南日中长，光武十岁走南阳。

仁贵十八跨东海，叔宝十八下南唐。

罗成十八入唐朝，马超十八反西凉。

已是太阳当头挂，赶吃中饭两口扒。

两口扒来两口扒，扒完中饭再踏车。

车水流进秧田里，秧苗乐得笑哈哈。

你踏车来我踏车，庄稼丰收福万家。

下午打的号子：

太阳下山黄又黄，打个号子送太阳。

太阳送到乌云里，踏车伙计转回乡。

太阳下山没多高，兄弟拿棒打仙桃。

打到仙桃来合唱，打到树枝搭仙桥。

个子矮来树又高，我请情哥撮把腰。

撮把腰来撮把腰，八幅罗裙不能瞧。

栽秧号子：

（一人领唱，众人答唱。）

别人不来我就来，哎嗨哟！

我把号子打起来，哎嗨哟！哎哟哼哟！

太阳下山黄又黄，独修金山范马良。

他在金山夸大口，不用江南泥土浆。

大船雇了几十只，小船雇了几十双。

雇的大船装砖瓦，雇的小船装泥浆。

大船扯起篷来浪，小船带篙跟不上。

叫你大船小小篷，带我小船过长江。

他把金山修完了，再修一个洪善堂。

翻场号子：

一个猫儿一张嘴，两只耳朵一条尾。

四只脚，往南搬，山洼山，水洼水。

二个猫儿两张嘴，四只耳朵两条尾。

八只脚，往南搬，山洼山，水洼水。

三个猫儿三张嘴，六只耳朵三条尾。

十二只脚，往南搬，山洼山，水洼水。

四个猫儿四张嘴，八只耳朵四条尾。

十六只脚，往南搬，山洼山，水洼水。

（下面接唱依此类推。）

开犁号子：

（用小木船装河泥拖着施肥，一人领唱，大家搭腔。）

领：前面动了身，哎号的歪哎

答：大家出把劲，哎号的歪哎

领：小船向前进，哎号的歪哎

答：慢慢乌龟行，哎号的歪哎

领：身体像弯弓，哎号的歪哎

答：两腿踩乌泥，哎号的歪哎

领：烂泥撒得匀，哎号的歪哎

答：秧苗有保证，哎号的歪哎

领：庄稼一枝花，哎号的歪哎

答：全靠肥当家，哎号的歪哎

领：春开一船泥，哎号的歪哎

答：秋收三担谷，哎号的歪哎

里下河地区民谣

欢乐童年

麻子麻疤,偷人家黄瓜。

黄瓜不熟,偷人家鸡肉。

鸡肉不烂,偷人家扁担。

扁担有角,偷人家方桌。

方桌成方,偷人家水缸。

水缸有水,淹煞个河落鬼。

旧时苦难

东荡西荡,十年九荒。

无雨地冒烟,有雨水汪汪。

穿的鞋子没得帮,穿的裤子没得裆。

头上的帽子没得顶,身上的褂子没衣领。

东边庄前一片荡,十年就有九年荒。

夏熟亩产斗把麦,秋收庄稼更难长。

丰收年景也难度,灾荒年成逃他乡。

富裕生活高粱粥,贫苦人家野菜汤。

夜五更

一更鼓儿忙,手挽手儿告诉我的娘,

在家中做姑娘,一觉睡到大天亮,

到人家做媳妇,半夜三更起牙床。

二更鼓儿忙,手挽手儿告诉我的娘,

在家中做姑娘,头发梳得油汪汪,

到人家做媳妇,头发长得披肩上。

三更鼓儿忙,手挽手儿告诉我的娘,

在家中做姑娘,穿的都是好衣裳,

到人家做媳妇,穿的都是旧衣裳,
四更鼓儿忙,手挽手儿告诉我的娘,
在家中做姑娘,鱼肉摆呀成了行,
到人家做媳妇,鱼肉根本没指望。
五更鼓儿忙,手挽手儿告诉我的娘,
在家中做姑娘,糯米粽子端洋糖,
到人家做媳妇,狗尾粽子没得尝。

天上的树什么人来栽

天上的树什么人来栽,地上的河什么人来开?
什么人把守三关口?什么人出家一去不回头?
天上的树是娘娘栽,地上的河是龙王开,
杨六郎把守三关口,韩湘子出家一去不回头。
什么东西圆圆在上空?什么东西圆圆在水中?
什么东西过河爬桥桩?什么东西过河一支枪?
天上太阳圆圆在上空,天上月亮圆圆在水中,
窝螺过桥爬桥桩,河虾过河一支枪。
什么人爱戴一枝花?什么人爱好纺棉花?
什么人爱骑枣红马?什么人爱穿一身花?
80岁公公爱戴一支花,80岁婆婆喜爱纺棉花,
关公爱骑枣红马,18岁姑娘爱穿一身花。

反映青年男女爱情的民谣

早上来,露水多,妹妹打扮送情哥。
我送情哥二三里,情哥送我里把路。
我把花鞋跑湿了,回家怎好见公婆。
公婆面前谈个谎,我在田里做秧稞。
早稻田里差脚水,晚稻田里夹稞多。
黄豆田地结了荚,芝麻田里花不多。
公婆一听哈哈笑,好个当家的贤媳妇。

你不来,我就来,隔墙冒出花朵来。

蜜蜂好比梁山伯,鲜花好比祝英台。

梁山伯,祝英台,天空降下大雨来。

蜜蜂乐死花心上,鲜花落下花瓣儿来。

要得二人成双配,蜜蜂转世花重开。

十二月农妇歌

早上妆台懒梳妆,东方日出披衣裳。

一月里来刚开春,麦苗田里"绣花针"。

正二三月挑野菜,五月六月插黄秧。

秋七八月将稻割,九月十月补衣裳。

十一月里修屋宇,十二月里过年忙。

乡村生活风情歌谣

正月半,掌茅贺,拾个奶头儿称斤半;

爹爹称呃奶奶看,奶奶称呃爹爹看。

我家菜上街卖,你家菜生了癞。

我家菜盘篮大,你家菜铜钱大……

正月里过年,二月里赌钱;

三月里玩灯,四月里种田。

二月十九赌一夜,死心塌地种庄稼。

定了亲,放了心,通呃信,起呃劲。

轿子抬到门前,还要花条牛钱。

养个姑娘欠下几十年债,

临了还要喊声姑老太。

糁儿粥灌灌,养呃像个判官。

吃的是米油子,养呃像个活猴子。

养猪不赚钱,掉头看看田。

种田不养猪,秀才不读书。

夏至难逢端午节,百年难遇岁交春。

取鱼摸虾,事误庄稼。

沤改旱

胸揽大雅容海量,秋野长空孕大观。经历1958年的"大跃进",进入1959年,新中国遭遇了罕见的自然灾害,这期间整个花堡村缺损人口达四分之一。1961年以后,尽管农业生产获得了连续几年的大丰收,农村饥饿状况有所缓和,但是整体缺衣少食的状况并没有得到根本改变。

当时农村中按人平均每日的口粮只有五六两左右。要知道那时候全国农村仍是刀割牛耕的时代。一无机电打水灌溉,二无农药化肥,三无机械收割、耕地,全靠纯手工劳动。每逢夏收秋种大忙季节,老百姓早上天不亮就下田干活儿,晚上天黑了好久才到家,连续几十天,天天如此,几乎是饿着肚子在从事高强度的体力劳动。有一句话可以用来形容那时农村现状:农民吃的是人饭,用的是牛力。要我说这话表达得并不恰当。当时农民口中有这样一首民谣:"锅盖一掀照见屋,勺子一摞哼的笃,乖乖肉,你不要哭,锅里还有两根胡萝卜。"农民每天起来喝的是薄稀粥,一碗喝下去,没有几口米。没有干饭填肚子,肚皮越喝越大。小时候,我们十几岁的小孩子一顿也能吃个三四碗干饭。三四十岁的壮劳力,一个人 一次就能吃个四五斤米的干饭,这是较为常见的现象。由此可见,那时人们几乎都饿疯了。

饥饿添惆怅,政府解民忧。1964年桥头公社来了新的当家人。他就是公社党委书记申泰山同志。申泰山时年50多岁,是一位抗日战争时期的老干部,曾在王震的三五九旅服役,参加过南泥湾大生产运动。如今退役转到地方工作,对农业生产可是个行家里手。

申泰山书记一上任,就带领党委一班人,彻底改变工作作风,苦干实干,决心开创农村工作的新局面。他要求大家要迈开腿,张开嘴,下基层,深入调查研究,寻找对策,彻底解决老百姓的吃饭问题。

他率先垂范,带头到下面的各个村寨,了解社情民意。一个深秋的早晨,太阳还没露脸,他就自带干粮骑上一辆老旧的自行车急匆匆来到花堡村。在村部和村支书花宽寿见了面,一番寒暄之后,听取了简短的工作汇报,随即两人就到田间地头巡看地情。

农历八月,寒露刚过,田野里刚刚收完稻子,显得格外的空旷。不少田地已经耕耖好了,准备秋种麦子。在这无边的黑黝黝的土地中,却有大片大片的水田,在阳光的映照下,泛起粼粼的波光。申泰山书记来到水田边,俯下身子,伸手插进水中,抄起一把油亮的泥土,滑溜溜的犹如熬制的猪油,禁不住好奇地问:"这么好的土地,怎么还没把水放掉用来种麦子呢?"村支书解释道:"申书记有所不知,这是老沤田,一年只种一茬水稻,稻子收完后不放水,等到来年开春后再栽种水稻。"申书记又问:"全村像这样的老沤田有多少亩?""有四五百亩呢。"申书记再问:"如果将这些老沤田改成旱地,全都种上麦子,一亩少说也能打个四五百斤,那么全村一年不就能多打几十万斤粮食吗?"村支书面有难色地说:"话是不错,可是老百姓不同意,他们有好多顾虑,强行这么做,阻力很大。"听后,申书记若有所思,停了一会儿,他一挥手,咱们回村。

二人一边走,一边交谈。申书记说:"民以食为天,现在解决老百姓的吃饭问题,是摆在我们面前的最大难题,千难万难也难不倒我们共产党人。要想解决粮食问题,唯有向老天宣战,向大自然宣战,我们要改天换地,向土地要粮食。老百姓反对,自有他们的道理,我们要学会做工作,解开他们的思想疙瘩,任何事情都不能坐享其成,等着天上掉馅饼,作为领导干部,应该要主动作为。我们回村召开各生产队的队长和群众代表座谈会,听听他们的意见,统一一下大家的思想,才能更好地开展下一步的工作,你看好不好?"村支书兴奋地说:"申书记不愧是经过部队生活锻炼过的人,我们大字不识一个,不晓得这些大道理,你就领着我们大伙儿干,我们坚决听党话,跟党走。"

巡田结束后,回到村里,马上召开了各小队队长和各队群众代表座谈会。座谈会上村支书指着身旁的申书记对大家说:"今天,公社申泰山书记到我们村召开一个沤改旱的座谈会,想把老沤田里的水放掉,改成种麦子。变以前一年种一茬庄稼为一年种两茬庄稼,这样能多打好多粮食,解决我们面前的饥饿问题,希望大家心里有什么话,当着书记的面竹筒倒豆子,痛痛快快地说出来。"一队队长开了头炮:"申书记,这老水田的水不能放,现在我们种田是靠天吃饭,倘若放了水,到了第二年遇上干旱,老天不下雨,连续干上个把月,全村1000多亩土地,光靠风车,或者人工踏水车沤田,短短十几天时间,能把这么多田沤下去吗?况且,把水放了变成旱田,要是来年种水稻田里藏不住水,怎么办?"

二队队长花祥根也迫不及待地说:"如果将老沤田改成旱田,全村多出四五百亩旱地,加上原有的,共有一千四五百亩,全靠牛耕,一个生产队,总共就三四头牛忙得过来吗?这事儿想想都害怕。要是忙不过来,误了农时,岂不是偷鸡不成反蚀一把米,太不划算了。"

老农民卞德友也气冲冲地说:"申书记,我说句不好听的话,你可别生气,你们干部站着说话不腰疼,反正农活儿不要你们干,我们每人一天五六两的口粮,喝的是照得见人脸的薄稀粥,几碗黄汤下肚,片刻功夫肚子就空了,哪来的力气干活儿?"

会场炸了锅,大家越说越激动,村支书见这场景赶忙出来灭火:"大家静一静,有话好好说,有什么话说出来,总比闷在心里好。申书记今天来,就是了解情况的,相信政府会有办法解决困难的。"

申泰山书记摆摆手,示意村支书停一下,很沉稳地说:"同志们,听我说两句,这几年社会主义三大改造已经基本完成,取得了一定的成效。但是工作中,特别是农业方面浮夸风盛行,给大家的生活带来了不少困难,至今,还让大家忍饥挨饿。在此,我代表公社党委向大家道个歉。"申书记喝了一口茶继续说:"刚才,大家摆了不少沤改旱的困难,我坚信困难只是暂时的,我们不能被困难吓倒,只要我们迎着困难上,办法总比困难多。现在,我给大家吃个定心丸,你们反映的口粮标准低的问题,政府一定想办法,给大家增发一些救济粮,解决眼前的实际困难。至于沤改旱之后,遇到的灌溉问题,耕田翻地等问题暂时还没法解决。但是请大家相信,这些问题我会向上级领导反映,用不了几年,我们农村就会有抽水机,有栽秧机,有拖拉机,将来的农村栽秧不用手,收割不弯腰,耕田不用牛。"接着申书记又满怀信心地说:"我们党既然能推翻一个旧中国,就一定能建成一个民主、富强的新中国。但是我们不能等、靠、要,我们一定要立即行动起来,主动克服困难,打好这场沤改旱的攻坚战。只要这场战役打赢了,就能彻底解决我们的吃饭穿衣问题。"村支书接着说:"申书记的话就像一场春风,吹绿了我们大伙儿的心。花堡村这片土地是我们的母亲,我们都是她的儿女,儿不嫌母丑。你是腿子,他是脚,我是手,让我们团结得像一个人,齐心协力跟党走,穷困一定会为我们让路。我们把困难甩到身后,甩开膀子大干一场,用汗水换来美好的明天。"

申书记和村支书的一番话,像一盆炭火,点燃了在场所有人那颗温暖的心。二队队长听完,激动地说:"听了两位领导的话,使我想起现在流行的一首歌:社会主义好,社会主义好,社会主义是人民的康庄大道……共产党好,共产党好,共产党是人民的好领导……明天,我就动员全队群众,下田放水,水牛耕田来不及,我们用大铁锹挖,奋战半个月将老沤田全部种上麦子,来年一定多打粮食,支援社会主义建设。"

座谈会后,全村男女老少齐上阵,开展了轰轰烈烈的沤改旱热潮。沤改旱的战略决策,彻底改变了农村缺衣少食的落后面貌。为此,花堡群众编了一句顺口溜赞扬申泰山书记:申泰山,沤改旱,老百姓,吃米饭。老百姓是可爱的,你敬他一尺,他就会敬你一丈,只要我们充分发动和组织群众,就能形成势不可挡、排山倒海的力量。俗话说:人心齐、泰山移。

罱泥船

罱泥的河道

水泥船儿河面漂，三个罱泥两"拗稍"（拗泥船），男女搭配不觉累，共为庄稼增肥效。罱泥是里下河地区的一种农耕文化。

俗话说：庄稼一枝花，全靠肥当家。20世纪六七十年代没什么化肥，要想多打粮食，罱泥与秧花儿（一种绿肥），搭配沤草塘，发酵后的草塘泥肥效高，种出来的稻米煮粥米油子厚，吃在嘴里味道香喷喷的。

罱泥船一般为五吨船。三吨船嫌小，七吨船嫌大。一条船上三个男劳力罱泥，两个女劳力拗泥船，分工各有不同。三个男子，一个罱桅舱，一个罱中舱，一个罱艄舱。中舱最大，桅舱最小。桅舱罱满了，要帮中舱的人罱，艄舱自顾自。

罱泥在农村是重体力活儿，能罱泥的在生产队是大劳力，拿的工分最高。拗泥船的妇女也是佼佼者，在女劳力中拿的工分也最高。罱泥时，三个男人站在船右边，两个拗船的竹篙下左边。拗泥船也要有眼头见识，当罱泥的人下罱子前，要下篙稳住船，动作稍慢一点，那泥船就会向后倒退，船一后退，罱子就罱不到泥。这时，罱泥的男劳力就会把拗船的妇女臭骂一通，说道："你拗的什么船啊？把钗戳一下还有两个眼儿呢？你那两个眼睛吊在裤裆的吗？"笨拙的妇女经常挨骂，号啕大哭也是常有的事儿。

男人罱泥既要有体力，也要有技术。一罱子罩下去，河泥将罱子撑得满满的，像头大肥猪，膀子上差一点儿力气，泥罱子里的泥绝对提不到船舱之中。罱泥光有体力也不行，还要有技术，要善于使用巧劲。据有经验的罱泥人介绍：要把满满一罱子的泥拖上船并不全靠力气。比如，你在把泥罱子拖到船帮跟前时，要弯腰躬身，压低身体的重心，屈膝臀部下蹲，左手握紧上篙，右臂架着右腿用力，用头部右侧和右肩部夹紧两根上下篙，泥罱子支着船帮，提罱子的一刹那，左手、右肩、下肢和腰身同时发力，呼哧一下，满满一罱子河泥就拖到船舱之中，用力之巧妙，动作之快，技术之娴熟，堪称一绝。

农村中，常常有这样一句顺口溜：男女搭配，干活儿不累。这话颇有几分道理。因为罱泥劳动中，男女之间常常说些笑话取乐。

我高中毕业，回到生产队参加劳动，也曾经拗过泥船，亲耳听到一些俏皮话。比如，偶尔有人罱泥时，技术发挥失常，提泥罱子时，手抓得不紧，将罱子里的泥漏到了河里，提上来的是空罱子。这时另两个男子汉就会一搭一唱地讥笑说："你看看，夜里呆用劲，白天没得劲。"另一个接着说："被子里用傻劲，泥船上白费劲。"

一个妇女也跟着起哄："黑灯瞎火瞎用劲，光天化日没得劲。"引得全船的人哈哈大笑。

当然，劳动中说的也不全是不文雅的话。例如中午休息吃饭时，也会讲些有趣的话题。

原花堡老二队，有个罱泥的男劳力叫花兆宏，他的岳丈是杨院村人，曾经是村中的大户，识字不少，知识渊博，常常给花兆宏讲些八仙过海、岳飞抗金以及少年神童储罐的故事。

俗话说，见多识广。花兆宏耳濡目染之后，头脑中积累了不少故事，于是，他就经常把这些故事讲给我们听，他有板有眼地说：储罐小时候常常与一位老僧学下棋切磋诗文。储罐才思敏捷，过目不忘，是个神童。

有一天，老僧想考一考储罐，便叫他到一寺庙河边散步，只见湖光春色尽现眼前：黄村河上，帆影迷离；农民们有的罱泥，有的在车水；渔夫们有的张网，有的罩鱼；鸭戏河心，蛇游彼岸。面对大自然的风光，老僧对储罐说："今天我想出几个对子考考你，你必须见景生情为好。"

储罐应道："师傅请出题吧！"僧曰："七鸭浮河，数数三双一只。"储罐答曰："尺蛇出洞，量量九寸十分。"僧又曰："泥罱罱泥，泥鳅钻出泥罱眼。"储罐曰："水车车水，水鸡跳入水车心。"僧又曰："鱼罩罩鱼鱼跳罩。"储罐曰："鳖叉叉鳖鳖爬叉。"这时，老僧看到黄村河上，驶来两条船，一条帆船，一条摇橹船，刚好齐头并进，一会儿帆船便超到前面去了，老僧便想到一句上联："两舟并进，橹速（鲁肃）不如帆快（樊哙）。"这时，储罐刚好听到大庙内僧侣在做佛事，鼓乐之声，清晰可闻，便脱口答道："五乐齐鸣，笛清（狄青）怎比萧和（萧何）。"突然，老僧看到一条黄狗在河岸走过，便道："黄村黄狗吠黄昏。"心想这下该会难倒储罐了，谁知，储罐不加思索应道："白米白鸡啼白昼。"老僧十分惊喜，双手合十，连称"善哉善哉，神童奇才，他日定会金榜题名。"后来，储罐科举考试时果然中了二会解元，官至吏部左侍郎。

拗泥船要数戽泥最辛苦。戽泥时，要将船里的河泥戽到岸上的泥坞子中，船与河岸上的泥坞子高低落差有二三米高，要是没力气，那河泥绝对戽不到泥坞子里。

20世纪六七十年代，农村口粮少，喝的是稀粥，一天泥船拗下来，到了晚上四肢无力，撑船时，两手几乎握不住船篙子。虽然劳动辛苦，但劳动中能听到一些有趣的故事，倒也觉得苦中有乐，让人受益匪浅。

小小泥船两头高，

朝朝暮暮水上漂。

三个男人罱污泥，

两位大嫂把船拗。

沤草塘

庄稼一枝花，全靠肥当家。20世纪50—70年代，农业生产种植的三麦水稻等都是些传统的老品种，产量低，无法满足人们的生活需求。

那年月，人们大多处于半饥饿状态，多打粮食，帮助群众解除饥饿，满足生活需求更为紧迫，而要想提高农田产量，行之有效的方法莫过于多积肥。

农田产五谷，肥料是个宝。新中国成立初期，全国农业学大寨期间，我国工业还不发达，几乎无法向农业提供充足的农药化肥，种田全靠有机肥料。即鸡鸭鹅人畜粪，草木灰、豆粕饼、土杂肥，泥渣和青绿肥，农民们差不多穷尽一切办法搜集肥料，各村各生产队号召向海陆空进军。

"海"指取河泥。取河泥是用网具罱河泥，罱的河泥很稀薄，处理河泥的方式分为两种：一种用粪桶挑到田里，泼浇在三麦上，还有一种用戽掀将河泥戽到挖在河岸上的泥坞里，沉淀一段时间，再与青绿肥混合沤草塘，沤制的草塘泥比其他肥料效果都要高出许多。当年农村人有一句很流行的顺口溜叫"要望粮囤子，先看泥坞子。"第二类，本地河道中的淤泥经不住长期取用，几乎被罱泥船刮光了，逼迫到大丰、阜宁、盐城一带推泥渣，弄回来的青台泥渣和青绿肥堆积一段时间，发酵后直接施到农田之中。

"陆"是指岸上。各村各生队结合爱国卫生运动广积土杂肥，最流行的就是铲千脚土（多年不取的室内地面泥土），拆老房屋（几十年的老土坯墙）的土墙，一船土墙泥可抵一船大粪的肥效。除了铲千脚土、拆老土墙,生产队还出动农船到泰州、南京等城市去收大粪。另外氨水,肉联厂杀猪子的红汤也成了农田肥料的香饽饽。

"空"是指将目标转到空中,海里、河里、陆地肥料用尽了,连地面的青草皮也都铲光了。最后,只剩一条路,将树上的壳树叶,楝树叶等采摘下来充当青绿肥与河泥一起沤制草塘泥。

沤草塘、罱泥、拗船、收割、栽秧、犁田、挖塥、打场等都同属农耕文化。

沤草塘看上去只是一个很普通的词汇,可是当你了解其丰富内涵与复杂的沤制过程之后,也许还可当作一种非物质文化遗产加以保护呢?

20世纪六七十年代,只要你一走进广袤的农村田野,熟悉的泥渣味扑鼻而来,几乎每个田间地头都有一个四角方方的草塘,草塘中冒着许多沼气泡泡。

沤草塘也有季节之分。早春二三月份的草塘泥是用作三麦收割完后,为水稻田备足的基肥;秋收之后,水稻上场,又会为三麦准备肥料。季节不同,服务的靶向目标也不同。沤草塘还会衍生出一系列的农活。例如罱泥、拗船、倒坞子、铲青草皮(田埂上的地衣)、种绿肥、割绿肥、扒渣、洗草塘、挑渣、放渣、打泥扒等众多农活。

沤草塘一般选择农闲的空档期进行,尽力避开四夏大忙,夏收秋收双抢的高峰期。

沤草塘和洗草塘尽管只是一字之差,其实有着本质的区别。沤草塘是初始阶段的第一个工序,而洗草塘是沤制完成后的第二道工序。

一般罱泥船靠岸后,罱泥的男工和拗船的女工合力将河泥戽到田岸斜坡上的头道泥坞中。由另一个人再将河泥戽到农田的二道坞内。

倒坞子是众多农活中相当辛苦的农活。一个人起码要应付两条罱泥船,一条泥船一天少则罱七八船,多则十几船,两条船相加二足有十多船。如果罱的是庄心河的泥还好些,要是到卞呃庄湖罱的泥倒起来更吃力。因为庄心河的泥,水分多,河泥很稀,倒坞子相对省力。而湖里罱的泥,几乎没有水分,且粘性很强,如果力气小,初始速度不够，戽掀上的泥很难脱落。高中毕业后，我在生产队也曾干过这种农活。一天下来，戽掀木柄将夹肢窝、大腿根的皮会磨破，鲜红的皮肉被汗水一浸，疼痛得眼泪直打转，那滋味如同犯人遭受酷刑一船难受。第一天还能咬牙坚持，如果连续倒个两三天，那简直是度日如年。

河泥进入农田内的二道坞，实际就是进入了草塘内。几十天之后，经过太阳照晒，水分不断的挥发，水分耗尽，差不多用钉耙能将泥土取上来，就开始进入洗草塘的第二个步骤。

洗草塘之前，要提前预备好青绿肥。种青绿肥是农田休耕，增强土壤肥力，改良土壤的一种方式。常年累月种植三麦、水稻，农田土质会板结退化，为了使农田休养生息，所以给板结的土地种上目蓿、秧花等植物，既肥了农田，又能沤制泥渣，一举多得。

生产队洗草塘一般是由妇女们包揽。第一步，将塘里的泥渣翻到上面。然后铺上一层绿肥，绿肥上面叠加一层泥土，加水之后用钉耙将泥土揉搓成糊状，揉搓的过程就是洗。第一层洗好，然后循环往复，每一层揉、搓、钦、按、拖、拉、推、搋交替进行，一般洗一个草塘要五六个、七八个妇女工作一天才能完成。

第一遍用的绿肥相对少一些，十天半月之后还会洗第二遍，绿肥要多加些。最多的会洗三遍，可见洗草塘也是个精细活儿，好的草塘泥乌黑油亮。

洗草塘是妇女们的专利，挑渣是男同胞的专项，那放泥渣就是小劳力和年纪大一点的老人们干的轻活儿。

天寒地冻的严冬便是打泥扒的最好时机。泥扒儿是一种农村人自制成的"T"形农具。锯一段十厘米左右的粗形圆木柱，中部做一个榫，取一根木柄组合起来，一个简易的农具就制作完成了。打泥扒是一种农活。进入冬季，男劳力将沤制成熟的草塘泥挑到麦田里。放渣的人用拆塙锹切成拳头大小的泥块向四周围均匀地分散开来。十天，半月之后，泥块在零下七八度低温下冻疏了。这时用泥扒一打，一推，三下五除二分散成细小的颗粒。原先被压着的麦苗重见天日，在阳光，雨水，泥渣肥力的作用下茁壮成长，呈现出勃勃生机。

当下社会年轻人没有亲眼见过沤草塘，什么是沤草塘闻所未闻，一无所知。表面看沤草塘只是一个农用词汇，但当你读完此文才有一种身临其境的体验。感叹之余会觉得当初的农业生产既落后，又十分新鲜有趣。如果没有文字的描述，等我们这辈人作古之后，沤草塘的农耕文化一定会淹没在岁月的长河之中，从此消亡，消失历史是遗憾，记述历史，用文字传承历史便是功德。

草塘泥来乌又亮，
化学肥料抵不上。
泥渣肥田效果好，
汗水换来丰收粮。

拱　渣

我与花堡村

　　男人罱泥晃悠悠,女人拗船站船头。夏天扒渣在村前,秋天拱渣到阜宁。拱渣和割麦、耕田、割稻、栽秧、拗泥船、罱泥一样,同属于一种农耕文化。这一农耕文化产生于 20 世纪七八十年代的农业学大寨期间。当时,生产尿素的技术和设备国内还很奇缺,仅能生产少量的碳酸氢胺化肥,远远满足不了农业生产的需要。所以,当时种田,主要还是依靠原始的当家肥。

　　当家肥主要指人畜粪、草木灰、泥渣之类。当年,农村取泥渣有三种形式。

　　第一种罱泥。从村庄附近河道中取河泥,河泥取上来之后,与红草儿、秧花儿(也叫苜蓿)的绿肥,混合起来发酵,沤制成乌黑、发臭的草塘泥。别看这草塘泥颜色黑、气味臭烘烘,味道不好闻,可是里面富含多种矿物质和有机质,是农业上特别管用的当家肥,对三麦、水稻生长有肥效,庄稼长势好,肥效期长,产量也高,而且煮出来的米饭,特别好吃,比施化肥种出来的稻米营养更高,特别是煮粥米油子又浓又厚。

　　第二种扒渣。四五个男劳力,共用一条五吨重的水泥船,就在村庄周边河道中取泥渣。记得当年农村河道内,离岸边大约两三尺远的浅水区或者河道内的浅滩上,许多藻类水生植物长得密密麻麻,老百姓统称叫水草。长得最多的是一种形状和陆生菖蒲差不多的水草,农村人叫"牵盘儿",颜色深绿色,长条形,短的一尺多,长的二三尺,很脆,一碰就断,农村人还用它来喂猪,是很好的青饲料。所谓扒渣就是人站在齐腰深的河水中,手拿一种四五寸左右、长铁齿的铁耙子将河草与河泥一起扒到船上,然后弄到草塘内发酵,几十天以后,就好用来壅田,只是肥效不及绿肥沤制的草塘泥。

第三种拱渣。就是用"稠网子"(拱渣的农具)推青苔,发酵后形成的泥渣,也有一种说法叫推渣。拱渣不在当地,要出远门,地点在盐城、大丰、阜宁靠近海边的地方。盐城、大丰、阜宁一带受海水影响,盐碱度高,湿度高,适宜青苔的繁殖生长。此区域的小河道、浅河道内长满厚厚的青苔,当地人没有取泥渣的习俗。我们这一带里下河地区的人争先恐后,一批又一批的农船赶往那里去拱渣。人们之所以去那里,因为本地河道中的淤泥被各个村、各个生产队数不清的船只天天罱泥,年年扒渣,反反复复,早已刮得精光。小时候,我下河游泳踩河蚌,河床上全是硬板地,脚踩上去,滑滑的,一点儿也不陷脚。

外出拱渣,有水泥船,也有木头船。记得当年花堡老二队有一艘木船叫"黑鱼车",至于为什么叫"黑鱼车",我那时也没追问缘故,反正大家都这样叫,我也就跟着附和。

在家千日好,出门时时难。外出拱渣,人们既想去,但也怕去,心里比较矛盾。想去是因为拱渣能捞到外块。那时,农村地区口粮低,凡是外出过的人,回来之后,只喊苦,没有说吃甜的事,只有经历过的人,心里才彼此心照不宣。大凡拱过渣的人巴不得去,没有拱过渣的人,听当事人把拱渣说得辛苦不堪,心里当然畏惧。

我是 20 世纪 70 年代的高中毕业生。毕业之后,在生产队做过农民,也曾有过外出拱渣的亲身经历,对拱渣情况比较熟悉。

这拱渣捞外块主要有两方面。从家里出发,赶往拱渣目的地,一路杏花村,夜晚停船过夜,停靠在离村庄不远处,上岸之后,河坎边的瓜果蔬菜见什么采什么。春天有桃子,夏天有水瓜儿、香瓜儿、菜瓜、奶奶哼,秋天有南瓜、山芋、茄子等。有这些东西吃,当然就少吃了粮食。当天晚上吃不了,留待第二天白天肚子饿时吃。回来时,有鱼肉吃。东海边河道中鱼虾特别多,有的河道中,一趟网子下去就能推到十几只河虾。记得有一天晚上,晚饭也没煮,河虾煮了一大瓷盆,尽吃的河虾,把河虾当饭吃,恐怕很少见过。推的鱼吃不了养在前面船头的小舱儿里。回来时，到了一些集镇就上岸卖鱼，卖了钱买肉吃。钱用不了，大家分，有时拱一趟渣能分好几块钱，分到钱，心里乐滋滋的。

事物总是一分为二，外出拱渣，有甜也有苦，哪有甘蔗两头甜的道理。

说外出拱渣苦，主要体现在两方面：一是拉纤苦，二是住宿苦。

农耕时代，行船拉纤是绕不过去的一道坎。从家里出发，去几百里之外的东海边拱渣当然少不了要拉纤。行船最高兴不过的就是遇到顺风顺水，行船"浪风"人既省劲，又舒服，这是再好不过的事。当然好事不会天天有，要是遇到逆向风，或者没风那就别无选择。

一条长长的纤绳，一头扣在桅杆上，一头搭在肩上，人赤着脚，光着身，身上只穿一条短裤。拉纤时，要是遇到前面有河道阻拦，只能涉水过河，遇到河道宽的、深的只能游河。从家里出发时，拉空船费劲不大。要是船上泥渣拱满了，满满的一船泥渣十分沉重，哪怕使出浑身的劲，那泥渣船仍然会像蜗牛一样在河道内缓慢前行。

拉纤时纤绳搭在肩上，身体要前倾，头要向前伸，脚要奋力蹬，碰到泥土松的地方，脚下还会蹬个坑。沉重的泥渣船，使得纤绳深深地勒进皮肉里，时间长了，肩膀都勒得发红，严重时纤绳会勒破皮肉，鲜血淋漓。不仅肩头疼，整天背纤，身体也筋疲力竭，腿子上感觉一点儿力气都没有。外出拱渣路途遥远，整天不歇腿地拉纤，这份辛苦真的不好受。

拱渣住宿熬夜也是一份难言之苦。如果是木头船，船艄有木头篷子，空间大，船舱宽，里面铺上干穰草，放上蒲席，平平展展，宽宽敞敞，就跟睡在家里床铺上一模一样，人会睡得很舒服。要是水泥船，那滋味可就不一样了。晚上睡觉，人只能睡在水泥洞里，船洞极其狭窄，一头高一头低，尽管铺上干稻草，人能睡得暖和一点，但是四五个人挤在一个狭小的空间里，连转身都很困难。加上上部空间也很小，人连坐直身体都很困难，头稍一抬就会碰到上面的水泥顶。坐不直，躺不平，伸不开，这滋味要多难受有多难受。由于空间太小，里面又很气闷，为了透气，只能在船洞口横一块木板，水泥船盖儿搁在木板上，这样好通风。要是冬天既要防冷，又要通风，两者真是难以取舍。

睡得不舒服倒也罢了，夜幕降临之后，船洞里不好点灯，黑灯瞎

我与花堡村

火,漫长的夜晚,空虚无聊,滋味不好受。如何熬过这漫长的夜晚,说故事、讲笑话就成了唯一的选择。

于是,村庄上男女之间的桃色新闻,家庭里的家长里短,道听途说的社会消息,就会搜肠刮肚的找出来消磨时光。

忙龙儿说:"前几天,场头碾场,有个寡妇叹了口气说,这几天干活儿累了,家里菜园没人'筑',如果有人帮我做掉,我炒鸡蛋打酒给他喝。说者有心,听者有意。女人在想挖掘优势资源,男人更想利用闲置资源,男女双方取长补短各取所需合理利用资源。晚上队里放工后,光棍汉花某某悄悄地把菜田'筑'了。结果,这寡妇真的在家炒了鸡蛋,让花某喝了酒。酒足饭饱之后,房间里熄了灯,铺上'哼的哼笃,哼的哼笃'。"大家听到此处取笑道:"忙龙儿,你躲在人家床底下听到的吗?"

花边新闻刚一落音,林扣儿接着说,四队插队知青刘井元,刚到花堡时,大家听他背古诗一首又一首,出对子一个又一个,说话滔滔不绝,觉得他水平很高,起码是个高中生。有一次,夜校里的黄老师想考一考他。黄老师说:"刘井元,我出一道数学题你做一做。$1/2$ 加 $1/2$ 是多少?"刘井元说:"很简单,$1/2$ 加 $1/2$ 是 $2/4$。"黄老师问:"你是怎么算的?"刘井元掏掏耳朵,想了想说:"比如爸爸是 $1/2$,妈妈也是 $1/2$,他们养了两个儿女,这样不就是 $2/4$ 吗?"这不伦不类的解答,弄得人啼笑皆非。这刘井元其实初中一天没上过,小学上了几年也不十分清楚。

有人又接着说,去年春节,杭奶奶家门上贴了一副对联:"两个儿子肥如牛,单身母亲壮如猪。"初一早上,人们一看对联,个个哈哈大笑。都说这对联配她家一家三口真有点儿像。

不管像不像,大家说的笑话和新闻有的是真的,有的也不全是真实的,也许有点添油加醋,或者胡编乱造,无非是取乐而已,借此消磨时间打发这漫长的夜晚。

如今,进入 21 世纪,农村已经发生了翻天覆地的变化,缺粮少肥的年代一去不复返,外出拱渣的情景早不存在,现在重提这段往事,仍觉得有不少让人回味的乐趣。

割 麦

太阳发了黄,收工着了忙,镰刀挥得快,满田麦把躺。"二小,加把劲,瞎子磨刀看见亮,还有两钗柄长,咬牙坚持一下,马上就要到头了。"母亲头也不抬,一个劲儿只顾割麦,嘴里不停地给我鼓劲。

20世纪70年代初,我已上了初中,赶上时梅黄天,正值三麦收割的季节,农忙高峰期一到,学校会放忙假,时间大约十天左右。那时候,学校一年放两次忙假,上半年叫夏忙假,一般在收麦子的高峰期;下半年收割水稻时,放的是秋忙假。

农业学大寨期间,学校上学的学生一到星期天、节假日,或者是放忙假期间,都会到生产队参加劳动。十二三岁上小学五六年级时,就到棉花田松土、剪枝、捉棉花虫子。秋天拾棉花,给猪厂掐山芋藤,冬天挖胡萝卜。上了初中,年龄达到十四五岁,就开始跟大人学做主要农活,如割麦、割稻、起秧、栽秧等。一年下来,能做二三百工分。这样多多少少能减轻父母的负担,年底能够多分红,多得钱,父母会给你做新衣服,做新鞋,买新帽子。十三四岁的农村孩子,抵得上半个壮劳动力。

学校放假了,父母闻之心里特别高兴,家里又多了个挣工分的劳力。母亲对父亲说:"明天生产队割小麦,二小老大不小了,也该让他学学一些主要农活,让他跟我学割麦去,你多磨几张刀,力大不比家伙强,刀快既省力,又割得快。"父亲说:"好啊!我一定把刀磨得快快的,包你们娘儿俩满意。"

那年头,每个农户家里少则三四张、多则五六张镰刀,镰刀是农村人必不可少的主要农具。一般割一天麦子,要准备三到四张刀,免得刀钝了,在田头磨刀耽误工夫。如果夫妻二人同时割麦,那就至少要用五六张,有的人家镰刀少,就会向左邻右舍借刀,如果邻里关系不好,往往借不到刀,这就容易引发邻里之间的矛盾纠纷。

父亲拿了五六张刀,取来一张矮长凳,一头对着门,磨刀砖放在凳顶头,前面顶着门板。左边放一水盆,先将磨刀砖放进水盆中泡上几分钟,等吃透了水再取出来用。到了80年代初,经济条件好了,磨刀砖就改成磨刀石,但磨刀砖还继续使用。一般刚开始,先用磨刀石,待刀磨锋利了,再改用磨刀砖,这样磨出来的刀,刀锋不易用钝。父亲花了约半个多小时才将镰刀磨好,用旧布包好,放到一个竹篮里备用。

吃过晚饭后,母亲说:"洗好澡早点睡,省点力气,留给明天干活儿。"上床后,我一点儿睡意也没有,心里既兴奋又紧张。兴奋的是我的身份马上开始转变了。以前干的都是孩子活,明天我也会像大人一样。割麦、栽秧这些让小孩子羡慕不已的大人活儿,要是我学会了,那我就是个小大人了,该多荣耀啊!但我又很紧张,怕自己学不会,更害怕割破手指会流红血……一想到这些,心里就怦怦直跳,甚至还有割破手指时那种触电般疼痛的幻觉。兴奋与焦虑搅得我难以入睡。别怕,胆小鬼,不会游泳前不也怕过水吗?水能淹死人,可割麦最多破皮流点血,有什么大不了的,哪还有点男子汉的气概?在兴奋、紧张、焦虑的纠缠与对抗中,不知什么时候竟沉入梦乡。

依傍在通扬河畔的花堡村,喧嚣一整天后,如同在农田里奔波、劳累的老牛疲惫地静卧着,现在它累了,需要安静地歇一歇,养足精神,以利于明天继续奋战……

割麦的田块在北塘,那里和卞家庄的田交界,离村庄有三四里路,中间还隔着一条三四十米宽的大河,河上没有桥。早上上工,晚上放工都要坐渡船,从家里到北塘,一来一去要花一个多小时,有人夸张地说,干活儿没有跑路的时间多。割麦人多,另外还带有各种农具杂物,腿跑肯定不方便,只有坐船这一选择了。而坐船比跑还要慢,一趟差不多要耗费一个多小时,得天不亮就要从家里出发。随着月亮西沉,黎明前沉沉的黑暗把花堡村的整个田野笼罩着,周围很安静。

只听到河岸两边草丛中小小昆虫的啾啾鸣叫声，竹篙撑船上下起落时发出的哗啦哗啦的水波声，以及船上女人稀稀啦啦的嬉笑声……等船到达田头，天已大亮，东方地平线上的天空出现了缤纷的朝霞，太阳露出小孩子般半边红红的笑脸，新的一天又将是一个酷热的白天，劳动的人们又将再一次经受酷暑的煎熬。

巡看无垠的田野，到处是金色的麦地。晨风吹动麦秆，发出沙沙沙细微的声响，这声音只有长年累月流血流汗的村民才能更理解它的美妙。这是美妙的音乐，每个音符都蕴含着无数动人的故事和辛酸的汗水。它是丰收的赞歌，歌声里飘散着沉甸甸的麦香，这麦香让人陶醉沉迷。

当年割麦，生产队里有按丈数多少计工分的，也有按田畦长短计工分的，割一畦最多能拿八九分。北塘的田块很长，有三十多丈远，宽近丈余。我一看，"妈呀，这么宽，这么长，什么时候才能割到头啊？"心里不免胆怯起来，嘴上叫苦连天。妈妈轻松地说："干活儿，眼怕手不怕，不管多长，只要你低下头，静下心，一门心思干活儿，心里什么也别想，踏踏实实，毫无杂念，就不会有害怕的念头了。干活儿，心态最重要。"

开镰前，妈妈先给我做示范：如何站姿，如何抄刀，如何揽麦，如何收刀。示范动作做得很认真，指导得也很细致。母亲割了一个麦把之后，让我照她的样子试着割，尽管母亲讲得很细心，但当我独立操作时，仍然手忙脚乱，割了一会儿，早已将妈妈讲的要领忘得一干二净。两腿差不多合拢了，屁股撅得比头高，割下的麦桩儿像兔子啃过的一样，高低不平，收刀时，连泥带根都带上来了。妈妈一看，既生气，又着急地说："你看看我割的麦桩儿像菜刀切的一样整齐，哪像你，狗子啃的还比这整齐呢，笨死了！"妈妈的一番训斥，急得我头上直冒汗，眼里泪汪汪地在那儿干站着。由于妈妈指导我干活影响了自己的速度，和我们相邻的大嫂、大妈早已窜到我们前面几丈远，娘儿俩都割不过人家一个人，你说母亲能不着急吗？

这时，和我相邻的张大妈一见说："鸭寿家的，你骂孩子干什么？

干活儿不是一时半会儿就能学会的,慢慢来,你着什么急?"说完走过来,开始手把手地教我。张大妈耐心地说:"割麦要先站好姿势,两腿分开,与肩同宽,坠臀,屈膝,降低重心。"接下来她又用自己的右手握住我的右手,"看着,先抄刀,左上臂高抬,下手臂虎口向下揽好麦秆,抓稳后再收刀。收刀要注意两点:①刀要端平,刀端平了割的麦桩儿才会整齐划一;②收刀时不要拉直线,刀应由左向右成半圆弧形收拢,这叫摩刀割。这样割既省力,又速度快,还不容易钝刀"。张大妈的慢动作,分解动作有板有眼,便于操作,让我茅塞顿开。

学活儿就怕不开窍,找到了窍门,渐渐地动作就协调起来,功效提高很快。时间不长,落下的距离赶上来了,差不多与周围的人齐头并进,张大妈打趣道:"好汉敌不过双拳头,马上娘儿俩就像长了翅膀似的要飞到我们前面去了。"妈妈也高兴起来,拿毛巾要给我擦汗,我生气地打开她的手,头也不抬,一个劲儿往前割麦子。妈妈一见,笑着说:"你看这孩子不识好歹,和他老子一样倔脾气。"说完又继续干起活儿来。

我只顾干活儿,此刻顿感后背发热,抬头一看,太阳已到头顶,强烈的阳光刺得人睁不开眼,当你俯下身子,地面一阵阵热浪扑面而来,脸上也积满了厚厚的灰尘,咳嗽一声,吐出的痰液都是灰黑色的,鼻涕也是黑的,喉咙干燥得要冒烟,咽吐沫都很困难,气温足有三十五六摄氏度,此刻,一畈麦子已经割了有三分之二。这时,张大妈提议说:"天太热了,大家还是到河里去泡一泡,喝口水,凉一凉,歇会儿,恢复一下体力,然后,一鼓作气,割到头吃中饭。大伙儿一听,纷纷丢下镰刀,奔到田南头,像出栏的趟鸭,"扑通……扑通……"跳进了河里,里下河地区不分男女老少几乎人人都会游泳,上河人称下河人为水鸭子。

"这太阳像火球似的,河里的水都快成洗澡水了,想喝口凉水都困难。""想喝凉水就沉到水底。""一点不假,河底的水凉凉的,甜甜的,真好喝,真想把肚子喝饱。"今天割麦子的全是妇女,自然毫无顾忌。一些五十开外的老年妇女脱下了上衣,在水中搓洗起来。"月桃妈,你怎么连裤头也脱了?这里还有小男子汉呢。""怕什么,反正人站在水里也看不见。"有人提醒说:"下面的看不见,上面的怎么办?又藏不起来。""藏什么?人家还是个孩子,哪个孩子没吃过奶?"

有些妇女相互之间用毛巾搓洗后背,有个妇女一边搓洗,一边说:"还是生个男人好,到家后,洗完澡,吃完晚饭,上床就睡,可我们女人还要洗锅抹碗,洗衣服,切猪草,煮猪食,一忙就是大半天,第二天,还要早起煮早饭。一年到头,忙完田头,忙家务,没完没了。还有生理上也不自由,男人大大咧咧,洗澡光屁股,赤条条,大也好,小也好,不躲不藏,下辈子投胎,我一定投个男人胎,绝不投胎当女人。"旁边叫春喜的女人说:"男人有什么好,整天光着身子,黑三段儿,哪像你前凸后翘,曲线美,像蜘蛛精似的,多美啊!""呸!呸!呸!你不是蜘蛛精,你比我更曲线美,拿我取笑干什么?"眼前的河道,就像是到了女儿国,嬉闹声不断,又好似傍晚归林的群鸟,叽叽喳喳喧闹声不绝于耳,热闹非凡。

张大妈解围说:"姐妹们,说也说了,笑也笑了,赶快上岸割麦子,这畈割到头吃中饭,大家抓紧时间干活儿去。"

上岸后,体力得到恢复,一鼓作气,不到一小时就到头了。我和妈妈先到头后,转身帮了张大妈一把。张大妈高兴地说:"你看这孩子,第一天学割麦,学得这么快,真有出息。"

农村人在田里干活儿,吃中饭一般就在田埂头吃,大部分没树没荫,没个安心的地方休息。中饭也很简单,不是籼儿粥,就是籼儿饭。籼儿粥经过半天毒太阳的照晒,到了中午,那粥已经冒气泡,闻到了馊味,吃在嘴里有点发甜。如果是籼儿饭,干燥发硬,吃在嘴里糙糙的,难以下咽,而且不容易消化,常常臭屁连天,肚子里咕噜咕噜不舒服。为了帮助消化,一般带两三个咸蒜头儿吃下去。人们常说,那年头,农民们吃的是猪狗食,干的是牛马活。

在烈日炎炎的阳光暴晒下,也没什么好休息的,加之人人心里想多干活儿,多挣点工分,吃饭三扒两咽,草草吃完,立马就上工了。

上午,因为早晨天气凉爽,有几个小时,气温不高,并且睡了一夜的觉,身上干劲十足,倒也不觉得十分疲劳。可是经过半天高强度的劳动,身上的力气所剩无几。吃的饭食也没什么营养,下午上工尽管时间不长,但也感觉全身的力气消耗殆尽,四肢乏力。再说,到了下午三点多钟,正是一天中温度最高的当口。天上火球般的太阳光暴晒,地面热浪蒸腾,加上我年龄还小,平常坐在教室课堂上读书学习,哪里经受过这种恶劣环境的折磨?我感觉后背火烧般疼痛,原来身体的后背,包括膀子都起了水泡,就像被开水烫过似的一样疼。尽管头上戴着草帽,但是嫩嫩的脸皮还是蒸得像红虾儿一样。我瘫软地坐在地上,腰也疼得快要断裂似的,嘴里热得直喘粗气,身上的小褂子,连同短裤全被汗水湿透了。我将后腰靠在麦把上,闭着眼,张着嘴,就差快要断气了。肚子饿,头发晕,四肢无力,我深深体会到,农村老百姓的每一天都是度日如年,且不知哪年哪月才是尽头。

妈妈见状,停下手中的农活,跑到我身边,蹲下身子,摘下头上的草帽,为我扇风,嘴里十分关爱地说:"累了就歇会儿,口干了钢铝锅内有茶(其实就是河水)喝一口润润嗓子,孩子,心里只要有股精神气在,一切就都能挺过去。""我们对待眼前的生活,取决于你的态度,如果你是弱者,结出的就是楝树果,如果你是强者,结出来的就是甜枣。"妈妈可能怕我消极悲观,又接着说:"人的前半生吃苦,后半生就会享福,这叫先苦后甜。"

小时候,我对妈妈说的话似懂非懂,长大后,我才渐渐明白,也许不是所有的努力都能换来好的结局,但每个人只要内心足够强大,有时哪怕就是微弱的希望,也能温暖寒冷的人生,因此,美好的希望和正向的信念就是你人生旅途的航标灯。只要昂扬的信念火花不灭,在前进的道路上,无论多少艰难险阻,它都会支撑着你鼓起勇气一直向前!如果今天我能在文学创作道路上有点小小成就,那么与小时候妈妈耳濡目染的正向引领不无关系。

水车与风车

　　水车和风车,一对好兄弟;水车是哥哥,风车是弟弟;水车要人踩,风车靠风带;夏出门,冬回家,秧田旁,来安家。这首顺口溜既讲述了水车和风车之间的关系,也讲明了它们各自的特点。

　　一片绿油油的秧田,一部呼呼飞转的风车,一座低矮的棚舍,一条狼狗陪半夜。又一首打油诗描述了看守风车的老人凄清孤独的生活。

　　20世纪五六十年代,在花堡村广袤的农田里,水车和风车日夜坚守岗位,分别履行着各自不同的光荣职责。

　　每年初夏,花堡村外的农田里,金黄的麦子刚一退场,水车和风车便急不可待地粉墨登场。

　　那时的农村,农民种田靠天吃饭。假如老天爷不帮忙,天上不下雨,沤田没有水,又没有抽水机,水从哪里来?其实人也是个矛盾体,插秧时节,老天爷不给力,误了农时就等于误了自家的口粮。实在是季节催人,一天耽搁不得,一时拖延不得。老天吝啬,农民们病急乱投医,只好焚香拜天盼雨祭车,如今的年轻人恐怕没看见祖父辈们当年脸上的那份虔诚和敬畏,也无法想象踏水车翻水灌溉农田的情景,更无法理解一粒米七斤四两水所付出的那份艰辛。

　　关键时刻,急性子的水车捷足先登,担负着沤田的重任。刚刚收完麦子的田头,河岸边每隔几十亩地便竖立起一部水车。水车由三个部分组成:车栏棒(两根竖木棒架着一根横木),轮轴,水车。轮轴有三人轴(六个拐)三人踏,有四人轴(八个拐),四人踏。踏水车,一人踩两个拐,左脚踩一个,右脚踩一个,相互交递进行,每一脚都要踩稳当,稍有不慎,脚踩空了,反应快两臂抱紧车栏棒,悬在空中,这叫吊田鸡。反应慢，哼笃一下，重重地摔在地上，严重的还会伤及筋骨。如果有刚学踏水车的新手，一般老手会顾着新手，速度放慢一点，等新手脚下动作熟练了，再加快踏车的速度。踏水车沤田，一般歇人不歇车，要是有人踏累了，换人继续踏（一般有一到两人闲着，等着替换），一天24小时连轴转。

有时为了赶速度，让麦茬田能早点栽上秧，一块地会安两部水车。东边是四人轴的水车四名妇女头戴一顶草帽，身穿没有膀子的短袖褂子，下身穿一件短裤，肩上搭一条毛巾。西边三四十米开外有一部三人轴水车。三个壮汉子男人，屁股上穿一件裤头儿，上身光光的，肩头上搭一条毛巾。两部水车彼此打起了水车号子，展开了打号子比赛。三个男子一个领，两个和，领的人打上句号子，和的人答下句号子：

兄弟不唱我来唱，我把三国古人唱。

桃园结义刘关张，都是一班英雄将。

刘备东吴去招亲，关公古城斩蔡阳。

张飞喝断灞陵桥，赵云救了阿斗过大江。

刘备三请诸葛亮，诸葛下山助刘郎。

设下祭坛借东风，草船借箭有胆量。

火烧赤壁连环计，捉放曹操华容道上。

空城设计退司马，三气周瑜芦花荡。

三国英雄人称颂，世世代代美名扬。

西边男人踏水车号子刚一停，东边女人的号子又打起来了：

早上起来露水多，妹妹打扮送情哥。

我送情哥二三里，情哥送我里把路。

早上下田雾腾腾，只见车龙不见人。

推开云头消开雾，看见龙车四个人。

早上起来慌张张，路旁杂草快如钢。

我们四人朝前赶，赶快车水沤田忙。

男子肩头搭毛巾，再把草帽戴头上。

到了晚上，太阳落山了，家里老人小孩会把晚饭、茶水送到田头，吃过晚饭，车栏棒上一头吊上一盏马灯，继续踏车，一般上半夜人不瞌睡，到了下半夜人就疲劳多了，瞌睡虫也上来了。为了驱除疲劳，赶走瞌睡虫，空旷的田野里重又响起了踏水车的号子：

日落西山黄又黄，萧萧白发对红妆。

娇娘淑女春前草，老夫大郎屋上霜。

如若同奴销金帐，好似梨花压海棠。

如若与奴同夫妻，也学织女共牛郎。

西边男人号子打得震天响，东边女人号子打得更响亮：

口打号子脚踏车，水车飞转如滚瓜。

三里就见水冲头，五里也见水泛花。

早上来了飞云彩，姜太公钓鱼江边来。

红绿丝绒撒下去，三条鲢鱼钓上来。

三条鲢鱼六个鳃，要唱号子口难开。

口难开来口难开，快把号子打起来。

花堡村踏车人以号子鼓劲扬威，男人号子刚落，女人号子又起，彼此之间互不相让，比谁的水车踏得快，比谁的号子唱得响，嘹亮的号子声在广袤的田野上空回荡。

收工啰一声吆喝，不问男女加快速度，水车飞转，号声激越：

三个十二三十六，别人扳车我扛轴。

三个十三三十九，别人扳车打车口。

车口打的节节高，恭喜主家多打稻。

上年打的八百担，今年打的千担稻。

秧田沤好后，开始栽秧，栽完秧，田头上的水车也就退场了，紧跟着就是风车登场。风车是古代劳动人民的一大发明，借助自然风取水，既节省了人力，又提高了工效，只要老天爷不停地刮风，风车就会不停地转动，一点儿也不疲劳。一部风车能管理十几亩，甚至几十亩田的秧苗水。看守风车只需一人，一般都是50多岁的老年男子或者光棍汉。

风车上一般六片帆篷，风小六片帆篷全扯满，风大只需扯上三片帆，这要视具体情况而定，如果风力大，帆篷全扯满，风车转速太快，就会损毁风车。所以，看守风车也要有技术，通过判断风力大小，以此确定是否扯满帆还是半帆，一切全在看风车人的掌握之中。

看风车的人还要会移动风车。比如有时是西南风，有时是西北风。如果昨天刮的是西南风，今天换成了东南风，那就要移动风车的两根叉桩，调整风车的方向，如果风向稳定，好几天都不要调整风车。

看风车最怕老天爷作怪。有两种情况最危险，一是老天突然变动风向，刚才还是东南风，眨眼间已转成西南风。遇上这种情况，看风车的人动作要迅速敏捷，迅速落下所有帆篷，如果看守风车的人离岗，或者蹲在草棚中睡大觉，不能及时处置突发情况，那么整个风车将会彻底毁坏，损失惨重。

还有一种情况也很危险，那就是风力突然加大，刚才是两三级小风，猛然间刮起了狂风，风力一下子加大到五六级，这时，如果处置不及时，同样会出现重大事故。

花堡村二队村民踏水车场景

所以看风车的人，不仅要有丰富的经验，而且还要有认真负责的精神，两者必须同时具备，缺一不可。

农村中，只要有风车的地方，必有一个"丁头府"草棚，草棚叫"舍"。所以，人们把有风车的地方叫"风车舍"。"风车舍"在20世纪50年代一直到70年代初，村庄外的田野里有好多。如姜家威风车舍，五家沟风车舍，北塘风车舍，南塘风车舍，塔四十风车舍，牛三十风车舍，有一个风车舍，就有一部风车，足可见当年风车数量之多。

水车、风车和风车舍是当年农村中一道独特的风景，同时，也是农耕文化的显著标志之一。撰写此文，就是要将风车的历史留下痕迹，并作为一种遗存永久保存下来。

近前麦茁远麦黄，
风车提水沤田墒。
风车舍旁支风车，
沤好农田栽黄秧。

犁耖之歌

乡村四月闲人少，才了蚕桑又插田。犁耖之歌其实所讲述的就是耕牛谱写的田野耕耘之美，希望之歌。

农历四月开始，夏季悄悄地来临，不同的季节有不同的喧闹。当布谷鸟"麦枯……草枯，麦枯……草枯"，声声撞击耳鼓的时候，花堡村里的乡民们便开始忙碌起来。

微风吹动大地，无垠的麦浪翻滚，"哗啦啦、哗啦啦"的稻浪撩得壮男粗女的村民心里痒痒的、甜甜的、美滋滋的，情不自禁地手握银镰收获一片金黄。

祖祖辈辈的花堡人民从没离开过这片挚爱的土地，他们用自己的双手劳作，用自己的汗水浇灌。如今丰收在望，成群结队的男女老少，扎堆儿来到田头，男的露背袒胸，赤裸上身。女人卷腿挽臂，肩搭毛巾，头戴斗笠。她们人靠人，肩碰肩，一字排开，与时节赛跑，与酷暑战斗，镰刀在翻飞，手起刀落之间，麦茬地在身后延伸，麦浪沙沙地败退……三五天之后大片的田野便脱去金色的外衣。

麦地……麦茬地……水田，所有的农事，在农夫们镰刀的碰撞之中，在欢快的嘻笑声中，在养牛汉子的吆喝声中变换着节奏，奇妙的村外田野一会儿披金衣，一会儿短麦茬，一会儿水粼粼。看！锃亮的犁铧洞穿水汪汪的水田，白茫茫的水泽地里，水牛肩上驾着轭头，耕夫扶着犁把，左手执着牛鞭，扬臂一挥，"啪"一声脆响，牛鞭的回声在旷野上空向四处飘散。鞭声还没散尽，紧跟着"嗨……呵……"吆喝声再起。水牛激情释放，背着犁铧，放开四蹄，在飞溅的水花声中，呼啦啦地奔跑，一往无前……农耕是乡村五月的主角，更是水田、耕牛、耕夫共同合奏的一首交响曲。它热闹了村野，唤醒了大地，喜悦着乡民，它是极为和谐，极为美好，极为醉人的耕耘之歌，田野的希望之歌，更是村民们美美的丰收之歌。

……

夜已很深了，一位中等身材的壮年普通农民汉子，兴奋得仍没合眼，明天是新的一年第一天夏种开始的日子，所以显得特别的兴奋。人虽然躺在床上，可头脑里的思维并没有停止，为了使耕牛明天有充足的体力干活儿，他没少忙碌，给水牛饮水，喂料，用水洗刷牛的身子。他的手上时刻不离两样东西，一样是给水牛刷身子用的毛刷子，一样是用来拍打牛虻的篾拍子。若有牛虻咬吸耕牛身上的血，他会毫不留情地咬着牙，狠狠地拍下来"死去吧！讨厌的东西，自己不能创造财富，还要贪婪地榨取别人的血汗，真是死有余辜。"

俗话说：土地是农民的命根子，那耕牛就是耕夫的心肝宝贝。这耕夫是谁呢？他就是花堡村上王家龙地的传人王罱小。农村中自古以来有个奇怪的传统，如果哪家生孩子，头一胎没收住，那么，第二胎为了不再出现夭折的现象，往往会将刚生下的婴儿放在网兜里，"罱"是农村中取河泥的一种网具，所以王罱小名字便是这么来的。

王家早先是花堡村最大的种田大户，家有良田近千亩，家财万贯，在花堡村上红极一时。后来，由于种种原因家道逐渐衰败。但是王家祖祖辈辈把种田当作至高无上的事业。旧社会没有先进机械，所以，耕牛就成了农夫种田最最重要的农具，舍它其谁。难怪王罱小把水牛当祖宗一样百般地呵护，家中宁可没有妻，但不能没有耕牛。为此，他除了在田里干活儿，收工一回到家，全部的精力全用在耕牛的身上，关怀照顾几乎到了极致。

兴奋异常，思绪不停，王罱小渐渐头脑昏沉起来，迷迷糊糊进入梦乡。朦胧之中，"喔……喔……喔……"鸡叫声猛然间让他打了个激灵，鲤鱼打挺般从床上一骨碌爬起来，动作麻利地穿上一件浅灰色粗布单衣，匆匆向牛棚走去，那里有他每天习以为常的蓑衣、辔头、横轭等耕田的农具。王大叔今天心情特别愉快，因为在这最忙碌的夏收夏种季节里，有他的用武之地，也最能实现他的人生价值，他将要和自己朝夕相伴的水牛一起演唱一首动听的犁耖之歌。

……

拴在牛棚中的老牛，经过一个冬天能量的积蓄，现在已经膘肥体壮，全身活力四射。它听到一阵熟悉的脚步声，仿佛得到了即将出征的指令，自觉主动地蜷起前腿，撑起后蹄，很快地从地上站直身子。嘴里"哞……"一声长嘶，仿佛是在与自己的主人亲热地打招呼："主人，我歇了一个冬天，满身的热能无法释放，你赶紧让我重回村外的土地，从事我所喜爱的职业，我乐意为人类服务，为你们流血流汗，因为，我的本能生来就是为人类创造财富，无论受多少累，吃多少苦，我都无怨无悔，心甘情愿。"

王大叔用手抚摸一下耕牛的脑袋，再从前向后抹一下牛的身体，掸一掸沾在牛身上的尘土和碎草屑，深情地说："老伙计，别着急，等会儿有你使劲的时候……"

老牛仿佛听懂了主人的话乖巧地甩甩尾巴，跗一跗后腿，摆动两只大大的耳朵蹭一蹭主人的身体，这是老牛最善于向主人表达感情的动作。老牛宽大的嘴巴没有停止片刻的反刍，嘴唇左右不停地磨动，唇边白色的唾沫像粘稠的糖丝缓慢向下垂落，一滴一滴掉落到地下。王大叔轻轻拍打一下水牛的屁股，"哞……"老牛一声惊雷般的哞叫，惊醒宁静的村庄。这一声叫唤就像一声号令，唤醒全村沉睡的乡民，大家闻声而动，早起点火升炊准备迎接新的忙碌的一天。这一声叫唤，又仿佛是老牛呼应主人的用意："知道了！我这就接受你的指令，去履行自己的光荣使命。"

……

天空的月亮已经西垂，可星星依然闪亮，迟迟不肯离开……一会儿东方半边天空展露出五色的云霞，近处一片水汪汪的水田忽闪着碎银般的粼光。

王大叔熟练地手扶铧犁，驾驭着水牛，绕着圈子在泥泞的水田中，深一脚浅一脚地跋涉着。耕夫的双腿和水牛的双脚彼此交互着有节奏地在哗哗的水声中，拍打着流畅的节拍。农夫和老牛的额头上几乎同时渗透出密密细细的汗珠。这是一组命运共同体，劲往一处使，汗往一处流，没有片刻的懈怠和丝毫的抱怨，有的只是竭尽全力的付出。这种付出具有丰富的内容，是人世间最最伟大的博爱。它的内含是酸的、咸的、甜的、辣的，五味杂陈。

除了耕夫和老牛的忙碌，其实田野并不寂寞。你看，几只白鹭鸟也远远地跟在犁铧耕耖过的油亮黑色的泥土中觅食蠕动的蚯蚓和泥鳅。农耕乐曲声声动，田园风光美如画。

王大叔作为一个庄稼汉，人称"泥腿子"，其实他堪称农业专家。他不仅善于驾驭耕牛从事田间作业，而且特别熟悉耕牛的脾性和精通犁具的修理和维护。

耕地驾犁也是一门高深的技术，犁地时的深浅把握非常重要。如果耕浅了，活土不厚，土地板结，不利于庄稼生长，影响粮食产量。如果犁插深了，耕牛拉地时会非常吃力，耕牛的体力消耗会很大，这对于爱牛如命的王大叔来说，是最心疼的一件事。如何让牛耕田深浅适度，耕夫的技术非常重要。如果不精通驾驭技术，就无法胜任这项工作。对于初学者来说，由于不懂驾犁的技巧，常常会跳犁。什么是跳犁呢？由于驾犁不当，犁头尖会冒出地面，板地没有翻起。结果要喝止耕牛，停止前进，还要重新拖回犁具，重整旗鼓，这样就影响耕田的效率。如果这种现象经常重复，试想一下，你耕地的效率将会是别人的一半。如何才能防止跳犁呢？方法就是耕夫驾辕时，右手握辕要将后面的辕把抬高一点，辕把抬高后，犁尖才会插入泥土中不跳犁。但是这样一来，又会出现另一个现象，后面的辕把如果抬得过高，犁尖插入泥土又会过深，导致耕牛拉不动犁铧，如果你不懂得珍惜牛力，耕牛就会对你产生抱怨。牛是通人性的，如果它觉得你在故意捉弄它，让它吃苦受累，它可不答应。这时侯牛会使性子逃田。什么是逃田呢？打个比方，如果你在工厂里做工，老板让你超负荷工作，让你担负无法承受的工作量，你一定很生气，会不顾一切地反抗，甚至罢工，甩手不干。牛也有思想，也有情绪，如果你不爱惜它，同样会罢工，

我与花堡村

掉头拖着犁具,向田头跑,严重的会将犁耙拖进河里.小时候,我在田里干活儿就亲眼见到过这种现象,样子特别吓人。

俗话说,三百六十行,行行出状元。驾牛耕田的状元非王罱小莫属。他驾辕耕田的技术堪称一流,生产队里他耕的田最好。既不跳犁,也不漏耕。耕的田深浅适度,效率高,速度快,无人能比。如果你想跟他学技术,他可不保守。耕地歇晌的间隙和你聊天,他会滔滔不绝,跟你讲怎样爱牛,怎样熟悉牛的脾性,怎样驾辕,让牛省力,没完没了,你听后一定受益匪浅,佩服得五体投地。我在上学年代,假期之中,也当过放牛娃,曾经听他介绍过闻所未闻的故事,至今像烙铁印痕潜藏在脑海深处。

农村里田间作业,劳动两三小时会歇一会儿,特别像割麦、割稻、挖塘、耕田等重体力活儿,歇晌是少不了的。耕田时,耕牛工作两三个小时,消耗体能过大就要将耕牛牵到田埂,让耕牛到河中浸泡一会儿,给牛降一下体温,否则耕牛会中暑。趁歇晌的功夫,王罱小来到河边,双手从河中抄几口河水解解渴,然后用毛巾洗洗脸,接着再撒泡尿,这才轻松地坐到田埂上和你闲聊起来。

当他话匣子一打开,就收不住嘴:耕田不是轻松活儿,既要用力,还要有技术,没个三年五载的经验积累,你不会成为一个驾牛能手。

先说驾犁耕田。驾辕技术有很多,眼睛要瞄着犁头,倘若犁头感觉方向偏了,你得调整,犁尖向左偏了,后面握犁把的手应该向左使劲,身体也得跟着向左偏移,后面向左移动了,前面的犁尖才会向右纠偏。反之,如犁尖向右偏向了,同样后面的犁辕也要向右偏移。这和行船掌舵是一个道理。

耕田深浅也同样重要。如果犁尖插入过深,后面犁辕就应压低点。如果犁尖感觉要冒顶了,后面的犁辕就抬高一点。为了让牛耕田时,少用力,驾辕的右手需要左右不停的翻腕,翻腕动作是在将犁铧上下拨动,这样牛拉犁时就能省一半的力气。如果你的驾辕技术熟练了,就能和耕牛形成很好的搭档,耕夫和耕牛彼此心灵相应,感情相通,就不会出现逃田的现象。听到此处,我不由得惊叹:听君一席话,胜读十年书。

"王大叔,你田耕得好,牛也养得好,相信你对犁耖等农具也很熟悉,我至今对不少零部件都叫不出名字,你能跟我们说说吗?"

"你们穿着开裆裤的娃娃,涉事不深,不知道的东西多着呢,既然你们感兴趣,我就简单向你们说几句。耕田用的这些农具都是老祖宗流传下来的,代代相传至今,究竟从什么时候发明的,我不知道,等你们文化学习好了,书读多了,也许能追根问到底,这我就不管了。

耕田用的犁具构造很复杂:架在牛脖背上的叫牛轭,屁股后面的叫犁车,左手握的绳子叫缰绳。还有犁耳、翘犁棒、犁底、犁键、犁辕、犁梢、拉犁桩、犁橘、隔头、牛嚼子、犁索等,还有一些小的东西就不说了,总共有二十多种。

耕水田和耕旱地是不一样的。旱田耕好后,破筏整地用耙。耙的功能是将大片的土块破碎然后整平,破筏时人双脚要站在前后两个木框上,木框下面有形似逗号的铁齿,人站在上面加重压力,这样破筏效果会更好。耕水田除了用耙,还要用"欠草"。什么是"欠草"呢?因为沤草塘时,泥渣中的绿肥草没有全部腐烂,这就要用"欠草"将没腐烂的长草压到泥土中,以免浮在上面不好插秧。"欠草"用过一遍,跟着要用"漫械"(方言,实际是平时称作的耖,平整土地时使用)将田漫平,这样水田就算完全平整好了。有趣的歇晌聊天结束了,繁忙的农耕又将开始。

听了王大叔的讲述,让我知道农耕年代的耕和耖是两种完全不同的耕作方式。耕旱地用的是"犁",土地翻耕一遍后,平整土地用"耙",也叫"耖"。犁田即翻耕土地,耖田即平整土地。两种式样,用具不同,目的不同,耕作方式也不一样。

等我长大了,书读多了,做了教师,开始对农耕文化有了兴趣,小时候王大叔的谈话,让我终身难忘。农耕文化中有关"犁""耖"的出处引发我追根寻源。关于"耖",元代王祯《农书·农器图谱》中有详细记载:"高可三尺许,广可四尺。上有横柄,下有列齿,以两手按之,前用畜力挽行,耖耙而后用此,泥壤始熟矣。"

宋代楼璹曾作诗:"脱绔下田中，盎浆著塍尾。巡行遍畦畛，扶秒均泥滓。迟迟春日斜，稍稍樵歌起。薄暮佩牛归，共浴前谿水。"从上述记载与诗作不难看出，"秒"的主要功能就是平整被翻耕的土地，使其平展，便于栽插秧苗。不过对于人和耕牛来说，耕和秒的劳动强度是不一样的。"耕"是将板结的土地深翻过来，劳动强度要大好多。而土地深翻之后，需要平整土地，也就是耖地，也叫秒地，耖地比耕地肯定要轻松好多，省力好多。

我小时候，最喜欢全神贯注地观看王大叔头戴斗笠，身披蓑衣，赶着耕牛耕秒农田忙碌的身影。犁田留下的土垄是奇妙的五线谱，水牛和耕夫跋涉时溅起的水花是空旷的农田里奏响的美妙音符，只有勤劳的农民才体会到其中的韵味，才听得懂这动听的犁秒之歌的弦外之音。

如今，传统的水牛"陂田绕郭白水满，戴胜谷谷催春耕"的农耕方式，早已被机械化的现代耕作方式所代替。但是原始的农耕文化是中国农业五千多年留存的历史，如果不加以搜集整理，那就是乡村历史的断档和缺失。时代要发展，科学要进步，劳动方式也在改进，但是不要忘记我们来时的路。我们的民族从哪里来，将来又要到哪里去，无论如何发展，我们始终不应丢了自己的根脉。否则，我们的后代如何了解我们的民族史、村庄史、农耕文化史？我们这代人肩负着承前启后的义不容辞的责任。

蓝天日暖地生金，
碧水秋凉五谷香。
人勤地肥应春早，
汗水洒尽丰收享。

忙碌的双季稻田

西边田里稻金黄,田头镰刀十几双。东边田里稻把躺,拿把村民穿梭忙。这是花堡村西边五家沟田里的一派忙碌景象。

从古至今,里下河地区,农业方面的主产作物是三麦(大麦、元麦、小麦)和水稻。三麦是秋季播种,第二年的初夏收割;水稻是仲夏栽插,当年冬前收获。这种耕作模式沿袭了数千年。

水稻种植,根据品种不同,分别有早稻、中稻、晚稻三种。早稻收获期一般在农历六月中旬左右,收割完之后,可以再起种一茬双季稻。

进入 20 世纪 70 年代,花堡人向亘古不变的老旧耕作模式发起挑战,决定将水稻种植由一年一茬改为一年两茬。这是继沤改旱之后,农村耕作制度又一次新的大胆尝试,以此提高土地的产出率,努力多打粮食,让老百姓能够吃饱肚子,进一步改善人民群众的生活。

想法是积极美好的,但相应的挑战也是严峻的。时间紧,从收割早稻开始,再到立秋之前要将双季稻秧苗栽插完毕,前后仅有半月有余;人力不足,半月时间内,需要收割、拿把、打场、耕田、施肥、插秧,全生产队上百亩土地,这么多耕作程序,能顶用的青壮年劳力,也不过五六十人,实在是捉襟见肘。偏偏这一阶段,是全年的高温期,每天气温都在 35 摄氏度上下,不良的气候环境,对人体的伤害也特别大。矛盾是突出的,困难也是真实存在的。

困难再大,也没有花堡人民的干劲大,他们具有一不怕苦、二不怕死的革命加拼命精神,也有连续作战、顽强拼搏的战斗精神,迎着困难上,和大自然展开了一场气壮山河的大决战。

二队队长花祥根是位久经沙场的老队长,对农业生产是行家里手。抢栽双季稻,虽然时间仓促,人力紧缺,但是他决战不怯战,实干不蛮干,苦干加巧干,收割、拿把、耕作、漫田、施肥、栽秧,环环相扣,一着不让,争分夺秒抢时间。

十几个顶尖的妇女,天不亮就来到田头,只用两个多小时,一个方整(一个方整五亩田)的早稻便全部躺倒在地上。太阳刚露脸时,她们已经蹲在田埂上吃两顿早饭了。

东边田里,一群十几个三四十岁的壮劳力,拿把船还没完全靠稳河边,个个像趱鸭似的涌上岸来,拿眼一扫,见妇女们稻把已经快摆到头了,也不等妇女们离田,已经动手拿起稻把来。

男劳力拿把有几种方法。靠近田头的,或者田地进深不长的就用把钗拿。把钗拿把动作迅速,不受他人干扰,一次一把钗能挑五六个稻把。如果是晒过的干稻把,力气大的壮劳力一次能挑七八个,这叫挑把。

不过拿双季稻稻把可不一样,因为要赶栽双季稻秧苗,稻田里不放水,所以拿把时,脚一踩就陷进泥土里,走路很吃力,加之稻把是潮湿的,很重,不适宜用把钗拿。双季稻田拿把用过去老沤田里开渣用的小船儿,或者用洗澡桶。

五六个人一条小船,空船时,一两个人推船,其余人站在船两侧跟着船走,一边走,一边顺手将稻把拎起放到船里。小船内稻把放多了,船重了,其他人帮着推一段再停下来捡拾稻把。等小船内的稻把装满,就五六个人合力推着小船返回到河边的田头,站在田埂上,一个一个把稻把抛到停在河边的大船上运往场头。

要是用澡桶拿把(木头澡桶)就两个人合一个,桶内稻把放满后,两人合力推着澡桶向前走。用这样的方法拿把,既省力,又速度快。

这边拿把的人刚拿了半个方整,另外一拨挑渣的人马,已经又"哎哟、哎哟"地打起了号子,除了五六个挑渣的男劳力之外,另外两个一老一少硬不烂的劳力在忙着放渣,钉钯筑起一块,用力一甩,溅起一阵阵水花。

等挑渣、放渣的完成了一大半,手扶拖拉机已经在田里南来北往地奔跑起来……

此刻的田间，有妇女们挥镰收割的呼呼声，有青壮年男劳力拿稻把的号子声，也有拖拉机"笃笃笃"的鸣叫声，紧跟着又有老农赶着水牛，甩着响鞭漫田的吆喝声，这是一首民间多种特殊乐器组成的交响曲。

一阵忙活之后，东边田里人马又转移到了西边方整。可在西边方整割稻的妇女重又变换工种，丢下镰刀，拿起了秧把子，一字儿排开，弯腰栽起秧来。

咦！这秧苗哪儿来的呢？这就是二队长的妙招。另一批十四五岁的孩子、上了年纪的老人早就开始在秧苗畈子里起秧了，然后有专人再用小船儿把秧苗运到田头。

抢栽双季稻期间，全队总动员，男女老少齐上阵，抛开其它一切农活儿，主打收割、栽插，就像淮海战役，打一场空前规模的人民战争。大劳力干重活儿，小劳力干轻活儿，白天忙田头，晚上忙场头。十多天时间内，不分昼夜，披星戴月，马不停蹄，丢了翻耙拿扫帚，走路打瞌睡，躺下打呼噜，只要你身上还有一分战斗力，指挥员保准把你榨得彻彻底底、干干净净。

趁着中午吃饭的间隙，队长拉开了嗓门："同志们，栽插双季稻就像一场战斗，疲劳是堑壕，高温是碉堡，谁英雄，谁好汉，咱们战场上比比看，待战斗结束了，我给你们放天假，让你们美美地睡一觉，好好地乐一乐。"

二队长真是一位称职的指挥员，既能指挥冲锋陷阵，又能战场动员传递暖心的温情。

"队长，你别尽使马后炮，白天黑夜连轴转，我就像老牛拉破车快坚持不住了，你让我到树荫下困上一觉，好不好？"

"想得美，你这一觉还不睡到月亮爬上头顶。现在正是双抢关键时期，冲锋号一吹，枪声一响，你不上也得上，想躺平没门……"

打仗肯定有伤亡，但是这场仗，没有横飞的子弹，没有炮弹的轰鸣，也没有刀光剑影，但却称得上残酷无情。虽然没有死亡一兵一卒，但是参加战斗的主力人员也是伤筋动骨。男将腰闪了、腿拐了，还有的因高温淌汗过多严重脱水晕倒田头；女将因高温沤煮双手泡烂，十指连心，破皮烂肉，惨不忍睹，触目惊心。如此惨烈的战斗，是胜利，还是失败，并不重要，重要的是花堡村人民战天斗地、改天换地、艰苦奋斗的忘我拼命精神是留给我们的一笔宝贵财富。

双季稻田农活忙，
收完前茬又插秧。
争分夺秒齐上阵，
男女老少战双抢。

棉花田

满树棉枝挂金铃，朵朵棉絮吐白银。棉花田，棉花田，夏季遍地绿，秋后满繁星；近看点点白，远观亮星星，满田不见大人影，全是孩子在种田；白天孩子闹，夜里静悄悄。

这段流行于花堡村的歌谣，既生动再现了棉花田的美好田园风光，又道出了下面两层意思：一说棉花是当年生产队重要的经济来源，一亩棉花产生的经济效益是水稻、三麦等农作物的两到三倍；二说棉花种植一般不会占用生产队的青壮年劳动力，参与棉花田劳动的几乎全是八九岁、十二三岁的小孩子。用老百姓的话来说："种棉花老划算的呢！"所以棉花也就成了当年农民心中的香饽饽。

任何事物都有其两面性，看问题要一分为二。尽管棉花种植经济效益丰厚，但凡是熟悉棉花种植流程的人都知道，要想让棉花获得高产，并非轻而易举。

在整个桥头公社，甚至里下河地区，花堡村可以说首开种植棉花的先河。早在20世纪60年代初，花堡人就开始摸索棉花种植的经验和教训。

为了种好棉花，花堡村两委会还专门成立了科研农技站，研究推广棉花植保技术以及其他方面科学种田的经验和做法。我们队就是从原老二队分离出来的第五生产队，当初就叫花堡农业技术推广站，简称农技站。

首先探索的是棉花的种植模式。在我的记忆中，前后采用了三种种植模式。

起初采用的是间种模式。即小麦、棉花套种：一般一畈地三行棉花,两路麦地。经过几年试种,觉得这种式样的缺陷是麦子长高以后影响棉花的生长,而且除草、施肥、治虫、收割、拿把等也极不方便。两种作物相互争阳光、肥料,结果棉花、小麦产量都不高,两头不讨好,得不偿失,后来就直接放弃了。

第二种普种模式,即单种模式。具体操作是一畈地种四行棉花,整个大田成片筑槽沟下种。这种模式,棉花下种时间把握要拿捏准确。下种早了,棉苗容易遭受倒春寒流伤害;下种迟了,立秋之后,到了花果期也会遭早霜伤害,既影响棉花亩产量,也影响棉花的皮棉质量。秋后,由于日短夜长,温度低,棉花的光照不足,纤维变短,牢固程度也跟秋前弱很多,棉花卖的价钱不高,从而损失经济收益。除此之外,还有苗期管理用工量大,肥料消耗多,松土、施肥、除草、间苗管理等繁杂因素。最大缺陷,种棉花的田块不好种麦子,每年冬季完全荒废在那里。棉花播种一般在农历二月下旬左右,此时,麦子还处在灌浆期,没到收获期,赶不上棉花播种。如果等到麦子收割后再播种棉花,时间又太迟,过了棉花的有效播种时间。两茬庄稼,只种一茬,这是极大的资源浪费。

第三种棉床制钵模式。种棉花的田块可以先种上麦子,只在田头预留一小块地用来做棉花苗床。冬季对棉床内的泥土进行多次松土、施肥,上足人畜粪、火灰等农家肥,然后将肥料和泥土搅拌均匀,这叫熟拌营养土。开春后的农历二月上、中旬制作营养钵。棉花营养钵圆柱体形,直径大约4厘米左右,高约10厘米,一个个营养钵整齐划一排列于棉床中,一行20个左右。播种时在钵体上部中间的小凹槽中放两粒棉花种子,然后盖上虚松的细土,棉床上加盖塑料薄膜保温。这种方式有很多好处:

一是种棉花的田块不用闲置,直接种上小麦,等麦子收割后再移栽棉花。既种了棉花,又长了麦子,一举两得。

二是比普种少用了棉花种子,估计只用四分之一的种子就够了,大大节约了棉花种子成本。

三是管理棉苗也方便。如果生产队四五十亩棉田普种,光除草、施肥、治虫、间苗、松土等就要花费大量人工成本。其他农药、化肥成本费用也会相应提高。而采用棉床制钵法，几十亩田的棉苗床，只要一两个人管理就好了。由此，可见棉床制钵方式，是一种省时、省工、省肥，低成本的高效种植模式，一经推广，就广受欢迎，并迅速大面积普及。花堡农技站为农业农村科学种田作出了开创性贡献。

花堡农技站除了摸索出先进的棉花种植模式，其他还有棉田管理的操作方式方法，如土壤测控施肥、合理密植、修枝整叶控苗、避免棉花风长、荧光灯诱蛾杀卵灭虫法等许多先进的农业生产方面的技术。花堡村是整个桥头，甚至是整个姜堰地区科学种田的排头兵和样板村，这不能不说是全体花堡人的骄傲。

花堡村不仅水稻、三麦亩产量全桥头、全姜堰名列前茅，公粮上缴标准也最高，而且棉花也种得最好。只要是桥头人都无法否定一个事实，花堡村棉花种植的田亩最多，籽棉、皮棉亩产量同样最高，棉花品质也最好。我清清楚楚记得，年底分红，花堡各生产队的工分值，每分工达到一角多，而英圣，东、西沙等村每分工的工分值只有三四分钱，可见花堡村的工分值是其他各村的二到三倍。花堡村是桥头地区最富裕的村庄之一。每次行政区划调整、改组，花堡村结余的资金最多，而且每次结余资金都全部上缴，如此大的财政贡献，至今少数心胸狭窄的花堡村民谈及此事，心里都难免有不少怨言。

花堡村棉花种植最红火期是 20 世纪 60 年代至 80 年代。党的十一届三中全会之后，就逐渐淡出了人们的视线。究其原因，经分析之后，总结出以下几个因素。

20 世纪 60 年代至 80 年代，农村经济条件差，生活艰难。农村人普遍吃不饱，穿不暖。当时，农村处于小农经济或纯农经济年代，加上农业机械全无，种田纯手工操作，收割靠双手，耕田靠水牛，农民体力劳动消耗量大。既要忍饥挨饿，又要从事繁重的体力劳动，可以想象一个生产队四五百亩农田若是全都种植水稻、三麦，茬口布局一定极不合理。

农村人都知道，一年二十四个节气，每个节气大约十四五天，短时间之内,既要完成收割、脱粒,又要忙于耕种、栽插,青壮年劳动力用工量太大了,太集中了。收割、碾场、耕田、踏水车、沤田、挑泥、放渣、起秧、挑秧、耘田、栽秧……各种农活加起来,十几道工序,一个环节都不能少,每个流程都要逐个过堂,徒手劳动,为了不误农时,赶时间,一天24小时,加班加点,不分白天黑夜地连轴转,忙不过来,起早带晚,挑灯夜战,通宵达旦,半月之内要想完成如此巨大工作量,何等艰难。如果贻误农时,过了农作物种植的有效期,要么减产,要么颗粒无收。

为了减缓生产队青壮年劳力的压力,种植棉花就成了生产队茬口布局的不二选项。因为种植棉花不需付出重体力劳动,力衰体弱的老年人,特别是小孩子也能完成。当年,光我们一个生产队就种植四五十亩棉花,这会节约多少青壮年劳力啊!所以,种植棉花绝对不是单纯从经济利益考虑,而是基于农业生产的合理茬口布局,巧打农忙时节的时间差和用工荒。

以上只是当年生产队选择种棉花的原因之一。还有一个重要因素往往会被人们所忽视。"文革"之前和"文革"期间,农业学大寨时期,各级政府出于多种原因,普遍不太重视教育,国家也没有实施九年义务教育,而且《教育法》《劳动法》等也还没有修订,没有颁布实施,这就使儿童参与生产劳动处于无序管理状态,社会还处于和饥饿作斗争年代,老百姓优先考虑的是如何生存,其他矛盾都处于次要地位。这一时期,农村棉花种植就有了充足的劳动力资源。党的十一届三中全会之后,不断完善各项法律法规,特别是把人才培养,科技发展作为第一生产力来抓,从而把优先发展教育摆在各项工作的首位。学校九年制义务教育实施之后,取消了放忙假,随着教育制度的不断完善深化,学生以学为主,不再参与生产队的生产劳动。由此,棉花种植以小孩子为主体的人力成本优势不复存在。这也是棉花种植在我们这一地区逐渐消失的原因之二。

导致棉花大面积消亡还有第三个原因。农村实行家庭联产承包责任制,土地承包到户。少数农户也曾尝试种植棉花,可是在种植过程中，逐渐体会到棉花种植工序流程太多。采收棉花期间，既要拾棉花，又要晒棉花。晾晒棉花没人看守，怕人偷，白天晒在家里，若是田里有农活儿，或者走亲戚又怕遭雨淋等诸多烦心事，而且棉花田里天天有干不完的活儿，可水稻、三麦种植，由于有了收割机、插秧机等现代化的农机具，再也没有繁重的体力劳动。播种之后，除了治虫之外，田里简单的农活一两天就干完了，十天半月，有时几十天，甚至整月都不用下田干活儿。闲下来的工夫，既可以外出打零工挣大钱，而且还能在家里打打小牌娱乐。种植水稻、三麦不仅能额外赚大钱，而且还轻松自由，两相对比，觉得种棉花不划算。为此，种棉花的热情自然也就没有了。

改革开放之后，国家提倡发家致富，鼓励个体工商业的发展，各种个体手工小作坊、工商户如雨后春笋般成长起来。从一亩三分地上解放出来的农民，有了各种挣钱的机会，有手艺的五匠人员，没手艺的男民工纷纷走出家门，外出打工。留在家里种田的女人在种田的农闲时刻同样能在家门口附近打工，有了多渠道挣钱的门路，再也不用绑在一亩三分地上，从事微薄的农业收入。种棉花一年收益仅有几千块，可打工收益多达数万元。谁还在乎这小菜一碟。农村土地改革，让几亿农民彻底摆脱纯农种植模式，走进工厂，出外打工，下海经商，或者从事旅游业、服务业，经济收益越来越高，赚钱的门路越来越宽。农村大量青壮年劳力，走出乡村，进入繁华的都市，成为新一代城市人。中国正在从一个农业大国向工业大国、科技强国迈进。党的十一届三中全会以前，我国农村人口占到70%以上，经过四十多年的飞速发展，我国农业人口比例逐年大幅度下降，目前，我国农业人口大约只占全国总人口的40%还不到。广大农村发生了日新月异的变化，城乡差距正在逐步缩小。原先穷乡僻壤的农村人也过上了城里人的生活，几千年日思夜想的楼上楼下、电灯电话的童话世界终于成为现实。

油菜之歌

花堡花堡,油菜不少。

仲春时节,大地还阳。

柳树吐绿,遍地花香。

春回大地,处处金黄。

金色世界,花的海洋。

蝴蝶翩跹,蜂的天堂。

菜籽丰收,百姓欢畅。

菜油芬芳,贡献四方。

落花败叶,地力培养。

油可食用,粕把鱼养。

荚秆利用,改良土壤。

开发旅游,服务小康。

乡村美景,游客观光。

种好油菜,民富村强。

农家菜园

农家蔬菜园，其实并不圆。　菜园不算小，蔬菜还不少。
洋葱和大葱，吃后臭屁轰。　蒜头和小葱，烧菜是帮兄。
茄子像娃娃，丝瓜绳上爬。　莴苣田头长，薹高像宝塔。
切断腌着吃，生吃脆巴巴。　南瓜田里睡，扁豆墙上爬。
刀豆像刀把，黄豆结豆荚。　韭菜长高薹，电杆就像它。
苋菜夏天吃，爆炒蒜瓣搭。　烧汤紫红色，看着涎水下。
籽芋像雨伞，山芋满地爬。　山芋称红薯，饭菜随意搭。
菜园蔬菜多，品种很复杂。　春夏和秋冬，不分寒和夏。
主人一双手，大锹和钉钯。　小锹栽菜秧，汗水额角爬。
寸土变成金，沃土抱金娃。　蔬菜好美食，食者人人夸。
四季蔬菜丰，不用钞票花。　乡村美食多，幸福千万家。

谜语诗

在花堡村人民群众中流传不少口头谜语诗,经过搜集整理,辑录部分供读者阅读欣赏。

引颈叫嘎嘎,脚掌水中划,
翘腚淘螺蛳,生蛋岸上爬。
　　打一家禽类动物
　　　谜底:鸭子

形如一只鸟,五更早起叫。
头顶举火把,身穿锦衣袍。
　　打一家禽类动物
　　　谜底:公鸡

曲项向天歌,体胖比鸭大。
头戴大红花,红掌水下划。
　　打一家禽类动物
　　　谜底:鹅

若把动物数一遍,数它堪称勤劳辈。
驾上绳套拉上犁,田间奔波不惜力。
　　打一家养动物
　　　谜底:耕牛

黑色一只鸟，檐下筑营巢。

能医庄稼病，秋后南方跑。

打一鸟类动物

谜底：燕子

有鸟生得怪，偏将柳枝裁。

尾巴似剪刀，人见人喜爱。

打一鸟类动物

谜底：燕了

似鼠非老鼠，嘴里发声波。

传说偷油喝，长翅成飞狐。

打一空中飞行动物

谜底：蝙蝠

慢慢吞吞水中爬，贼头贼脑小嘴巴。

稍有动静缩进壳，陆地生蛋水安家。

打一水中爬行动物

谜底：鳖

海中潜游短短尾，缓慢爬行千年精。

七天不吃饿不死，人人称它长寿星。

打一海中爬行动物

谜底：乌龟

两把铁钳巨无霸，号称将军披铠甲。

臭名昭著很不雅，横行河道称恶霸。

打一水中爬行动物

谜底：螃蟹

身穿盔甲浅水爬,张牙舞爪兵器拿。
头顶大刀充爪牙,小孩见它好害怕。
　　　打一水中爬行物
　　　　谜底:河虾

人称地上龙,冬钻地下洞。
不吃装睡眠,夏天水蛟龙。
　　　打一水陆两栖动物
　　　　谜底:蛇

雨后叫嘎嘎,秧田常安家。
身着绿外衣,虎踞扁嘴巴。
　　　打一水陆两栖动物
　　　　谜底:青蛙

滑不溜秋物,冬眠地沟槽。
夏季稻田游,尾巴像大锹。
　　　打一鱼类动物
　　　　谜底:泥鳅

不是杏桃非红枣,中秋时令色变红。
祭祀月神添一物,挂在树上像灯笼。
　　　打一树上结的果子
　　　　谜底:柿子

一物生得奇,不在树上挂。
身穿紫外衣,形态像胎娃。
　　　打一田园蔬菜名
　　　　谜底:茄子

莫叹悲秋吾顶霜,孤身凄凉河畔长。
稚童折之唱渔晚,秋后挥刀编箔网。
打一草本植物名
谜底:芦苇

头细肚子大,织网称专家。
腹中藏蚕丝,墙头檐下爬。
打一昆虫名
谜底:蜘蛛

什么动物两栖爬,脊背长满小疙瘩。
冬学蛇蛙眠地下,嘴阔还扁腹又大。
打一两栖动物
谜底:癞蛤蟆

见多不怪羽翼虫,
栖身路边草丛中。
啃食庄稼危害大,
遮天蔽日满晴空。
打一祸害庄稼的害虫
谜底:蝗虫

儿时爬树摘甜果,
果实甜嘴可裹腹。
红果未熟无甜味,
果熟紫黑味不苦。
打一树上结的果实
谜底:桑椹果

生长菜园像棵树，
枝头成排挂青果。
青皮渍多辣味足，
熟透丹红涮火锅。
　　打一调味品
　　谜底：辣椒

夏季欢叫催麦黄，
伴随蜻蜓树枝藏。
谁曾见它排粪便？
唯有撒尿成专长。
　　打一昆虫类动物
　　谜底：蝉

一棵树，尺把高，
浑身挂满刀和艄。
不是花生地下埋，
不是芝麻节节高。
砍一刀，枝秆倒，
场头晒枯咧嘴笑。
刀艄滚出圆珠子，
形如豌豆蹦蹦跳。
榨成饼，猪饲料，
淌出油来把菜烧。
油料作物列其类，
猜中名号夸声妙。
　　打一油类农作物
　　谜底：大豆

诗歌集锦

村口

斜阳偏西天渐晚,出村车辆去云间。
村民收工喧声嚷,人来人往热闹凡。
落霞烧红半边天,一桥横跨溪水间。
车来人往匆匆过,喧闹之后好清闲。
夜幕低垂天色晚,村民摇扇肩并肩。
河风吹过暑气消,纳凉老少倚栏杆。
小桥横跨溪水间,乘凉男女笑声喧。
月影潜入碧水中,夜幕降临灯火阑。
桥边村口乐声起,彩裙少妇舞翩跹。
轻歌曼舞迷人醉,喜庆村民乐无边。

穿村河

一条清澈穿村河,潺潺流水穿村过。
北岸楼房一幢幢,南岸竹林鸟声疏。
一条静谧穿村河,湾湾河水涓涓流。
阿哥彼岸把歌引,阿妹此岸将歌和。
我家门前流水多,河边码头斜斜坡。
这边灰鸭浮绿水,那边白鹅拨清波。
他家屋后有条河,岸边停满各式船。
早晨纷纷离岸去,晚上归来船舱满。

穿村河上朝霞披，旭日微微红笑脸。
淡淡薄雾袅袅起，白云蓝天碧水潜。
夜空无垠星光闪，明月一轮碧空蓝。
月影盘中似青螺，岸边葱茏绿树满。

双抢

芒种遍地双抢，刀刈千亩麦黄。
手播万顷绿秧，忙到戴月天亮。

麦收

漫步林荫赏麦黄，村外也飘粽子香。
端午芒种麦收时，田间挥镰正夏忙。

沃土生精华

辣椒红如霞，棉白地披纱。
稻熟笑弯腰，沃土生精华。

秋赞

投入秋的怀抱，品鉴秋的味道。
喜得秋的收获，痛饮秋的酿造。

四季雨

春雨如甘霖，夏雨似水廊。
秋雨像蚕丝，冬雪似白糖。

雨中情

春雨开朗活泼，夏雨豪放粗犷。
秋雨沉稳细腻，冬雨委婉敛藏。

乡村三月好风光

乡村三月好风光,泥船飘在水中央。
欢声笑语逐浪高,罱篙挥动水声响。
乡村三月积肥忙,罱泥村民心欢畅,
乌泥落入船舱中,腰酸臂痛汗液淌。
白云朵朵天上飘,船头村姑挥竹篙,
春积泥来秋收获,一船乌泥一船稻。

众群难辨

众群难辩论黑白,辩论人故练修为。
白黑是非无辨错,鲜旧论辩无是非。

村溪

远观天边霞,近赏倒映画。
岸柳舒绿枝,茅舍三五家。

村溪(外一首)

溪边桃红开春河,白鹅划水浮绿波。
河畔重柳对镜妆,村妇浣衣河边伫。

荷塘

荷塘雾气蒙,莲花隐约红。
枝亭撑绿伞,游鱼罩伞中。

望天

仰望天在上,西眺树天齐。
东看红日火,近观白云稀。

晚归

彩霞满天唤晚归,牧童放歌侧坐身,
村中炊烟袅袅起,河道舟楫返归程。

金秋十月丰收景

晚霞满天日西山,秋风吹皱稻浪翻。
金秋十月丰收景,铁牛奔驰在田间。

画中游

天上白云一朵朵,水中云朵一片片,
田间小道一条条,河岸柳树一行行,
金色菜花一畦畦,满树桃红一枝枝,
水中白鹅一群群,村内炊烟一缕缕。

金秋十月田园美

金秋十月田园美,池塘莲叶碧天连。
河坡草地牛羊肥,采菱姑娘歌声甜。

秧叶香

戴月披星日渐长,绿色一片无限旷。
远观青苗翠色浓,走近又闻秧叶香。

乡村美

你赞故乡小河美,我歌乡村牛和羊。
唱毕田园壮美景,再谱村庄锦绣章。
白墙红瓦别墅房,穿村公路宽又长。
农家小院好幽静,村民生活奔小康。

咏竹

谁言竹枝稀,冬萧雪压枝。
岁来叶更翠,松柏论高低。

咏鹅

旭日东升雾气游,河面浮游一只鹅。
奋力拍翅碧水波,忽闻曲项向天歌。

报晓

冠红衣锦展雄才,东方破晓脱口开。
谁言金鸡无大志,一声惊鸣红日彩。
鹤立鸡群大步迈,久历江湖脱凡胎。
朝夕操劳不延误,阴阳轮换趋鬓白。

忠臣狗

门口蹲踞忠臣狗,忠心耿耿看门口。
远见主人归家来,出门远迎摆尾头。

乖巧兔

乖巧白兔卧在笼,豆瓣嘴,眼珠红。
四肢生得不一般,前短后长毛绒绒。

淘气猫

黑色小猫淘气包,毛线团儿怀中抱。
专拣小鸡来欺负,鸡妈追逐逃之夭。

鸭子

母鸭卧窝只见头，雄鸭乌颈趉为首。
春季播下爱情种，夏天再添群一窝。

花斑狗

小巧玲珑花斑狗，背毛黑来腹毛白，
三角耳朵暴眼珠，梅花脚印雪地踩。

生肖歌

猫念经来兔拜月，狗守舍来虎镇山。
牛马耕田地生金，龙蛇治水保平安。

乡村甜歌

农村习俗歌

上梁竖柱黄道日，平治道途寻吉利。
安床垒灶递红包，开河筑渠先敬地。
布谷起秧再拜天，搬家挑选双吉日。
破土安葬避太岁，婚嫁门窗贴双喜。

甜

风甜入心境，心甜知笑意。
饭甜忆忙时，家甜福添喜。

春夏秋冬

春花逐春潮，夏荷景致新。
秋秧漫寒碧，冬麦雪覆冰。

田园行

沐着雨露禾苗行，沾着花香道两旁。
绽着微笑赏落日，怀揣期盼丰收粮。

三伏天

熏蒸热卷浪，雷闪雨铺天。
怨叹天炙火，衣浸汗湿巾。

芦　苇

莫叹悲秋我顶霜，孤身凄凉河滩长。

稚童折苇唱渔晚，水乡沼泽野鸥翔。

春来芦芽催春绿，秋到苇絮芦花扬。

偶有莺雀栖深处，寒风萋萋苇叶黄。

愿君臂下轻挥镰，苇秆可编芦箔网。

多余残叶仍可用，好入家中灶下堂。

春蚕到死丝方尽，芦苇灰烬也留香。

蜡炬成灰泪始干，芦根春来嫩芽长。

注：芦箔网，即农村人用冬天割下的芦苇秆，去掉叶片，用草绳编成的网箔。20世纪初，一直到80年代，农村大多数人家，住的是茅草房。砌房子时，一般不用木头橡子、网砖盖屋顶，而是用竹子加芦苇草绳编织的芦柴网箔做上盖。党的十一届三中全会之后，改革开放，农民富裕起来后，才开始拆去茅草房，建瓦房。20世纪八九十年代是瓦房建设的高潮期。到了21世纪又开始拆瓦房建楼房，然后紧跟着转到城里买高档商品房。改革开放的四十多年是农村日新月异飞速发展的四十多年。

乡村美食

端午粽叶青青香

箬叶青青分外香,糯米粽子伴端阳。千门万户度佳节,共饮雄黄品佳酿。

端午节吃粽子,在我国已经流传数千年。据传端午节是为纪念伟大的爱国诗人屈原。屈原出生于战国时期,忧心国事,却遭流放排挤。楚国郢都被秦军攻破后,屈原心灰意冷,投汨罗江自尽。为免其尸体在河中被鱼争食,人们用芦苇叶包糯米煮熟投入江中,这便是吃粽子的由来。粽子是因端午而渐成节日之佳品。三五片箬叶包裹晶莹的糯米,糅合而为粽子。箬叶采大自然之灵气,糯米集农夫汗水之精华,两者相亲相融。

包粽子离不开箬叶。在我们里下河地区,河沟边、湿地浅滩旁,到处长满茂密的芦苇,采箬叶者挎一竹篮,脚踹高筒雨靴,小心翼翼涉入半米深的水中,几十分钟就能轻而易举地将包粽子的箬叶采收齐全。

如果你以为刚收采的箬叶就能立刻用来包粽子那就大错特错了,这足以说明你是一个门外汉。外行凑热闹,内行知门道。箬叶采回来之后,先要用清水一片片清洗干净,洗去叶片上的污垢杂物,然后烧一锅开水。水烧开之后,将箬叶放入开水中,盖上锅盖,烫泡几分钟,这时的箬叶由青变成深绿,叶片也会变得柔软了,当鼻子闻到箬叶的清香时,将箬叶从锅内捞起,用凉水汰洗一下,浸入到圆木盆的清水之中,这是包粽子的前期准备工作之一。

包粽子还有一项工作,事前要准备好包粽子的食料。食料不同,包出来的粽子口味也就不同。有道是一人巧作千人食,五味调和才能百味香。男女老少，大人小孩，不同的人有不同的口味，有的人喜欢吃甜的，有的人喜欢吃咸的，有的人喜欢吃素的，有的人喜欢吃荤的，所以包粽子的食料也就五花八门。素的有蚕豆瓣粽子，有红小豆粽子，有花生米粽子，红枣粽子。荤的有咸肉粽子，有香肠粽子，有火腿肠粽子……品种多样，不计其数。

小时候，我常见母亲和邻居大婶凑在一起，围着一个圆形的大木盆，一边说笑着，一边抽出三五片箬叶，先打一个尖角的漏斗状粽衣，右手盛一杯糯米填满整个粽衣，用手轻轻拍一拍、按一按，然后盖顶、招边、捆扎，眨眼间一个斧头粽子就包好了。技术之精湛，手法之娴熟，真是炉火纯青。包粽子，主要是三个步骤最为关键。一是打粽衣，初学者，粽衣就是打不好，糯米刚装进去粽衣就散了。即使不散，这粽子一煮熟，捞起来一看，粽衣里的糯米就会从每片箬叶的结合部露出来，粽子龇牙咧嘴，样子十分丑陋。二是盖顶、招边，处理不当也会和前者一样，封口处会露出米来。三是捆扎，捆扎不紧，粽子煮出来后粽肉烂的，吃在嘴里一点也不紧致，水性气，粽子一点儿也不香。要学会包粽子，绝非一日之功。

粽子的形状，也是千奇百怪：三角形的、斧头形的、棱形的、元宝形的、长方形的、四方形的，还有丝线包形的。

有一段歌谣生动地概括了端午节的习俗：五月五，是端阳。榴花红，杏子黄。菖蒲绿，艾叶香。大姑娘，佩香囊。吃粽子，撒白糖。划龙舟，喜气洋。农村中，屋檐下，插艾草，墙头摆放菖蒲，大姑娘、小孩子佩戴香囊，撒白糖，吃粽子是中国老百姓中最盛行的端午节习俗。此外还有各户家神柜前挂上钟馗斩妖驱鬼的神像。钟馗右手执斩妖利剑，左脚翘起，脚下踩五毒：蛇、蝎、蜈蚣、壁虎、癞蛤蟆，一副威风凛凛的样子。也有人家烧百草汤沐浴（内置菖蒲、艾蒿），杀癞宝煨汤给孩子吃，说是败毒，不生脓疮、疖子、痱子等。孩子头上戴虎头帽，脚穿虎头鞋，在额头上写"王"字，意为孩子健壮如虎，邪气鬼怪不会沾身。

也有不少地方端午节饮食吃"十二红"。所谓"十二红"即为十二种红颜色的菜，以四荤八素相搭配，如四荤：红烧龙虾、红烧肉、红辣椒烧黄鳝、牛肉杂烩。八素为糖醋拌红萝卜、糖拌西红柿、切西瓜片、炒红苋菜、水煮花生米、卜页炒红辣椒、炒洋葱、红烧茄子。听大人们说，端午"十二红"代表十二月，寓意全家人月月都没病没灾，个个平平安安，生活红红火火。

端午节中午满桌子的"十二红"美味菜肴，样样带红，色香味俱全。小孩子一边吃饭，一边手里玩着粽子锅内煮熟的咸鸭蛋，有点儿爱不释手；大人们你来我往，喝着雄黄酒，席间自然少不了谈论着许仙和白娘子的传说，节日的欢愉和浓浓的亲情交织着在心头荡漾。

五月端午不寻常，
全村老少分外忙。
雄黄美酒家家饮，
青青粽叶糯米香。

端午习俗诗

端午战国始,习俗千年弥。
仅凭一粽子,古今皆相宜。

端午节日传佳话,金世宗位始放假。
节日假期话风情,习俗多姿漫优雅。

五月谈媒五端阳,糯米粽子拌白糖。
喝口雄黄全家福,绣只香包送情郎。

端午芒种两相和,白艾挂墙青梅煮。
汨罗擂鼓赛龙舟,粽香祭祀屈投罗。

绿粽新菱衣,双角尖尖细。
剥开糯米香,牙咬鲜口齿。

粽味香厨房,咸蛋儿童尝。
正午喝雄黄,艾香满厅堂。

艾人剑蒲插门楣,厅堂悬坠臭虫躲。
祈祷辟邪防病患,千年习俗驱五毒。

朱砂艾草加雄黄，五色线绒细又长。
香包形多香四溢，情侣偏爱赠香囊。

端午赓续赛龙舟，祭祀屈原投汨罗。
曹娥碑云迎伍胥，楚江竞渡鸣金锣。

五月五日蓄兰香，风流名士入浴池。
菊科佩兰煎香汤，五色草拂而沐之。

皇室端午聚臣子，帝向臣子赐夏衣。
端阳宫衣授恩荣，香罗叠雪签名字。

今又端阳泪水多，忧国名臣投罗波。
千年楚江闻悲泣，而今复兴唱九歌。

汨罗江岸泪雨多，端阳节日祭罗波。
家国情怀常追忆，缅怀先贤唱九州。

已逝端阳时日多，民众仍怀楚江波。
海峡一统任重远，追梦不懈满神州。

汤元宵与糖元宵

"元宵"花灯逢盛世，锣鼓喧天颂华年。曾记得小时候，我家每到过年，总有一个固定不变的规矩：大年初一早上，吃过一遍烫干丝早茶，接着就是每人吃上一碗水煮的汤元宵，寓意一家人团团圆圆、吉祥如意。正月十五元宵节的晚上，母亲照例炒两碗糖元宵，全家人一边喝着清茶，一边品尝甜美的糖元宵。那种美好的记忆，至今历久弥新。

不管是水煮汤元宵也好，还是糖炒干元宵也罢，都是以糯米粉为原料来制作。制作糯米粉要经历许多复杂的步骤。

每年腊月临近小年，母亲就会称出十四五斤糯米，淘洗干净之后，放进凉水里浸泡一夜。第二天等糯米喝饱了水之后，再捞出来，用淘箩儿放到清水中汰洗一遍，然后等水滤干之后，倒进凉匾里，放在室内晾一晾，直到潮湿的水分全部蒸发掉。

夜幕降临之后，吃过晚饭，母亲就会带领我们姐弟三人推石磨，磨米粉。历经几个小时的忙碌，这雪白的糯米终于华丽地转身成为细腻的米粉。糯米粉磨好后还要用篾匾晒上三四天。等米粉完全晒干后，母亲就把米粉装进一只小坛子里，用布扎住坛口封存起来，吃上几个月，这糯米粉也不会坏。

汤元宵分两种：一种实心的、圆圆的，只有大拇指般大小的元宵，还有一种和鸡蛋差不多大的包馅元宵。大年初一，一般是吃包着馅的大元宵，但母亲还会搭上几个小的实心元宵，寓意有大有小，全家老老少少都能团团圆圆、和谐美满，讨一个吉利的好彩头。

母亲对制作元宵的馅心颇为上心。有芝麻拌白糖馅心，有红豆沙馅心，还有一种馅心，将花生米炒熟后，碾成粉末再加上红枣泥。总之包元宵的馅心年年变换花样,年年味道不一样,吃后忘不了,年味永流长。

　　煮熟的元宵浮在汤面上,就像一趟白鹅挨挨挤挤。我迫不及待地盛上一碗,看着皮薄而滑、白如羊脂的汤元宵,里面裹着的芝麻馅心隐隐可见,用鼻子一嗅,那芝麻和白糖的甜香,诱得人口水直流。我轻咬一口,那软滑细腻的米粉,焦香扑鼻的芝麻味,让我顾不得慢慢细品,恨不得一下子连舌头都要吞进肚子里,转眼间,一碗元宵如风卷残云,连那乳白粘稠的汤水也一扫而光,完了舔舔四周嘴唇,仍然意犹未尽。

　　今夕是何夕,团圆事事同。过年 10 多天,水煮汤元宵的意念还未完全消失,正月十五糖元宵的念头又袭上心来,那馋虫早已搅得人心里痒痒的。

　　每年的正月十五元宵节,又称"灯节""上元节"。上元,含有新的一年第一次月圆之夜的意思。

　　元宵节在民间流传不少传统习俗,闹花灯,猜灯谜,吃糖炒元宵。

　　这糖元宵的出世和汤元宵一样,也需经历不同的修炼,母亲取葫芦瓢从装米粉的坛子中取出一瓢米粉倒进盛粥用的头盆里,和米粉的水最好是 40 摄氏度左右的温开水。倒水时要多批次的倒,一边倒水,一边搅拌米粉,一边搅拌还要一边揉搓。这揉米粉团也有技术,要做到"三光":一是手光,保证手上不沾一点点米粉,手心手背干干净净;二是盆光,也就是盆的周围上上下下不能沾有米粉;三是米粉团光,看上去滑溜溜,有光洁度。揉搓米团是个细活儿,要反复地搋,反复地搓,反复地揉,时间越长,元宵吃在嘴里越糍韧,越有嚼劲。

　　米粉团揉好后,母亲用右手掐一大块,搓成长长的细米粉条。她左手拿着米粉条,右手再掐成一小块一小块,这小块米粉搓圆后大约有拇指尖一般大小。元宵米粉团做好后,放到小竹匾内,撒一把干米粉,母亲端起小竹匾,前后左右来回晃动,将干米粉,包裹到小元宵的外层。这样元宵在锅内翻炒时才不会粘在一起。元宵的制作过程,既能看出母亲的细心,又渗透着母亲手法的娴熟。

　　炒元宵要掌握好火候,开始时要大火,锅要热。锅热之后,在锅壁上刷少许的油,有了油元宵就不会沾锅,锅内起油烟了,再将元宵慢慢倒到锅内，一边倒一边翻炒，开始时要慢一点炒，等元宵开始显黄，渐渐显露焦斑，再改成小火，这时锅铲翻炒的速度要加快，若是元宵炒焦了，影响口味。我们姐妹几个在旁围观，母亲不停地翻，不住地炒，一直炒到元宵开始膨胀增大，内部起孔，并且能闻到散发出米粉的熟香味，这时，母亲取一粒元宵掰开来看一看，放进嘴里嚼一嚼，感觉熟透了，就把事先泡好的红糖水倒进锅内。母亲冒着迅速升腾起的白色烟雾，继续翻炒十几秒钟，这糖烹元宵就炒成功了。母亲一铲一铲地将元宵盛入两只碗内，然后再舀一点水倒进锅内，等会儿可以当红糖茶喝。

此刻，原先白色的米粉团子，已经完全蜕变成黄澄澄的、甜甜的糖元宵，形成了元宵节上乘的美食珍品。从糯米到米粉，再到元宵，形状变了，结构变了，色彩变了，味道也变了，这一切完全依赖中国劳动妇女的心灵手巧。

我站在一旁，抑制不住强烈的食欲，伸手想拿一个尝一尝味道。母亲好像早已知道这一幕的出现，未卜先知地用右手将我的小手拍打开去，嘴里责怪道："我就知道你嘴馋，等敬完菩萨再吃也不迟。"停了一下，又补充一句："这刚出锅的元宵滚烫滚烫的，你这细皮嫩肉的，禁不住烫，懂吗？"我一边听，一边乖乖地点头，并将嘴里的馋水咽进肚子里。

元宵炒好之后，天色已晚，家家户户门前的灯笼亮起来了，空旷的夜空中隐隐的锣鼓响起来了，游走的龙舞动起来了，整个村庄喧闹起来。父亲亮起蜡烛点好香火，将元宵放到神龛前，叩了三个头，虔诚的敬香仪式完毕，终于可以品尝元宵了。

我拿起筷子，夹住一个外焦内嫩、外黄内白的元宵，放进嘴里，甜甜的、软软的，感觉满嘴甜香、油香、焦香、糯米粉香，品尝有史以来从未有过的美味，既有视觉的愉悦，也有味觉的体验。"东风夜放花千树，更吹落，星如雨，宝马雕车香满路。凤箫声动，玉壶光转，一夜鱼龙舞。"辛弃疾用33个字就写出了元宵节的盛况，展现出一个火树银花、游人如织的不夜城。

正月十五吃"元宵"，吃完"元宵"闹元宵，有诗为证：

正月十五欢声动，
乡间游龙踩高跷。
檐下灯笼高挂起，
秧歌锣鼓逐浪高。

大人翘首观灯火，
小孩甩手掼响炮。
满室元宵香味浓，
全村百姓兴致高。

乡村美食

春卷"变脸术"

乡村美食多，春卷可称冠，馅心野味香，卷皮脆又酥，往夕"丑小鸭"，如今座上宾。这段顺口溜不仅道出春卷是农村美食中的王冠，而且也说明随着年代的演进和时代的变迁，它的形态和地位也在不断的翻新。

篇首的民间歌谣讲了三层意思：一说春卷是乡村美食之王；二议春卷的味道特点；三叙春卷善于推陈出新，富于变化，破茧成蝶，让人耳目一新。

乡村美味多，春卷可称冠。农村美食的确很多：馒头、年糕、粽子、蟹黄包、汤元宵、糖元宵、馄饨、虾球、鱼饼、春卷、馓子……生活中食材很多：海鲜、河鲜、飞禽、走兽、蛋类，还有田园中生产的各种新鲜疏菜等，心灵手巧的厨娘们，通过清蒸、煨炖、油炸、爆炒等厨艺，还会幻化出名目繁多、数不胜数的美食。不同种类，不同食材制成的美食云聚一起，各具特色，独领风骚。如果召开一个美食盛会，参与展品会的美食专家们，定会各抒己见，如此多的美食谁能拔得头筹，众说纷纭，各执一词。以我一孔之见，在群星拱月的美食星空，春卷应排列美誉度之首，堪称皇冠。当然，有否定者、微词者不足为怪。因为"麻油拌荠菜，各有心中爱"。正如老虎百兽之王、鲲鹏鸟类之王、鲸鱼水族之王也都各有争议。有道是"横看成岭侧成峰，远近高低各不同"。公说公有理，婆说婆有理，观点不一，当属正常。

馅心野味香，卷皮脆又酥。馒头的馅心是红豆沙、剁肉和青菜等。馄饨的馅心大多是鸡蛋皮碎块拌韭菜，或者药芹等。小馄饨一般为肉泥。但春卷和馒头、馄饨有所不同，一般都以野菜作馅心。正因如此,春卷野味十足,是正宗的土特产品、绿色食品。野菜的清淡寡素,正合现代人的口味。

如今,每顿三菜一汤、四菜一汤已成常态,鱼肉天天有,荤菜不缺顶,人们吃油了嘴,荤菜吃腻了,就想换换口味。

每年阳春三月,千树万树犁花开,家前屋后桃花红。清明前后,百草吐绿,野菜进入疯长的旺盛期。本来是农闲时节,农活不多,田野里空旷无人。但是人们为了寻野味,改善伙食,原本冷清的旷野,却变得忙碌起来:无论城市或者乡村,闲得没事做的大妈老奶奶,有时甚至连馋嘴的年轻小媳妇儿也会争先恐后地挎篮背袋,三个一群、四个一伙,结伴来到城郊或乡村田野挑野菜。乡村的路道边、河坡旁,人们呼朋唤友,这边呼,那边应,热闹非凡。

田野里忙,公路边,菜市场入口处,卖春卷的地摊前也特别忙,特别闹。春卷皮以小麦面粉制作而成,成本不高,价格低廉,吃一顿春卷只要花几元钱就可以了。所以,春卷是社会底层,特别是农村老百姓餐桌上的美味佳肴,被称作"丑小鸭",得此名是因其色黄、形似、味野。

往夕"丑小鸭",如今座上宾。春卷制作成本低廉,一斤春卷皮几块钱而已,可制作上百个。原因之一是制作过程简便,易于操作。野菜择洗干净,用沸开水焯一下,挤干净水分,切碎便可以作为馅心使用,无须添加其他任何食料。制作春卷时只要三个步骤:一招,二折,三卷便可完成。铺平春卷皮,摆放好馅心,靠身体一侧捏住春卷皮向前一招,然后将左右两端同时向中间对折,最后向前翻卷两下,一个春卷就包好了。包春卷并不难学,小孩子也能学会。"丑小鸭"真是名副其实:形状长方体,并不美观,馅心纯野菜,不花一分钱,制作也不复杂,大人小孩个个都会。

春卷包好之后,最后一个环节,便是油炸。这一环节最为重要,操作者要掌控好油温和油炸时间的长短,当油温升高,锅内升起油烟,便是放进春卷的时刻,春卷入锅之后等待几秒钟,要将春卷翻个身,上部掉到下面,否则会出现春卷两面生熟不一致,色彩也会不同,既不美观,也会影响春卷的口味。厨艺高超的厨娘恰如其分地做到让春卷口味脆而不软外观,色彩黄而不焦,保证色、香、味俱佳为宜,看一眼都会口齿生津、垂涎欲滴。春卷既可以包装携带,作为礼品赠送,又可作为佳肴摆上高档酒店的宴席,佐酒招待宾客。春卷外黄里绿,咬一口外脆内软,馅心野菜味芳香扑鼻,吃后口齿留香,食者赞不绝口。讲究的美食者还会用小碟外加酸香醋、麻辣酱等蘸着吃,在调料与舌尖接触的瞬间,是天然的标配,味觉在片刻间得到释放,能够满足人们吃美食、赏美味的心理愿望,片刻之间有一种飘然入仙的感觉,少有的幸福感会油然而生。

60 岁开外的老年长者们都知道,20 世纪 50 年代至 70 年代,农村有种食物叫"素大肠"(形状像猪大肠),这便是春卷的前身。不过"素大肠"转变成春卷只是旧瓶装新酒变换了花样而已。记得小时候,母亲包"素大肠",馅心不是野菜,而是把煮熟的米饭,加少量食盐,加些切碎的青菜叶、大蒜花儿搅拌之后,放进锅内,以少量香油(菜籽油)煸炒一下。外衣也不是现在的面粉春卷皮,而是用成年人手掌大的青菜叶,洗干净之后,用开水烫一下作为外衣。"素大肠"包好后,放进油锅炸一下,吃在嘴里也特别香,并不比现在的春卷逊色多少。如果将我小时候吃过的"素大肠"与春卷相类比,形态没什么变化,制作的步骤没变,改变的是外衣和馅心,以及名称。我觉得名称的改变恰到好处,文雅新潮。

民间有一种非物质文化遗产叫作"变脸术"。我对舞台上的变脸表演觉得特别新奇,一会儿黑脸张飞,一会儿白脸曹操,一会儿红脸关公……眨眼之间,变幻无穷。

俗话说,三十年河东,三十年河西。从 20 世纪 50 年代到 21 世纪,物换星移,小时候记忆中的"素大肠",蝶变成如今的春卷。这一变化与舞台上表演的"变脸术"有异曲同工之处。变化如此之大,让老一代人无所适从。我们这代人已经落伍了,跟不上时代发展的步伐,思想上、认识上与现在的年轻人产生了代沟。比如,现在的年轻人流行穿乞丐服,好好的新牛仔裤,掏几个大洞,这不是胡闹吗?还有不可理喻的,现在的年轻人离婚就跟身上脱衣服那么容易,简直拿婚姻当儿戏。更有让人意想不到的,我们小时候不值钱的鳅鱼、螃蟹、虎头鲨、昂刺鱼等现在摇身一变,竟然都成了价格昂贵的抢手货。

不过,我很认同原先土渣式的"素大肠"适应时代的要求变为新潮的春卷。由原先自家厨房里的小吃,变成了高档酒店餐桌上的新宠佳肴。往昔的"丑小鸭"已经变为白天鹅,成为当今的座上宾,可喜可贺。这是一种返璞归真,还原事物的本来面目,同时又是一种推陈出新,确实棋高一着。春卷的华丽转身,就如同《红楼梦》中的刘姥姥进入大观园,顿时成了名噪一时的走红明星。

乡村美食

锅 巴

锅巴,锅巴,嘎嘣嘎嘣;嚼着嘣脆,味道香浓;口中生津,馋了喉咙;三天不吃,小病加重(农村人称没头打瘾)。小时候,没有哪个小孩子不喜欢吃锅巴。

20世纪六七十年代,农村孩子普遍肚子吃不饱,更别谈吃零食了,锅巴就是我们儿童时代最好的零食。邻居家煮饭,一闻到空气中弥漫的锅巴香,嘴里就垂涎欲滴。小孩子,牙齿好,胃口也好,哪天不嚼几块锅巴,总感觉嘴里渗口水不习惯。

如今,生活条件好了,煮饭多数人家用的是电饭煲和液化气炉灶,煮出来的饭,一点儿锅巴也没有。曾记得,小时候农村人煮饭用的是土坯垒的泥土墩灶加铁锅,烧的是柴草,要想饭煮得香,不夹生,就一定要烧出锅巴来才行,锅巴最好不要烧焦了,当然,略带一点焦味也不打紧,特别的焦香别有风味。要想吃有滋有味的锅巴,还得沿用老祖宗留下的最原始的土灶加铁锅的传统方法。最好吃的当数酸饭锅巴。

每遇家中煮扁豆角、豇豆角或青菜酸饭,我都会欢呼雀跃、手舞足蹈。吃饭时,总是多留个心眼儿,等锅里饭吃得差不多了,便放下手里还没吃完的饭碗,迫不及待地来到灶台前,揭开锅盖,铲起一块锅巴,拿在手上,左看看,右瞧瞧,舍不得轻易吃一口,有时掰出一小块放进嘴里嘎嘣嘎嘣咀嚼着,慢慢地、细致地品味其味道,把大块的小心翼翼放进衣袋,背上书包兴匆匆赶到学校。一走进教室,便故意掏出锅巴在别的孩子面前炫耀起来。比锅巴是当年孩子们之间常有的事。小毛头说:"我这锅巴黄黄的,越嚼越香。"小结巴说:"我,我家煮、煮的豇豆角酸饭,咸、咸蘸蘸的,不、不信你吃,好香?"说完掰出小拇指大一块递过来。离得远一点的小石子不服气地说："你甩什么？我这锅巴是我妈妈涮了油杠起来的，吃在嘴里焦香、咸香、菜香、油香，五味俱全。"一边说，一边吃着锅巴，一边蹦跳着，仿佛是世界上最幸福的人，昂着头具有一股没有人敢于挑战的味道。有时小伙伴们争着，吵着，谁也不认怂，甚至还有相互推搡打架的现象。

在里下河地区，至今不少农村家庭仍保留着一个"隔年陈"的习俗。大年三十吃年夜饭（农村人叫辞年），煮饭时特意将饭烧出锅巴。村里人把锅巴叫做饭根，吃完饭，将锅巴整块铲起，留到春节后再吃，表示"年年有余"。

如今，不少城里的大饭店已经将锅巴当作一道菜摆上了餐桌。川菜和淮扬菜里都有用锅巴做成的菜谱。特别是无锡的三鲜锅巴更是名扬天下，被称为"天下第一菜"。更有人夸张地取了一个名字叫"平地一声雷"。

锅巴列入菜谱，它的起源知道的人并不多。据说，很久以前，一座寺庙内，有一个烧饭的和尚，对天长日久积累下来的锅巴犯了难。丢弃吧，太浪费了舍不得；不丢弃，锅巴烫成粥，又苦又焦没人喜欢吃。倘若干嚼，弄不好会将嘴里吃出水泡来。为此，烧饭和尚整天苦思冥想，愁眉不展。一个偶然机会，和尚脑洞大开，想到一个奇特的法子：他将锅巴用油在锅内炕一下，另外用胡萝卜切成小块丁，还有竹笋丁、豆腐干块丁、肉丝丁等，加上辣椒等调料熬成汤汁，趁着锅巴的热乎劲儿，将滚烫的汤汁倒在锅巴上，顷刻间，呼啦一下，噼里啪啦炸声骤起，一股白色的烟雾升腾，奇香味迅速在寺庙中扩散开来。原先在院墙外练功的大小众僧闻到香味，纷纷扒到院墙上窥视，边嗅着鼻子边询问："什么菜这么香？"性急的和尚翻身跳进院墙，将烧饭和尚刚做的这道菜抢吃个精光。

至此，有人就给这道菜取名叫"佛跳墙"。不管叫什么名字，决定锅巴这道菜的成败在浇头。锅巴先入油锅炸酥脆了，反扣盘子中。浇头制作最常见的是鸡肉丁、虾仁，配上香菇丁、番茄酱，汤汁多一些，勾上薄芡，加入少许香油，将熬好的滚烫汤汁倒入盘中的锅巴上，焦干松脆的锅巴极速吸收着汤汁，此刻，食者竖起筷子从中央戳下，锅巴立刻四分五裂，正好浸泡汤汁里，夹一块放进嘴里，味道酸甜咸鲜，而且特别有嚼劲。鸡肉丁、虾仁、香菇丁、锅巴相互在口腔中交互品味，食者食欲大开，赞不绝口：美味口中尝，神仙也不当，即使成了仙，又能怎么样？

我国幅员辽阔，是一个多民族国家，对同一种菜品有不同的风味特色：粤菜喜鲜，沪菜喜甜，湘、鲁菜喜辣，苏菜喜咸。不管怎样制作锅巴，味道尽管稍有区别，但万变不离其宗，主要制作环节大同小异，没有太大的变化。

锅巴锅巴锅内油炸，
香脆焦黄口中唧巴。
汤汁入喉麻辣众夸，
菇丁肉丁外加葱花。

鲜美的"神仙汤"

20 世纪 60 年代后期、70 年代初,我的童年时代,曾留下一段难忘的记忆:当年农村中缺衣少食、忍饥挨饿是常态,偶尔煮一顿饭,也没什么下饭菜。即使有要么炒青菜,要么就是咸菜汤,糠菜半年粮,讲究一点,咸菜当中加点豆腐、蚕豆瓣儿,烧点豆腐汤,豆瓣儿汤,条件好的人家打两个鸡蛋,烧鸡蛋汤,不过,70%的人家是享用不起的,因为,家中的油盐酱醋全靠鸡子生蛋来维持开销,鸡屁股是一般农村家庭的小银行。那时我还小,读小学,中午放学回家,不是喝粯儿粥,就是吃粯儿饭,早上烧的咸菜蚕豆瓣儿汤早已吃光。不管是元麦粯儿饭,还是大麦粯儿饭,经风一吹,又干又硬,若是没什么汤水泡一下,实在难以下咽,搓得人嗓子都疼。碰到这种情况,最好的应付方式就是用白开水泡饭,如果没有白开水,索性舀水缸里的河水对付一下,勉强将粯儿饭吃下去。农村中大人们在田间劳动,中午吃饭,直接到河里舀河水泡饭,要么带点咸菜或是腌制的莴苣薹当下饭菜,哪像现在人,家家有模有样,三菜四汤那么讲究。

用水泡饭是最原始简便的土办法,不过,你别小看农村孩子,有时也会脑洞大开,发明一种新颖的吃法:家中不是有酱油吗?白开水中倒点酱油,要是能有熬制好的猪油挑一筷子加进去,再切点葱末,一种完美的"神仙汤"就制作成功了,用这种"神仙汤"泡饭,比吃山珍海味还过瘾。

这种"神仙汤"是土渣式的徒有虚名,有一种正宗的"神仙汤"那才是名不虚传,即使是走进当今姜堰城里的黄河大酒店,也可称得上绝代美味佳肴,如若不信,听我细作介绍。

20世纪六七十年代,农村河道中被罱泥船刮得干干净净,一点儿淤泥也没有,良好的水生态环境,很适合鱼虾河蚌等生长繁殖,我和哥哥经常下到齐腰身的水中踩河蚌、摸螺蛳以及小鱼(鳑鲏、虎头沙、昂刺鱼)小虾等,弟兄俩一次能踩到一水桶河蚌。

晚上满载而归后,妈妈是做菜的高手,这会儿可以大显神通。河蚌去壳,用清水洗净,切成手指般条块状,剪去螺蛳尾。然后,升起灶火,等铁锅烧热,放进菜油,熬制后的猪油(两种油调和使用味道更好),投进准备好的辣椒、大蒜瓣、生姜片。刹那间,一阵油香味、麻辣味冲天而起伴随白色的雾气弥漫于陋室的空气之中,直冲鼻腔,香味飘出窗外就连周边邻居家都能闻到强烈的扑鼻香味。浓烈的油味、辣椒味呛得人不住地咳嗽,甚至还会辣得人直流眼泪。妈妈一边抹眼泪,一边咳嗽,一边将剪好的螺蛳(一碗左右)放进油锅煸炒几秒钟,煸炒后的螺蛳味道更香,接着将切好的河蚌肉放进锅内翻炒一会儿,然后投放进小鱼、小虾,从水缸舀几瓢水放入锅内,最后将蚕豆瓣儿、咸菜叶子铺放在上面,盖上锅盖,大约五六分钟,煮熟后掀开锅盖,起锅之前放入酱油,撒点葱花,有了咸菜叶子可以少放盐,甚至不放盐,所有佐料放好后就可以出锅了。这既算菜,也可以算汤。如果是菜,那么食材相对多一些,汤少放点;如果是汤,那么食料放少点,汤放多点。而今天这道菜,食料丰富,但汤也不能少放,算是半菜半汤。妈妈说:"临近月底,家中的口粮也不多了,今天的菜又很丰盛,那就既当饭,又当菜,算是省点口粮吧!"今天的菜也特别多,连汤带水每人足有两碗之多,这样的吃法,一生中没有几次,故印象特别深刻,烙印更深的是那终身难忘的"神仙汤"留给我的味道。麻辣始终符合众人的口味,辣椒味与其它调料随性搭配,渗入汤中,有了麻辣的提味,高汤加略带酸味的咸菜叶,搅动人的味蕾,食欲如同肚子里的蛔虫,搅得人风生水起、狼吞虎咽起来,片刻之后,身体发热,脸红脖粗,额头冒汗,头顶热气升腾。

这是一种杂烩汤,更是一种土质土味的溱湖八鲜汤,真是妙不可言。妙就妙在食材不花钱,螺蛳、蚌肉、小鱼、小虾、蚕豆瓣儿、咸菜叶,全都是就地取材。妙就妙在佐料简朴：蒜瓣儿、生姜片、红辣椒、酱油、葱花，仅此而已。盛一碗放在桌上，热气腾腾，香味诱人，看一眼都会垂涎欲滴。枣红的虾壳，酱色的蚌肉，土灰色螺壳，鲜红的辣椒，白色的小鱼，橙黄的豆瓣，紫色的咸菜叶，翠绿的葱花，乳白的汤色，五彩斑斓，喝一口汤汁，麻辣呛喉，口齿生津。

　　我胃口大开，小鱼肥美，虾肉滑润，蚌肉糙韧，豆瓣粉糯，咸菜卤香，嚼嚼蚌肉，嗍几口螺蛳，喝几口乳白色的汤液，吐吐麻辣的舌尖，各种滋味交替转换，百转千回，此味只应天上有，人间能有几回尝，啊，真是太过瘾了。当你吃饱，喝足之后，打几个饱嗝，口齿留香，余味无穷。虽然童年时代早已离我而去，但是"神仙汤"的余味仍在我的脑海中留存，永久不会失忆。

　　　　　神仙汤，名声响，
　　　　　蚌肉咸菜熬成汤。
　　　　　嗍螺蛳，齿生香，
　　　　　入口仙汤似琼浆。

凉菜马兰头

凉菜也叫"冷菜"，即不下锅、不动铲子的菜。如今已是小康生活年代，生活富裕了，不缺钱花，家中子女结婚，建新房贺新，周岁整生日等都时兴到饭店、酒店摆上三五桌招待亲朋好友。

刚开席，首先上桌的就是凉菜、冷碟，一共八样。除了变蛋角、熟凤爪、香肠片、开心果等之外，还有毛毛菜、萝卜缨、香菜等素食小吃。这些细小的麻萝卜缨、香菜，农户家菜园里多的是，不要花钱买。化腐朽为神奇是厨师们的杰作。

不过让我生疑的是，既然麻萝卜缨、香菜等能入席，那么田野里野生的马兰头、野菜儿等，稍加制作，也可以摆上席口，让客人领略土菜小吃的口味有何不可。

人随思念走。20世纪五六十年代，农村口粮少，常常吃了上顿断了下顿，饿肚子是常有的事。为了活命，老百姓只能吃糠咽菜。姐姐、哥哥和我常常轮流到村外河坡边、路道旁挑野菜应对饥饿。最常吃的是枸杞头、马兰头，马兰头农村人口语习惯叫"孩儿肉"，"孩儿肉"这名字听起来怪吓人的，但不要搞错了，它指的不是孩子的肉，而是农村中最常见的野菜名称。"孩儿肉"一般凉拌着吃，方法很简单。一烫抵百鲜，是对美食鲜美的点穴之论。烫，是美食从菜肴出品到入口的温度表达。只有把准对食材烫泡的时间和温度，才能使鲜味完美充分地释放出来。将"孩儿肉"去掉老根，择干净，清水洗净，烧一锅开水，倒入锅中烫泡一下，泡的时间不能长，不能煮烂、煮熟，要绿滴滴的，闻得见清香，煮熟了就不好吃了，凉拌的"孩儿肉"要半生不熟，吃在嘴里要清香鲜嫩，脆生生的，有嚼劲儿。活色生香说说容易，它对温度的拿捏具有敏感得近乎苛刻的要求，这个要求就是听起来显得很容易，很普通的"烫"字。"烫"既是美食鲜美的刻度，也是美食在舌尖和味蕾上的形容词汇和美妙记忆。在锅内烫泡完，捞上来，用凉水冲洗一下，挤干水分，菜刀切碎，放点盐花，搅拌均匀，便可食用，要是当今再倒点芝麻油那就更香了，拍巴掌也不肯丢，不过当年没有这样的好事。中餐的"烫"是当今厨师顶礼膜拜的精准追求和高光时刻，再配以油、咸、料酒、酱醋，渗透到凉拌食材的表里，推动食材色度的升高，可让菜肴至臻完美，炫耀的光影，风情万种，气质诱人。

20 世纪五六十年代，家家户户日子都很穷，穷得连最普通的香油（菜籽油）也吃不上。记得父亲因饥饿导致营养不良，得了浮肿病，进了公社办的营养食堂（地点在当年的孤儿院，即现在的桥头敬老院）。营养食堂每人每月配发二两香油，父亲舍不得吃，带回家。每次凉拌"孩儿肉"时，母亲用猪鬃（猪脊背或尾巴上的长毛），从二两五的油瓶（当年装酒的瓶）中，端三四滴放进其中。为了使香油均匀，母亲用筷子不停地反反复复来回搅动，持续时间有好几分钟，搅拌完之后，将筷子放进嘴里吮上几口，一边吮，一边喜悦地说："香，太香了！你们尝尝。"

我们姐弟几个站立桌旁，咽着口水，眼睛盯着母亲，待母亲搅拌好之后，急不可待地拿起筷子虎狼神似地猛吃起来，一边吃，一边喝着看不见米的稀米汤粥，喝到碗底一口米也不足。当年吃集体食堂，家家户户家里不开锅，都到集体食堂打粥，那时人情比现在还严重，卖肉的抬头看人，低头剁肉。没人情骨头就剁得多，有人情称肥肉（当年没得吃，人缺油水，称肉都拣肥肉买）。集体食堂打粥的人也看人，关系好的，勺子沉底，打上来的全是米粥，没人情的，勺子浮上，舀的全是米汤，里面没几粒米，哑巴吃黄连无处诉苦。于是人们又说"抬头看人，低头打粥，薄汤照脸，铜勺哼笃"。这是当年农村中最流行的俗语，家喻户晓，大人小孩常挂嘴边。由于平常沾不到油味，这次偶尔碰到香油拌"孩儿肉"，吃在嘴里，特别是油香闻在鼻子里，芳香沁人，那种滋味永世难忘。

仅有的几两油，妈妈当宝贝似的护着。为防我们偷嘴，妈妈竟将油瓶藏进碗橱，加上锁，每次凉拌"孩儿肉"时拿出来，用猪鬃端油时，生怕浪费，将油瓶对着菜盆上方，小心翼翼操作，动作轻微缓慢，谨慎得手臂都有点不停地抖动，取完之后，还将猪鬃衔在口中吮几下。这是那辈子的人共有的习惯动作。喝糁儿粥时，吃完之后，也会用舌头将四周碗瓷上的粥舔干净，容不得半点浪费。古诗云："锄禾日当午，汗滴禾下土，谁知盘中餐，粒粒皆辛苦。"我觉得那个年代的人，不仅仅知道一粒米七斤四两水，而且深知粒米能够救活一条人命。这种感受，现在的年轻人无法体会得到。仅仅几两香油，全家人吃了几年，这没有半点虚构。

"菜来啦！对不起，油挨身。"端菜的服务员高声吆喝打乱我的思绪。凉菜吃得所剩无几，紧跟着热菜接踵而来：红烧肉、趴糖蹄、杂烩、狮子头、碎烧甲鱼、红烧黄鳝、清蒸螃蟹……眼花缭乱的菜肴，桌子上菜盘叠着菜盘，摆得密不透风，荤菜十几种，合口的蔬菜寥寥无几。

进城之后，偶有下农村，坐在巷道口和上了年纪的老人闲聊，老人们常常发表不少感叹，亲戚家有喜事，都不愿意到席，说是满桌油腻腻的菜，找不到合口味的清淡菜。富出来的灾祸（旧社会富裕人家经常遇强盗），吃出来的病，不如我在自个儿家里青菜、豆腐汤吃得舒服。老天只合了三分人缘，没得吃时，想吃油、吃肉、吃荤食。现在日子过好了，又怕吃油、怕吃肉。如今"三高"人员太多了，高脂肪、高血压、高血糖的人荤菜吃得越多，死得也越快，以前担忧饿死人，现在担心吃死人。

正因如此，现在农村中老年人也跟城里的人学习，开始健康养生。早起锻炼锻炼身体，兜风散步，然后吃过早饭到野外挑野菜包春卷，寻马兰头、枸杞头，做凉拌小吃，既明目，又清火汰凉，还能"降三高"。既强健了体魄，娱乐了身心，又享受到美食，这是城里人无法享受到的清闲生活和养生机缘。

卤菜帮卤香味

鸡鸣起，日落归，起五更爬半夜是种田人生活起居的规律，日轮铲土，农家屋檐下的窗户就会飘散出浓浓的饭香，也让喧闹乡村的天空气味变得丰富多彩起来。

花堡村虽小，村小名气高，村里跑一跑，美食真不少。葱花饼、马兰头、卤菜帮、面粉糊、神仙汤、苋菜粿，外加臭豆腐、山芋干、萝卜干、炕山芋、莴苣薹，样样都能当午饭（小时候小孩子们吃的零食）。

20世纪六七十年代农村人，虽然生活过得清苦，但苦中有乐。长期生产劳动中，不仅用双手描绘春、夏、秋、冬美丽的田园风光，而且还能凭借聪明的智慧，精心制作出许多诱人食欲的经典美食。

我出生于20世纪50年代，很小时发生的事或许记得模糊不清，但是七八岁时，一年中差不多有三分之一的时间要靠吃野菜填饱肚子，用食盐腌制刺楷、马兰头算是一种凉拌小吃。到了70年代，农业学大寨时期夏收、夏种期间，农村人整天头不落枕，脚不离地忙农活。大人躬身驼背，挥汗如雨；小孩子提壶送浆，挑猪草，煮夜饭。一天24小时差不多连轴转，从田头，到场头，整天忙得天昏地暗，哪有时间讲究吃穿。

到了80年代，由于国家经济建设步伐的加快，农业上，三麦、水稻等农作物优良品种的推广，粮食亩产量逐年提高，化肥农药供应也逐步满足需要，拖拉机、脱粒机等先进农机具先后进入田间、场头，农民劳动强度大大降低，生活水平也大有改善。虽然经济还不是多富裕，但是断顿挨饿的情况基本消失。所以到了农闲时节，农村家庭主妇们就有精力为改善一日三餐伙食贡献智慧。葱花饼、面粉糊、臭豆腐卤、豆瓣儿酱、麻虾儿、卤菜帮屡见不鲜。卤菜帮中的叶绿素、青蒿素、维生素、植物纤维,对中老年人身体健康大有裨益。

卤菜帮是由青菜帮与咸菜卤腌制而成。青菜帮有两种:一种带根茎的。从菜根部向上,大约三四厘米处,整颗切除根部,切下的菜帮形状像花盘;另一种不带根茎,从整颗菜外围剥单个的一根连梗带叶,切除下部最粗菜梗,形状如同汤匙。剩下的菜叶用来煮菜酸粥吃。每年冬天,农村人舍不得挑整颗菜吃,那样挑一棵少一棵,很快就会将菜园里的菜吃光,为了节约,只好剥菜外围的老叶片吃,这样吃了一冬天,还是满满一菜园的菜。农村人过生活很讲究精打细算。俗语说:吃不穷,穿不穷,算盘不打一世穷。老百姓精着呢!

腌制菜帮前要对咸菜卤进行技术处理。一般咸菜卤中都有残渣和蛆壳儿等杂物,可用麻纱布将咸菜卤中的杂物过滤掉。

若想腌制后的卤菜帮好吃,要注意三个环节:一是浸泡卤菜帮要选用陈年老坛子。这就如同酿酒要陈年老酵池一样,酵池越古老,酿出的酒才更醇香。二是咸菜卤要好,最好三四年以上的陈卤,卤越陈、越稠、越臭泡制的菜帮才越好吃。俗语说:闻起来臭烘烘,吃起来喷喷香。三是熬制时少不了辣椒提味,麻辣始终是人们的需要,符合大多数人的胃口,俗话说:无辣不成菜。

青菜帮洗干净,放入坛子腌制浸泡,如果量大,还要加一些适量的盐,否则太淡也会影响口味,菜帮放进坛子后要密封,坛口应是凹凸形,坛口加盖。封坛后大约一星期就可以开封,最多 10 天,浸泡时间也不宜太长,时间太长会影响卤菜帮的色彩,卤菜帮的颜色要青翠欲滴,人的食欲感才强。

熬制卤菜帮也有技巧:锅加热,倒入适量油,当油温升高,升起油烟,将切好的红辣椒放入油锅内,瞬间锅内噼哩啪啦,炸声响起,烟雾升腾,辣味爆发,此刻将青菜帮倒入锅内,并不断翻炒,让油香、辣味、卤臭味与菜帮充分相融于一体,这种五味杂陈的味道只有在反复的煸炒中才能达到极致。煸炒完成后舀半碗水沿锅壁四周放入,盖上锅盖,以小火慢慢收汤,汤汁不宜过多,汤多了口味寡淡。但汤汁也不可过少,汤过少又会把菜帮烧焦,最好将汤汁熬干为宜。

　　如果你是一个细心人,到乡下农村做客,亲友围坐的席间,一些上了年纪的大妈、大爷几口油腻荤菜尝过之后,马上会让晚辈端来菜帮卤菜,独自一人,扒一口米饭,咬一口菜帮,吃得美美香甜。此刻,当你看着绿滴滴翡翠般的卤菜帮,红红的辣椒,闻着臭烘烘的卤味,也会满口生津,禁不住顺带一筷子放进吃得油噜噜的嘴巴里,咂咂嘴巴,麻辣的口腔清香润喉,舒坦异常,夸一声:"嗯!香,好吃!"腐烂的卤菜,让你胃口大增,若是一碗米饭在手,肉也不尝,汤也不要,三扒两咽,一碗米饭定会一扫而光,然后意犹未尽,还想再来一碗。所以农村人个个都说:"卤菜帮,喷喷香,不要菜来不要汤,一碗米饭吃个精大光。"还有人更夸张地说:"卤菜帮,卤味香,闻着臭,吃着香;神仙吃一口,酒瓶不想丢;皇帝尝一口,筷子不松手。"

爆炒螺蛳

爆要劲,炒提鲜,熬入味,汤要浓,料配色是农村人制作乡村美食的口诀。

一年有二十四个节气,芒种之后,气温一下子爬升到 30 摄氏度以上,农村中进入收割小麦,栽种的夏收夏种阶段,上年的陈粮早已吃完,家家吃的是籼儿饭,肚子发胀,咕噜咕噜消化不良,农村人最好的对付方式,吃点咸蒜头儿,肚子是舒服多了,可是走一步三个屁连着轰。差不多天天如此,不仅大人们身体吃不消,孩子们身体同样也不舒服。

农村人家钱少,舍不得花钱买好吃的鱼肉等改善伙食,怎么办?小时候,我虽然人小,但也很懂事,俗语说:穷人的孩子早当家。为了给全家人改善伙食,只好动脑筋想办法解决。

20 世纪 70 年代,农村河道里因生产队罱泥船经常取泥渣,河床上没有黑臭的污泥,河里河蚌特别多,螺蛳也不少。每天中午或者晚上放学后,我就会带个水桶到河边摸螺蛳,摸一次,可以吃好几顿。爆炒螺蛳是农村家庭上等的美食。吃之前,要把螺蛳放进清水里养一下,让它把泥土吐出体外,否则不仅不卫生、不干净,而且也影响口味。

螺蛳是天地生成的精华。夏天,中午太阳火辣辣的,河边的浅水都晒热了,螺蛳也很有灵性,潜藏到深水中,躲避暴戾的阳光照晒。早晚时,暑气没了,深水中的螺蛳憋得难受,又会悄悄爬到浅水边,吸附到水花生等水草的叶茎上,张开嘴呼吸新鲜空气,吸收阳光雨露及草茎上的精华,螺蛳味道的鲜美与此有着密不可分的关系。螺蛳经历大自然的修炼,是上帝馈赠人类的天然美食,品尝之焉能不延年益寿？

　　剪螺蛳也有技巧，剪短了，吃的时候，螺蛳肉嗦不出来；剪大了，又太浪费，如何把握，操作者要把握好分寸。嗦螺蛳母亲和哥哥能力最强，一秒钟能嗦两三个，爸爸最差，一个也嗦不出来，每次只能喝几口螺蛳汤尝尝鲜。会嗦螺蛳的人都觉得很简单，你只要将上下嘴唇紧紧包裹螺蛳，一点儿也不能透气，然后，由胸腔发力，上达口腔，猛然吮吸，霎时间，螺蛳肉就会滑入你的口腔，成为口中的美食，慢慢咀嚼奇香无比。

　　爆炒螺蛳相关配料必不可少。蒜头瓣儿，小葱瓣也行，辣椒、生姜片、葱花儿等。母亲炒螺蛳是家中第一高手，炒出来的螺蛳不仅肉香，而且汤鲜，最重要的是要螺蛳特别好吮吸，一口一个。由于经常看母亲炒螺蛳，一来二去，炒螺蛳的方法，我也学了个八九不离十。农村大忙时节，大人们天不亮就下田，天黑后才回家，七八岁，十一二岁的孩子就都能独立自主地炒菜煮晚饭。

　　爆炒螺蛳有窍门。起始阶段，锅子大火加热，让油温升高到极限，见油翻泡冒烟，迅速将蒜瓣儿、生姜片、辣椒等配料一股脑儿推入锅中，刹那间，辣味爆发释放，油锅内噼噼啪啪炸响之际，将螺蛳倒入锅中，烟雾弥漫升腾，锅铲快速翻炒，几秒钟后加入少量酒去膻除腥，再倒进酱油配色提鲜，配料投放齐全后，仍需继续煸炒。煸炒是决定各种炒菜味道好坏的重要一环，通过煸炒让多种调料随性调和，辣味渗入。高温煸炒，能促使各种配料彼此浸透转换融合，使其达到极致效果。煸炒完毕，加入高汤，汤液至少要淹没螺蛳，转中火慢熬。起锅前撒入葱花点绿。

　　判断螺蛳炒得好坏的标准有这样几点：一是炒熟的螺蛳，放到嘴边轻轻一吮，肉质便要滑入口中，于是，火候、时机是炒螺蛳的关键；二是螺蛳肉要入味，不能寡味，要越嚼越香（放汤之前反复煸炒就行）；三是汤质要鲜美。我个人觉得爆炒螺蛳最好吃的还是螺蛳汤。吃饭时，泡一点螺蛳汤，扒一口饭，那米粒会滑溜溜直朝喉咙里游，想留也留不住。

螺蛳炒好后，再煮一锅丝瓜汤面。煮面时，汤要多放点，不能过稠。因为大人们田间劳动，体内汗液、盐分流失很多，口干舌燥，疲惫不堪，面要是过稠吃起来不爽口。夕阳落入地平线，等到爸爸、妈妈收工回家，一屁股瘫坐下来，喝着爽口的稀汤面，筷子也懒得拿，用手拈几粒炒螺蛳放进嘴里，轻轻一嘬，油噜噜的，咸蘸蘸的，舌尖麻麻的，再尝一口鲜香的螺蛳汤，干渴的喉咙缓解了，酥软疲惫的身躯，因补充了能量慢慢舒服了好多。

妈妈一边品尝，一边自豪地夸赞："乖乖肉，今天夜饭很合口，面条清汤寡水，喝着爽口；这螺蛳炒得有滋有味，香！妈妈累死累活地在田里干活儿，回家能吃上一顿称心如意的夜饭，死也能把眼睛闭上。""嗯啊！这细背锹儿有两刷子，子女没有白养。"父亲也跟着称赞。听了爸爸、妈妈的一声声赞扬，我心里比吃了蜜还甜。

> 爆炒螺蛳端上桌，
> 捷足先登抢先尝。
> 麻辣劲爆美味鲜，
> 远胜溱湖八仙汤。

咸菜冻小鱼儿

说起乡村美食,或取之于家前屋后的田园,或出自稻米飘香的田畴,也有的来自流水潺潺的小溪。俗话说,瓜果蔬菜应时鲜,小鱼小虾皆是美。

夏天温度高达 34 摄氏度,最高能达到 37 摄氏度,农村孩子会光着屁股到河里摸螺蛳、踩河蚌,所以,干咸菜红烧蚌肉,或者用水咸菜与河蚌搭配烧汤是小时候农村人经常吃的美食。

可是到了晚秋时节,特别是过了立冬,温度很低,人们穿上棉衣防寒,冰河冻水,再也没人下河摸螺蛳,踩河蚌了。但是天无绝人之路,农村人有的是办法,要么穿全套的皮袄(一种不浸水的皮衣服)摸鱼,要么用一种塑料线编织的趟网子(一种三角形取鱼网具),人站在河边上,在浅水区推小鱼、小虾,螺蛳也能推到。推到小鱼、小虾就和水咸菜煮冻小鱼儿,这可是冬天农村中各家各户最喜欢的民间小吃。

农村河道中的小鱼儿很多:鳑鱼、鳑鲏、虎头沙、泥鳅、昂刺、河虾等,取到鱼,将鱼肠、鱼鳞清理干净,切几颗水咸菜就可以煮咸菜冻小鱼儿了。配料不复杂,仅生姜片、辣椒、料酒、葱花儿等。

农村人煮冻小鱼儿,乡的鼓儿乡的敲,煮法很原始。锅子里倒入两三汤匙香油,待油温升高之后,放入生姜片、辣椒,然后倒入洗干净的小鱼,鱼入锅后,倒入料酒,除膻去腥,再加点自家制作的豆瓣儿酱配色,最后将切碎的水咸菜覆盖在鱼上面,讲究的人家,还会加入用水浸泡过的花生米。有了水咸菜,鱼里面可以不放盐。

煮冻小鱼儿汤不能少,吃冻小鱼儿,主要不是吃鱼,最重要的是吃鱼冻和鱼煮的咸菜。为了时间吃得长,不少人家,鱼不多,但是咸菜却放得很多。由于汤放得多，高汤入锅之后，要反复熬制，等锅里热气到顶，揭开锅盖，敞锅慢火熬汤，让汤汁中的水分充分地挥发。熬汤过程是让各种调料和营养成分浸入汤汁之中，汤汁越浓，鱼冻和咸菜的味道才更鲜美。所以，熬汤就是煮咸菜冻小鱼的关键。

起锅之前，放入葱花，用大碗盛装，然后放入碗橱进行冷冻。煮冻小鱼一般当天不吃，或者只盛一碗尝一下，大部分留待第二天吃，如果煮得多，能吃三四天，有时能吃一个多星期。冻小鱼儿，既可以吃粥，也可以吃饭，还可以端着酒杯，边喝酒边品尝冻小鱼儿。

吃冻小鱼儿是一种少有的美食享受。果冻式的鱼冻，用筷子挖出一块抖抖的，酱色的鱼冻，像玛瑙晶莹透亮又犹如玻璃，放入口中，滑溜溜的，随着体温，它会慢慢融化，由固体转化成液体，然后从喉咙流入腹中，那感觉像吃棒冰，但又不是棒冰。因为棒冰味淡，而鱼冻中鱼腥香、咸菜香、麻辣香、酱香、生姜葱花香，五味调和，妙不可言。

鱼冻尝过后，专挑几粒花生米放入口中，慢慢咀嚼，仔细品味，鱼煮花生米风味自然别具一格。它与水煮花生米、油炒花生米和带壳慢炒的花生米有着与众不同的味道。油炒花生米脆香，水煮花生米咸香软绵，而咸菜冻小鱼儿煮的花生米滋味独特，既有鱼腥味，也有咸菜香，还有酱香、辣味香，并且还多出一种鱼冻香，咂咂嘴巴，最浓烈的恐怕还是辣辣的花生米香。混合复杂的味道让你慢慢体味、仔细辨析，别有欣赏和赞美的韵味。

花生米的味道还没品味够，再夹一筷子肥美的小鱼放入口中，肥腻细嫩的鱼肉掺和着咸菜香，特别是那鱼腥味已经不那么浓烈，喝一口美酒，咀嚼软软的鱼刺、鱼骨香意犹未尽，酒香也在口腔回甘。

咸菜梗已和生吃的大为不同，不脆不绿，入嘴后舌头清凉，嘴中一抿便烂了，没了筋道。丝状的咸菜叶，入嘴后，不必反复咀嚼，一半在嘴里，另一半早已下咽到喉咙里，还没体会到什么滋味，早早地已进入肠胃之中。吃冻小鱼儿，别人的感受我不知道，但是我的感觉，鱼冻滑润，咸菜腐烂。其实我觉得品尝乡村美食，品的不仅仅是美食独一无二的味道，也是人生的一种独特体验。有时一种美食味道足以陪伴你的一生，让你永生难忘，所以时间的记忆就是人生旅途的一段经历，味道的酸甜苦辣，也是人生的酸甜苦辣。

咸菜冻小鱼儿

厨房小窍门

菜咸了，加点儿白糖。

菜苦了，加点儿白醋。

菜酸了，加点儿松花蛋。

菜太辣了，加点儿醋。

汤太咸了，加几块豆腐。

汤太腻了，加点儿紫菜。

煮海带加点酸会更烂。

炒茄子加点醋，不变色。

煮饺子加点盐不破皮。

煮面条加点盐不外溢。

炒鸡蛋加点温水会更嫩。

炒花生米出锅时加几滴白酒，花生米会更脆。

鸡蛋存放时大头朝下，这样不会散黄。

蒸包子要加冷水。

煮大米粥要开水下锅。

煮小米粥要冷水下锅。

揉面时，加点油，馒头会更松软光滑好吃。

切洋葱时，切菜板上放点盐，防辣眼，少流泪。

厨房垃圾桶，洒点洗衣粉不生飞虫。

民俗文化

花氏住宅

花氏住宅位于花堡村庄西花玉怀老家东边的一个高垛之上，花氏住宅属清末民初时期的建筑。属砖木结构民居，是以木料搭建房屋整体框架，再以青灰色小砖砌墙，以小瓦覆顶。建筑面积约 160 平方米，距今约有 100 多年历史。

花氏住宅坐西朝东，西山墙没有开立窗户，右侧边角处有一牌匾，上书"花氏住宅"，右下方落款：泰州市文物保护单位。花氏住宅是目前花堡村内唯一的历史遗存，也是花堡村悠久历史文化的重要见证之一。

这座住宅的原主人叫花越，据说花越曾是孙中山创立的同盟会会员之一。早年从军，参加过孙中山领导的武装起义，为推翻清朝政府做出过重大贡献。后来又考取黄埔军校，成为第一期学员，参加并指挥过北伐作战，屡立战功。曾在南京国民政府任要职，后在扬州担任典狱官。南京国民政府为了表彰他的功绩，由政府出资建造了这座建筑。

花氏住宅构造奇特：从外部看三栋房子，分前厅、西厅、北厅，全是三间布局，构成一个"冂"字框。前厅开前门，朝南出南门。西厅、北厅出东门。但是当你站在院子中观看，给我们的感觉南、西、北三幢房子，全都是两间布局，如果加上东边的门头，整体布局又是一个"口"字框，形似北京的四合院。如此布局设计，堪称独运匠心，别出心裁。整个住宅设计内外有别，富于变化，灵动异常，有极高的审美价值。

花氏住宅的三套房子和农村中普通人家的小五架梁架构一模一

样，围成的天井东西距离只有两间屋长，南北距离只有一间屋宽，长方形设计的天井，实际空间狭小。但是设计者将西、北两面设计成横折形的柱式回廊，这样一来，从视觉上就给人很宽敞的感觉，弥补了天井空间狭窄的缺陷，这不能不说是一个绝妙的设计。

观者伫立院子中细致观看，西边朝东和北面向南横折形回廊，门两边各有三扇木质屏门，一共有十二扇。屏门以朴实素雅为主，上部为"井"字形窗棂，窗棂中间又镶嵌进"长方形""八字形""六边形"等图案，使得窗棂富于变化，灵动异常。窗棂下面横向隔断下是没有花纹图案的普通平面木板，整个屏门设计简朴而不奢华。

走进北厅室内，堂屋东、西两间是卧房，与堂屋以木质壁板隔开。民国时期泰州属扬州管辖，扬州有所谓"堂前无字画，不是旧人家"之说，凡官商之家或书香门第，堂屋北壁大多张挂书画中堂，两边悬挂花鸟四条屏。

走出院子，站在门头外，背东面西，仔细观看门头，门头台基不高，比里院略高十几厘米，门前留有一定的空间，门头左右上方呈八字形，大门左右两边相对内侧之间是用糯米质和石灰混合勾缝垒砌而成，坚实牢固。东外墙方砖和小砖墙面之间又用长条形的方砖贴面，形成一个立面的长方形外框。

门头上首置仿木作额枋，内堂镶嵌磨砖，额枋上部外墙有一"六棱形"拼图，"六棱形"拼图上部是一个半月弧线形以"旺砖"侧面构成的图形，半月形弧形图上部是五道封檐，从上往下的第五道砖外侧半圆磨面，封檐的滴水是福、禄、寿三星高照图案。门头上部是"人"字形木椽小瓦封顶上盖。整个门头风格朴素大方，布局设计既不拘一格，又古朴典雅。

花氏住宅，青砖砌墙，小瓦屋面，糯米质拌石灰嵌缝。室内五架梁构造，鼓形檩条，正梁 40 厘米左右，二檩 30 厘米，木头椽子，是一座砖木结构建筑。这样一座建筑虽比不上孙庄刘状元府奢华，但在当年花堡村中也算是鹤立鸡群，首屈一指。当年花堡村 95%以上的村舍房屋皆为土坯墙，草屋顶。土坯是指用河泥与稻糁子混合制成的泥块,建土坯墙之前先用干土夯筑地基,再在二尺来高的地基上,敷河泥,以土坯当砖,层层码放垒筑成型。土坯墙垒好后,以竹木搭设屋架,屋架上盖小麦秸秆或以厚稻草作为屋顶。大多茅草房为三开间,中间为堂屋,两边为卧室。还有一种俗称"丁头府"的房屋,是农村中最为贫困农户居所的代名词。农村中所有茅草房只有成年人一人一手多一点的高度。在这成千上万的茅草房中,唯有花氏住宅最为高耸,看一眼,便让人羡慕不已。由于岁月的流逝,盛极一时的花氏住宅,随着100多年日晒雨淋,墙外侧砖块已经斑驳,显得苍老陈旧。在它的四周无数高大漂亮的洋别墅已经将低矮的花氏住宅淹没其中,早已风光不再就像一位风烛残年的老人。可这里毕竟是花氏祖先的居住之处,是花氏家族留下的一段乡愁,是村落变迁的历史.这处住宅几易其主,留传至今,命运坎坷曲折,未遭毁失,实属幸运。房子虽旧,但它留存的是花堡村古老民居的符号,也是花氏祖先世代沿袭下来的基因根脉。

保护花氏住宅,对于研究村庄文明史、变迁史,研究明清建筑艺术和建筑风格有极其重要的价值和意义。

花氏家族的故事

花堡村是一座历史悠久的古老村落，如果把花堡村的历史比喻为一条奔腾不息的长河，那么花氏住宅及其花氏家族就是长河中一朵小小的浪花。

花姓族氏未有家谱流传，若想探寻过往历史，特别是考证花氏住宅的沿袭变迁，花氏家族的繁衍流程，并无文字可查，难能可贵的是花堡村中辈分最高年龄最长的花氏住宅后世传人花英老人目前还健在。

花英今年92岁，虽然年岁已高，但鹤发童颜，精气神儿不减当年，说起话来中气十足，声音洪亮，犹如炸雷，震得耳朵嘎嘎作响。令人遗憾的是他耳朵有点儿背，听力不清，交流起来比较困难，需要大嗓门才会听得清楚。让我感到欣慰的是老人记忆力超强，当年往事一开腔如数家珍，滔滔不绝。

2021年5月22日，我怀着猎奇的心理登门拜访，一定要把花氏一门的近代家族渊源史弄个明白，给历史一个交代。我与老人见面亲热问候几句之后，说明了采访的意图，老人听后十分高兴，笑嘻嘻地对我说："好好好！你能这么做，说明你没丢宗忘祖有出息。"老人竖起大拇指夸赞道，"你说吧，想知道什么？"我指着花氏住宅的房顶，凑到他近前大声地说："我想知道这老宅的有关情况以及花氏住宅后人的相关详情，你能告诉我吗？""可以，我把知道的全都告诉你。"老人边说边点头。

老人侃侃而谈："早年，落住花堡村的花氏家族共有五个房头。我家和你家父字辈'寿'字牌一脉（花鸭寿、花根寿、花宏寿、花宽寿）同属第三房。所以，清末民初时是同根同源的本家宗亲。"

288

哦！原来是这回事。老人又兴味盎然地说："这老房子的主人、我的爷爷名叫花越，花越弟兄三人：长兄花德，次子花越，最小的叫花锡。花越出生于花堡，求学于泰州，发迹于民国初年广东黄埔，任职于南京、扬州，最后终老于上海。"停了片刻，老人又继续说："花越应该是我的祖父辈，因为当年我还小，好多东西是长大后父亲告诉我的。"

民俗文化

"花越生有一女四男。四个男孩分别是花青山、花仁山、花明山、花永山（听村上老人们回忆，与'山'同牌号的还有花松山、花以山、花铜山等）。花仁山是我的父亲，他又生了三个儿子：花韵、花村、花英，我就是花英。

"父亲花仁山是个知识分子，在抗战期间参加革命工作，是中共党员，一直从事隐蔽战线工作，为新四军提供过好多重要情报。解放战争期间，担任杨李乡乡长，周深根是通信员，专门传递情报，杨院村的王忠林是江北区游击连的连长，同时期参加革命的还有杨院村的刘士英，李堡村的王顺华，他们1948年被李堡村伪保长李锡鹏出卖，被捕后壮烈牺牲，新中国成立后被追认为革命烈士。杨院村的王子忠担任杨李乡的伪乡长。那一时期，花堡村伪保长是花兆芙，杨院村伪保长是王文鉴。由于敌明我暗，当年敌我双方交织在一起，像拉锯一样你来我往，斗争形势十分复杂。父亲经常组织村民抗租抗税，还有护'丁'运动。比如当获悉敌人要来抓壮丁时，就通知村里的青壮年躲到村西边的芦苇沼泽地里，敌人走后再回村，敌人抓壮丁的计划多次落空恨得咬牙切齿，但是敌人不甘心失败，挖空心思想报复。

"有一次，父亲在村里开秘密会议，敌人探得了消息，采用突然袭击的方式，抓住了父亲。恶毒的敌人把父亲吊在村东头刘荣堂家的屋梁上打得死去活来。父亲虽然遭受毒打，但他坚贞不屈，严守党的秘密。父亲参加革命工作，好长时间家中人一直都不知道，直到这次被抓，家里人才有所了解。

"在父亲的影响下，我的小叔花永山也走上了革命道路。新中国成立后，曾担任花堡村的财粮委员，村里人一直叫他花财委。新中国成立前,我的二哥花村十多岁就到上海闯江湖,后来加入了上海黄金荣的黑社会帮会组织,秘密从事中国共产党的地下工作。他凭借隐蔽身份,经常帮助新四军运送药品、粮食和各种急需的战略物资。解放后,成了电轨车司机。

"花村继承了祖上给他的遗产——花氏住宅。由于花村及其后代一直生活在上海,后来南面这一栋卖给我家。西边和北面卖给了我的大侄子花启新,花启新又将这房子传给次子花亮(长子花明,参军转业后,一直生活于泰州)。"

花氏住宅几易其主,花氏后人战争年代出生入死参加革命,和平时期无数花氏后人在党、政、军、商、学各条战线为党的事业做出了巨大贡献,这些光荣历史值得我们引以为荣。早在民国初年,花越是花堡村的名门望族。新中国成立后,花宽寿的先进事迹《一双草鞋》,曾登上《新华日报》,担任桥头公社党委委员十五六年,也曾任泰县县委委员,当选县、省人大代表。有十多人先后在地级泰州市、姜堰区等各个部门任职。花堡村在军队任少将级的一人,师长级的一人,团级干部一人。其他还有大大小小的名人不计其数。小小的花堡村真是人杰地灵。物换星移,唤醒乡村印记,想的是历史,品的是民俗文化,留存的是思念。赓续传承,激励后人,增添荣誉感、责任感,与时代同频共振,并砥砺前行,续写花堡村的辉煌历史,使之一代一代延续下去,谱写出新时代的精彩华章。

有一句话人们常常挂在口头上:"世上没有无缘无故的成功,也没有无缘无故的名门望族。"若要保持某一家族兴盛不衰,必须产生卓异的家族优秀代表,或文或武,或政或商,还应以德行昭世,以宅心仁厚布道。他们既是家族的中流砥柱,也是家族兴旺的保鲜剂和加速剂,一代一代接力,一代一代传承。"江山代有才人出,各领风骚数百年。"这样的家族经历世代留存,慢慢会固化为一种文化符号。古有花敬定、花荣等名贤辈出,今有花堡村辉煌村史留存,有益于世道人心,留待后世之人品读。

二月半庙会探源

　　很久以前,在姜堰地区,乃至周边的兴化、东台、江都、扬州等,只要一提花杨李家堡,都会知道有个李堡二月半庙会。由此可见,李堡二月半庙会真是如雷贯耳、妇孺皆知。可是外地人并不知道,二月半庙会的原名叫北极真武二月十五花朝节。农村人,识字不多,觉得这名字复杂,说着别扭,也就用节日举办的地点、时间来称呼,后来叫习惯了就不用原名了。

　　农历二月十五这天早晨,花杨李家堡三村百姓,除了室内敬香外,家家门前都会敬上一根一米多高的斗香。十点多钟,邀请亲朋好友来到三庄交界的戏台前等待迎会队伍前来撞台。这是整个迎会程序中最为精彩的一个场景。整个戏台前,聚集了成千上万的看众,戏场周围各个摊贩吆喝声、叫卖声不绝于耳,引逗得小孩子们纠缠着大人,围住板栗摊、藕摊等,购买自己喜欢吃的食品,旁边闲散的人,三五个一堆,四五个一群,一边抽烟,一边谈笑风生。

　　突然,远处传来了锣鼓声。哇,一条长龙张牙舞爪地来了,举着龙棒的龙队,一溜烟飞奔到戏台前,然后又转头向刚来的原路返回,几分钟后又反转回来,后面跟着的是八个彪形大汉,抬着高大的木制神龛,旋风般奔向戏台,然后又急转身向戏台反方向飞奔,走出二十多米,再调头奔向戏台,然后又一次返回,前后一共往返三次,这就是所谓的撞台,场面之热烈,令人惊讶。撞台结束后,十几条白、黄、红、紫的各式龙队,依次整齐地排开,庙会会长一声哨响,所有龙队伴着鼓点,一个个龙珠绕着龙头上下翻飞,偌大的戏场上龙腾虎跃,其阵势犹如雷霆万钧、排山倒海。观看的人群欢声雷动、群情激昂,龙舞之后,牵驴花鼓、打莲湘、打腰鼓的粉墨登上戏台,掀起又一阵表演的高潮。观看的人们欢笑声、掌声不断。舞台上的戏还没结束,戏台下,火眼金睛的孙悟空举着金箍棒来了;憨厚的猪八戒扛着钉耙紧跟着挑担子的三师弟沙僧后面来了;还有衣衫褴褛的活佛济公,左手举着鸡腿,右手握着酒葫芦来了……小朋友争着跟孙悟空拍照。猪八戒也是个大明星,腆着大肚皮,你来拍一下,他去摸一把。济公活佛举着鸡腿伸到你面前,又缩了回来,猛一转身,拿破扇子拍一下你的头顶,再扇一阵仙风,嘴里不停地唱着"鞋儿破,帽儿破,身上的袈裟破……"丰富多彩的文娱节目,让观看的人群流连忘返。

熟悉花杨李家堡这个地方的人都知道:人们一年中最盼望的并不是过年,最热闹、最有意思的也不是过年,而是一年一度的二月半庙会。

每年庙会到来前三四天,家家户户都忙着杀猪宰羊,准备各种食品蔬菜等,用来招待远道而来的亲友。农历二月十四这天晚上,各家各户都会宾客盈门,少的人家一桌人,多的人家两三桌人。家家户户欢声笑语,推杯换盏。席间,家中主人常常眉飞色舞、神采飞扬地为你讲述有关二月半庙会上那个神龛的神秘来历。

在三村交界处,有个面积两亩左右的水塘,名叫水濛汪。传说神龛就是从这个水塘中冒出来的。在那个用人力踏水车沤田、水牛耕田的年代,雨水贵如油。有一年,碰到了大旱之年,几个月没下雨,田里的庄稼干得叶卷株黄,奄奄一息,老百姓个个急得像热锅上的蚂蚁。

农历二月十四日下午,晴空万里的天空,转眼间乌云密布,西边天空一条乌龙从天而降。顷刻间,天昏地暗,风裹着云,雨夹着风,呼啸着向头顶压迫而来,先是黄豆大的雨珠嘀嗒嘀嗒稀疏落下,刹那间倾盆大雨呼啦啦从天而降,地面上水流成河。大雨一直下到第二天早晨。天亮时,风停了,雨住了。

一位老人早晨起来,看到水濛汪中漂浮着一尊木制的神龛,立即大声叫喊起来:"快来人啊!快来看啦!水濛汪中冒出了个神物了!"人们听到消息,聚拢而来。时间不长,这消息像长了翅膀似的飞向四面八方,四邻八乡的人很快蜂拥而来,把个水塘围得水泄不通。

围观的人议论纷纷:"这东西哪儿来的呢?难道是天上掉下来的吗?"也有人自作聪明地说道:"我觉得准是水濛汪底下有个洞,从下面冒出来的。""甭管哪儿来的?还是赶紧捞上来再说。"有人不耐烦地说。

于是,人群中热心的人开始忙碌起来。有主见的人,扛来几只小木船,找来几根碗口粗的木杠,还有几根粗壮的绳索。动作麻利的人下水稳稳地扣好绳扣,船上的人套上木杠,七八个青壮年小伙子自告奋勇走上前来,铆足了劲,要将神龛抬上岸来,可是任凭你怎么使劲,用尽了各种招数,神龛始终纹丝不动。

正在大家一筹莫展之时,事情有了转机。一个80多岁的老者,出现在人们的面前,只见他身穿浅灰色的长袍,满头银发、白眉毛、白胡须,那胡须一直拖到胸前,气度不凡,就像太上老君下凡,那样子仙风道骨。老者神闲气定,开口说道:"这神龛是从西天芦苇丛生的泽国而来,你们要用编好的芦席从旁边插到神龛的底部,方能请得上来。"人们照此一试,果然不费吹灰之力就将神龛抬上岸来,人人拍手叫好。等大家回过神来,再寻老人时,老者早已不知去向,大家个个惊讶不已。

再看那神龛,足有两米多高,周身酱红色,飞檐翘角,木格窗棂,雕刻精细,玲珑剔透,古色古香,神龛中端坐一尊菩萨,有人惊呼:"是真武菩萨!"据说是玉皇大帝派真武菩萨前来看押鳌鱼。因为鳌鱼一翻身就会给老百姓带来灾难,不是地震,就是干旱,亦或洪水漫天,弄得当地百姓民不聊生。

再说神龛上了岸,如何安置呢?三村长老一合计,这神龛是花堡村的老人先发现的,那就先安置到花堡大庙中。于是,大家立即动手,将神龛弄到花堡大庙来了。出乎意料的是神龛太高了,无法进得庙中,没办法,只能将神龛停在大庙的院子中。神龛放在露天之中不是办法,还得另寻去处。

第二天,人们将神龛转移到杨院的大庙来,情况还是和昨日一样。

第三天，人们带着最后的希望，再将神龛抬到李堡大庙中，当然还是和前两次一样。在场的人，个个灰头土脸，一筹莫展。此时，还是在水濛汪现场出现的那位老者再次现身，老者带着责备的口气说："你们这些人，天生的榆木脑袋。这神龛顶部是活动的，你们把它卸下来，不就好了吗？"老人一席话，惊醒梦中人。"我们怎么没想到呢？"等大家把神龛安置妥当之后，再寻老人，哪里还有人影？这时人们如梦初醒，原来是神仙前来给我们指点迷津。

俗话说，酒少话多。主人三杯酒下肚收不住话匣子，竹筒倒豆子似地一古脑儿往外倒："在我们这里，除了菩萨龛神秘的故事，有关二月半庙会的行当多着呢！"

从二月头说起，初一、初二、初三各村轮流做小会，花堡村初一，杨院村初二，李堡村初三，依次举办。二月十五行大会，小会各村自办，大会三村合办，特别隆重。迎会队伍绵延几里路，像皇帝游街一般，前不见头，后不见尾，盛况空前。不管大会、小会，在行会的上一天下午三四点钟，头龙要到西边三岔口河边去试一下水，第二天才可正式行会，从不例外。行会结束后，分散到各村吃庙会饭（庙会饭的费用当地大户人家捐献）。二月十四晚上，坐落在庙中的菩萨龛出堂停在三村交界的戏场上，供前来看会的信众敬香、叩头、许愿。二月十五早上，在李堡村的石桥北面的河道上撑会船。吃过中饭，在三村交汇处戏台上唱大戏，一唱就是七八天，甚至十几天。不喜欢看戏的，就去逛集场。集场上有各种农具、家具、橱具还有鞋、帽、衣、袜，春、夏、秋、冬各种衣服，还有甘蔗、河藕、板栗等各种吃食，各类商品一应俱全。整个集场商贩云集，购物的人群摩肩接踵，到处熙熙攘攘，人声鼎沸。整个二月就像过年一样喜庆无比。所以，这里普遍流行一句顺口溜：一月里赌钱（打小牌娱乐），二月里过年，三月里种田。只要你看一遍二月半庙会，便会觉得不虚此行。

听了前辈们口耳相传的故事，仔细探寻二月半庙会的起源，就会清楚二月半庙会的所有程序都与神秘的菩萨龛有着千丝万缕的联系。

二月半庙会确定在农历二月十五举行，是为了纪念神龛在水濛汪的神秘诞生。

不管是行小会，还是行大会，前一天下午头龙试水，是因为神龛出现时，西边天空天气突变骤降乌龙。因此，头龙试水是重回乌龙现身的源头。

初一、初二、初三各村行小会，也是因为神龛在水濛汪神秘出现，上岸之后，先是进花堡大庙，再进杨院大庙，最后落座李堡大庙，神龛的移转过程不就是三村小庙会的源头吗？

在当地还流传一句顺口溜：早上李家堡，晚上钻穰草。这也应验了二月十四下午神龛出现的前一天晚上，天空乌云密布，大雨哗哗下了整整一夜，直到第二天，天亮时雨才停止。说来也怪，之后每年二月半庙会这天，迎会时天气晴好，到了下午老天就会下起雨来，几乎年年如此，不得不令人称奇。旧时农村落后，家家户户条件差，家里一下子来了这么多的亲友，因为下雨，不好赶回家，自然床铺就成了问题，怎么办呢？穷人自有穷人的办法。地上铺一层干稻草，放一条自编蒲席（野生蒲草编织成的席子），再加一床棉被，三四个人就能凑合着过一夜了，当地老百姓将干稻草叫做穰草，"早上李家堡，晚上钻穰草"这句顺口溜就这样来的。

李堡二月半庙会，从产生到现在究竟流传了多少年，至今仍无法考证，关于二月半菩萨龛的传说，只是民间口耳相传。我现年66岁，从我这一代算起，我知道的神龛故事是从爷爷那儿听说的，而我的爷爷呢又是从他的爷爷那儿听说的，这样还可以再向前推上几代人。由此推测，李堡二月半庙会至少已有五六百年的历史。

仔细研究李堡二月半庙会，虽有一些迷信色彩，但又有积极的方面。例如二月半吃庙会饭，这一习俗就有扶危济困的积极因素。在旧社会，农村地区很多贫苦农民常常吃不饱、穿不暖，尤其是每年进入农历二月更是青黄不接闹粮荒的时候，不少困难的农户已经吃了上顿没下顿，穷得揭不开锅。而二月半庙会，从二月初一、初二、初三，再到二月十四、十五都是庙会举行的时间，仅吃会饭前后就有四五天，在这四五天中，不仅当地人吃会饭，而且外地前来看会的人也可以坐下来吃会饭,甚至连讨饭的乞丐也不例外,总之来者不拒。由此看来,在当时吃会饭是一个很了不起的善举,李堡二月半庙会名声如此之响,流传的范围如此之广,绝对与吃会饭这一习俗有着极大的关系。100 里甚至 1000 里之外的穷人听到如此吃饭不花钱,还有热闹可看,怎能不潮水般地涌向这里呢? 难怪二月半庙会人潮涌动,盛况空前。

二月半庙会流程

　　李堡二月半庙会历史之悠久，在整个苏北里下河地区独一无二，堪称鼻祖。会期经历时间之长（前后近一月有余），程序之多，规模范围之广（省内外，乃至全国都有名），场面之大，影响之深远绝无仅有。我所见到的二月半庙会的相关流程，颇为有趣。

　　二月份刚开头，三个村就轮流迎小会。在每年的正月底二月头，三村之内就有好多亲友陆续来访。因为二月初一花堡村迎小会，二月初二杨院村，二月初三李堡村。所有程序大概和二月十五迎大会差不多，只是范围和规模小一点而已。上午迎会，中午吃小会饭（吃会饭详情后面详述）。吃过小会饭之后还会唱戏，戏场周围，各种摊贩的叫卖声不绝于耳，热热闹闹。

　　赶集。二月十五到来之前，各种载有货物的生意船就会提前三五天赶到三村地区。特别是李堡村靠近村庄的大小河道内塞满船只。探亲访友的小船，卖各种农具、家具橱柜的船，卖藕的船，河道内乌泱泱一大片，数也数不过来。各个摊主为抢摊占位、抢先占据好的地形争吵不休。集场上，卖栗子、糖果、糕点的不胜枚举；卖各种儿童玩具的目不遐接；卖各种农具的不计其数，卖各种家具的数不胜数；卖布匹，床上用品，衣服、鞋袜、帽子的遍地都是；卖锅瓢碗扎钢铝物品的琳琅满目。总之各种商品应有尽有，只有你想不到的，没有你买不到的。方圆四五里之内，道路两旁全是卖各种商品的店铺、摊点。眼睛看到的，道路中间人挨人、肩擦肩，熙熙攘攘的人流；耳朵听到的是"快来买，快来看，不买不看是傻蛋……走过路过，不要错过"等叫卖声。整个集场人数之多，场面之大无法形容。

头龙试水。二月十四下午三点多钟，各村舞龙队的头龙（黄龙）都要到村西的大河边试水。试水完之后集中到大庙中护送菩萨龛出堂。之后，凡是参与迎会的舞龙队人员都要到浴室洗澡净身。凡洗澡的人，浴室老板一分钱不收，全部免费。

出堂。三个村头龙试水完毕后，集中到安放菩萨龛的大庙崇善宫中，由三村庙会的总会长点卯。人员到齐后，燃放鞭炮，在鞭炮声中，菩萨龛由8个人抬着，8人护着，俗称八抬八差，在龙队的一路簇拥下出堂，来到三村交界的戏台西北角，事前搭建好的帐篷内，摆上香案、灯烛、蒲头等，迎候各路香客前来敬香、许愿叩拜。

会亲。二月半前几天，从二月十三开始，周边各地的亲友就会逐渐来到西片三村做客。三村中各家各户都会提前准备招待亲友的饭菜。不是杀鸡，就是宰鹅，称肉打酒，购买各种必需的物品，其热闹景象与过年一样，甚至比过年热闹。

二月十四夜幕降临之后，家家门口灯笼高挂，张灯结彩，披红挂绿。室内灯火辉煌，堂屋中央桌子上酒杯碗筷摆放齐整，桌子上各种菜肴热气腾腾。少的人家一桌人，多的人家两三桌。家中客人的多少，是衡量一个家庭兴旺发达、家大势大的晴雨表。席间，各家主人陪着客人一起推杯换盏、谈笑风生。三杯酒下肚，主人会向各宾客讲述二月半的神奇故事，以及敬香许愿时的注意事项。

如果家中有刚结婚的新婚子女，敬香时，祈求菩萨保佑，为你家降下金童玉女。然后从菩萨龛的四个翘角上取下8个小铜铃带回家。如果当年就传下香火，那么第二年就要满酒席，宴请抬菩萨龛的人员，还要订做8只小铜铃还回菩萨龛，这叫满铃。另外第二年二月十五的早晨要猪头三牲（猪头一个、活公鸡一只、鲤鱼一条）敬菩萨撑会船，这叫许会船。

某家有人生病，且长时间医治不好，敬香时，祈求菩萨保佑亲人大病痊愈，身体恢复健康后，也要猪头三牲还愿，请戏班唱戏。

也有一些生意人，当官的，学子赶考的也要到此许愿，如若梦想成真，同样和前者一样，照此办理。

所以，李堡二月半庙会撑会船、戏班唱戏就是这么个来头，凡到二月半庙会敬香许愿的香客，都说十分灵验。

打更。二月十四晚上，夜幕降临之后，各村都会挑选一至二人担当更夫，更夫一般为40岁向上50岁向下的青壮年。一根扁担，前面是直径一米左右的大铜锣，后面用一竹篮子，或者一个布袋子，里面装上四五块砖头，以便肩上的担子前后重心平衡。"咣、咣、咣，各位村民，天干物燥，小心火烛。"一边敲锣，一边吆喝。"咣、咣、咣，各位村民，庙会期间，人员繁杂，严防盗贼扒窗入室行盗，请关好门窗，注意安全。"除此而外，村里还会安排人员巡夜，以确保安全。

敬香许愿。菩萨龛出堂后，各地慕名而来的香客和三个村里的各家主人都会领着自家的亲友和家中子女，一个不落地前来敬香和许愿。每个香客手里握着黄元，跪在蒲头上（并排四个蒲头）对着菩萨龛叩三个头，同时许愿。许的愿因人因事而异，前面已有叙说，不再细说。敬香许愿之后，要在蒲头两边的投币箱中投香钱，数量不限。如有香客，愿意捐献50元以上的善款，就要到菩萨龛旁值守人员那里登记入账。叩头之后，将黄元和三颗把香投入香灰堆。然后还要在场地上选一地方敬一根斗香，这斗香价钱有多有少。有7元的、15元的、45元的，还有更贵的。这根据香客的意愿和家庭的经济状况而定，经济状况不好的就选价钱低的，家里有钱的就选价格高的。整个戏台前的操场上，摆放的斗香有大有小，有低有高，有细有粗，成百上千，就像一片茂密的树林。戏场上香火映红了半边天空，香味扑鼻，烟雾缭绕，敬完斗香，然后再放鞭炮。场地上香敬好后，还要继续到后面崇善宫大庙里敬香。庙中菩萨种类10多种，需要逐一叩拜。

整个敬香过程大约需要半个小时左右。从二月十四晚上到午夜时分更是人员最为集中繁忙的时刻，敬香叩头的香客人山人海。等到迎会结束时，操场上的香灰堆得就像一座小山似的，香火灰要清除五六箩筐。

撑会船。撑会船就是主家了愿，答谢菩萨的护佑。一般由8名青壮年男人用竹篙来撑。地点在李堡村村东的石桥处。石桥北面有一条南北向的宽阔河道，河道宽约 50 米，长约 200 米。出发前，在二月十五夜间两点多钟，主家置办茶饭招待撑会船的人员。茶饭吃好后，取出猪头三牲装在捧盘内。主人先到李堡村庙上敬菩萨，叩头。敬完香之后，撑会船的人将捧盘放于会船的船头上。撑会船的人，头扎一条白毛巾，身穿鲜艳的彩色服装，船舷两边各 4 人，船舱中坐一人敲铜锣，担任指挥。船尾一人用木桨稳舵，校正船的航向。敲锣人"哐"一声锣响，船两边的篙夫，手起篙落，一齐发力，一条载重量 2000 斤左右的木船，便会像离弦之箭疾驶向前。撑会船不设固定时间，谁先到谁先撑。夜里 5 点钟左右，从各庄来的会船陆续来到这里，船只越聚越多，高潮时河面上黑压压一片。河面上竹篙林立，锣鼓喧天，你来我往，你追我赶，争先恐后。由于无人统一指挥，河面上很乱，会船与会船之间为了争着向前往往大打出手，相互之间用船篙子捣、戳、扎等，扭打成一团。打得越激烈，站在河两岸和石桥上的看众就会大声喝彩。新中国成立前河道两岸 100 米左右的范围内，几乎还没有住户，全是麦地。由于地方空旷，看会船比赛的人特别多。撑会船时，尽管会船和会船之间打得不可开交，但从没有出过人命事故。偶尔打得头破血流，有点伤口，上岸之后，取庙上的香灰一捂，包扎一下，几天之后，伤就好了。人们都说这是菩萨保佑的缘故。撑会船一般到天蒙蒙亮就结束了，这时篙夫将船靠岸，到李堡村大庙中再次敬香叩头，然后再撑船回到主人家。家中主人早已将饭菜准备齐全，恭候撑会船的人到来，吃完饭各自回家稍作准备，再次参加上午的迎会活动。

王家龙地的传说

化日光天瞻气宇，观风看雨慰心田。如果我们在空中俯瞰花堡村它就像一只从西北向东南延伸的卧蚕，静卧在通扬河北岸广袤的大地上。

一条逶迤的溪流穿村而过，河水清亮甘甜。每天旭日东升之时，瑰丽的朝霞映照在溪水之中，绚丽无比。河两岸分布着不计其数的河码头。码头上车水马龙，人群往来川流不息。大婶、大妈、小媳妇聚集到河边淘米、洗衣、担水……棒槌声、欢乐的谈笑声不绝于耳，河面上白鹅浮绿水，群鸭淘螺蛳、捉虾米。

岸容揽清将舒柳，穿枝掠影染静泰。这条河，用她甘甜的乳汁哺育着全村百姓。河两岸树木葱茏，修竹摇曳，高大挺拔的如巨人，低矮稠密的宛如婀娜多姿的少女。甜静的溪流是景是画，又是诗。它不仅充满诗情画意，而且还有一段美丽的传说。

这条溪流从村东头麻根寿家前面向西数百米左右折弯向南，再从原杨李小学西边继续转弯向西穿过村庄，出村西分成三叉。一条向南伸向李堡村，一条向西伸向村外阡陌的农田，一条向北再拐弯向东，然后转向北100多米，再折弯向西数百米接着转弯从杨院村西边一直向北延伸至杨院村后的一条东西向的大河。这条逶迤绵长的溪流就像一条九曲盘绕的长龙。

旧社会风水学盛行。庄西的河北舍，有一户姓王的人家。一次王家要砌房子，就请东沙村一位姓卞的看风水的先生来确定选好的宅基地。这姓卞的老先生在里下河地区走村入户给人家看地，据说本领超群，看风水十分灵验。他四面环顾，然后捋着胡须向村北伸向杨院村后的那条河道沉思很久,然后,猛转身对王家人说:"恭喜主人,贺喜主人,此乃奇特的风水宝地,我看地一辈子,也从没碰到过这么好的地方。这地方分明就是一块龙地。龙头向北,正对北极紫微,龙尾在村东,寓意紫气东来,这是一块出龙子龙孙的好地方呀!"

王家人听后,欣喜万分,好好款待风水先生,并且包了一份厚礼作为答谢。这看风水的老先生,由于太过用心看地,又过于喜形于色,伤了元气,回家之后,竟冲瞎了双眼。

再说这王家,从此以后,家运蒸蒸日上,百事百顺,成了花堡村中数一数二的富豪。在那个年头,贫者地无立锥,可王家田连阡陌,家中气象红火,兴旺发达,宽敞的四合院,前排三间五架梁,后排三间七架梁,左右嵌厢房两间。天井西侧即西厢房前檐处是花台,台后书:"宁常松柏常青树,勿慕昙花一现人。"东厢房是厨房,门头横批:"饭热菜香"。门对联:"家素待贵客,村酒宴嘉宾"。西厢房是粮仓、猪舍。粮仓联:"仓满显表五丰,猪肥明示六旺";猪舍联:"储粮要灭鼠,养猪需备饲"。猪舍旁设茅房,联为:"沐浴方为一乐,恭解便可轻身"。茅房后门可转入养鸡鸭的牧业区,联为:"不想鸡犬升天,只顾牛马为民"。

正屋大堂门顶横批:"高朋满座"。门框联:"愿高朋常来常往常相叙,恕平民不迎不送不恭维"。斗方联:"纵谈天地,洞识古今"。门边联:"清茶一杯谈天说地,香烟数根论古道今"。

前房后门头横批:"知足常乐"。门联:"民升官官变民民官一样,贫转富富变贫贫富无异"。前门横批:"境有洞天"。门联:"人情冷暖岂为憾,世态炎凉何足奇"。

前屋东首房老太房间,横批:"彭祖管区"。门联:"比太公遇王高三,如梁灏发奋多六(暗示老人高龄岁庚)"。前屋西厢房房间,横批:"当家知米贵"。门联:"敬上报恩天理相关,爱下抚育人伦无辞"。

王家不仅家道中兴,家中子女十分聪慧,智力非同一般,大有状元及第之势。

这消息在村中传散,被杨院村人得知,花堡村北舍有块龙地,将来会出王侯将相,这还了得,杨院村人眼睛都嫉妒绿了。有人一合计,出了个毒主意,连夜在庄西向北的河道上打了一座坝,并在坝上插了一柄大锹,锹柄上挂着一双草鞋。这坝后来取名叫西坝。第二天,早晨起来一看,坝口两边的河水竟成了血红色。有人说这是切断了龙脖子。这样一来,花堡庄上的这条龙就成了一条死龙。为这事据说花堡人要拆坝,而杨院村人要护坝,双方你争我夺,互不相让,曾进行了一场触目惊心的血腥械斗。

村上也有人传言,说是看风水的先生冲瞎了眼睛之后,到处寻医,医治眼疾,可是年复一年,日复一日,不见好转。一次,一个算命先生,给看风水的老先生算命。一面把脉,一面掐八字,一番询问之后,对风水先生说:"你这眼睛瞎了是有原因的,你给人家看地,选定了一块宝地,可是这宝地选定后,对那家主人有利,对你却没有好处,故而使你双目失明。要想眼睛复明,你必须破了那家的风水,否则,你的眼睛复明没有希望。"于是,姓卜的家人,故意到杨院村出点子面授机宜,这才破了花堡村的风水。这真是成也萧何,败也萧何。说来也怪,自从杨院村的西坝打起来之后,花堡村王家,从此就慢慢家道中落。听了这个传说再分析花堡村的地理概貌,确实很神奇。这真应了那句古语:命之修短有数,人之富贵在天。

传奇水濛汪

　　不方不长水濛汪，民间传闻不寻常，口耳相传成佳话，人人称其圣水塘。这是一首在花杨李家堡地区盛传的歌谣。歌谣中所说的"水濛汪"，位于花堡、杨院、李堡三村的交汇之处。

　　民间时常流传许多美好的传说。《道光·泰州志》载："天目山西有鹿女台。"台在仙翁祠一侧，为仙山一景。祠中有一仙翁叫王冶。据说，一日王冶于山中幽径漫步，忽闻道旁草丛之中有婴儿啼哭之声。寻声上前，见一母鹿正哺乳一个女婴。仙翁遂抱女婴至观中养育。自此，母鹿每日送奶到观前，直到女婴断奶。女婴渐长成人，天真活泼，聪明过人。仙翁教授其书，过目不忘。过了10多年，女婴出落成了一位亭亭少女。一日傍晚，仙翁与她登至山顶远眺，忽然天空中降下五色祥云，由远及近，耀人眼目。转眼间，祥云过后，仙翁已不见少女，抬头遥望，只见云端一头麋鹿驮着少女往天际而去……此后就有"鹿女台"飞天的神奇传说。

　　在花杨李家堡也有一个水濛汪的神奇传说。"山不在高，有仙则名；水不在深，有龙则灵。"小时候，妈妈经常把夏天天空出现的龙卷风称为羯子回家。在花堡村河北舍，有一户村民叫王罱小，王罱小家旁有一枯井，人们都传闻这口井就是龙头所在地。所以，花堡河北舍就叫龙头舍。据说泰州城隍庙内也有一口枯井，那是龙身。人们传言，羯子就藏身在城隍庙的枯井内。羯子由观音老母看守着，用一块神奇的石板压在井口之上，不让羯子出来见天日，一旦让它露天，它就会祸害百姓。

　　民间传说，羯子虽然性格暴戾，但它却是个孝子。它有一位双目失明的老母住在东海，每隔十年八年就要回家看望老母一次，每次观音老母都派北极真武菩萨押送，生怕它沿途滋生祸患。

回家途中，羯子因思念老母急切，不禁难过地落泪，一颗泪珠恰巧落在三村交界之处，由此，当地人就说水濛汪是龙的眼睛。这便是水濛汪的来历。这则传奇故事是否真实无法考证。但是王罳小家旁边那个枯井标志可是真的。新中国成立后，政府在这口枯井处设了永久性的固定标志，每年上面都会派人过来查看记录。

听说曾有人尝试将泰州城隍庙内的枯井盖移开，看看里面到底有什么东西，刚把井盖移开一半，就听见井水咆哮着上涨，声音十分吓人，而且水上涨的势头很猛，吓得人们又赶紧将井盖盖好。老百姓都说，如果打开井盖，就会洪水漫天。

人们之所以将水濛汪称为圣水塘，不仅因为它有一段传奇来历，更重要的是它还诞生了一尊菩萨龛，由此，又产生了李堡二月半庙会，这些传奇环环相扣，让人啧啧不已。

原先十年九旱的花杨李家堡，自从有了这圣水塘，当地就风调雨顺，庄稼连年丰收，老百姓也过上了安稳的日子。为了感恩圣水塘，人们在塘边建了两三个土地庙，长年累月到此焚香叩头，祭拜天地。

1996年7月15日，姜堰地区发生了龙卷风、冰雹自然灾害。苏陈、沈高地区好多房屋倒塌，庄稼损毁严重，而紧靠苏陈的花杨李堡一带却安然无恙。人们都说，每次羯子回家都会在水濛汪歇脚，自然就会保佑这方土地和百姓的安宁，所以，水濛汪是块太平地，也是一块福地。

20世纪50年代末、60年代初，当地百姓普遍得了一种大肚子病，其实就是血吸虫病。患病者，吃得多，却没力气干活儿，营养都被肚子里的蛔虫吸收了，蛔虫的虫卵是由水中钉螺产生的。在疾病流行时，曾盛传喝水濛汪里的圣水能治大肚子病，消息一传开，方圆十几里的人都赶来喝圣水，一时间封建迷信盛行。为了狠刹这股歪风邪说，政府曾派民兵彻夜站岗看守，禁止人们前来舀水喝。

为了破除迷信，消灭血吸虫病和各种传染病，增进人民群众的健康福祉,党和政府下大力气在全国轰轰烈烈地开展了"除四害"爱国卫生运动以及治理水环境"灭钉螺"运动。经过多年长期不懈努力,最终消灭了血吸虫病,喝圣水的谣言不攻自破。

党的十一届三中全会后的一段时间,一些地方政府目光短浅,只顾发展经济,忽视环境治理,尽管短时间内经济得到发展,但环境却越来越差。在这期间,被人们视为圣水塘的水濛汪,河水发黑,发臭,河道中长满水花生、芦苇、菖蒲、高筒等多种野生杂草,几乎覆盖了整个河面,水濛汪成了藏污纳垢的污染源。

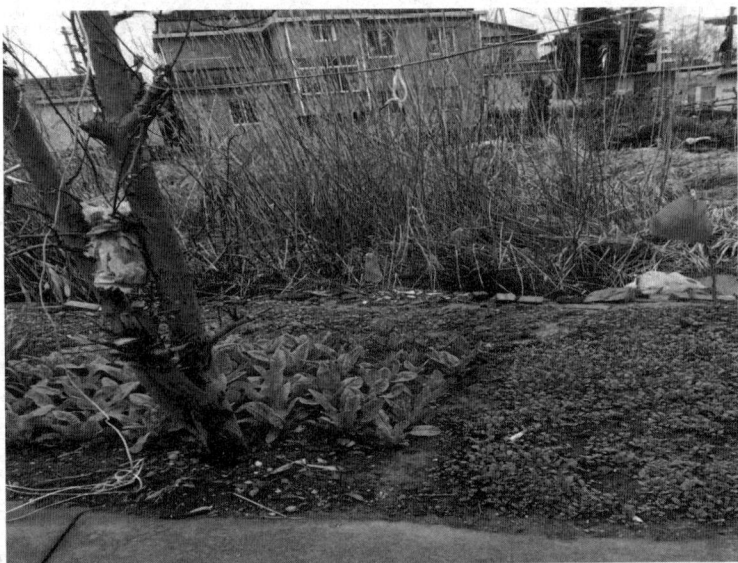

旧水濛汪模样

姜堰区政府将乡村环境治理和创建全国文明城市结合起来。2021年三水街道对花堡村内的环境卫生死角进行了彻底清查治理,治理后的水濛汪面貌焕然一新。

当你伫立水濛汪岸边,巡望四周,杉木棍围堰,周边环境绿化让人耳目一新,各种花草树木布设精当、井然有序,环境舒适宜人,有一种"采菊东篱下,悠然在南山"的感觉。请看:圆圆的水濛汪如同一面硕大无比的宝镜,把周围的美景尽收囊中。微风起来时,阳光明媚的早晨,远看波光粼粼,流水旖旎;近看碧水之中,树木、楼影、蓝天、白云,随波荡漾,交相辉映成趣;夜晚,在路边灯光映射下,月影、繁星、银河与绿树在水波中游动,若隐若现,宛如梦幻仙境。有诗赞之:

水濛汪来似龙眼,
民间传说记心间。
村民称其圣水塘,
神话故事美名扬。
水濛汪,太平塘,
乡村振兴换新装。
时代风云多变幻,
展望未来开笑颜。

整治后的水濛汪

麋鹿的故乡

如果我们把姜堰地区称为麋鹿的故乡,那么属于三水街道的花堡社区就是麋鹿故乡中的故乡。远古时代花堡村所在的姜堰一带濒临大海是一眼看不到边,绵延数百公里的水草丰茂的江淮冲积平原,在这片芦苇丛生的土地上,数不清的水鸟在一望无际的大海上空振翅翔飞,时起时落,游鱼伴着海浪跳跃,三五成群的麋鹿,这儿一堆,那儿一群,时而追逐角斗,时而觅食草叶,时而给幼鹿哺乳。这里优越的自然环境,非常适宜麋鹿生活繁衍。

20世纪六七十年代,花堡村中有一老人名叫刘荣华,当年他已是八九十岁高龄,老人说,小时候听父辈们说过,年轻时挑河垒庄台、打屋基时就多次挖到过麋鹿的角化石。

新中国成立后,沉睡已久的姜堰大地开始苏醒,广大人民群众焕发出冲天的干劲,大规模的农田基础设施建设开展得热火朝天。翻身做了主人的农民,为了战胜旱灾、洪灾,改造高低不平的低产农田,他们修渠道,开新河,填水沟,疏浚河道,进行方整条田化改造,在如火如荼的劳动工地上,常常会有意想不到的麋鹿化石重现天日。这些掩埋于地下的地理历史符号,张口说话,向人们叙说这片古老土地数百万年前的神秘历史。

1958年,蒋垛公社孟湾大队出土双角残断麋鹿头骨一具,残角一支。1975年,我刚好高中毕业,那年冬天花堡村在党员干部带领下开挖村西五家沟北新河。当太阳爬上头顶快临近中午时分,劳动工地上一阵骚动,有人惊呼挖到一支像老树根一般的深灰色麋鹿角,众人好奇纷纷围拢过去看西洋景,我也忍不住凑去蹭热闹,将那带着潮湿泥土的麋鹿角拿在手上仔仔细细地翻看,用右手试探着扳撅麋鹿的角,感觉还很坚韧,一会儿还抵近鼻子闻一闻,有一种恶臭味直冲鼻子。人们在满足了自己的好奇心之后,纷纷散去,继续干活儿。我也将那自认为没多少价值的鹿角化石抛于一边。那时农村里文物观念淡薄,更不懂得收藏保存文物,认为这东西一文不值。人们所关心的还是每天能挣多少工分,能有多少经济收入,农村人吃饱穿暖是第一需求。除此之外,事不关己,高高挂起。1976年,寺巷公社西谢大队出土过全躯雄性麋鹿化石一具。1982年花堡村在修建村西到红旗农场一段公路时,在南塘地界再次出土麋鹿角化石一支。这消息是前不久我写《辉煌花堡村》一文,采访原花堡村退休老支书龚兆兴时,他亲口对我说的,当年他在劳动现场亲眼目睹了这一事实,那时,他在花堡村任支部书记,我在杨李小学做教师,从事语文教学工作。当时所发生的事情也就毫不知情。1998年,在溱潼镇西南部出土一支麋鹿角化石。泰州市博物馆就珍藏一具国内唯一保存完好的麋鹿化石标本。姜堰地区出土的麋鹿化石之多,堪称全国之最。

麋鹿是一种食草类动物,怕热、喜潮、耐寒。夏季常常栖息于沼泽地中。冬季在零下15摄氏度至零下18摄氏度的环境中,可安全过冬。麋鹿喜欢群居,胆小怕人,善于奔跑,每年换两次毛。夏天为棕色,冬季为灰褐色。交配时间一般为每年的5—7月份。母鹿怀孕期为270—290天,一胎一仔,隔胎雌雄。初生小鹿潜藏在草丛中,6个月后随鹿群生活。公鹿发情期会有激烈的角斗。溱潼麋鹿园陈列馆里珍藏了一头公麋鹿标本,即是两头公鹿在发情期间角斗,其中一头意外而死亡。

麋鹿在我国消失还有一段屈辱的历史:1900年,八国联军入侵北京,从皇家御花园中掳走的最后一批麋鹿就是从东北进贡的。饱受苦难的麋鹿远隔重洋,流落到英国。至此,麋鹿完全彻底地从我国国土上消失。

时光已过去一个多世纪,华夏大地斗转星移,1949年新中国诞生,中华人民共和国的建立,洗刷掉了我国自鸦片战争以来的屈辱历史。1984年，英国皇家动物园返还我国39头麋鹿。这群在海外飘泊近百年的海外游子终于回归故里。

可不知怎么，这群麋鹿没有重回故乡，却阴差阳错地在东台大丰地区安家落户，这不能不说是姜堰人的一大遗憾。所幸的是，1996年溱湖湿地公园为了促进旅游业的发展，开发利用旅游资源建起了麋鹿园，从大丰接回2公2母4头成年麋鹿。说来也怪，也许是原有属地基因使然，亦或是心灵感应，从大丰刚入溱潼麋鹿园时，一头雄性麋鹿仰天长嘶，这才有了鹿鸣三水的姜堰传说。

20多年过去了，也许姜堰这块地方原本就是麋鹿的故乡，气候温和湿润，水草丰茂，适合麋鹿的生长繁殖，短短数年，这4头种鹿已繁衍子孙后代近100多头。从此，数百万年前生于斯长于斯的麋鹿，终于在它的故乡深深地扎下了根，安了家。这既圆了麋鹿重回故乡之梦，也圆了姜堰人思念游子归乡之梦，真是善莫大焉。

地域语言特色成因探析

　　某一地区的语言特色，实际上就是这一地区群众习惯性语言的表达形式。语言特色往往是通过大众化的，有很强群众基础的口语表达方式（通常指方言俗语、歇后语、谚语、谜语等简洁语言形式）呈现出来。

　　新中国成立初期，广大农村人民群众识字的不多。我们花堡村文盲率占到99%左右，一个村庄最多三四个人识字，有的只是上过一两年私熟而已，读点《三字经》《百家姓》《千字文》之类。由于没文化，所以出言吐语才会土里土气。这种带有土味儿的方言俗语就是某一特定区域的语言特色。此种语言特色具有一定的区域性，也就是地方性。

　　姜堰人说姜堰话。姜堰话和周边地区的一部分文字语音来源可以追溯到南北朝时期。据有关资料记载，魏晋南北朝时期，从中原迁往南方的客家人，他们不忘祖宗遗训和说话的语言习惯。没把自己中原方言丢掉，始终保持了许多中古音。比如"同""稻""毒"等的字，声母都是 t，而不是 d；"跪""亏"的声母都是 k，而不是 g。

　　姜堰话不仅有中原的根脉，还存有南方人的基因。朱元璋当时在苏州、松江、湖州、杭州等原张士诚占领的地区大肆向苏北移民，其中就包含姜堰。大量的江南人涌入苏北，因此，姜堰话中也包含了许多江南话。除了中原话、江南话之外，姜堰话中还有不少当地的土话掺在其中。一些北方话和南方话现在不说的词语，姜堰话仍然在说。

　　即便是姜堰话，姜堰南部、中部、北部受地貌地理特征、民俗风情、生活习惯等因素的影响，不少土话也具有极大的差异性。举几个例子,比如"吃晚饭"这三个字。花堡周围一带人(姜堰中部的人),读"吃(尺)晚(讶)饭","吃"的声母是ch,"晚"的声母是y(实际是"夜"),且"吃"的发音短促,不拖长音。而高沙土地区梁徐一带人读"吃(七)晚(讶)饭",吃的声母是q,且读音拖得较长。再如"下河口"三个字,花堡人读"下(hà)河(huó)口"。而兴化人读"下(hà)河(fú)口"。他们把河和湖混为一体。造成这种语音差异的主要原因是受地理特征的影响。花堡一带河道狭小,河面不宽,故称为河,可兴化地区有卞家庄湖、喜鹊湖等好多湖泊,正因如此兴化一带人才会将"河"与"湖"不分,造成前文所说的这种差异。

还有花堡人将"大火"读成"大火(huǒ)",卞家庄人读作"大火(fǔ)",这说明姜堰话也不是铁板一块。南方高沙土地区称通扬河以北地区人叫"水瘪子""水沙宝",而里下河地区的人将梁徐一带人叫"旱鸭子""旱沙宝"。生活习惯、风俗民情也有极大的不同。里下河地区人善于用竹篙撑船,善于游泳,可高沙土地区人善于运用木制推车搬运东西,而且很少有人会游泳。究其原因,里下河地区出门就是河,水网密布,船是里下河地区的交通工具,为了防溺水死亡,基于安全考虑也必须学会游泳,这是生存的必备技能。通南地区河道很少,用船不便利,故只好用木制推车运东西,当然游泳也显得不急迫,由于不必防溺水,所以很少有人会游泳。再有里下河地区水源充足,粘性黑色土壤,保水性能好,适宜种植水稻,故姜堰北部人主食吃大米,而通南地区属于高沙土保水性能差,河流少,水源不充足,不宜种水稻,只适宜种植三麦、大豆、花生之类品种(限于20世纪50年代至70年代)。俗话说:靠山吃山,靠水吃水。所以姜堰通南地区人主食大都是麦糁儿煮山芋粥。由于地域不同,生活习惯和生活方式就具有极大差异性,这也导致语言表达的不同,长期以往逐渐形成一定的地域语言特色。

小时候,我经常听到一些奇特的词汇,比如"背锹儿"这一方言,现今偶尔农村中还有一些老年人常用此语来骂人,意为咒人死,对于这类词如果你不熟悉当时当地的时代背景,你就不可能准确理解这一方言的意思。20世纪五六十年代，当时农村生活条件、医疗条件都很差，农村妇女生孩子，婴幼儿的死亡率很高，成活率只有70%左右，不少孩子只活三五岁或七八岁就生病、溺水，或营养不良而夭折。小孩子死亡后，不可能像成年人一样隆重举行安葬仪式，一般草草地用薄木板钉个小棺材，棺材很小，仅几十斤而已，无需八抬八差，只要一人用大锹背在身后就可以去挖个坑安葬了事。（当时没实行殡葬制度，没有火化的习俗），这便是"背锹儿"一词的来由。现在的年轻人如果没有了解那段历史，偶尔听到这一词汇，一定会如同雾里看花，不知所云。

再如"倒马叉"一词，让时光倒回到20世纪五六十年代，不少农村中的青壮年农民正在农田内干着农活儿，突然间就倒在田里断气了，面对这一奇特现象，那时农村人没文化、没知识，不懂得这种突然死亡的原因是因为患有心肌梗死，或者脑溢血、中风所致，医学上叫脑卒中。人们无法解释突然死亡的原因，就将这一现象跟封建迷信挂钩，认为死者前世没做好事，恶行太多，现在遭到报应，是菩萨将他的魂灵收走了，故名叫"倒马叉"。

小时候，农闲时节，吃过晚饭，习惯到河边乘凉，一边扇风纳凉，老年人会出些谜语让大伙儿猜，借此取乐，其中有一则谜语我印象特别深刻。"四周是围墙，中间大逛场，年年大减产，月月缴公粮。"这则谜语只有花堡人知道它的意思。把时针拨到20世纪六七十年代，农村害癞痢头病的人很多，人们在猜谜语的时候，想法子笑话这类人，有人灵机一动，突然独创了这则谜语。"四周是围墙"描述害癞头病的人头顶光秃秃的，只有脑瓜周围才长一些稀疏的头发。"月月缴公粮"让人联想到学大寨期间，生产队给国家缴公粮，实则是喻指害癞头病的人按月到理发店理发。生活中有不少方言俗语、谚语、歇后语等都是广大人民群众在日常生活中，根据当地生产生活实际现状自我创造出来的，充满了浓浓的生活色彩，浓郁的地方特质。

例如"癞子配癞子，坏锅碗配个豁锅盖"这一俗语，小时侯，我十几岁时，就听我家西边德有奶奶讲过一则有趣的故事。当年农村中时兴男婚女嫁请媒婆做媒，张家有一男孩豁嘴儿，二十多岁，还没找到合适的姑娘。王家有一双腿瘫了的姑娘还没婚配。结果这媒婆别出心裁，当女方到男方访亲时，媒婆让男方的儿子坐在桌旁，故意在嘴上叼着一朵大红花遮挡住豁嘴边，捧着一只大碗在喝糁儿粥，媒婆问女方，这孩子"豁"得怎样？女方人说，喝得有模有样。之后，男方到女方家访亲，媒婆让女方的姑娘用一张木头杌子坐在锅边摊饼招待客人，媒婆问男方，这姑娘"瘫"得怎样？男方说，这姑娘摊得不错。结果到了年底结婚时，双方发现对方的缺陷，彼此都在抱怨媒婆，责怪媒婆隐瞒实情，欺骗了自己，可媒婆对女方说，当初访亲时，男孩在喝粥，我问你们孩子"豁"得怎样？你们都夸豁得好看，这会儿怎么反悔了呢？转身又问男方说，访亲时，女孩坐在锅角上摊饼，我问你们"瘫"得怎样？你们都异口同声夸摊得好，现在怎么倒起酸水来了呢？然后，媒婆又进一步开导说，你们双方孩子都有缺陷，并不十全十美，这就叫"癞子配癞子，坏锅碗配个豁锅盖"，也算门当户对，就不要再嫌弃对方了。媒婆一番劝告，双方哑口无言，也就各自接受了这门婚姻。其实，媒婆采用的是偷换概念的伎俩。"瘫"非"摊"，"豁"非"喝"。媒婆借两字的读音相近和词意的不同而糊弄了双方家长。

通过以上剖析，像"下河口""大火"等方言俗语，皆具有浓郁的地域特色，这种特殊语音是由一定地貌特征、生理特质和生活习惯等决定；像"背锹儿""倒马叉""滑的骨碌"等俗语，无不充满了里下河地区的地域风情，既通俗易懂，又形象直白；又如"四周是围墙，中间大逛场，年年大减产，月月缴公粮"谜语，还有"豁嘴儿吃面——收汤不起"，"双季稻，双季稻，三个瘪子，两个斜斜腰""修锅没法，全靠泥塔（涂抹）""脱裤子放屁——多此一举"等语言，虽有一定的粗俗性，但却含蓄风趣，还很幽默。

我国是一个多民族国家，不同民族、不同地域、不同村庄，由于时代变迁，或长期定居某一特定区域，总会形成不同的民俗文化、区域风情、村庄习俗以及不同的语言特色，所有这一切都是丰富多彩文化基因的一部分，构成了我国绚烂无比的中华文明。

乡村语言虽然充满土味，但这种口语化、大众化的语言，看上去肤浅粗俗直白，并不高雅，但粗俗中仍不缺生动形象，有时让人一听破涕为笑，甚至捧腹大笑。有道是话糙理不糙，使用恰当的方言俗语、谚语、歇后语，可以起到言简意赅的表达效果。

因此，研究学习、使用当地的方言俗语以及充满地域风情的语言，能使我们的基层领导干部更能融入群众，贴近群众，拉近和群众的心理距离，有利于和群众进行语言交流，使之更好地开展群众性工作。领导干部在工作中恰当地使用大众化语言能起到四两拨千斤的效果，有时沉默的会场气氛，会因一句风趣幽默的谚语、歇后语立即活跃起来，听众的热情也会立马高涨起来，这便是地域特色语言的魅力所在。当然，有精华也有瑕疵，不少粗俗低劣的俗语、歇后语不宜在隆重、严肃的场合使用，否则会得不偿失，事与愿违。

民俗风情文化根，

基因密码解方程。

研习探究不懈怠，

宝库发掘渊源深。

方言俗语注解

方言	例句	注释
大面上	大面上过得去就行了。	做表面文章
麻难头	这下子惹上了麻难头。	指遇上难事儿
者者居	不必者者居今天全做完。	泛指人做事固执
麻木神儿	这是个麻木神儿，你可要防着点儿。	指做事莽撞
怕怕瑟瑟	这孩子认生，有点儿怕怕瑟瑟。	指害怕的样子
猫儿搭爪	这家伙猫儿搭爪的，手脚不干净。 不要在女人面前猫儿搭爪的。	爱拿别人的东西 指对女人动手动脚
虎狼神	慢点儿，做事别虎狼神似的。	指做事不稳当，不仔细
耷肆	“光棍堂儿”和寡妇耷肆上了。 这人做事不靠谱别和他耷肆	指男女之间不正当来往 指和不三不四的人来往
膀拐儿	你是个膀拐儿轮不到你说话。	指不是同类人
呼剥儿	别呼剥儿，慢点儿没人和你抢。	指急吼吼的样子
俯就	中饭不多俯就一下。	勉强应付一下
没头拖	今天坐船掉了个没头拖，呛了几口水。	泛指掉进深水里
泛气	这孩子泛气将来定有出息。	指孩子聪明伶俐
福团儿	老人家儿孙满堂是个福团儿。	指老年人有福气

方言	例句	注释
尾泊桩儿	你摸一下自己的尾泊桩儿。 他家尾泊桩儿一大摞负担重。	指人体器官,屁股上的尾骨 指儿女多
刁头弯颈项	这是个刁头弯颈项的人。	指不讲理,不合群
淀汤落水	这粥淀汤落水,不熬饥。	指稀粥水多没什么米
的的剥剥	说得的的剥剥的,你怎么反悔了? 的的剥剥的事,还不相信吗?	1. 指认认真真的 2. 吓诈冒烟
趿煞儿	穿着趿煞儿走路要小心。	1. 指木头拖鞋 2. 布拖鞋
细拿宝儿	这个细拿宝儿拿他真没得办法。	指男孩淘气(含贬义)
老霉桩儿	和这个老霉桩儿没说头。	指老人思想陈旧保守
淘碌	我俫是老霉桩儿没你有福气。 经过这次淘碌把身体拖跨了。	指运气不佳 指休息少,十分劳累,心里焦虑
落头落脸	他落头落脸说人不顾情面。	指不尊重人,爱数落人
邋遢	这人邋遢,身上太脏了。	指人不爱干净,很肮脏
奴拙事	怎么老做奴拙事?	办事不顺弄巧成拙
奴拙	你这人太奴拙了。	指人做事笨手笨脚手脚不麻利
根本家乡	你有了出息,可不能忘了根本家乡。	指故乡
瓜瓜亲儿	你和他家有瓜瓜亲儿。	指沾亲带故或远房亲戚

方言	例句	注释
骨头骨榫儿	他家的骨头骨榫儿我都知道。 我知道他的骨头骨榫儿决不敢翻呛。	指情况知道得一清二楚 指抓住对方把柄
扛顺风旗儿	你应该有主见,不要总扛顺风旗儿。	指顺着别人说话办事
滑刷	好的滑刷,不然会出事故。	有眼头见识,动作敏捷
灰泡楚浪	人走出去不要灰泡楚浪的。 衣服穿得灰泡楚浪的会让人瞧不起。	指人缺乏精神气儿 指衣服颜色不鲜艳
荒三	想到我家借盘篮,荒三,回家去吧。	指没有
虾儿勃跳的	一见到领导他就虾儿勃跳的。 这孩子望见妈妈就虾儿勃跳的。	指爱出风头,爱显摆 指高高兴兴,欢欢喜喜
中儿荢之	这孩子的成绩在班上中儿荢的。	指中等成绩
作号嗬	人家做人家的事你作什么号嗬。	指跟着起哄,作人来风
舞鬼	他们两人不好好过日子在家舞鬼呢。 你在舞什么鬼,真是瞎胡闹。	指夫妻俩杠丧吵架 指不认真做事
酸粥嘴	不和你说整天酸粥嘴。	多指说话啰嗦
散脚神	你是个散脚神,张三李四家到处乱跑。 做生意是散脚神。	指爱贪玩,走邻居 指没有固定的地方
假麻若鬼儿	你不要做出假麻若鬼儿样子。	指故意装腔作势
酒坛子	养个带把儿的,不如养个酒坛子。	泛指女孩子

方言	例句	注释
撑檐头	撑檐头的孩子没有多大出息。	指愣头愣脑,不活泼
闷汤焰	还是闷汤焰的茶水比较爽口。 闷汤焰的孩子三棒打不出个瘟屁来。	指温开水 指性格内向,很少开口讲话
尖屁股	他是个尖屁股三分钟不到拿脚就跑。	指坐不住
豌豆儿心	这个女将豌豆儿心,没庄主。	指女人容易更改主张
日鬼儿	日鬼儿昨天好好的,今天怎么死了呢?	指事情蹊跷
没沙数	你说话有点儿没沙数。	指说话不分轻重没分寸
现托现	我给你打工,工资要现托现。	指工资当天兑现,不拖欠
磕头舍儿	他家住的是磕头舍儿。	大部分指"丁头府"茅草房
活劲	吕二家做的豆腐活劲。	指豆腐嫩、爽口,味道鲜美
棺材楦子	八九十岁的人,已是棺材楦子了。	喻指快要死的人
狗脸亲呃公	你给我稳当点,别狗脸亲呃公。	指关系一会儿好,一会儿坏
乖乖隆的咚	乖乖隆的咚,这么多鱼啊!	指非常吃惊,很惊讶的样子
刁边苷	你说话不要刁边苷,我听不清楚。	指说话口吃,言词表达不清楚
倒眼毛	你今天外出要倒眼毛了。	指办事不顺利,倒霉,不走运

民俗文化

方言	例句	注释
分门透气	我一出马,分门透气,事情十拿九稳。	指做事大功告成
没得顿屎窝儿	没得顿屎窝儿到哪儿也不能安生。	指没有居住的地方
洋儿蒯之	请你做事认真点,不要洋儿蒯之的。	指做事不稳重
松的落壳	这个杌子松的落壳的。 你这人松的落壳的,办不了大事。	指木制家具榫头不紧 指做事不牢靠,办事不认真
者执	赶得好不如赶得巧,顺便饭,不要者执。	指固执,不占人便宜
袜滴滴的	这个桌子刨得袜滴滴的。 你说话袜滴滴的,我爱听。	指物体表面很光滑 指人话说得漂亮得体
薄格屎	这下子薄格屎,事情弄糟了。	事情没办成,彻底完蛋
讹险儿	讹险儿把镜子打破。	指差一点儿
杂估浪儿	你挑的猪草杂估浪儿。	指品种混杂
掸不到九底	这人说话掸不到九底,要防着点。	不知对方意图
猪老烧狗老烧	他领了猪老烧狗老烧一帮人来了。	一大堆不三不四的人(不喜欢)
奘不齐	这个人奘不齐,不要相信他。	说话办事不靠谱,让人不放心
打绍语	他偷偷的打绍语。	用肢体语言暗示人
没勾墙	这人太坏了,没勾墙。	指人坏到了极点
逸当	小李这人蛮逸当的。 他家里忙得可逸当呢。	稳重性情温和 做事有条有理

方言	例句	注释
闷仄声儿	老王今年不放鞭炮想闷仄声儿大发财是吗？ 你闷仄声儿装不知道。	指没响动 指隐瞒意图，工于心计
敲弓别弦	做事应光明正大，不要敲弓别弦。	指故意唱反调，为难人
哈巴狼当	我哈巴狼当就这么多钱。	指总计，合计
花雀儿疯	这个女的得了花雀儿疯。	指人害了相思病精神不正常
求嘴发窝	和长辈说话，不要求嘴发窝。	指晚辈对长辈或上级顶嘴
辣侉话	你怎么老是辣侉话？	指说污言秽语的下流话
赖擦话	这活儿赖擦话儿说得过去。	指做事马马虎虎还可以
斜插花	斜插花儿走过去，能省一段路。	指走近路，抄近路
死皮赖瓜	你死皮赖瓜待在这儿干什么？	指纠缠不清，不依不饶
眯马官	眯马官做事让人不放心。	指做事不求质量，得过且过
照抹	做事要有照抹，不要掉头落尾的。	指事情做好后，回头查看一下
没数摸	你做事没数摸，让人掸不到九底。	指心中没数，有点不放心
卖里锅	这是个卖里锅的人。	指出卖朋友，耍阴谋诡计
促气	这人光促气，活不多长时间。 老这样促气，早晚散伙回家。	指人奄奄一息快要断气。 指事情断断续续难以进行下去
麻的木痴	这人做事麻的木痴的，没底莫。	指做事胆大妄为

321

方言	例句	注释
歹势	你看他这个歹势样子。	指丑态相，凶恶的样子
倒肚儿	你这样倒肚儿有意思吗？	指吃了别人的东西，被他人翻倒账
打嚎号儿	上南京想去就去，不要打嚎号儿。	指老是放在口头上说，不见行动
淡胡儿	他胡了个淡胡儿。 这件事拖到最后恐怕要淡胡儿。 你这人做事老是淡胡儿。	指纸牌的胡牌样式 指到最后事情办不成 指某人做事不牢靠
出豁子	出了豁子怎么办？	指出事故，出纰漏
屄臭恶水	杠到丧屄臭恶水不道德。	指揭别人的短，败坏别人的名声
癖呔	好好说话，不要癖呔。	指东扯西拉，南腔北调乱说一通
若糊嘴	王二是个若糊嘴。	指胡说，言行不一，说一套做一套
拿翘	明明能帮助别人，却故意拿翘。	指自己能做到，却为难人不帮助
锅比秀	这孩子到了外面就锅比秀。	大多指男孩子不大方，害羞
蛮搞草	这个女将蛮搞草。	一般指女方蛮不讲理

方言	例句	注释
讹错儿	这黄豆的斤俩讹错儿。	指数量不准确
粉皮娇嫩	那个女人粉皮娇嫩的。 这孩子长得粉皮娇嫩的，好看。	指女人脸皮嫩，不觉得老 多指小孩子长得俊俏
没头打瘾	你烟瘾上来了，没头打瘾的样子。	指精神萎靡不振
草狗	这是条草狗。	指母狗

天井的学问

天井一词，如果从数字方面思维仅二字而已，若从形状上考虑那就另当别论。我国地域辽阔，不同地区对天井形状有不同认知、不同理解。姜堰城内北大街徽商旧居，院子呈梯形，这是安徽人喜欢的形状。江淮人对梯形的院子很排斥，因为梯形是江淮人最忌讳的棺材形状，十分不吉利。安徽人则认为棺材又升官又发财，大吉大利。你看江淮人和安徽人对梯形的理解截然相反。江淮地区人觉得天井就该方方正正，才会大吉大利。我们花堡村，包括周边各村镇，家家户户的天井一定是长方形，或者是正方形，绝不可能是不长不方的不规则图形。但是如果我们仅从形状上认知天井，那就太肤浅了。

天井是很有意思的建筑式样。有人认为天井的设计是为了表达一种美学，是美术上的留白，即美学上的空灵；也有学者说是为了采光，让居室光照充足，使寒冷的冬季温暖如春。我对这样的评论深表赞同。但是，我认为给居室设计天井更多的用意是藏风聚气，规避邪气，减少阴气，增添阳气，确保住宅的安静与安宁，让生活过得安宁祥和才是主人的本质意图。

为什么这样说呢？试想，如果家居主人，房子建好之后，省略天井将会是怎样一个情形呢？孤单的一座房屋就像孤独的小岛，时时刻刻面临狂风和恶气的侵袭。避开狂风暴雨、沙尘的侵扰不说，更为严峻的是若遇歹徒、不怀好意的无赖之辈，一点障碍也没有，单刀直入、直捣黄龙，这哪里还有安全可言。没有天井，既不宁静，也不安全。

不仅如此，设计天井还有一层更深的用意。天井不仅可防风煞侵扰，恶气的冲撞，更主要的是聚集财富，四水归田——肥水不流外人田，这就充分显示风水的精妙之处。

天井一般设置于门庭与客堂之间。主室一般坐北朝南，天井的东南西三面是围墙，形成一个相对封闭的空间，既隔绝了与周围邻居和广袤自然的联系，又同时留下一个与天地对话的渠道。它既变通了屋顶天窗的形式，又弥补了墙壁窗户的不足。天井的上方就是大自然的天空，你既可以与星辰对话，又可以和日月私语，人与自然的沟通，是一种喜乐忧愁的释放，让心灵的波澜起伏得到很好的修复，有益于身心健康。

可以毫不夸张地说，天井是古建筑师们高超、精妙的设计。它虽然形态简单，但意蕴丰富，留给人许多想象的空间，它形简意丰，既可以藏匿家私，又可以与自然相融，使家居建筑灵动起来，生动起来，鲜活起来。

天井还有建筑美学的功能：它是室内吗？不是。它是室外吗？当然也不准确，好像都似对非对。它没有顶，但四周有围墙，可仰望天空，贯通自然。它既不是纯粹的室内，也不是地道的室外。这正是天井建筑美学方面的奥妙之所在——天人合一。这是几千年中国儒家学说中庸之道精髓的精妙运用。

天井的"井"，古文字是"丼"，你有没有发现古文字中间多了一点，这多出的一点代表什么意思呢？

这就是我接着要说的天井的灵动之处。仔细品味，天井既有深度，又有高度，更有广度。皓月当空、惠风和畅之夜，邀三五知己陪同七八个家人，挨挨挤挤、热热闹闹聚于一堂，坐于四方院落之内，既通风又畅气，既隔绝于自然，又融于自然。家人之间，朋友之间，家人与朋友之间，或与香茗相伴，或与美酒相随，或浸歌舞之韵；举头邀明月，笑应满天辰；微风拂衣襟，月光沐周身；或谈论诗社，或议论时政；或家长里短，或风流韵事。毫无禁忌，言论自由，各抒己见，畅所欲言，随心所欲，痛快淋漓。方方四方院，别有洞外天。既可以众人喧嚣尽兴，亦可一人悠然自乐；既可操琴吟唱小曲，又可捧诵诗经；既可与先贤对话，笑谈人生，又可以与《汉书》煮酒，品味古今。更可以仰卧躺椅,悠然沐浴阳光,闭目养神,恢复身体浩然之气……快哉!快哉!

耄耋之年,若有闲情逸致,可一人悠然添置一些盆盆罐罐,植栽月季、牡丹、金桂之类,则"春有百花秋有月,夏有凉风冬有雪。""闭门推出人间事,好与自然同呼吸。"人生如此,夫复何求。乐哉!乐哉!

因此,天井是建筑,又不是建筑,它既有形,又无形。它可把你困于此,又可让你放飞理想;它空间狭窄,又空旷无边,让你放开手脚施展腾挪,尽情传达信息,表达自己的思想。它是画卷,院墙外,绿树掩映,修竹摇曳;院内,微风摇花枝,月影留后背;头顶观夜空,日月伴星辰,宇宙浩翰无垠;脚踩花枝,月影斑斑。它是留白的风水,又像宁静的港湾,护佑着居室的安宁。这样的空白,就是无声之言,不着一字,不泼一墨,但比字墨更尽显风流;这样的空白,又是无画之画,无痕无迹,可寻可求,妙哉!妙哉!

总而言之,民居建筑的天井设计是有内涵的,有文化的,更是有思想,有灵魂的,是家居风水学方面的经典设计。

在我们花堡村,随着小康生活水平的不断提高,不少村民,越来越重视天井的风水布局,精心打造精致舒适的生活空间。

左图是花堡村民花海林住宅楼,西窗外景观图。假山背后是柿子树和一丛翠竹,假山前面是养鱼池。推开窗户便是明堂水。秋风

院西窗外景观图

花海林住宅楼景观图

送爽时节,满树成熟的柿子如同一盏盏红灯笼分外耀眼,翠绿的修竹

斑影婆娑，加上鱼池假山的衬托，清新高雅，身处其间，如沐春风，既诗情画意，又使人心旷神怡。

以上两幅图是陈桂秋家的院内景观，优雅脱俗、清新别致，像这样的农家小院，在花堡村内不计其数。

中国传统节日知多少（单口快板）

中华文明五千年，历史悠久代代传。

传统节日底蕴厚，源远流长到今天。

正月初一过春节，放鞭炮来贴春联。

一元复始万象新，拜年还给压岁钱。

正月十五元宵节，赏花灯，猜灯谜。

吃汤圆，唱大戏，人人乐得笑嘻嘻。

二月二来龙抬头，开春犁，忙田头。

施肥除草不停留，行云布雨好兆头。

三月四月到清明，烧钱化纸祭祖先。

缅怀祖先理应当，野外郊游去踏青。

五月初五端阳节，屈原投入汨罗江。

包粽子，赛龙舟，悠久民俗要弘扬。

七月七来七夕节，牛郎织女鹊桥会。

天河阻隔面对面，一对情人难相聚。

中元节，要祭祖，南方十四北十五。

祭祖尽孝思念诉，子孙后代不忘祖。

八月十五到中秋，吃月饼，赏月圆。

叙团圆，饮美酒，团圆之日庆丰收。

九月九，到重阳，天更蓝，气更爽。

踏青赏菊登高处，敬老感恩理应当。

农历腊月到年关，腊八节，算一算。

腊八粥，腊八面，南方小年二十四，
北方小年二十三，灶神上天言好事。
转眼除夕已来到，干干净净迎新年。
贴春联，放鞭炮，阖家团圆过大年。
传统节日中国风，中华儿女世代传。
文化自信成典范，共创民族大繁荣。

民俗文化

观花灯（单口快板）

正月十五去看灯，欢声笑语热闹辰。
大红灯火　排排，观灯看众聚成云。
橙黄蓝绿色色新，千姿百态好缤纷。
妻前走，后伴孙，全家老少齐观灯。
大人看，孩闹腾，各式各样两边分。
肩摩肩，人靠人，大街小巷挂满灯。
左老妻，右儿孙，车水马龙挤满人。
妻看灯，夫看灯，人来人往潮水群。
绿灯方，红灯亮，一对情侣到近旁。
蜈蚣灯，有点长，花灯谜语众欣赏。
小女孩，真漂亮，小男孩，站一旁。
你喜欢，我欣赏，推推搡搡忙争抢。
奶奶劝，爷爷嚷，不争不抢好儿郎。
短尾巴，兔子灯，竖耳朵，毛绒身。
不大不小玲珑身，左看右看好喜人。
不圆不扁乌龟灯，灰色背，花斑纹。
尾巴缩，头外伸，贼头贼脑笑死人。
喜鹊灯，孔雀灯，挑选孩童站成群。
狮子灯，老虎灯，威风八面吸引人。
猪耳朵，八戒灯，八字钉耙扛后身。
悟空灯，猴子身，手搭额前探路程。
沙和尚，担子沉，师傅在前他后跟。

身披袈裟是唐僧，师徒四人赶路程。

路道长，巷子深，看完这边往前奔。

大人挤，小孩跟，前呼后拥好欢腾。

左看灯，右选灯，大的小的蛤蟆灯。

眼花缭乱各式灯，栩栩如生喜煞人。

长的短的蜈蚣灯，爱不释手好心疼。

高的矮的公鸡灯，难以取舍愁死人。

孙子挑选奶奶跟，左挑右选蝙蝠灯。

客买灯，主卖灯，奶奶忙把价钱问。

不要问，不欺生，价格便宜别心疼。

大人笑，小孩跳，保你全家添财运。

买花灯，庆元宵，我做生意你放心。

我满意，你称心，灯节逛得好开心。

主家不愧生意人，左右逢源好前程。

甜言蜜语哄客人，价钱再贵不心疼。

买花灯，卖花灯，猜谜语，赏花灯。

三五成堆欢乐群，花灯成行好缤纷。

看了半天腰腿疼，老伴催促回家门。

花灯集场没看够，老头还把怨气生。

闲话十二生肖（单口快板）

民间相传十二肖，为何小猫没选到。

都说老鼠骗了猫，才使小猫迟报到。

十二生肖有起源，动物崇拜有渊缘。

古人崇拜小动物，常把动物奉神灵。

十二生肖源于秦，家猫原是外国名。

有了疑惑找原因，传到汉朝稿已定。

十二生肖十二属，十二地支弄分明。

老鼠嘴尖小眼睛，钻墙打洞耍机灵。

半夜三更偷粮吃，鬼鬼祟祟贼又精。

老鼠生肖排第一，牛居第二怨升天。

无私付出拓荒牛，早起耕种日落西。

俯首甘为孺子牛，含辛茹苦满身泥。

虎入森林显神威，处处称王谁敢欺。

哪个动物碰上它，立马定会命归西。

兔子身小尾巴短，尾巴短小腹毛稀。

田间吃草胆心惊，提心吊胆遭犬欺。

大海深处有龙宫，老龙腾云气势雄。

吞云吐雾威风凛，华夏图腾万代荣。

地龙虽小得民心，蛇游浅水喜湿阴。

进入冬季会冬眠，反应灵敏身轻盈。

宝马驰骋卷尘沙，跃走扬鬃走天涯。

路遥才能知马力，日久相交朋友夸。

午马领头前面走，未羊紧紧随其后。

小羊温顺性柔和，跪乳报恩唱赞歌。

猴子生来怪模样，天性好动喜爬桩。

上蹿下跳不安稳，山中无虎逞大王。

金鸡昂首大步迈，冠红衣锦展雄才。

东方破晓脱口开，一声惊鸣红日彩。

狗犬忠心志不移，看家护院没人欺。

听觉嗅觉皆机灵，追凶缉毒显神奇。

小猪天生笨笨相，贪吃懒睡憨态样。

福分享尽没好事，膘肥体壮后遭殃。

十二生肖十二属，民间文化话吉祥。

生肖俗语民间传，再把生肖从头说。

子鼠白手起家渡，丑牛仗义多有助。

寅虎贵人在同族，卯兔常有兄姐护。

辰龙年少离家乡，巳蛇婚后得相助。

午马都是靠自强，酉鸡贵人在夫妇。

未羊从来苦后甜，申猴常有贵人护。

戌狗中年可得志，亥猪少年就得势。

纪时民俗和信仰，文化艺术待收藏。

以属算命不可信，封建迷信要抛弃。

十二地支相守护，十二生肖个个奇。

十二生肖是两两相对。第一组是老鼠和牛，老鼠智慧、牛勤奋，两者紧密相联；第二组老虎和兔子，老虎勇猛、兔子谨慎，两者结合就是胆大心细；第三组是龙和蛇，龙刚猛、蛇柔韧，刚柔并济才是最好的标配；第四组马和羊，马勇往直前、羊柔顺，只顾勇往直前，会欲速不达，而只顾柔顺，又会迷失方向；第五组猴子和鸡，猴子灵活、鸡定时打鸣，代表恒定，灵活和恒定紧密结合相得益彰；最后一组是狗和猪，狗忠诚、猪随和，只有两者结合，才能实现内心深处的平衡。先人的智慧真是了不得。

忍字妙来忍字好

忍字妙来忍字好，忍字头上一把刀。
邪恶皆从胆边生，哪个不忍祸事到。
忠言逆耳别不信，几位古人可知晓。
太公渭水把鱼钓，活到八十还保朝。
苏秦能忍脊椎骨，六国封相堪为高。
子胥能忍要过饭，挨门乞讨品玉萧。
韩信能忍胯下辱，登高拜相保汉朝。
张良能忍汉室保，脚踩祥云任逍遥。
朱买臣忍把柴打，官居太守品位高。
几位名人好口碑，富贵荣华忍上熬。
也有古人不能忍，大难临头赴阴曹。
庞涓不忍遭乱箭，马陵道上命来抛。
黄阳不忍摆名阵，千年道业命难逃。
霸王不忍乌江刎，盖世英名一夕抛。
李白不忍贪杯酒，客死江心顺水飘。
罗成不忍乱箭死，临死马踏泥河道。
吕布不忍戏貂婵，北门楼下人头掉。
周瑜不忍三口气，亡命巴丘撇小乔。
石崇豪富不能忍，万贯家财烟灰飘。
奉劝诸君恶梦醒，哪个不忍有好报。
临朝皇帝也须忍，千秋帝业稳坐牢。
当朝驸马也要忍，金枝玉叶伴月宵。

文武大臣也得忍，未来三台品级高。
学子能忍寒窗苦，五子登科独占鳌。
农民能忍日辛苦，喜获粮丰换钞票。
艺人能忍生财道，享誉四海艺名高。
生意全靠和气来，财源滚滚门前到。
穷也忍来富也忍，贫富皆能平安保。
穷人能忍少受欺，吃苦耐劳莫心焦。
村民能忍家业保，不怕半夜把门敲。
父母能忍子女孝，儿女能忍敬孝道。
弟兄相忍和为贵，莫听妻室巧舌挑。
夫妻能忍情谊重，碎语闲言别计较。
主家能忍养家佣，干活多来效率高。
四季勤劳多效力，左邻右舍齐夸耀。
婚丧嫁娶寻常态，乡风民俗纠纷扰，
怒火心头忍一忍，免得各方少吵闹。
结交朋友也一样，坑蒙拐骗不可饶。
生意买卖公平秤，缺斤少两遭雷报。
出门在外更要忍，引火烧身惹人笑。
酒色财气别沾染，天性不改风波到。
酒后胡言惹是非，吃酒不醉安稳觉。
贪色淫欲伤身体，少采野花走正道。
不义之财少贪求，生活节俭苦中熬。
身外闲事少去管，门前积雪自家扫。
邻里杠丧不安息，装疯卖傻寻上吊。
愚时头脑一发热，一命呜呼将命抛。
善人善心多劝告，积善积德有好报。
若是心中存一忍，大事小事全化掉。
邻里有难帮一把，拾金不昧风格高。
日常生活少烦恼，自得其乐寿限高。

奸刁圆滑不学好，人不知道天知道。
奸淫掳掠自作孽，天诛地灭不可饶。
天地不亏好人心，善恶到头终有报。
五讲四美三热爱，牢记心间别忘掉。
社会主义核心观，公平正义记得牢。
村规民约要遵守，大力弘扬全村晓。
乡村振兴康庄道，一路高歌一路笑。

贺诗集锦

贺新春

金牛奋蹄追风月，寅虎山中呈威王。
气象万千新岁首，千门万户喜若狂。

新春岁首老家回，携妻带子拜年来。
喜盼儿孙相照面，家父慈母翘首待。

贺新房

天光云影开泰运，奎壁联辉耀华堂。
鞭炮齐鸣欢声笑，亲朋故友献贺章。

贺上大学

一庭春色含生气，文昌福地和气收。
春风棠棣振家声，五子登科耀千秋。

贺生日

接香亮烛燃鞭炮，江风流水盛世歌。
五十半百生日周，福如东海水长流。

迎国庆

天安门前人如潮,五星红旗迎风飘。
国运昌隆花溢彩,十月一日节庆闹。

唱凤凰

锣鼓阵阵临门来,凤凰摇头添异彩。
燃鞭炮来接红包,门前看众笑口开。

贺新婚

花枕头,红被面,洞房花烛并蒂莲。
鸳鸯戏水浴爱河,新婚燕尔贵子添。

贺银婚

枯木逢春苏万物,喜遇梅花开二度。
烛光再照红盖头,新婚洞房老夫妇。

贺金婚

万象更新春风来,吹得梅花二度开。
白发情侣蝶双飞,再入洞房开异彩。

抢财神

正月初五热闹晨,万门争相抢财神。
愿盼财神撞门到,天天发财步步升。

古村新貌

特别支部会

排除万难聚民意,擘画未来定航向。1964年冬天的某一个夜晚,一弯残月,孤孤地贴在漆黑的天幕上。月色昏暗,天黑得老辣。数九寒天,哪怕微微的寒风也会吹得人拱手缩脖子。室外寒风瑟瑟,一间简陋的瓦房中,花堡村正在召开一次支部扩大会,除了支部成员外,村里的主要干部还有各生产队队长也列席了会议。会上将做出一个改变全体花堡人命运的重大决定:在现有四个生产队的基础上,再重新建立一个副业大队。副业大队的组成人员从各生产队抽调精兵强将组成,但所有人员仍从属于原有生产队。

什么是副业?当年农村人都觉得是个新名词,搞不懂什么意思。但也没人更多地去关注。对于一家一户普通百姓来说,关注的只是自家的油米柴盐。有道是"各人自扫门前雪,莫管他人瓦上霜"。

闲话少说,话归正题。所谓副业,就是除了种植三麦、水稻之外,再搞一点鸡、鹅、鸭等养殖业。这种传统的养殖业邻近各村也都有,而这次花堡要搞的是别的村还没搞过的、十分新鲜的养殖业——养蚕。

为什么要养蚕呢?这还得从当年村里人的生活现状说起。20世纪初的农村,普遍都是纯农种植。主要农作物就是三麦(元麦、大麦、小麦)、水稻。三麦当中,元麦、大麦亩产量一般三百多斤,小麦亩产量稍微高一点儿,也不过四百多斤。晚稻能打五六百斤,早稻产量和小麦差不多。老品种产量低,缴完公粮,能够分到群众手里的粮食已经不多了。那年月农村人均口粮,一天只有五六两。除了口粮之外,再也没有什么经济收入。每个农户家里的日常开销只能靠养鸡鸭生蛋来维持。女劳力在生产队做一天只有三四分工,男劳力五六分工。

一分工的工分值只有二三分钱。一年忙到头，年底分红，只能得到几块钱，最多的也只得十几二十几元钱。

农村中木匠、瓦匠、铜匠、铁匠、修锅匠等能挣到点零用钱。如果你没有手艺，要想挣钱可谓上天无路，入地无门。谁家孩子要想有出息，唯一出路就是学一门手艺。有了手艺，家里就能过上好日子。村里姑娘嫁人首选手艺人。手艺人在农村中很吃香，特别受人尊重。手艺人一天收益是纯农人员收益的双倍还要多，有钱受人夸，没钱酸巴巴（寒酸相）。

农村中差不多家家肚子都吃不饱，身上也穿不暖。连出门走亲戚也要向别人借新衣服充门面。有时即使借来的衣服也是半旧不新。衣服上没有补丁就算是很有体面了。小时候，到了冬天，我上身只穿一件空荡荡的棉袄，下身一丝不挂。到了夏天，男孩子全身上下光光的，女孩子只有肚子上围个肚兜。这便是那个年代农村人生活的真实写照。

......

室外，寒风吹得房屋周围的树枝摇动，发出沙沙声响。室内，花堡村的支部会正在进行。

一张灰色陈旧的桑木斗拐大桌旁围坐着全村的主要领导干部。村支书花宽寿同志坐北朝南正向而坐。一部老式电话机靠墙而置，一盏罩儿灯摆放桌子中间，灯罩儿干净明亮，灯光照得满室通明。"同志们，今天，我们召开一个支部扩大会，讨论目前村里农业生产现状，村集体今后经济发展方向。如果农业生产得不到发展，村集体经济不能壮大，我们就无法让村里的老百姓过上好日子。为什么要讨论这些问题，其实大家心里比我还清楚。新中国成立后，我们政治上翻了身，当家做了主人。过去我们给地主种田，吃不饱，穿不暖。现在是给自己种田，尽管生活和解放前相比有了极大的改善，但是平心而论，人民群众仍在忍饥挨饿。"

大队长花龙奎说："群众的生活苦，吃不饱肚子是因为三麦、水稻产量低，这怨不得我们。新中国成立后，我们村大搞农田基础设施建设,把高低不平的低洼地填平,将一家一户的小块地整合成大块成片的方整条田,修建了渠道,因为我们农田基础设施搞得好,公社领导奖励我们 2120 抽水机,前年还新建了稻米加工厂(地址在村西桥杨秀云家路西),其他村可没有我们村这样的待遇。现在我们村群众不再像以前一样拼命踏水车沤田。劳动比以前省劲多了。我们应该知足了。"

村会计花启明说:"农村人种田,说实话还是靠天吃饭,如果遇到虫害泛滥,庄稼一定减产,假如有药物能杀死这些害人精虫子那该多好啊!再说庄稼产量不高,肥料不足也是个问题,你看全村就这么点草木灰、人畜粪根本不管用。听说国家兴建了肥料厂,将来要是有了肥田粉那就好了。"

村支委花庆余也插上话说:"几千年来,祖祖辈辈种田,就是三麦、水稻。产量就那么高。听说科学家正在研究高产品种,等科学家发明了优良品种,亩产量提高了,多打了粮食,我们的日子就好过了。"

"刚才几位同志讲的都是客观原因,群众生活面临困难,作为村里的党员干部,有责任帮助排忧解难,可不能推卸责任。"妇女主任花凤小说。

"刚才妇女主任的话我赞成。1952 年成立高级社,我们用双手,用双肩,将高低不平的土地改造成能灌能排的方整条田,我们与地斗,其乐无穷。1953 年那些有车、船、牛等大型农具的富人闹社,我们顶着压力与之斗争,这是与邪恶势力斗,我们毫无惧色。现在,我们要继续带领村里广大群众挖穷根,向缺衣少食的贫困宣战,我们更应该义不容辞。目前科学还不发达,农业生产方式落后,国家还没来得及解决这些困难。我们应该急国家之所急,解群众之所难,主动作为,勇于担当,想尽办法克服困难,等、靠、要的态度不可取。"村支书语重心长地说。

"不等不要又能怎样,我们就是把自己家卖了,也值不了几个钱,怎么帮村里人摆脱困难?一人好帮,众人难顾,村里上千张嘴吃饭,你让我们帮谁呀?再说,这么多年都熬过来了,也不在乎再忍几年,生活慢慢总会好起来的。"二队长抱怨道。

"同志们,咱们不能等,也等不得,村里人祖祖辈辈受穷,穷了这么多年,我们等来了幸福吗?幸福不会从天而降。新中国成立前,我们穷是因为有地主老财的剥削。新中国成立后,我们穷是因为美帝国主义发动侵朝战争,拖我们的后腿,不让我们安心搞建设。五八年、五九年遇上自然灾害,那是老天不长眼。如今已经十多年过去了,美帝国主义已经被我们打败了,国内的'地富反坏右'也老实多了,我们还要等,该等到哪年哪月呢?"村支书满脸焦虑的样子,情绪也显得激动,"我们都是花堡村民的父母官,老百姓受苦受穷,难道我们心安理得吗?难道我们心里不焦急吗?最近村里街谈巷议,讲述几个令人心酸的故事,现在讲给你们听听……"

五十多岁的夏三老人,不小心弄丢了一分钱,在走过的路上低着头来回地走动,一边走一边嘴里不停地唠叨,这下子惹祸了,这下子惹大祸了。老人三番五次地来回走动,左一遍右一遍重复着相同的一句话,差不多来回走了几个小时,两眼一刻不离地面盯着寻找。人们见他如此认真,如此焦急,个个惊讶万分,想弄清楚老人到底惹了什么祸呢?好多人轮番询问,可他死活不回答。又过了好长时间,有人拦住他逼问道,你这样没完没了地找也不是办法,你不把事情告诉大家,我们怎么帮你呢?老人被逼无奈,这才说出实情。大伙儿听后哭笑不得,耐心劝说老人,老人家别再找了,若是你的钱已经让人拾走了,你找到明天早上也找不着的。老人听后,这才恋恋不舍地离开。我这里还有一个故事:庄上刘荣法老夫妻俩杠丧吵架,荣法老人特别生气,憋了一肚子的火没处发泄,想到了一个主意。他拿了一分钱到豆腐店买回来一块豆腐,捏了一点盐花放进碗里,手握筷子不停地捣弄,时不时地捣一捣桌子,再用筷子敲一敲碗边,故意弄出声响,嘴里还不停地气乎乎地说,这日子我没法过了,这日子我也不想过了。说了半天,没人搭理。自己用筷子挑着眼屎大的豆腐往嘴里送,那眼泪却哗哗地往下落……其情其景凄惨异常。

以上两个故事不是舞台上的艺术表演,也不是故意编造的谈天说笑，而是发生在我们生活中的有名有姓的真人真事。故事虽小，但足以说明一分钱在老百姓心中的分量。仅仅为了一分钱，让夏三老人急得发疯，仅仅因为违心地乱花了一分钱荣法老人竟懊悔得泪花纷飞。若不是因为贫穷，若不是挣钱艰难，何故出现这样让人酸楚落泪的悲情。

"同志们……同志们……"村支书语调忧郁深沉，"我们的村民在受苦，他们的妻子儿女在遭受煎熬，我们不能置之不理，我们不能再等待，也不必等待。如果因为有困难，就不思进取，还要我们这些基层干部做什么？如果在前进的道路上没有阻力，还要我们共产党员干什么？坐享其成，等不来幸福，舒舒服服，干不成社会主义。历史的长河奔腾不息，彻底挖掉花堡人穷根的重任落在我们的双肩。"花宽寿同志的话字字千钧，句句振聋发聩。

会场沉默了，气氛凝重，在座的每个人噤若寒蝉，个个心里像压了一块石头憋得人透不过气来。

"要不会后，我们生产队多养点猪，多养点鸭，再多扩种一些棉花。"三队长像蚊子似的低声说，凝重的气氛开始融解。

"我想把队里的拾边隙地利用起来，多种点瓜果蔬菜。"四队长小心翼翼地说。

"这些主意，只是权宜之计，解决不了根本问题，对改善群众生活，特别是增加经济收入成效有限。"总账会计花启明说。

"好了，大家别讨论了，现在向大家通个气，公社沈书记准备引进一种还没有见过的养殖业——养蚕。让我们村先试点，据说这是一种高效益的养殖业，弄得好一年能有上万元的收益，保不准几万元都有可能。主要是投资大，蚕吃桑叶，我们要掏钱买胡桑苗，预计栽种100多亩，还要砌养蚕房，还要添置各种养殖用具，这是一笔不小的投资，目前村里拿不出这么多钱，需要你们这些生产队长捧捧场。"村支书怕讨论会跑偏了题，及时纠偏。

"啊！一年能赚这么多钱，从没听说过，我不大相信……"

"我也不信，哪有这么好的收益，打死我也不信，怕是骗人吧！"

......

一石激起千层浪,会场上你来我往,叽叽喳喳炸了锅。

"大家停一下,听我说,养蚕一期只要两个多月,春夏秋可养三季。解放前,地主资本家等富人身上穿的绫罗绸缎就是蚕丝做的,这东西,穿在身上飘飘洒洒,抓在手上就那一小把,可值钱呢!大家就不要猜疑了。"

"不过,蚕我们从来就没养过,而且投入又高,要是搞砸了,得不偿失。"二队长担心地说。

"既然是公社沈书记提倡的,定其它地方有成功的经验,而且这么高的经济效益,很有发展前景。有风险怕什么,打仗还死人呢!要是怕死人不打仗,共产党能坐得了江山吗?养蚕有风险,我们要敢于担风险,没技术,找些识字的年轻人出去跟人家学,学会了回来传帮带,慢慢总结摸索。现在我们讨论的是资金问题。"大队长花龙奎生怕好不容易燃起的这把火再次熄灭,赶紧添上一把柴。

"我也是这么想的。今天召开这个会,目的是统一大家的思想,坚定信心,决不能动不动把困难挂在嘴边上。干工作,就像打仗一样,你不冲锋在前,总喜欢跟在别人屁股后面,这不是勇敢的表现,如果我们把蚕养好了,就能使花堡群众早日摆脱缺衣少食的困境。"经过前面一番讨论,村支书花宽寿觉得火候已到,终于亮出了底牌。

"花支书,原来你心里早就有了主意,害得我们大家七嘴八舌。要我说别再犹豫,村里没钱,我们生产队大力支持,咱们背水一战。"一队长激情满怀。

"好!我也支持,宁可前进一步死,绝不后退半步生……"

"支书,你就决定吧,我们相信你,也坚决支持你。全国农业学大寨,大寨人艰苦奋斗,自力更生,咱花堡人一定要成为桥头公社农业学大寨的一面红旗。"各队队长纷纷表态响应。

花宽寿一拍桌子,站起身大声宣布:"这件事就这么定了。心动不如行动,让我们撸起袖子,加油干吧!"村支书花宽寿精心设计的特别支部会取得了圆满成功。

思之深，行之笃。支部会之后，会议精神迅速得到贯彻落实，除了养蚕，还种棉花、养猪、养鸭等，村里从外地购进了胡桑苗，先期在花堡与杨院交界的坟茔地上栽种 100 多亩。后来随着养殖规模的不断扩大，又在三队打谷场的河西再次扩栽 30 多亩。分期建造了 15 间养蚕房（地址在现在的刘永华家路南，刘永红家路西，共有 10 间，每幢五间，龚兆兴家西边有五间）。添置了簸匾、木架等养蚕用具。从各生产队挑选 10 多名年轻的女青年组成专业养蚕队。第一任副业大队长是蒋日富，此人不但工作能力强，而且有文艺细胞，他利用自己的专业特长，组织这批年轻女青年，边养蚕，边学文化，边编排文艺节目。经过几年的磨炼，这批年轻人很快成长为既有专业的养蚕知识，又有艺术表演才能的新型农民。

花堡副业大队成立后，不少五匠人员有了用武之地，木匠、瓦匠、簸匠都有了挣钱的机会，就连我们十几岁上学的少年儿童也受益不少。我们可以利用早晚时间在家前屋后的野桑树上采桑叶卖钱，购买铅笔、小刀、墨水、作业本，原先家里穷，没钱买学习用品，难以完成作业，常常受到老师的惩罚，特别是当肚子饿得难受时，我们就到胡桑林中采桑葚，甜甜的桑葚果帮我们渡过了饥荒。高温酷暑天，我们钻进凉风习习的胡桑林，一边品尝胡桑果，一边避暑纳凉，不知有多享受，这滋味十分美好。

当年年底，花堡村提前 10 多天分红，工分值从原来的每分工二三分钱，一下子猛升到七八分钱，最高年份达到一分工一角多，每家每户都能得到几百元，最多的能得到五六百元。这一年花堡人把春节过得有滋有味，称肉打酒不再一两斤的买，脚上有了新布鞋，头上戴了新帽子，身上穿上了新衣服，从头到脚一身新，有人还打起了小牌，全村男女老少个个喜笑颜开。

更为喜庆的是村里唱起了凤凰，鞭炮震九霄，锣鼓乒乓响。大年初一，吃过早茶，人们手里搀着小孩，肩上扛着板凳，来到大庙场上看戏，连周边村子里的群众也都潮水般涌来。戏场上人山人海，出现了前所未有的歌舞升平的盛世景象。

花堡村步入了桥头公社首屈一指的富裕村。1965年起,桥头公社提出了一个响亮的口号:全国农业学大寨,桥头农业学花堡!花堡村从此告别了贫困,逐渐进入一个全面实现小康社会的崭新时代。

回顾花堡村这次特别支部会,以及这次支部会召开之后,若干年所带来的变化,得到如下启示:要想繁荣农村经济,提高人民群众的生活水平,改变单一的纯粮种植模式,走多种经营之路,在乡镇工业还没兴起的年代,可以说是一条很好的途径。

由此上升到理论高度分析,当年农村社会经济发展的主要矛盾,已经不是资产阶级和无产阶级两大阶级的对抗,阶级斗争不是主旋律,党的中心工作应该以经济建设为主。从这一点来说,花堡村为当年桥头公社,乃至更大范围农业经济的发展走出了一条新路,探索出一种行之有效的多种经营模式,起到了很好的示范作用。从那以后花堡村就一直是整个桥头农业学大寨的领头羊,即使在整个姜堰地区,乃至整个泰州地区也赫赫有名。花堡村支部书记花宽寿连续十四五年是桥头公社党委委员,多次当选县人大代表、省人大代表,花堡村的辉煌历史将永载史册。

花堡砖窑厂

"哟嘿哟嘿的哎嘿，哟嘿哟嘿的哎嘿，哟嘿哟嘿的哎嘿！"

一声声激越高昂的窑工号子在花堡村西的砖窑厂上空回荡，一群袒胸赤臂的窑工汉子，满怀振兴家乡、振兴乡村、振兴家业的希望迤逦而来，浑圆的汗珠从他们赤红的脸颊和黝黑的后背上滚落下来，坚实而又欢快的脚步声叩击着大地，清晰的脚印承载着艰辛和美好的希望。

1978 年是改变中国命运的又一个时间节点。改革春潮涌动的胎动期，风起云涌的发家致富，人人争当万元户的创业浪潮在全国蓬勃兴起，花堡砖瓦厂就诞生于这一特定时期。地址就在村西边的村西桥河对岸，现在花存林牛羊养殖场之处。

党的十一届三中全会之后，工作重心从过去的以阶级斗争为纲，转变到全国工农业生产各条战线全面恢复以经济建设为中心的工作中来。特别是农村实行家庭联产承包责任制之后，生产力得到空前的释放，广大农户在种好自家责任田的同时，农闲时节，需要打工挣钱。为了多挣钱，增加经济收入，村里鼓励农民大力发展个体私营经济。于是小型造纸厂（造鞭炮用）、服装厂、鞋帽厂等家庭小作坊像雨后春笋般涌现。其他还有养鱼、养兔、养鸡、养鸭、养鹅、养水貂、大船运输专业户等数不胜数。在邓小平同志南方谈话春风吹动下，中华民族的振兴和花堡乡村振兴同呼吸，共命运，吹奏出一首雄壮的赞歌。据不完全统计，党的十一届三中全会之后，花堡村有养鱼专业户 12 户，养水貂专业户 4 户，养兔专业户 8 户，养猪专业户 8 户，养鸡专业户 6 户。以周忙扣为代表的大船运输户有 12 户，20 多条船组成运输队，终年在常州一带运黄沙、石子儿、水泥等。小型造纸厂（造鞭炮用）有 10 户，香菇种植户 12 户，年产值超过 1000 多万元。这些手工作坊和各种养殖专业户的出现，大量吸纳了农村富余劳动力，充分促进就业，搞活了农村经济。

可以毫不夸张地说，整个花堡村个个忙挣钱，人人有事做，家家户户没闲人。很快老百姓钱袋子鼓了起来。有钱好办事，家家像比赛似的争先恐后购买自行车、手表、缝纫机、电视机、电风扇、电饭煲、微波炉、收音机、放映机……各种家用电器一应俱全。餐桌上大鱼大肉屡见不鲜。身上的服装不再是黑白两色，色彩多种多样，光鲜艳丽。老百姓的生活好了，连窑工号子里都有了甜味儿了！

花堡窑厂的号子内容一般是即兴创作，信手拈来，朗朗上口。

每年三四月间，工人们就开始准备挖泥、制砖、制瓦。泥土大部分到兴化湖里挖河泥，也有时取低洼的河道浅滩的泥土。取泥土时打的号子叫作"抬劲"，意思为提神鼓劲。

要取泥啰，嘿哟嘿啰！抬起劲啰，嘿哟嘿啰！取好泥哟，嘿哟嘿啰！往上搬哎！嘿哟嘿啰！加油干呀！嘿哟嘿啰！鱼好香哎！嘿哟嘿啰！肉也香啊！嘿哟嘿啰！把酒扳哟！嘿哟嘿啰！酒已足哎！嘿哟嘿啰！饭也饱啊！嘿哟嘿啰！堆足泥呀！嘿哟嘿啰！好开作啦！嘿哟嘿啰！有砖瓦呀！嘿哟嘿啰！砌新房哎！嘿哟嘿啰！小伙子啊！娶婆娘哎！嘿哟嘿啰！

抬劲号子由一人起腔，众人应和，号子粗犷、豪放、欢快，节奏感强。

八月是砖瓦制作的黄金时节，制瓦场地上，妇女们也是号子阵阵，清脆嘹亮。"早上开工蒙蒙亮，大娘我做瓦到作场；小小瓦模操手上，做出瓦来两面光；小姑娘，俊模样，撩得小伙子心痒痒；小妹子怕羞红了脸，小伙儿心里喜洋洋；红头巾，花布裙，清凉油涂眼梢，三号个子水蛇腰；端起砖瓦小步跑，走起路来蝴蝶飘；砖瓦能做几千码，勤劳的姑娘人人夸；手又巧来人又俊，媒婆上门到门墩。"

女工们头扎毛巾,腰系围裙,一边端砖瓦上棱子,一边做,一边打号子,嗓音甜美悦耳,十分动听。

装窑是男工做的活儿,装窑少不了打装窑号子:"嘿!担子挑上肩,喔嗨哟,大伙儿跟上来哟,喔嗨哟!跑起快三步,哎嗨哟!别踩脚后跟,哼唷嗨!用不着,唷嗨哼!要跑稳哎!哼嗨哎呀哼!踩空要摔跤,哟嗨哎嘿哼!号子打起来,喔嗨哼!膀子甩起来,哼哎嗨哼!快把窑装满哟嗨哎呀哼!老酒扳起来,哎唷嗨!老板人不错,哎唷哼!伙计们干活儿快,哎呀哼!"

装窑完工后,接着烧窑,要烧连续 8 天,这时要经过窨水这道工序。窨水主要是由一名窨水工在窑坞子上用一根钎子捣眼行水,另一名窨水工从河边挑水上窑顶窨水。窨水工一边挑水一边打窨水号子:"两只水桶肩上挑噢,转个身子上来了哟呗哟的哎咳!窑坡陡又高,一步一步往上摇。哟嘿哟的哎!两条腿像船篙,跑不动来也得熬,哟嘿咿呀哟!春秋两季还算好,摇到窑顶凉风飘,哟嘿哟的哎咳!夏天太阳当头照,满头大汗还要挑,哟嘿咿哎咳!冬天北风吼,身上冷得直发抖,哟嘿咿哎咳!为了一家老和小,吃不消来也得挑,哟嘿咿哎哟!前面窑坞快要到,摇到顶上把水倒,哟嘿哟的哎!哟嘿咿呀咳!哟嘿哟的哎!……"

夏天太阳晒,冬天寒风吹,窨水工人很辛苦。打的窨水号子低沉缓慢,有点儿哀怨之气。

砖瓦烧好后,需要出窑。出窑工从窑内挑到窑外的场地上堆码好,一般一码一百块砖,这样便于卖砖时好计算。

出窑工也打号子。"伙伴们,哎——哟——哎——咳——哟嗨——嗨的哟嗨哟咳!担子挑起来,哎哟——哎咳——嗨的哟嗨咳!号子喊起来,哎哟——哎咳——哟嗨——嗨哟嗨哟咳!噢嘲嘲嘲的哟呗噢嘲嘲嘲的哟!白宕宕的砖头下来噢哎,噢嘲嘲嘲的哟嘿,噢嘲嘲的哟,小小的担子摆下来了噢哎——"

花堡砖瓦厂妇女们做瓦打的号子嗓音脆且甜美。装窑工和出窑工,装担时,动作要快,行走脚步也要走得快,口中的号子也要打得快。

手、眼、步、号彼此协调,此起彼伏,铿锵,热情豪放。看似简单的窑工号子,浸润着老百姓甜蜜的日子:钱多了,生活好了,衣服新了,村庄美了,心里敞亮了。

花堡群众在生活得到极大改善的同时,又有了新的更高的需求:改善居住环境成了最大的梦想。改革开放之前,村内90%以上的房子全是茅草房。刮风怕掀盖,下雨忧湿被,这种担惊受怕的日子熬到头了。袋子里有了钱,手头活泛了,家家户户忙着拆旧房建新房。一个建新瓦房的热潮在全村掀起来了。砌房用的砖瓦一夜之间洛阳纸贵。不少人家交了订金,等候半年也到不了手,心里急得直跳脚。为了满足广大村民建房需要,村两委会迅速作出决定修建砖瓦厂。消息一出,全村男女老少欢呼雀跃,翘首以待。经过近一年紧锣密鼓的筹备,

砖窑外景

砖窑内景

1982 年，花堡砖瓦厂终于建成。这是花堡人民的及时雨。

砖瓦厂程序多，用工量大：取土、挖泥、运土、做砖、装窑、烧窑、卸窑、运砖……总起来需要几百人做工。有活儿做，就有钱赚。花堡砖瓦厂的建成，不仅富裕了村民，而且满足了全村群众砌新瓦房，建高楼的急切需求。更可喜的是，只要是本村人买砖瓦，比邻近村价格每块砖瓦优惠一分钱，全村人个个心里乐开了花。

从 20 世纪 80 年代初到 90 年代末，短短 10 多年，整个花堡村推陈出新，以往低矮破旧的茅草房绝迹了，全是清一色的青砖新瓦房，有近三分之一的人家住上了楼房，花堡村旧貌换了新颜。民房长高了，村庄路道变宽了. 村里先是建砖瓦厂，后又新建了酿酒厂，村集体经济像海潮般涨了起来。村里添置了 20 多台套先进的农机具，田头拖拉机来回穿梭忙，场头脱粒机轰隆隆响，河道内挂桨船劈波斩浪，村庄上空高音喇叭呼啦啦响……

到了 2005 年之后，村内旧房翻建高潮已过，砖瓦需求量大大降低，加之制作砖瓦的泥土获取越来越难，出现毁损农田的现象，为了保护农村耕地资源，花堡砖瓦厂 2005 年退出了历史舞台。尽管花堡砖瓦厂的使命结束了，但它在壮大集体经济，改变村庄落后面貌，富裕全村百姓等方面功勋卓著，谱写了一曲社会主义经济建设和乡村振兴的新篇章。

辉煌花堡村

　　提起花堡村，自新中国成立以来，所取得的各项成绩，真是灿若星河，不说不知道，一说吓一跳。

　　从新中国成立初期一直到如今，先后在花堡村任职的村支书一共有12位：花龙奎、花宽寿、花庆余、花启明、全桂林、龚兆兴、刘永华、杭桂宾、刘双红、李荣、李留锁、李军明。他们每一位都恪尽职守，为花堡村的经济建设，村庄的繁荣发展，做出了巨大贡献，其中有两位村支书声名显赫，名闻遐迩。

　　一位是被花堡群众交口称赞的草鞋书记花宽寿，他是当年桥头公社，乃至泰县地区农村支部书记的头雁人物。1964年他的光荣事迹曾以《一双草鞋》为题，登上《新华日报》。1965年他当选为泰县党代表，并当选为县党委委员，连续15年当选泰县人大代表。1966年当选江苏省人大代表。1964年至1980年一直兼任桥头公社党委委员。他任职花堡村党支部书记期间，创造了无数个第一。早在初级社和高级社期间，他就带领全村群众进行农田方整化水利设施改造，打圩堤，修渠道，后又在村西的五家沟开挖两条河床宽5米左右、长300多米的生产沟（花堡人称南新河北新河），给农田降碱排渍，开挖的泥土，填平了3条小水沟，平整不规则的低洼农田，打造了五百多亩的高标准排灌系统农田。由于农田基础设施建设标准高，成体系，所以1956年在里下河地区第一个用上2120火力发电的抽水机灌溉农田，1958年第一个用上手扶拖拉机，1975年第一个用上大型东方红拖拉机，第一个建造大型农业电灌站（皆为上级部门的奖励），第一个专门成立农技站（从原老二队分割出来，后改为花堡第五生产队，

　　　　　　　　　　　　　　　　　　· 354 ·

现为李堡村19组)。20世纪70年代就开始尝试科学种田,采用荧火灯诱杀虫蛾灭虫卵,减轻病虫害,进行土壤营养成分测试,合理使用农药化肥。当年的花堡村是各项农业科学种田的排头兵。第一个试种经济作物——棉花,第一个试栽胡桑养蚕,新建八间养蚕房,第一个兴办村级工厂——花堡酿酒厂,这些重大举措的施行,壮大了村集体经济。第一个进行农作物轮作试验,试种秧花、红草儿(也叫苜蓿),让退化贫瘠的土地休养生息,再用绿肥(秧花、红草儿)与河泥沤制草塘泥,使土壤肥力不断提升。可以毫不夸张地说,当年的花堡村,一直是桥头公社,乃至整个泰县地区各个行政村的领头羊。由于花堡村各项工作都是标兵村,因此,桥头公社党委提出一个响亮的口号:全国农业学大寨,桥头农业学花堡。这可是全体花堡人的一份荣耀。

另一位是如雷贯耳的花堡人民的老黄牛,第六任村支书龚兆兴。党的十一届三中全会以后,他带领花堡人民群众继续为花堡村锦上添花,甩开膀子大干,大刀阔斧,开拓创新,以大无畏的雄心和气魄,打响了一场气壮山河的村庄环境整治、农田基础设施建设的攻坚战,做出了许多骄人的成绩,在花堡人民群众以及周围各行政村人民群众中都留下了良好的口碑。

1992年龚兆兴开始担任花堡村支部书记,在他任职之前,由于众多历史原因,村庄道路无序发展,路道狭窄,歪歪扭扭,交通拥堵,大型车辆无法进庄通行,连村庄的主干道也只能骑自行车才能通行,被称为二人巷。俗话说:要想富,先造路。群众要致富,农村经济要发展,龚兆兴同志深知要想改变花堡村的落后面貌,首先要解决的是村庄道路的治理。龚兆兴一上任就把村庄道路治理摆在工作的首位,他工作雷厉风行,几乎挨家挨户做工作,苦口婆心劝说,排除各种阻力和干扰,用几个月时间,克服许多难以想象的困难,拆除各种违章建筑。从村东头到村西头,从村南到村北,打通了两条3米多宽的水泥硬质村庄主干道,彻底改变了花堡村内道路拥堵的落后状况,提升了村庄颜值。村庄道路整治结束后,全村又实行地面卫生免费全包干,即全村每家每户门前实行三包(无杂草、无灰尘、无杂物垃圾)。

1997年龚兆兴又带领花堡群众平整全村80多个散落的坟墓,增加土地面积18亩,然后统一整治成花园式的墓地,成了整个姜堰市,乃至泰州地区少有的无散乱坟墓村。在龚兆兴同志的主导下,协调西片花堡村、李堡村、英红村、杨院村四个村联合兴办了全桥头公社第二家自来水厂。

在打通村庄主干道之后,怎样实现村庄与外界交通的衔接,同样是一个应该优先解决的棘手难题,龚兆兴在完成村内道路及卫生环境整治后,又一鼓作气人不歇脚,马不卸鞍地修建了从花堡村西一直通向红旗农场的交通大动脉,水泥硬质公路约为2公里。修建这条公路需完成的土方量是7674吨(按一人一6吨水泥船计算)。这条公路建成后,不仅方便了花堡群众去红旗农场和泰州的交通,而且其他各行政村群众也同时受益。

时隔不到一年,龚兆兴又在构思谋划对花堡村西大河,河西六七百亩农田进行路网改造,填平了3条小河道,先后建成东西向的机耕道4条,南北向的2条,合计约10公里,为大型拖拉机、收割机进入田间作业铺平了道路,同时还修建桥梁4座,原先互不连通的垛田,经过改造后,块块畅通无阻。原先出门便是河,种田用农船的垛田村,到了1995年之后,就不再使用农用船了。花堡村的这种沟渠成网、路道连通、船闸配套比较完备的农田基础设施改造,在当时整个姜堰市,甚至整个泰州地区其他各乡镇要超前十四五年。在实施这些工程的过程中,面临许多难以想象的困难,诸如资金困难,群众工作难做,阻力大,用工量大,组织动员工作困难重重。作为一个小小的行政村,要完成如此浩大的工程(当地人称如此工程是花堡村的红旗渠),说起来容易,做起来难,时至今日,想想20世纪90年代初,农村经济基础薄弱的现实状况,这些成绩的取得不得不令人惊叹咋舌。

完成花堡西大河圩内六七百亩农田的路网、路桥建设后,龚兆兴又以超凡的眼光对这六七百亩土地实行流转,收归村集体统一管理,成立村级农业合作社,创设了农场式的农业发展实验新模式,这一创新模式得到中央农业部门的充分肯定。1995年龚兆兴同志参加了国家农业部组织的农村科技试点培训班,全国只有 100 多家,花堡村小型农场模式作为先进典型在全国起到了示范性效应。

龚兆兴从 1992 年开始任职花堡村的村支书,一直到离职前后 13 年,在这 13 年里,他殚精竭虑,为花堡村的繁荣发展所做的贡献不胜枚举。俗话说人怕出名猪怕壮,我作为花堡村的一员,有所耳闻他为花堡村做出的贡献,但是我所了解的只是一些细微末节,或者只是一些表象的东西,至于深层次的相关事情,特别是龚兆兴本人内心的所思所想并不了解。所以我想当面采访早已退休在家的龚兆兴老支书,当他了解我采访的意图后,他说:"我对花堡村是有感情的,走,我带你到村里走一趟,赏一赏花堡村的田园风光,看一看这些年来花堡村的变化,你一定会为花堡村的繁荣发展感到骄傲。"

我和他一人一辆老式的旧自行车,边骑边谈,他不时地指点当年和花堡群众艰苦奋斗、挥汗如雨开路架桥留下的美好记忆。他语调沉重地说:"我从 1992 年开始担任花堡村支书,一直到 2004 年离任,前后 13 年,花堡群众跟着我吃了不少苦,肩上磨破了皮,手上磨出了茧,脚上打起了泡,挑土填河筑路,所有的成绩都是他们干出来的,我个人的贡献微不足道。我心里一直忘不了家乡,离不开曾经和我一起挥洒汗水的花堡群众。这几年,我老伴到上海城里儿媳妇身边生活,可我故土难离,乡情难忘,留在花堡村,要和花堡的父老乡亲生活在一起……"老支书越说越激动。此刻,我插话说:"老支书,您在花堡任职村支书 13 年,为建设花堡村付出了这么多心血,你身上哪来的这股干劲呢?难道你就不觉得累吗?"老支书很爽快地说:"不累,因为我是花堡村的一员,我要为花堡村的繁荣发展做一块铺路石;因为我是花堡村的掌舵人,我要为花堡群众铺设一条幸福的小康之路;因为我是一名共产党员,我要为党旗增光添彩。花宽寿老支书生前为花堡人竖起的这面红旗,我有责任一直扛下去,我要把花堡干群的老黄牛精神一代一代传承下去……"我听着这掷地有声的铿锵话语,内心激起一阵阵难以平静的波澜。

花堡人不仅具有争先越位、争当排头兵的开拓奋斗精神,而且还能识大体,顾大局,甘于奉献,只为坚守一句话:"春蚕到死丝方尽,蜡炬成灰泪始干。"

1958年,各地闹饥荒,当时公社党委决定从花堡征调8万斤粮食给其他村庄发放救济粮,帮助灾民平稳渡过饥荒。

1959年,桥头公社实行村庄行政区划调整,因为花堡村人口只有1000多,但是田亩却多达近3000多亩,要求花堡村划拨100多亩土地给邻近的李堡村,花堡人二话不说,将东西向大河南边三浪沟一带肥沃良田敲锣打鼓赠送了出去。

1962年,部队刚刚进驻红旗农场,部队建营房没土地,花堡拿出20多亩解决部队的燃眉之急。做秧池没有用地,花堡村又拿出20多亩给部队使用。部队解放军官兵没有蔬菜吃,花堡村再次拿出20多亩为部队解决蔬菜用地困难。还有400多亩田,揳入红旗农场驻军围垦的土地中,为了让红旗农场驻军打圩堤节约用工,少用土方,少浪费资源,又一次将400多亩地让给红旗农场驻军,前后一共拿出500亩田给了红旗农场部队。在红旗农场周围几个行政村中,花堡村与部队开展互助的联谊活动最多,是拥军爱民的模范村。

在上缴公粮的年代,花堡村按人,亩均上缴的公粮标准最高。2004年桥头镇要办地毯厂,缺乏资金,镇里从花堡村调拨15万元人民币,支援镇里兴办地毯厂。

诸如此类事例还有很多,在整个桥头各个行政村中,花堡村做出的贡献最多最大。

所有这一切,都因为花堡村富裕,钱多,粮多,除此之外,还缘于花堡人干活儿不要命,说在人前,干在人前,处处都想争先进,扛红旗。当年在桥头周边流传这样一段话:花堡人,早上头顶星星,晚上身背月亮;白天不肯歇工,夜里颈项上吊着马灯挖田(事实是钗柄上吊马灯挖田),要想娶我家姑娘,待在家里歇歇。这段话证实了花堡人的实干精神远近闻名。

当然,一份耕耘,一分收获。当年的桥头公社,要数花堡村最牛:花堡人田里垩的泥渣最多,土地最肥。花堡与周边村比较,亩产打的粮食最高。村里的经济最富裕，年底分红，工分值，每分工要比其它村高三到四分钱。花堡村得到的红旗最多：每年公社组织民工挑河，年年完成的土方量最多，而且还提前完工。公社里组织开展各项竞赛，花堡得的奖最多。我在村里担任团支书时清清楚楚记得，桥头公社组织的落谷、栽秧、挖墒、播种等各种现场会全年不少于 20 多次，差不多每月平均两三次，有时甚至一个星期两头开，要说花堡村取得的各项成绩，真是三天三夜说也说不尽，数也数不完。

光阴似箭，日月如梭，时光老人送走了 20 世纪，引领我们又进入 21 世纪。2021 年辛丑牛年牛气冲天，昔日贫穷落后、交通闭塞的花堡村已经离我们远去，现在的花堡村脱胎换骨，呈现出一派欣欣向荣的景象。

所有道路，全都是水泥硬质路面，村外的农田也全是纵横交错的水泥硬质公路网，看不见一条泥土路，大小水泥钢筋桥梁 14 座，全村所有家庭联产承包的土地全都实行了流转，成立了一个个小型规模种植农场，插秧、收割、挖墒、喷洒农药全部实现了机械化。一座现代化的社会主义新农村的美好画卷呈现在我们面前。

远眺花堡村，绿树掩映中，一幢幢新颖别致的别墅拔地而起，一个个精致玲珑的私家小花园如雨后春笋般涌现，家前屋后的菜园一年四季瓜果飘香。村庄北面一条 4 米多宽的硬质水泥公路穿村而过（李荣任村支书时修建），一辆辆不同色彩的轿车川流不息，道路两旁依次排列的路灯，将花堡村的夜晚装点得如同火树银花。路灯下，宽敞的场地上，穿着五彩服装的年轻姑娘，五六十岁的大娘，六七十岁的老奶奶纷纷跳起广场舞，所有花堡人的脸上都写满笑意。

今天的花堡人为什么笑得如此的开心，笑得如此的浪漫，不须多问，只要你走进花堡村，就能找到答案，条条路道像街道，家家楼房像洋房，室内开空调，出门坐轿车，全村人口实现了医疗保险全覆盖，全村老百姓过上了老有所居、老有所养、老有所医的幸福美满小康生活。

听，那边传来一阵二胡声，原先被人们称作"花和尚"的光棍汉唱起了《夜五更》民间小调：

……
五更鼓儿忙,
东山出太阳,
从前我是光棍汉,
如今已是夫妻成了双。
我俩夫妻感情好,
有事共商量,
我烧饭她洗衣裳,
我拉二胡她把小曲儿唱。
不愁吃,不愁穿,
住瓦房,电灯亮。
我们虽是农村人,
但日子和城里人一个样。
吃饭三菜和一汤,
这样的日子多乐堂,
党帮我们脱贫致了富,
我才娶了个好婆娘,
再也不受孤单苦,
再也不愁钱和粮,
我喜在眉梢笑在心上,
感谢恩人共产党。

商海一只虎

王五门市部

人生岂自甘平庸,挥尺方遒笑春风。这句话是花堡村两增两好服务站老板"王五"的人生格言。

这话语铿锵作响,掷地有声;这话语激荡心弦,沸腾血液;这话语把铮铮誓言镌刻在打造"两增两好"服务站金字招牌的发展史册上。

王五的"两增两好"服务站地址在三村交界的接合部（花杨李堡交界的最繁华地区,周围门市林立,门前交通发达）。门市部坐北朝南,正对二月半庙会的戏台,交通便利,人流如潮。2021年5月29日,笔者来到王五"两增两好"服务站,几块牌匾分外醒目,吸引我的眼球:泰州苏中农业发展有限公司"优秀客户奖"、北京北农绿亨科技发展有限公司连锁加盟店、秦皇岛禾苗生物技术有限公司总代理店、能百旺"两增两好"农技服务项目授权经销店。如此多的荣誉,足以证明王五"两增两好"服务站是货真价实的明星"金字招牌店"。店出名,人就有名,在里下河地区,花堡村王五的名字真是如雷贯耳。

春潮涌动催壮志

王五王五,花堡上数（有钱的大户）;王五王五,商海一只虎（远近闻名,事业有成）。是"虎"就有三分威,虎虎生威。"商海一只虎"是人们送给王五的一个绰号。意思赞扬王五在商海打拼三四十年，威风八面，有虎虎的生气。

王五工作照

王五姓王，现为李堡村 15 组村民（原花堡村一队）。王五名叫王美林，因为在家中排行第五，所以人们习惯称他为"王五"。在交际场上，他的名字人们都不知道，但是绰号王五却人人皆知。王五今年 50 多岁，一米六左右的身材，因身体发福，故大腹便便，走起路来像企鹅，样子十分可爱。他与人谋面三分笑，脸庞圆圆的，农村人说他富态，有福相。

1978 年，改革开放的春风吹遍大江南北。政府大力支持发展个体私营经济，鼓励老百姓人人发家致富，争当万元户。农业学大寨的时代已经远去，家庭联产承包责任制落地生根。农民自主种田，巧打时间差，农村大量富余劳动力在寻求出路。

农闲时节村中人，处处找活儿干，忙着挣钱。有的外出打工，有的在家搞家庭养殖，有的下海经商。王五就是这商海中的一员。他筹措 6 万多元资金投资一个姓王的开办的农资经营部，下海试水经商，成了一名时代的弄潮儿。

合伙经营，初涉商海遭算计

2001 年，王五觉得王某经营的一家卖农药、种子、化肥的店铺搞得红红火火，生意兴隆，王五找王某表达有意合伙经营的想法。王某欣然应允，两人一拍即合，商定各自出资 6 万元，年底利润五五分成。

做事七分难，开店三分苦。个体小店，讲究的是服务态度。为了方便群众，在售卖混合肥、化肥时，常常需要将农户购买好的化肥直接送到客户的家里，有时还直接送到田头。一袋化肥有的 80 斤，有的 100 斤。送化肥用的是电动三轮车，装车、卸车没有体力根本搬不动袋子。跟人家合伙做生意，这些脏活儿、重活儿，只能自己千斤重担一肩挑。整天开着三轮车村前村后，穿村过巷来回奔跑。好在自已才三四十岁，正是风华正茂之时。尽管一天下来，累得腰酸背痛，但是心里有盼头，只要能赚到钱，人苦点累点算不了什么。

功夫不负有心人，到了年底分红，分得一万多元，数额说大不大，说小不小。当年工人在工厂上班，女工一个月工资二百多元，男工也就三百多块钱。这样一比，倒也觉得钱挣得不少，心里乐滋滋的。

2002年北京正在兴建奥运村，需要大批钢筋工。沙村有一包工头卞福兴告诉王五，你若跟我到北京打工，一年保底收入4万块钱，而且还包吃包住。王五心想：若外出打工跟自己开店比起来，赚的钱多多了，开始动心了。他将自己的想法告诉了家里人。没想到，家里人却劝说道："在家千日好，出门时时难，而且建筑工地安全事故多，再说，在家开店能赚这么多钱也算不少了，别这山望着那山高，总想一口吃个胖子，还是蹲在家里，老婆孩子热炕头的好，这样对家庭有个照应。你若千里迢迢出门在外，让家里人心老悬着也不是办法。"经家人一劝，王五想：在家开店，服务群众，造福百姓，为群众排忧解难也同样是件光荣的事儿。于是，也就死心塌地仍然干着自己的老本行。

俗话说：干一行，精一行。开店少不了要经常进货出货，穿梭来往于不同的部门，进货渠道多了，价格等等不一，众多的市场信息，筛选过滤之后，使王五多了个心眼。常言道：害人之心不可有，防人之心不可无。于是，王五决定要把进货、出货的各部门不同价格弄个明白。进货次数多了，王五很快和进货单位的人混熟了，大家逐渐了解了王五的为人。他为人低调，待人热情朴实，是个知根知底的人。一次，王五带着进货单和发票来到泰州苏中农委，查询各种货品的进货价格，泰州苏中农委的人告诉他："这货品的价格大户小户一个样。另外正规的合格商家和那些不合格的散户小商家，产品价格是不一样的。你带来的这些进货单不是我们公司的，那是从泰州温泰市场进的货，大部分是小厂生产的不合格产品，价格低廉便宜。我们公司的货是定点大商家的货，全是合格产品。不信你可以看一看，我们的发票上都盖有三角形的印章呢。"

363

王五一听,倒吸一口凉气。原来,王某人进的是低价货,可和我结账时是按高价成本算的,这发票造了假。想不到王某竟是这种人,自己还蒙在鼓里。王五是个聪明人,沉得住气,一点儿也不显山露水,和往常一样,忍气吞声。好不容易熬到年底,结帐时也没撕破脸皮。借口明年外出打工,就此各奔东西。

从合伙变单干,初出茅庐显身手

2003年,王五另起炉灶单干,需要投资10万元。哪来这么多钱呢?资金缺口大是一个棘手的问题。别无选择,只能东走西奔,找亲戚朋友帮忙,七拼八凑。那年头借钱很难,亲戚朋友没几个是富裕户,一般只能拿出个二三千块钱,多了也拿不出。借来借去缺口太大了,资金不足怎么办?王五只能硬着头皮到泰州苏中农委找相关领导细说详情。好在泰州苏中农委对他特别照顾,公司答应可以先发货,等货出售之后再结账,一年结两次,这可帮了王五的大忙。

天下伯乐识骏马,宏图方略佑英才。泰州苏中农委领导告诫王五:"你还是一名新手,要想实现自己的理想,只有对自己的事业兢兢业业,步子走稳走实,一步一个脚印,坚实前行,才能走向成功。虽然你现在是个名不见经传的小店,但不久的将来,一定能把自己的门市部打造成同行业的金字招牌店。"

王五很激动,觉得泰州苏中农委领导的话句句都是肺腑之言。他坚定地说:"请领导放心,我一定谨遵教诲,尽其所能,努力工作,力争拿出响当当的成绩来。"

俗话说:说起来容易,做起来难。王五的门市部跟先前合伙人王某的店相隔不远,只有三四十米的距离。同行是冤家,两家店竞争十分激烈,优胜劣汰,不是你死就是我活,没有调和的余地。

王五店刚开张时生意还不错。因为他为人谦和,待客热情周到,客户都愿意光临王五的店。可是时间不长渐渐地变味儿了,王五的店顾客越来越少,半天见不到一个人影。而隔壁王某店里却车水马龙,川流不息。两相对比,真是冰火两重天。王五心里明白,对方正在使招数。王五清楚，他们所卖的药品、种子、化肥等价格比自己便宜，大部分卖的是假货。

老百姓可不知其中的猫腻。货比三家不吃亏，哪家便宜就买哪家的。王五待在店里冷不丁才等来一两个要好的朋友。他知道这是知己人照顾他的生意，内心充满了感激。生意如此冷淡，王五心里犹如刀绞。

王五尽管心里着急，但他头脑冷静：咱走着瞧，看谁能笑到最后。他始终坚信，在买方市场下，企业部门的竞争激烈司空见惯，而竞争的实质是质量的竞争。质量是企业的生命，市场要靠质量赢得。他深知做人做事不要把别人当傻子，踏踏实实做人，诚诚恳恳做事才是根本，生意以诚信而立，这是颠扑不破的真理。对方以假乱真，生意兴隆，这只是临终前的回光返照，撑不了几天。乌云遮日只是短暂的瞬间，兔子的尾巴长不了。因此，他铁定初心，绝不以假货糊弄人。

风雨催大志，酬勤济世强。果不其然，时隔不久，对方卖出的除草剂，农户用过之后不见效果，纷纷有人找上门来讨说法。王某只能找出各种理由进行搪塞。可是一波未平，一波又起。一两个月后，王某卖出的稻种只长稻秆不抽稻穗。这下更是炸了锅，整天店门前闹轰轰一片，群众一直告到政府。政府只好出面调处，责令其对受害群众给予赔偿，十赔九不全，受害的群众损失还是不小，最终只能吃哑巴亏。

俗话说：真的假不了，假的真不了。烈火见真金。经此一事，群众吃一堑长一智，这下彻底明白了，贪便宜只会吃大亏。于是，大家再也不相信王某了，买东西都到王五门市部购买。不用说，王某的店铺当然寿终正寝，关门落锁，这便是优胜劣汰的法则。由此，王五拨开乌云见青天，从此单门独市，无人参与竞争，雄霸一方。他深深地告诫自己：谁要是把别人当傻子，那他自己才是真正的傻子，要知道有些东西一旦失去，那就永远追不回来。前事不忘，后事之师。一个人倘若不能坚守本分，一旦突破道德的底线，最后毁灭自己的将是那颗贪婪的心，心底无私天地宽。朋友，请记住：自私和贪婪是魔鬼，你只有将它关进笼子,让它永世不得超生,那么你才会拥有一个光明的未来。

谋思路,施才干,掘得首桶金

在商言商,入商谋商。王五常常一个人静思筹谋。农村中像自己这种小门小户的商铺成千上万,犹如一望无际的林海,又像辽阔天空中灿烂的星斗。如何才能在一望无垠的林海中成为鹤立鸡群的参天大树,如何在灿如星海的天空中成为那颗最为耀眼的明星,这是他日思夜想的命题。

刚入商海的小店,行情不熟,人脉不广,进货渠道单一,销售渠道不畅。这一切都需要自己逢山开路,遇水架桥,破冰前行。坐井观天不行,坐享其成不行,自怨自艾更不行。华山一条路,退后一步死,华容道上决生死,只有杀出一条血路,才能寻得一线生机。如何摸清市场行情,化解危机,王五的秘诀是多动嘴,多交友,多跑路。

行情不熟多动嘴。俗话说:先进山门为师。王五一遇同行就和人家聊天,查问农药品种有多少,不同药品防治的效果怎样,除草剂有哪些种类,当地农田里野草的分布,生长行情如何,化肥、混合肥哪个厂价格便宜,肥效如何等,有疑必问,三句话不离本行,聊起来没完没了。手机信息经常查看,广告消息每见必读。资料是宝库,信息是资源。这就是王五的品性:干一行爱一行,学一行专一行。

人脉不广多交友。每次采购进货,结识一个老总,一回生,二回熟,三回是朋友,四回成知己。在交友过程中,每次拜访,要么给老板带茶叶,要么给孩子买玩具,或者给老板娘带乡下的土特产、绿色食品。俗话说:多个朋友多条路,交个朋友胜似亲。一来二去逐渐地王五的朋友越来越多,家中红绿喜事,宾客如云。朋友家有喜事,他主动登门,不请自到。

进货渠道单一多跑路。为了多渠道采购货源,他打点行囊,风餐露宿跑市场。这次到南京,下次往北京;今天在山东,明天走河南。一处一处走,一趟一趟跑。熟悉的厂家越来越多,进货渠道越来越广;

知道的信息越来越多,购进的货品越来越丰富。什么千金乳油、韩秋好等只要是市场上热销的货品、紧俏的商品,保证捷足先登。产品一面市,顾客总是闻声而动,很快就能销售一空。

2005年,农村开始大面积散播水稻。农户最头疼的就是一种被农村人称为"蚊草"的野生杂草。一旦风长起来,满田铺天盖地,能够对付这种杂草的药物极为稀缺,唯有喷施千金乳油十拿九稳。王五多方探寻信息,终于从南京采购到五箱千金乳油(一箱300袋)。产品一到家,农户们争相抢购。社会上广泛流传王五农资店有千金乳油出售,专治"蚊草",只需施用一次,田里杂草干干净净。消息传到兴化,一承包大户,急匆匆专程赶来求购,主动提出每袋比市场价高5角钱,并一口气将剩余的一箱半一扫而空。像这样的事例数不胜数。

信誉就是最好的广告,消息一传十,十传百,百传千。周边不少乡镇的种田大户都到王五农资门市部来集中采购农药、种子、化肥、混合肥。每次来不是零打碎敲,而是大批量的采购化肥、混合肥,一次就十几吨、几十吨,辛勤的付出,必有回报。王五的心连心化肥农资服务部(初创时店牌名),一年站稳脚根,二年风生水起,三年大翻身,四年就一次性拿出40万元,在泰州城内购得一套130平方米的商品房,在20世纪90年代的农村可是绝无仅有,闻者瞠目结舌,人们交口称赞王五开店精明,小店不大,日进斗金。

观云察势施良策,打出江山一片红

心有多大,舞台就有多大。人需要怀揣梦想,勇敢尝试,用如火的激情演绎如歌的事业。立门市就要立一个金字牌,干事业要甩开膀子、大刀阔斧,干出轰轰烈烈、红红火火的事业来,这是王五为自己立下的誓言。为了实现自己的理想,他敢于担当,坚毅果敢。他自信、睿智、真情、执着,信心满满。

有过曲折才知波澜,历经风雨方见彩虹。王某店铺的沉没陷落,他丝毫没有显示出任何幸灾乐祸,反倒使自己不寒而栗,仿佛是在给自己敲响了警钟。如果自己的小店经营不当,也同样会遭此全军覆没的下场。商场如战场，马虎不得，懈怠不得，以灵活多变的手法，聪明睿智的大脑，驾驭市场，以优质的资源服务市场、拓展市场，才是心连心化肥农资服务店走活市场的一盘大棋。

王五已经胸怀大气魄，写出大手笔，布下大格局，别看现在我是小学生，明天我可要当老师。小店刚刚起步，流动资金少，经不起折腾，此刻的小店，如同波涛汹涌大海里的一叶小舟，稍有风吹草动，立马人仰马翻。商海打拼，需要沉着冷静，察云观势，市场行情不明朗，不稳定时，要稳扎稳打。部分客户需要大数量的农药、种子、化肥时，王五就让客户提前预订，然后再到公司进货，采取现买现卖的策略，这样操作就会少担风险，包赚不赔。

为了保证门市货品的质量，他坚信货比三家不吃亏，要选就选最优质的产品，要进货就进正宗厂家的货。为此，他不辞辛劳到河南心连心有限公司（全国年销售额前十强企业）签订长期供货合同，他还马不停蹄赶到北京北农绿亨科技发展有限公司签订连锁加盟店计划，

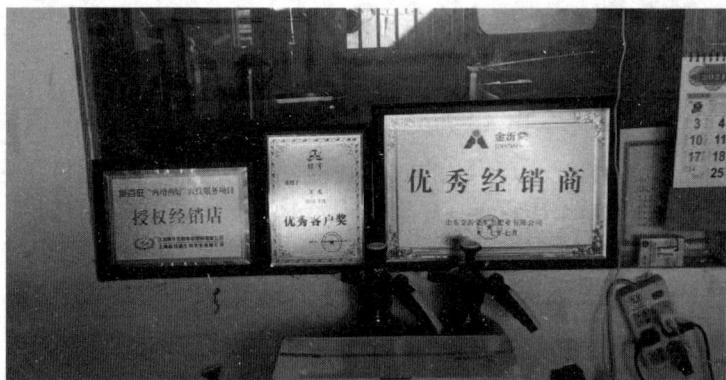

王五逐年获得的奖牌

购进优质的复合肥，时隔不久又获得能百旺"两增双好"农技服务项目授权经销店。差点忘了交代，还有秦皇岛禾苗生物技术有限公司总代理（1993 年）。人人都知道王五门市的货物品种全、价格优，是货真价实的无假货店。

质优价廉是王五店的金字招牌。名声好客源就多，销量也越来越大，单就化肥、复合肥而言，刚开始那会儿进货只有十几吨、几十吨，

可现在进货时总是几百吨大批量的进货。不少进货单位争着跟王五签订长期供货合同，有的单位甚至破例答应先进货后交款。为什么王五能赢得众多商家的青睐呢？关键的一点是王五讲诚信，每次进货之后，货物一售完，就准时还清款项，从不拖欠，所以诚信是立身之本。

"王五你的店生意这么红火，货物吞吐量如此之大，你在商海摸爬滚打这么多年有没有吃亏上当折本的事例呢？"我好奇地问。

"哈哈哈！"王五爽朗一笑，"我不是夸海口说大话，碰巧挣大钱的机会有过，可折大本吃亏上当的事例还真没有。"

王五略微沉思了一会儿，继续说："说来话长，刚开店不久，大概2007年至2008年的下半年，临近春节，姜堰石黄化肥厂因为化肥价格低，库存压力大，让我进点化肥。当时我人不在家，家里打电话告诉我，石黄化肥厂想让我们进点货，帮助解决一下单位库存压力。人情难却，我答应进十几吨，最多二十多吨货。谁知，因为我的库房大，石黄化肥厂一下子拉来100多吨，回家后我才发现，一下子惊呆了，立即打电话给石黄化肥厂的徐总，责怪他一下拉来这么多的货，万一继续降价，你让我怎么办？可徐总对我说，你怎么把事情总往坏处想呢？假如开春化肥涨价呢？你也不必太担心，货给了你，钱暂时不必交，等你把货卖了再交钱，你看怎样？人嘴里有毒，开春之后，还真的被徐总说中了，化肥价格翻了一倍多。说实话，我意外地大赚了一笔。"王五一边说，眼睛笑成了一条缝。

"这无意中的机遇，让我颇受启发：人有两件宝，双手和大脑。种田人赚钱靠勤劳的双手，可经商之人赚钱靠的是睿智的头脑。你只要善于根据市场行情，准确分析判断，捕捉商机，就一定会赚到很多的钱，比如根据房价涨落，猪肉、钢材价格的升降趋势，或者根据国际国内形势，党的方针政策的调整变化，从蛛丝马迹中就能把准商机。如果你预测到物价可能上涨，或者是价格已经跌入到低潮期，你能大批量购进货物，就能获得丰厚的利润。这就考验你的判断能力，大脑的智慧。这样的机遇，我经历过三四次，前不久，我预见化肥、复合肥可能要涨价，一下进了200吨，当价格开始往上翘时，我又追加了200

吨。目前每吨已经上涨了 600 多元,你给我算一下,这次我能赚多少钱。"

"听了你一席话,我不得不佩服你在商海打拼三四十年所积累的丰富经验和高超的智慧。如今的你已经不是几十年前的小店员了,而是家财万贯的商界精英了吧!"我夸赞道。

"哪里哪里,惭愧、惭愧! 我可不是什么商界精英,我取得的一切成绩,依赖的是党的改革开放提供的机遇,是党的好政策给了我事业成功的机会。我应该感谢党,感恩我们这个伟大的时代,感恩我们伟大的祖国。"王五说出了自己的肺腑之言。

王五只是花堡村艰苦创业成功人士中的一员,如果我们掰着手指数一数花堡村开店办厂人员的名单,恐怕能排成一长串:黄岫声、吕正宽水面加工店,刘永德棋牌室,吕二、吕三豆腐店,吕二浴室,王粉兰日用杂货店,花存林、刘俊青肉铺,刘二超市,花开胜不锈钢门窗加工门市部,刘潮馄饨店,泰州胡一刀面馆连锁店,黄三馄饨店,花五农机配件店,刘永红大理石加工厂,王二泰州归宇工艺品厂,花余勤江苏申利德智能装备有限公司,其他还有在外搞建筑装潢、搞花草绿化、化妆品推销、下海跑推销经商的,等等,真是数不胜数。

如今的花堡村可是里下河地区有名的人文荟萃、百业兴旺、经济富裕发达,景美、人美、村美,富得流油的富饶之村、鱼米之乡。

飞扬青春激情

创业艰难百战多，放飞梦想壮志酬，引领风骚声名赫，一飞冲天拓荒牛。一块阡陌荒芜的农田，在拓荒牛的耕耘之下，可以成为千亩良田；一个名不经传的小厂，经过妙手回春优秀企业家的精心打磨，可以迅速成长壮大为名闻遐迩的优秀企业。花堡村民营企业家花余勤就有如此不俗的超凡卓越能力。

花余勤工作照

在姜堰经济开发区，路西向南四十米左右有一家民营企业——江苏申利德智能装备有限公司。厂区占地面积不过 40 亩，然而高大的办公楼却拔地而起，8000 多平方米的宽敞明亮的车间工区楼内，机声隆隆，80 多台套崭新的进口先进机械设备整齐排列，蔚为壮观。十多名工人个个神情专注地在巡视查看各种机械设备的运行状况，全厂90%机械设备全部由电脑自媒体网络平台自主操控，流水作业。这家企业规模不大，全厂员工三十多名，负责行政管理人员 4 人，科研技术人员 7 人，其中硕士研究生一名，大学本科生 4 名，除去行政人员、科研人员以及设备维护修理人员，在一线岗位工作的普通员工只有十多名，可创造的年产值却几千万元，最高年份达到五六千万元，产品销往全国各地，还出口到东南亚以及非洲地区。如此现代化的高智能企业以及骄人的业绩,不得不让人惊叹不已。这样一个异军突起、业绩蜚然的民营企业是如何成长起来的呢? 你若想知道答案,那就和我一起去了解一位胆识过人、能力超群的民营企业家花余勤艰苦创业的艰辛历程吧。

四处碰壁,探寻创业路

九层高台,始于累土,梦想之路,从无坦途。花余勤出生于花堡村一个贫穷的家庭,从小就经历吃不饱穿不暖的童年生活。父亲两三岁就和哥哥母亲二人孤儿寡母一起生活,9 岁时母亲又离他们而去,从此哥俩相依为命,后来哥哥参军之后,父亲就孤身一人忍饥挨饿度过苦难的童年、少年生活。分田到户,联产承包责任制实行之后,父亲仅靠一只三吨小木船,给运输船队清扫船舱底部剩余的煤炭、石子等清舱货,卖点小钱维持家庭生活。小时候学生年代,花余勤连一块小小的棒棒糖也吃不上,父亲和自己穷困的童年生活在心灵深处留下了深深的烙印。俗话说:穷不失志。他发誓长大之后,一定要赚很多很多的钱来改变穷苦的家庭命运。

1996 年,花余勤从扬州农学院大学毕业。农村人常说,三世修不到城脚下,由此可见命运之神对他不薄。大学毕业之后,进工厂拿固定工资,当一个平凡的工人,过上衣食无忧的安稳生活,这是一般正常人的思维逻辑,花余勤当然也不例外。

树的方向,风决定;人的方向,自己来决定。出了大学门,花余勤先到扬州华夏中专当了一年教师,工作并不顺心,后又到姜堰永泰消防水带厂工作了一年,普通而又平凡的工作,月工资只有三四百元,他总觉得特别枯燥空虚,提不起精神,活得并不开心。现实生活中,每个人都不是孤立存在的,他和社会有着密不可分的联系。20 世纪90 年代,改革开放的浪潮汹涌澎湃,不少人辞掉工作,下海经商,短短几年,腰缠万贯,住进豪华别墅,这对花余勤冲击很大。工作之余,他常常孤独一人行走于林荫道旁,倚立在滨河之畔的栏杆之处,苦闷地问自己:做一个平凡人有出息吗? 说到平凡,让他联想到一滴水、一粒沙、一块砖。不可否认，水是平凡的，它无色无味，滋润万物；沙是平凡的，它质朴无华，铺就橙色的沙滩，与汹涌的大海为伴；砖是平凡的，日积月累，垒起大厦，傲视苍穹，其意义不言自明。立足于平凡的岗位，也许会像张思德、雷锋一样，全心全意为人民服务，平凡照样能造就伟大，成为时代的楷模。但是人生有多种选择，生活多姿多彩，不可能千篇一律。你看池塘风平浪静，波澜不惊，而大海却波翻浪涌，气势如虹。花余勤觉得人的青春是短暂的，人活一世就要让短暂的青春激情飞扬，他忘不了苦难童年时的梦想，也想享受一下有钱人穿金戴银、甩手阔绰的活法，体验一下闪光灯下、前呼后拥做名人的滋味。他并不是拜金主义者，沉迷陶醉于灯红酒绿的奢靡生活，而是认为人生能有几回搏，莫让年华付水流，坚守人的一生必须励志奋斗的志向并不为错。为此，他拿定主意，辞去现有工作，决心到商海闯荡一番，争当一名弄潮儿。他梦想自已终有一天会成为日进斗金的大企业家。

心有多大，舞台就有多大，心动不如行动。想唱戏，就得有舞台；干事业，就得有平台。若想创立一家新企业谈何容易，一无资金，二无厂房，三无人员，四无技术，五无项目，六无市场，必须一切从零开始，万丈高楼平地起。花余勤是个智者，他十分清楚：想做师傅，就得先做徒弟；想念真经，就得像唐僧师徒一样，经历九九八十一难，才能取得真经。经过一番缜密思考，他准备开始实施自己远大的人生规划。

1998年，花余勤迈出了闯荡社会的关键一步，给某私营老板开的公司跑销售业务，帮其销售电脑，年薪20多万。三年多时间，他风里来雨里走，马不停蹄，跑市场，拓业务，挣了60多万元，他终于淘到了第一桶金。这很刺激，也很有成就感，尝到甜头的花余勤，踌躇满志。2001年4月他又转到泰州实创电脑公司继续跑销售，运气不错，一年赚了100多万，可是好景不长，到2002年11月，这家单位由于经营不善竟然倒闭了，刚刚打拼出来的市场、积累的人脉关系就此泡汤，投入的资金也无法收回，一下子亏损60多万。这让花余勤始料不及，感受到市场是一只无形的手，像孩子的脸，说翻脸就翻脸。有人劝他赶紧收手吧，跑营销这碗饭不好吃，你永远都不知道明天会发生什么，这是一条深不可测、捉摸不定的道路。可他偏偏不信邪,有一股九头牛都拉不回的倔劲儿,就像乌龟吃秤砣般铁了心。对此,他自有一番说辞:一口池塘在你面前,你若只站在岸上观望,不敢下到水里,怎么能知道这水到底有多深,塘中有没有鱼呢?俗话说,不入虎穴,焉得虎子?其实,他心里的盘算虽然别人并不清楚,但实际就像夜空中纷飞着无数萤火虫般透亮透亮的。这是一种前瞻性的谋划布局,为今后事业的发展铺路架桥,醉翁之意不在酒。

小路不通走大道。挫折和失败没有让花余勤退缩,止步不前,他愈挫愈勇,斗志丝毫不减。他早就料想到经商这条路必定荆棘丛生,凶险无比。既然选择了,就不要后悔,必须一个劲儿走到底,不撞南墙不回头。2003年至2005年,他又继续为广州中山大学、广州医学院、华南理工大学跑实验室器材销售。2005年5月,他又转到上海一家公司,销售红木家具雕刻机。他是一个有敬业精神的人,经过一年多对产品的钻研,熟悉了雕刻机的功能和原理及其生产流程。他精心策划营销方案,尽心尽力跑市场、拓销路,厂里产品滞销的局面迅速打开,在北京、华北、东北建立了营销网络,并在北京设立了总经销点。可是就在他工作一帆风顺、春风得意的时候,公司老总让有血缘关系的亲戚接手业务,他被一脚踢开。教训让他认识到跑市场的人就像升入天空的一只风筝,命运时时刻刻操纵在别人手里,仰人鼻息的滋味很不好受。八年的历练,既有挫败与失落,也有欢欣与收获。长年累月的奔波,让自己拓宽了眼界,增长了见识,广结了人脉,更重要的是积累了做市场推销产品的经验。有一个成语叫"厚积薄发",此刻,水到渠成,时机成熟,他产生了大胆决策,应该以自己的一亩三分地来结束给别人作嫁衣、做帮工、当跑腿的历史,要想改变当前的被动局面,牢牢掌控主动权,就一定要创立一家属于自己的公司,将饭碗牢牢端在自己的手上。

借"鸡"生"蛋"渡危机

"宝剑锋从磨砺出,梅花香自苦寒来。"大凡一个初创企业的产生与成长都不会一帆风顺，企业成长的过程，就是凤凰涅槃的过程。命运似乎总有意考验充满青春激情与活力的花余勤，这位有着超凡勇气的中青年企业家，有一种不达目的不罢休，藐视一切困难的勇气，勇于挑战自我，总把一个个艰难险阻踩在脚下。一个走路总是害怕摔跤的孩子永远也不会长大。

瞎子走路难，工兵架桥难，喜鹊做窝难，创业立项难。2006年3月，花余勤开始实施创立自己企业的计划，立项成立了泰州三度数控机器公司，生产一种雕刻机，这种雕刻机是专门用于雕刻红木家具镂空纹饰面板。为什么选择这样一个项目呢？花余勤有着自己的一番考虑：①随着我国城市化进程的不断加快，人民生活水平的迅速提高，红木家具作为高品位、高档次的家居装饰物品，将走进千家万户的生活，得到越来越多人的喜爱，今后的销售量会逐年递增，趋势会稳中向好。②自古以来木制家具的制造，一直都是依赖木工人员最原始的手工制作方式，可是，现在农村中制造木制家具的木工手艺人，大部分年龄到了五六十岁了，现在的年轻人又没有兴趣学习这门手艺，年岁偏大的老年木工行将就木，今后将越来越少，面临着后继无人的状况，以智能机械化制造来代替手头木工制作，将是未来家具制造业的发展趋向，这就为红木家具雕刻机奠定了良好的发展前景。③2005年为上海一家老板跑供销时，卖的就是雕刻机，对雕刻机的功能原理，生产流程及相关知识已经相当熟知，据了解全国生产红木家具雕刻机的企业只有10家，卖方市场不会出现饱和状态，产能也不会过剩，市场竞争相对温和。知己知彼，百战不殆，所以才做出了把生产红木家具雕刻机作为自己企业的首选项目。确立这样一个项目，绝不是一时的心血来潮，而是经过市场行情分析，深思熟虑做出的谨慎决定，可以肯定生产高智能红木家具雕刻机是一个高技术含量的新兴产业，前景可期。

理想是丰满的，现实是骨感的，要想让预想成为现实，还有很长的路要走。企业先期资金不足，没有场地，没有厂房是每个创业者前期都绕不过的坎儿。厂房在哪里？建造厂房的用地哪里来，资金如何筹措……困难成堆。建造厂房的用地要花钱买，建厂房必须要有大笔投入，光是资金缺口就是一个天文数字。困难像弹簧，你强它就弱，你弱它就强。活人不会被尿憋死。哪怕再大的困难，也难不倒这位睿智的青年才俊，公司如何运作，这篇文章，他早有腹稿，成竹在胸。

企业初创时，没用地，没厂房，资金投入又相对不足，所有一切都没有让花余勤屈服。一个篱笆三根桩，一个好汉三个帮。没有资金，他找亲戚朋友相助；没有厂房，借鸡生蛋，他花80多万元在太宇租用了一座450平方米的旧厂房；没有机械设备，他和妻子陈春梅夫妻二人并肩作战，为了少花钱，二人并动脑筋，决定土法上马自主制造，这可是他们夫妻合作的经典范例，自主办厂，自造机器，以魔术师的手法创造传奇，如此创意恐怕在姜堰地区开创了前无古人、天方夜谭的先例。请人先设计图纸，然后，根据图纸制作模具，再到花太林翻砂厂翻砂制成半成品之后，接着进行精加工，各种配件加工完毕之后，夫妻二人戮力同心，加班加点，几乎不分昼夜进行组装，前后一共组装了三台机器。每台机器，光图纸就有100多张，三台机器就有300多张，这可称得上是一项浩大的工程。机器组装好之后，必须进行调试。在这方面，妻子陈春梅发挥了巨大作用。好在妻子在学校学的是电子专业，正好有了用武之地，所有的电路、电气、控制系统全靠妻子一人把关负责。调试过程十分复杂，各种想象不到的难题，需要逐一排查，寻找原因。面对困难，他们从不灰心，也决不轻言放弃，以锲而不舍、滴水穿石的精神，一个一个障碍，一个一个堵点，逐个突破，克服了许许多多难以想象的困难，前后用了两个多月，才将所有机械调试完毕，为公司节省了大笔开支。浩瀚的宇宙太空，一半是明媚的阳光，另一半是皎洁的月色，天造地设。建厂之初，各种各样的困难接踵而至，每一个困难的克服，都有夫妻二人并肩作战、同心协力渡难关的动人故事。遇到一些难以克服的障碍，他们相互勉励，鼓舞士气，他们坚信没有过不去的火焰山，更没有跨不过去的壕沟，越是艰险越向前。白天忙得腰酸背痛，筋疲力竭，晚上相互捏肩捶背，虚寒问暖、相互体贴。军功章上，既有妻子的一半，也有自己的一半功劳。

这对夫妻伴侣,连续数月整天不停地奔波,租厂房,造机器,安装设备,招收工人,饭也吃不踏实,觉也睡不安稳,在经历无数不眠之夜、繁琐工序之后,功夫不负有心人,公司终于在十分简陋的原始状态下扬帆起航。这对恩爱的鸳鸯之鸟,相濡以沫、比翼齐飞,演绎了一段艰苦创业的传奇佳话。这真是海阔凭鱼跃,天高任鸟飞。

起步阶段,公司的生产并非一帆风顺。招收的新工人,对于如何操作机器,如何制造雕刻机,几乎是两眼一抹黑。而自己尽管在上海某公司销售雕刻机时,掌握了生产雕刻机的一些简单生产流程,但当公司正儿八经运转起来时,还是碰到了许多难以克服的困难。缺少懂技术的科技人才怎么办?他就出高薪上网面向社会招聘,然后,再对工人进行培训,经过半年多的艰辛努力,公司终于逐步正常运转起来,年底销售额便达到一百多万元。到了第三年底,年产值已经达到三百多万元,原先租来的小厂房已经不能满足生产的需要。这真是"小荷才露尖尖角,早有蜻蜓立上头"。

公司投产三年多来,已经累积了一定的资金,为了让公司不断地成长壮大,2010年投资168万元购买了一家闲置的小厂房,这才解了当时工厂生产的燃眉之急。

随着公司规模的不断扩大,产品积压越来越多,产品销售成为制约公司发展的瓶颈。销售困难的主要原因是买家不会使用机械的操作,这使得购买者顾虑重重,犹豫不决。如果我们换位思考,站在购买方的角度想一想,我花大笔投资买回机器,因为不会使用而闲置一旁,那再好的东西也不过是一堆废铁。为了消除购买方的疑虑,解除他们的后顾之忧。花余勤在与买方洽谈业务、推销产品时,作出对售出产品实行三包的承诺:①如果产品质量出现问题,公司承诺包退包换;②买方购进产品之后,及时对工人进行机械操作技能培训,做到包教包会;③买户在使用过程中若出现无法修理的故障,包协助修理,实行周到的售后服务。良好的信誉赢得了市场,销售渠道畅通了,产品销售遍及除新疆之外的全国各大省份,工厂出现了产销两旺的良好局面,企业呈现了欣欣向荣的喜人景象。他常常戏说:"一花独放不是春，百花齐放春满园。"

借"风"使力开新局

对于一个优秀企业家来说，最重要的是要有居安思危的意识。如果我们把市场比作一个偌大的鱼塘，那么作坊式的小厂就像一条小鱼，在争抢投放的饵料时，你根本无法与处于霸主地位的大鱼相抗衡。在弱肉强食的竞争环境中，只有自己成长壮大起来，才可以参与群雄逐鹿，否则等待你的就是被大鱼一口吞掉的毁灭下场。这就像舞台上的拳击比赛，若想不被对方击倒，你自己必须足够强大，才会使自己不被打败，胜利者永远都是强者。

全国生产红木家具雕刻机的企业有 10 多家，不少厂家是在市场打拼多年的老牌企业，经验丰富，财大气粗，市场竞争处于优势地位。反观自己的企业，不仅规模小，而且品种单一，市场竞争力不强，长期下去不利于企业的成长壮大，市场在倒逼企业要转型升级。怎样改变企业的被动局面，作为决策者，花余勤开始对企业今后的发展做出新的谋划。

强内涵，提质增效，扩外延，拓展规模，抢占市场制高点，是摆在企业面前的首要任务。思路决定方向，方向决定出路，出路决定命运。为了使企业做大做强，花余勤以大手笔、大气魄要让企业再塑金身。起步创业时没资金，只好租厂房，在艰难跋涉的征程上，企业就像滚芝麻团一样越滚越大，随后又购买了旧厂房，效益也是芝麻开花节节高。虽然创业之路磕磕碰碰，但没有遭遇过大的波折，发展相对比较顺利，经过四五年的打拼，羽毛逐渐丰满，手里积累了一定资金，具备了一定的经济实力。人普遍有一种心态：吃着碗里的，还会望着锅内的，老百姓常说，这山还望那山高。手里有了钱，心就开始膨胀。这也难怪，稍有点社会常识的人，都知道市场就像大海一样，柳叶般的小船只能在风平浪静的情况下航行，一旦大风起来时，海面会掀起滔天巨浪，巴掌大的小船只能在波峰浪谷中挣扎、颠簸，稍有不慎便会人仰马翻、船毁人亡，若是万吨巨轮就会稳坐钓鱼船，不怕浪来颠。如何让企业具有抗风险能力，又成了压在花余勤心里的一块石头。是啊，这就好比一个小孩子总是渴望自己早点长成大人。花余勤觉得自己当下的这个小厂，就像在狂风暴雨中苦苦挣扎的一棵小树苗，他巴望着这棵弱小的矮树苗能够一夜之间，长成一棵高大粗壮的参天大树。

时到浪浪顶，倒霉遇顺风。人在时务中，石头照样撞个洞。2017年，姜堰区政府做出了旅游兴区、工业强区、教育立区的规划。为了实现工业强区的战略目标，姜堰经济开发区招商引资，对高智能、有科技发展潜力的企业落户开发区制订了优先提供低价土地资源等优惠政策。花余勤抓住契机，在姜堰经济开发区内，花800多万元购买了一块40亩的土地，再花2000多万元先后建起了办公大楼、科技综合实验楼、工厂车间等新厂房，公司又重新注册了新厂名——江苏申利德智能装备有限公司。

心有多大，舞台就有多大，要干就甩开膀子大干。为此他筹措4000多万元资金，从国外购进七八十台套先进的机械设备，扩招一线岗位工人10多名，引进高端技术人才，全厂员工增加到三十多人，可谓兵强马壮，鸟枪换大炮。全厂工人士气高昂，信心满怀，一个如日中天的高科技民营企业在姜堰经济开发区正高扬旗帜，蓄势待发。

借"技"蓄势强筋骨

科技蓄后劲，睿智佑英才。有个鲤鱼跳龙门寓言：说鲤鱼跳过龙门就能变为龙，但龙门太高，好多鲤鱼都无功而返。鲤鱼们纷纷请求龙王降低门槛，然后，鲤鱼们都轻松跳过了。但跳过龙门才发现，自己还是原先的鲤鱼，并没有变成龙。这则寓言告诉我们，一个企业要想在同行业中独占鳌头，成为龙头企业，你必须在壮大企业规模的基础之上，在"质"和"效"上做文章。在"质"和"效"两者之中，只有先提质，然后才能增效。为了使企业再上新台阶，不断成长壮大，企业必须创特色，拿出自己的拳头产品，还要有一剑封喉的独门绝技，为此，花余勤制定了一个提质增效、强筋壮骨的发展规划：

第一，改变半手工操作的落后生产方式，向高、精、尖的智能装备制造方向发展。

第二，在科技领域推进基础研究，新兴技术研发，做到人无我有，人有我新。

第三，在产业技术研发领域，重点推进核心零部件，核心材料，先进制造工序，产业通用基础技术的研发，实现自主创新能力的提升。

通过培育高性能制造业，由单项制造向宽领域、全要素制造延伸和扩展，经济增长模式不仅要有量的扩张，而且要有质和效的提升。他以志在必得的信念一定要把公司建成一个以高科技为支撑，以电脑自媒体网络平台操控的全自动化机械制造企业。

走进"智能"，感受"智能"。创新技术，开发新品，做大做强企业要以科技为引领，科技强，则企业强，已成全体"智能"人的共识。关于理想，花余勤有自己的感悟：人生要有追求，人应该活得像彩虹一样五彩缤纷，不因虚度年华而悔恨；关于事业，他有自己的体验：你只有主动作为拥抱新时代，抓住新机遇，创造新业绩，展示新作为，才会干出一番出彩的事业。作为一个企业家，不可缺少的是见微知著的洞察能力，根据企业的内部潜能和外部发展空间，及时有效地做出决策和判断。花余勤对企业的发展有一个清醒的认知：工厂改名了，机械扩容了,人员增多了,岗位增加了,管理也更复杂了,千丝万缕的矛盾中,什么是公司后续发展的关键?人才是关键,科技创新是后续发展的牛鼻子。为此,他以高薪引进高层次人才,硕士研究生 1 名,大学本科生 4 名,挑选一线工人中的专业能手,组成一个 7 人小组的科研团队。这支团队,人员不多,但是个个精明强干,特别能吃苦,特别能战斗,团结协作,为破解制约公司发展难题,立下了汗马功劳。

公司刚成立时,生产的是单一品种的红木家具面板方面的雕刻机械,采用的是手工加机械半自动操作方式。然而生产一套或多套红木家具,不单单是花纹图案面板雕刻,还有榫眼、凹槽、圆柱体、长方体多项目、多工位等机械。80 多台套全要素先进机械引进后,项目增加了,工位增多了,品种更全了,但也出现了很多意想不到的矛盾,比如工人的知识能力和专项技能跟不上,电脑自媒体网络平台建立,软件开发,还有机械全自动流程操控等。困难一个个摆在面前,怎么办?明知山有虎,偏向虎山行。

首先要解决的是工人不会操作机械、不熟悉机械工作原理和机械设备各项功能等相关知识问题。机械是死的,人才是活的。光有鸡,不下蛋,岂不是麻雀吃糠空欢喜。充分发挥人的主观能动性,使工人尽快掌握生产技能,熟练操作机器,适应岗位需要,工厂内部必须挖潜。为此,公司制定了严格标准,全厂职工必须全员参加培训,考核合格之后,才能定岗定位,培训考核成绩、平常工作表现和实绩与工资奖金挂钩,公司制定了不同等级的奖励标准,奖金最高达 10 万元,以下按贡献大小设多等级、多项目奖励。公司还提倡一线工人要一专多能,一人要同时操作多台机器。一个能单项熟练操作的定岗工人培训,时间大约需要半年。能胜任多工位的熟练工人,培训时间则长达一年左右。全厂工人技能培训前后经历了一年半左右的时间。公司在提高全厂员工素质方面,制定了各种严格的规章管理制度和各项奖罚措施,严管理,重实效,不搞虚头巴脑的形式主义,而是实打实、硬碰硬地求真务实。在花余勤的引领下,全厂上下,工人们掀起了人人学知识,个个钻技能,强才干、争奉献的新高潮。经过这一轮专业技能培训和思想素质的提升,全厂工人的知识素养,专业技能和精神面貌都发生了翻天覆地的变化。

在培训工人技能的同时,厂里的科研攻关团队也没闲着。他们夜以继日地忙着攻克开发电脑软件,建立自媒体网络操控平台等好多科研项目。由手工操作改成全部由电脑自媒体网络平台自动操控,这可不是一件轻松的事,许许多多难点、堵点需要一个一个摸索、研究、攻关。花余勤和科研人员一起泡在车间里,反复操控每台机器,一个一个障碍地排除,一个一个难题去解决,一个一个难点去突破。每攻克一个障碍、难题、难关,都需要付出大量时间,耗费大量精力,不断地操控、调试机器,不断地修改程序,不断地完善软件设计,不断地测试电脑自媒体网络平台。排除一个障碍需要几天、几个礼拜;解决一个难题,往往需要一两个月,甚至半年时间;攻克一个难关,有时需要一两年,甚至更长的时间。科研人员流淌的汗水,付出的心血没有白费,总算结出了丰硕的成果。如今,操控机械的电脑自媒体网络平台已经调试成功,电脑软件制作开发已经完成,一个由电脑软件平台操作的全自动工作车间的梦想也已经实现。公司前后四年,先后向国家版权局和科技管理部门申请了四项专利:新型龙门榫槽机,含两项专利;多工位旋转式定位结构,含两项专利。我们有理由相信"智能"人,在花余勤带领下,会不断克服自身的不足,不断发挥自己的优势,在创业的征途上还会不断再攀新高峰,创造新业绩。只有你想不到的,没有做不到的。在我们国家,在我们这个伟大的时代,只要你敢想、敢试、敢干、敢闯、敢拼,敢于攀登科学高峰,什么人间奇迹都能创造出来。因为花余勤就是一个敢于挑战不可能的优秀民营企业家,期待永远大于等待,让我们拭目以待。逐梦新时代,启航新征程。

借"船"出海扬声威

借船勤出海,才俊建奇功。不干则矣,干则必成。刚办厂那几年,由于工厂的规模小,制造出的成品量不大,销售没什么压力。自从新厂建成之后,狠抓工人的岗前培训考核,并对原有产品提档升级,更重要的是打出产、学、研组合拳,增加科技含金量,这一系列扩规模、增能效,内部整顿挖潜的措施,大见成效,企业脱胎换骨,步入了良性发展的轨道。企业的发展概括起来:一年新气象,两年大变样,三年红杏出了墙,发展势头十分强劲。特别是电脑自媒体网络平台成功开发出来之后,不仅成品数量成倍翻番,质量也是稳步提升,这使产品的竞争力进一步增强,产品销售实现了国内市场的全覆盖。这样一份靓丽成绩单,按理说花余勤应该很满足,其实不然,有人说:人心不足蛇吞象。的确如此,花余勤就是一个胃口特别大的人,他对企业有愿景:当前只为中国强,若干年之后,只为世界强。他的目标是,企业产品不仅要站稳中国市场,而且要走出国门,占领世界市场。

说打就前跑,他挑选厂里的精兵强将,组成营销团队,通过自媒体网络平台,将工厂的自动化生产流程及其产品的相关知识制作成广告,上网发布。他细心地为每一款产品推出亲测视频,以便客户直观、详细了解其功能和优势。同时,通过大数据技术,他和自己的团队还对不同产品进行分众化营销,并且还会对不同国家、不同产品品牌的受欢迎程度进行细分、靶向推销。好几位非洲客商看过之后,以视频连线方式决定签约定购,一位客商竖起大拇指夸赞说:"你们的产品中国最好,顶呱呱地好!"

让产品打入国际市场并不只是华山一条路。2018 年,花余勤以青蛙试水的方式,带着一班人马,花 20 多万元,到上海家具博览会购买了 80 平方米的一个展位,带着样机,让工作技能最强的工人师傅当场操作,客商们亲眼目睹了工人师傅熟练操作机器生产的全过程,对全自动化高效运行的雕刻机兴趣大增,如此高效率、高技能的先进生产设备,客商们赞不绝口,营销团队还当场解答客商提出的各种问题,并承诺签约之后,全权负责签约方产前技术指导及各种售后维修服务。他们生产出来的产品,质优价廉,拥有自主知识产权证书,还有各种热情周到的售后服务,使东南亚客商参观后连声赞扬"ok",并当场签订供货合同。从此之后,上海建筑博览会、广州家具博览会、广州建筑博览会(前后共花费 100 多万元),每次都少不了他们熟悉的身影。如今,"智能"产品已经销往泰国、柬埔寨、缅甸、菲律宾、新加坡等东南亚国家以及非洲的马里、赞比亚等国家。为什么短短的十几年"智能"发展得这么快,产品能够遍及全国,享誉世界,我们能从花余勤常挂在嘴边的一句话中寻找到答案:作为一名企业家,一定不能唯利是图,只顾自己的一亩三分地,胸怀要大度,时刻不忘顾客是上帝。其实"顾客至上"这个道理人人都懂,可是生活中少数经商之人,却只顾打自己的小九九,从不考虑客户的利益,最后只能是自缚手脚、自毁前程。古人云:"求其上,得其中;求其中,得其下;求其下,必败矣。"花余勤说:"智能人始终坚持高标准、高智能、高质量,始终坚持追求完美,至高至上的目标定位不动摇。今后,我愿本着振兴姜堰制造业、振兴家乡和振兴乡村的为民情怀,努力让企业再上新高度,再攀新高峰。"

　　生活中很多人也曾梦想,人生在世应该干出一番出彩的事业,但是,当你面临丢掉稳定的工作,特别是辞去"铁饭碗"工作的选择时,你又会犹豫不决,往往在权衡利益得失之后,最终还是选择放弃。空怀理想的人,缺少的是果敢、勇气和决心,敢于尝试、勇于冒险的人毕竟是少数。经商有风险,创业更艰难,其中的酸甜苦辣,只有经历者才有说话的本钱。虽然没有精确的统计,但我们可以预想,敢于迈出一步,进入商海闯荡的人可能只有百分之一,敢于投入大笔资金办厂创业者更是寥寥无几,也许只有千分之一,即使是那些已经涉足的勇敢者,能够最终成功的,也许只有万分之一。还有少许偶尔幸运成功人士,也只能昙花一现,再也没有勇气继续搏杀,偃旗息鼓,早早退出历史舞台。正因为成本高、风险大,所以99%的人才选择知难而退。不少胸怀大志,奢望一夜暴富、名垂青史者,也曾凑热闹,选择趟一次浑水,可最终血本无归,极少数的还会倾家荡产、妻离子散,境况惨不忍睹。商场如战场,最终能够成为无垠的宇宙中最为耀眼的那颗星星的屈指可数,可是花余勤却做到了,成功了。他深有感触地说:"我的创业之路,让我领悟到:不走出来,家就是你的世界;走出去了,世界就是你的家。人的潜能究竟有多大,连自己都不知道。安于现状,你将一世无成,逼自己一把说不定什么奇迹都会出现。"他的成功,与他个人的努力、时代际遇和岁月积累的大智大勇才能不无关系。商海沉浮逐浪高,驭风播雨呈英豪。"江山代有才人出,各领风骚数百年。"在芸芸众生的赞叹声中,让我们以一首五言诗对这位优秀的民营企业家进行礼赞:

悠悠商海途,
奔波尽失跤。
漫漫创业路,
夙愿堪自豪。

生产车间

久病床前有孝媳

人间烟火事，最能慰人心。常言道：久病床前无孝子。这样一句老掉牙的乡村俗语，对于常年卧床不起的花堡村民张凤女来说，一点儿也不灵验，因为她有一个贤惠孝顺的好儿媳。

张凤女的儿媳叫任艳，原是安徽宿县人，今年50岁，2000年高中毕业后，经人介绍，出嫁到花堡村，成了花扣小的妻子。婚后，婆婆待她就像亲生闺女一样，处处关怀备至，一家人和睦相处，生活祥和安定。

可是天有不测风云。2014年，张凤女外出打工，给本村一位老板护理花草，晚上回家途中，一次意料不到的车祸，造成头部撞伤，下肢生理机能丧失，虽经医院全力抢救保住了生命，但是从此卧病在床，生活不能自理。

突然的变故，始料不及。任艳原在工厂上班，为了照顾生病的婆婆，她只好辞掉工作，在家当上了一名专职护理工。

从灾祸发生至今已经十年过去了，任艳十年如一日，任劳任怨照料婆婆的感人事迹，传遍全村，得到了全村干部、群众的交口赞扬。我将搜集到的有关任艳关心照料婆母的相关信息归纳起来共有下列几个关键词：周到、细致，忍辱负重、毫无怨言。

说她周到，毫无虚夸，皆为事实。车祸发生后，为了能使婆婆的身体尽快恢复，她和丈夫商量之后，花一千多块钱买回按摩机、健身椅。每天按时给婆婆按摩身体,锻炼腿部肌肉,防止肌肉萎缩。尽管用心良苦,由于伤势过重,还是收效甚微。

婆婆不仅瘫痪,而且伴有高血糖病。正因如此,婆婆一日三餐的饭菜不能和家人共用,必须另开小灶,为她单独制作低糖成分的饭食,饭菜不仅要满足她身体营养的需要,还要考虑适合她的胃口,为此,任艳开动脑筋,经常变换花样、调换品种,尽量让婆婆吃得开心、满意。每天三顿,必须一口一口地喂,等婆婆吃完才轮到自己,吃的全都是冷菜剩汤。汤菜饭食常常会弄脏衣服,还必须及时更换清洗,一忙就是一两个小时。

说她细致,也是恰如其分。任艳身高 1.5 米左右,体重只有 62 公斤。婆婆张凤女身高 1.65 米,体重 75 公斤,无论身高,还是体重两者都相差悬殊。由于婆婆长年累月卧床不起,后背、腋窝、腹部、大腿根等部位破皮发炎了,鲜血淋淋。细心的任艳买回消毒水为她擦洗,买来华佗膏为她涂敷。每次用药之前,先要将身体擦洗一遍,打水、脱衣、擦身、转体、穿衣,一连串的流程,对于一个身材瘦小的弱女子来说该是何等的艰难。尽管如此,任艳仍然克服困难,白天三次,夜里三次,一年 365 天持之以恒,不厌其烦,从不间断。

每天晚上睡觉之前,任艳烧好开水,为婆婆泡泡脚,剪剪指甲,搓搓脚背,按按脚心,揉揉小腿。冬天,用开水灌个暖水袋放在婆婆的脚边。

吃过早饭,任艳还会经常将婆婆挪移到院子里,躺在睡椅上,让婆婆晒晒太阳,透透室外的清新空气,一边和她说话聊天,一边为她梳头,捏捏肩头,敲敲腿,借以消除婆婆的孤独和烦恼。

说她忍辱负重也绝不夸张。对于每个人来说生活应该张弛有度,有点空闲,看看手机、串串门、打打小牌,与好友谈谈心、聊聊家常话,或者看看电视,理所应当,谁也不会责备。可是,这些本应属于自己的这些娱乐时间,任艳全都花在婆婆的身上。婆婆就像一根绳索拴着自己,让她甩不开、挣不脱,犹如关在监狱里的囚犯,失去了一切自由。这种孤独、苦闷的煎熬,包括对自由的向往,在她的内心是何等的渴望。这种等待,随着时间的推移,越来越强烈。

由于婆婆下肢瘫痪、大小便失禁,必须给她穿上纸尿裤,防止尿床。尽管如此,也不能高枕无忧,一旦纸尿裤尿湿了,就必须及时更换,每隔几个小时就要查看一次,白天夜里前后五六次之多。

由于张凤女头部负了伤,留下后遗症,每到刮风下雨天气,就头痛难忍,当她无法忍受时,就把痛苦转嫁到任艳身上,无数不堪入耳的脏话、污言秽语,一股脑儿劈头盖脸而来。听着一声声钻心刺耳的谩骂,任艳听在耳里,就像冰天喝凉水,寒透了心。自己日复一日,年复一年,含辛茹苦的照料,换来的竟是对自己人格尊严的玷污和践踏,为什么?为什么?……委屈的泪水在眼眶中打转,她的精神简直快要崩溃了。但是,理智控制着自己,模糊的泪眼看着婆婆双手抱头,撕心裂肺地叫喊,她又忍不住哽咽着安慰道:"妈妈……你若难受就大声地骂吧,你的一切痛苦,就让我来替你承担……"她痛苦得几乎说不出话来。婆婆一阵发作之后,全身已是大汗淋漓,任艳强忍痛苦赶紧端来热水,为她擦洗虚弱的身体。如果你身临其境,你可以问问自己,我能做到吗?好心地照顾和关爱别人,反遭辱骂,自己遍体鳞伤不说,还要笑脸相迎,好言好语为别人疗伤治痛。这是一种什么品质?这是一种怎样的精神?你一定找不出恰当的词语来加以形容和

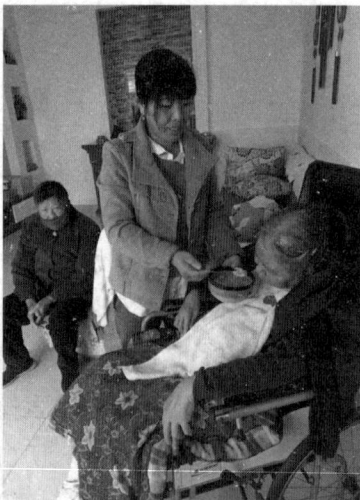

颂扬,此刻,任何词语都显得那么的苍白无力,这恐怕就是人们所说的,平凡之中见崇高的深刻哲理。

说她毫无怨言,也是真情实意。自从婆婆出了车祸,一直到现在,一晃十年时间。任艳没吃过一顿安逸饭,也没睡过一夜安稳觉,没有回家看过一次亲人。一边是卧床不起的婆婆,一边是远在千里之外日思夜想的父母、姐妹,孰轻孰重,这杆天平,如何才能平衡?

采访结束前,笔者问:"你面对十年的艰辛付出,难道心里就没有怨言吗?"任艳轻松地一笑:"婆婆一生勤劳能干,样样事情亲力亲为,不是一个偷懒之人。再说,我刚嫁到她家,待我视同己出。如今,她遭此不幸,我不能熟视无睹,冷眼旁观。我的一点付出,算是对她的一点回报吧!"停了一下她又说,"我在学校读书时,就知道这样一句名言:'老吾老以及人之老,幼吾幼以及人之幼。'长辈关爱晚辈,我们晚辈更应该孝敬长辈。我觉得尊老爱幼是中华民族的传统美德,要让它在我们年轻一代身上生根开花。"

花堡是一个历史悠久的古老乡村,花堡人民更是淳朴善良的人民,像任艳这样的优秀村民数不胜数,花宽寿、龚兆兴、花凤小、花龙网、花龙余、王五、花余勤……人人都有感人的故事,个个都有动人的事迹。人是平凡的人,事是普通的事,平凡的人是一块砖,普通的事是一块石,正是无数平凡而又普通的砖和石才铺就了花堡村过往辉煌的历史,而且还将激励后来人继续铺就花堡村美好的未来。最后让我们朗读任艳写下的一段内心独白:"离开父母做人家媳妇,满心希望寻找到幸福。谁知老天突降灾祸,婆母瘫痪需要照顾。从此没有假日天天辛苦,端茶送汤捶背洗尿布。我在心里一天天数着过,家庭保姆是无边的折磨。婆母是一根绳索,自己好比自转的陀螺。我在心里一遍遍地想过,再苦再累要给婆母最好呵护。其实心中酸楚只有自己清楚,惦念远方爸妈常常心里痛哭,莫悲伤、莫流泪、莫痛苦,个人的酸楚那不叫苦,只有家庭的和谐才是幸福。大爱无疆架彩虹,和谐社会结硕果。"

咏稻秧

布谷一声啼，春风十万里。

几畦稻秧苗，根根挨挨挤。

农历芒种时，麦黄刀下死。

田中稻秧倚，秧行棵棵齐。

远观一片绿，近看秧行稀。

肥料施得足，秧稞壮又齐。

秧在水田里，雨露来润滋。

阳光轻抚柔，满野绿色美。

四周看一看，幸运多同伴。

微风吹秧动，颇感不孤单。

秧田半湿旱，渠水勤浇灌。

早望慢长叶，晚看快长秆。

矮小长高大，细秆变粗圆。

茁壮早分蘖，孕穗不能晚。

一夜秋风动，眨眼变色颜。

晚霞披锦绣，朝霞铺金毯。

颗颗粒饱满，穗穗大又长。

夏季遍野绿，秋后满仓粮。

老农咧嘴笑，粮丰奔小康。

结婚难新编（单口快板）

竹板一打笑哈哈，咱们拉点家长话。
男婚女嫁老传统，不同年代不同价。
　说一千，道一万，结婚苦，结婚难。
生个男娃拍手笑，生个女孩茄子脸。
女方出嫁狮开口，男方娶媳咬指头。
几家欢乐几家愁，多少人家皱眉头。
五零六零很简单，不讲吃来不讲穿。
几斤果子几斤糖，一床被子硬板床。
　家帐柜，八仙桌，旧橱柜，咸菜缸。
打打扫扫新娘房，双喜一贴亮堂堂。
不问新娘不新娘，婚后三天下厨房。
今天还是新娘子，明天照样把活忙。
白天田头挣工分，晚上还要到磨房。
　七零后，不算富，日子过得还很苦。
有钱没钱一样过，十七八岁讨老婆。
婚姻自主嘴上说，自由恋爱挂羊头。
三媒六证老规矩，全是父母来作主。
只要父辈点了头，年底便把婚事做。
　家里穷，没讲究，灯线绒，毛线裤。
鸳鸯被，花枕头，拜完天地睡一头。
婚后白头过到老，打打闹闹也不跑。
门当户对谈不上，终身到老不回头。

婚姻就是一锅粥，酸甜苦辣糖葫芦。
改革开放经济富，八零九零开始抖。
七架梁，新瓦房，四方院子高墙头。
自行车，缝纫机，组合音响收音机。
三大件，不可少，买只手表还要好。
左挑右选不满意，最后选中上海表。
各式家具色色新，电视冰箱样样要。
计划生育抓得严，东躲西藏打游击。
为了香火后代传，不生把儿心不满。
超生子女要罚款，又拆房子又毁院。
零零后，结婚难，开始狂要彩礼钱。
六七万，七八万，家里老本一锅端。
谈订亲，押彩礼，各种礼数全套齐。
端午节，中秋节，哪个不要花大钱？
办完订亲忙婚事，从头再花大把钱。
席梦思来大彩电，组合家具 VCD。
各种电器不缺项，里里外外全是新。
高低床，长沙发，结完婚，闹分家。
娘家哭，婆家骂，债务欠了一大把。
夫妻俩，不说话，各人挣钱各人花。
儿媳只会顾自家，哪还顾得爹和妈？
只顾小，不顾老，还嫌日子不够好。
白天吵，夜里闹，生气就往娘家跑。
民政局里看一看，八零九零经常见。
三观不和闹离婚，杠丧吵架不新鲜。
零零后，结婚晚，没房没车别想谈。
瓦房不要要高楼，身材反选瘦子猴。
光有订金还不算，结婚彩礼再开口。
出手就是十多万，结婚酒席照样办。

高档酒来高档烟,死要面子充好汉。
算来算去百十万,还少戒指宝石钻。
天文数字摆眼前,想想腿子直打颤。
娶个媳妇皇后娘,生个孙子太上皇。
忙家务,下厨房,爹妈瘦得像蚱蜢。
老子挣钱儿媳花,孙子还需爹娘养。
累死累活不吱声,为了家里不杠丧。
生活困,生活难,儿女婚事好心烦。
若把婚事办平谈,何苦自己找麻烦。
破除陋俗好轻松,新婚新俗齐夸赞。
婚事节俭树新风,和谐社会换新颜。

花堡香菇美名扬（群口快板）

甲：竹板一打啪啪响，

乙：我们四人走上场，

丙：今天不把别的表，

丁：花堡香菇美名扬。

甲：香菇种植产业旺，

　　大棚排列一行行，

　　种植菇农数十户，

　　发家致富心欢畅。

乙：香菇种植好兴旺，

　　小小香菇大名堂，

　　规模种植上千亩，

　　争先恐后赚大洋。

丙：花堡人民有眼光，

　　信心足，胆子壮，

特色农业开新局，

促进就业有保障。

丁：花堡支部有眼光，

　　因势利导大提倡。

　　乡村振兴创伟业，

　　小康之路宽又长。

甲：乡村振兴路更广，

　　特色农业好风光，

　　带动农民来致富，

　　激活经济奔小康。

乙：香菇好来香菇棒，

　　香菇无需泥土长，

　　桑木枝条成了宝，

　　全靠菌种来培养。

丁：香菇棚内人气旺，

　　菇子采了一筐筐，

　　花花票子口袋装，

　　鼓起钱袋喜洋洋。

甲：香菇好来香菇棒，

　　菇农采摘实在忙，

　　生产销售一条龙，

远销城乡大市场。

乙：香菇好来香菇棒，
香菇种植有特长，
好运输来好储藏，
晒干香菇好包装。

丙：科技兴农农更强，
农特产品上了网，
网上销售人气旺，
闯进全国大市场。

丁：香菇好来香菇棒，
香菇味道实在香，
绿色食品无公害，
食用香菇保健康。

甲：香菇吃法多种样，
好炒好烧好煨汤，
荤素两样好搭配，
蔬菜之中它称王。

乙：人人爱吃有营养，
药用价值也很棒，
三高老人吃了后，
降压降脂降血糖。

丙：城内市民逛菜场，
看见香菇鲜嫩样，
询问香菇哪儿产，
桥头花堡香菇场。

丁：少年孩子上菜场，
香菇摊前抢购忙，
烹炒香菇最爱吃，
吃在嘴里喷喷香。

甲：厨娘大嫂到菜场，
采购香菇排队忙，
各种蔬菜买一点，
回家搭配炖点汤。

乙：豆腐块，香菇丝，
小白菜，猪大肠，
混合一起煨鲜汤，
口齿留香余味长。

丙：年长大爷上菜场，
一见香菇口水淌，
买点回家炒个菜，
老酒一杯味更香。

丁：年轻姑娘进菜场，
专挑香菇篮里放，
香菇配菜最好吃，
粉皮娇嫩美颜妆。

甲：泰州市民到菜场，
香菇摊前争着抢，
绿色食品赶潮流，
无毒无害放心尝。

乙：上海市民上菜场，
摊前长龙排队忙，
鲜嫩香菇实在好，
全家享用味更香。

丙：北京市民进菜场，
香菇到此不寻常，
厨房香气飘窗外，
尝上一口齿留香。

丁：花堡香菇香四方，

大江南北销路广，　　　　　　　闯进国际大市场，
全村菇农翘拇指，　　　　　　　乡村振兴迈大步，
农民生活奔小康。　　　　　　　花堡香菇美名扬。
合：小小香菇不寻常，

花堡今夕大变样

漫步堤岸沐晨光，往昔芦滩亘古长。
历史风云知何处，浩渺芦花鸥鹭翔。
昔日烟云匆匆过，解放大军过长江。
虎踞龙蟠凯歌奏，花堡大地迎曙光。
建国迎来水利兴，铁镐叮当奔波忙。
开河塘，填低洼，修沟渠，田成方。
弄潮儿女争朝夕，改天换地雄心壮。
物换星移酬大志，荒滩变作米粮仓。
栽胡桑，养蚕忙，做砖瓦，办酒厂。
跑运输，养水貂，水产养殖百业旺。
改革春风始浩荡，争先恐后致富忙。
花堡儿女多壮志，今朝再创新辉煌。
信步漫移思绪乱，思念顿觉烟雾茫。
极目放远流连处，更览近前好风光。
秋水明净莲藕香，荷花塘畔芦花扬。
艳阳映照菱盘绿，满目绿色心花放。
高天气爽碧波荡，河岸水柳枝条长。
远观渔舟三两只，近有野鸭水中漾。
偶有飞鸢低空过，栖身苇杆悠悠荡。
蓝天碧水相映衬，片片白云水中漾。
春吹麦地滚绿浪，夏有荷花满池塘。
秋来棉絮吐银光，冬飞瑞雪白茫茫。

乡村田野无限旷,柳成荫,渠成网。
五谷丰登四季忙,好个苏中鱼米乡。
放眼四野情满怀,历历在目群英芳。
空旷浩野凌云志,激情赋诗豪情放。
白云借我作纸笺,堤岸拂柳磨墨浆。
艳阳伴我抒豪情,花堡今夕大变样。

说说大实话（对口快板）

甲：各位大叔和大妈，

乙：听我说说大实话。

甲：不说东来不说西，

乙：只说张家老夫妻。

甲：年少之时盼养儿，

乙：养了个儿子笑嘻嘻。

甲：生儿生女都一样，

乙：一点儿也不希奇。

甲：生个姑娘将来是个酒坛子，

乙：生个儿子反而是祸事。

甲：满月花掉四万五，

乙：十岁用去五万四。

甲：初中、高中耗掉十几万，

乙：大学再花万十几。

甲：早上糁儿粥吹得嘴发尖，

乙：晚上咸菜饭扒得眼直翻。

甲：儿子大了要娶媳，

乙：老俩口心里开始羊打鼓。

甲：好话说了一箩筐，

乙：彩礼要了一大摞。

甲：老两口两眼泪汪汪，

乙：女方彩礼一分也不让。

甲：金耳坠、金戒指、金手链，

乙：还要再加一条金项圈。

甲：长沙发、短沙发，

乙：家用电器全套办。

甲：名牌服装，高低床，

乙：轿车到手喜洋洋。

甲：要想洞房花烛夜，

乙：背了好多人情债。

甲：花钱简直没得数，

乙：继续动用小金库。

甲：媳妇嫌弃老家房子破，

乙：亲家公说城内买套房子也划算。

甲：老两口哑巴吃黄连有苦说不出，

乙：再掏腰包城里买别墅。

甲：本想儿子大了享清福，

乙：谁知心里一点儿不如愿。

甲：儿媳睡的是席梦思，

乙：父母躺的是木板铺。

甲：白天小夫妻开着轿车逛商场，

乙：晚上回家抱怨没有人家富。

甲:儿子嫌妈妈炒的菜实在咸,

乙:媳妇责怪公公嘴太馋。

甲:白天烟味熏得人没法蹲,

乙:晚上还扳点老酒气死人。

甲:家务事小两口从来不问,

乙:整天关注的是吃和穿。

甲:为了家庭和睦只好不作声,

乙:晚上房间里老两口气得直哼哼。

甲:母亲整天洗衣浆衫当保姆,

乙:父亲外出打工老牛都不如。

甲:小两口生了孩子不过问,

乙:丢给二老料理与照顾。

甲:倒霉倒了八辈子,

乙:带大儿子再来伺候孙。

甲:端屎倒尿洗尿布,

乙:受苦受累肚里吞。

甲:为了香火有传承,

乙:酸甜苦辣自个儿认。

甲:父母在世不知孝双亲,

乙:死后反到装做慈悲人,

甲:道士和尚请了一大班,

乙:吹吹打打热火朝天。

甲:扎轿马、铺路桥,化纸钱,

乙:酒席几十桌忙了三四天。

甲:收棺盖袝哭声起,

乙:宗亲族友两边分。

甲:媳妇抹着眼泪嚎淘哭,

乙:儿子拍打棺材泣不成声。

甲:婆婆啊!你劳碌一生没停息,

乙:父亲啊!你操劳一世没安身。

甲:婆母哎!你走后,我的儿子谁
　　来问?

乙:父亲呀!你怎忍心撂下担子
　　儿来撑。

甲:世上不卖后悔药,

乙:失去才知报父恩。

甲:不当家不知柴米贵,

乙:养儿才知母爱似海深。

甲:奉劝广大的年轻人,

乙:检讨劣行快纠正。

甲:父母活得不容易,

乙:早该把双亲当上人。

甲:伤风感冒端碗水,

乙:头疼脑热擦擦身。

甲:乌鸦尚知反哺知图报,

乙:小羊吃奶也懂跪乳恩。

甲:这不说,那不谈,

乙:个别儿媳听我言。

甲:有些儿媳心眼坏,

乙:娘家婆家两样待。

甲:看见娘家人笑嘻嘻,

乙:又给钱来又买衣。

甲:看见公婆冒火气,

乙:好像婆家就该欺。

甲:公婆养儿不容易,

乙:为儿成家脱层皮。

甲:每天忙里又忙外,

乙:抽空快把孩子带。

甲:吃苦受累倒也罢,
乙:还要遭受埋怨话。
甲:父母不是出气筒,
乙:百般刁难是人渣。
甲:手心手背都一样,
乙:公婆也是你爹娘。
甲:要学好,别学坏,
乙:娘家婆家一样待。
甲:我说这话你别烦,
乙:你能年轻多少年。
甲:如果现在不行孝,
乙:善恶到头必有报。
甲:岁月如梭催人老,
乙:到时你也遭雷报。
甲:父母一生好辛苦,
乙:走过太多艰难路。
甲:母剩一口不饿儿,
乙:儿余担米无母粮。
甲:儿子尿铺母身暖,
乙:母老尿床儿嫌脏。
甲:儿病母急床头转,
乙:苗头不对送医院。
甲:母病不见儿护床,
乙:各顾各家心不慌。
甲:父母有病不重要,
乙:自家儿孙守护好。
甲:家家有本难念经,
乙:父母有病不伤心。
甲:为了儿媳不杠丧,

乙:哀声叹气守空床。
甲:毕生精力全耗尽,
乙:所有钱财全花光。
甲:都说养儿能防老,
乙:儿孙不孝成妄想。
甲:风一程, 雨一程,
乙:无尽艰辛苦死人。
甲:父母活着尽孝道,
乙:死后别把钱财耗。
甲:出差在外常念家,
乙:打个电话报平安。
甲:儿行千里母担忧,
乙:有了电话母心安。
甲:带着儿女常回家看,
乙:父子交流把心谈。
甲:母亲说你是孝顺女,
乙:父亲夸你是好儿男。
甲:剪剪指甲泡泡脚,
乙:捶捶后背按按腰。
甲:洗洗衣服暖暖被,
乙:虚寒问暖好晚辈。
甲:不图儿女有多大贡献,
乙:只图有个端茶送水的你。
甲:儿孙绕膝天伦乐,
乙:长年累月好心境。
甲:经济建设上云霄,
乙:精神文明要搞好。
甲:村里喇叭喳喳叫,
乙:文化宣传千家晓。

甲：干群同心齐努力，

乙：文明村庄人夸耀。

甲：百姓舞台锣鼓响，

乙：说唱逗笑心欢畅。

甲：丧事从简应提倡，

乙：红绿喜事要节俭。

甲：尊老爱幼好家风，

乙：孝敬父母记心间。

甲：喜鹊枝头叫喳喳，

乙：文化建设开新花，

甲：新风新貌树标杆，

乙：花堡村民笑哈哈。

劝　学

儿孙少小须立志，腹有诗书气自华。
饱读古人圣贤书，博学笃志怀天下。

夜读诸子与百家，守望心灵览变化。
对话先贤思辨理，高瞻望远兴中华。

感悟千年文明史，游目骋怀诗八斗。
领略唐诗通千载，知古贯今书香留。

书简缣帛薪火传，开卷读屏香馥郁。
杜绝肤浅颓靡气，勤学云梯通天渠。

笃 志

一年好景君须记，又临高考勤钻研。
机会留给追梦人，蓄势待发箭上弦。

追风赶月莫停留，辛酸劳苦非徒然。
青春莫付少年时，且莫顾及心躁烦。

寒风刺骨雀跃添，伏案疾书演算题。
通宵达旦苦皱眉，书山云海毅力弥。

牛年已去虎年迎，放飞理想驾云梯。
梦萦彩虹飞天架，状元树上橘绿时。

孕育精华阳光露，刀锋静待寒霜磨，
桃李树上枝叶密，春夏秋冬结硕果。

人生之途不平坦，求学之路逆水舟。
书山有路勤为径，阳光总在风雨后。

头悬刺骨钻心痛，囊萤映雪寒暑度。
铁杵磨针恒久持，滴水穿石才登科。

追梦花堡人

今天是 2021 年 4 月 21 日,我带着十几天前采访写好的稿件《辉煌花堡村》再次拜会新中国成立后花堡村的第六任退休在家的老支书龚兆兴,进一步就文稿的修改征求他的意见。讨论结束后,我们围绕花堡村今后的发展问题交流各自的看法。

我说:"如今原花堡村和原李堡村(2001 年)已合二为一。新村应该呈现新气象,新村应该要有新期待、新作为。全新的李堡村已经起航,如何谋划李堡村的未来,我有自己的一番见解,我的梦想是尽己所能把未来的李堡村打造成一个独具特色的田园乡村。"

老支书说:"光阴催人老,一转眼都成了老人了,我们都是土生土长的花堡人,现在已经是李堡村人了。我们这一代人对花堡村这片土地有着无与伦比的感情。新中国成立后,当家做了主人,身上有使不完的劲儿,心里总有一个情结,怀揣一个梦想,与全村老百姓一起走上共同富裕的小康之路,所以,我们像老黄牛一样,只知埋头耕耘,不图享乐,只顾埋头苦干,不图回报。"

我接着老支书的话说:"今年是建党 100 周年,从新中国成立初期到现在 70 多年过去了,你和全村 12 位村支书一代又一代接续奋斗,你们这些老党员、老干部不忘初心,牢记使命,为花堡村的繁荣发展做出了巨大贡献,如今全村老百姓已经过上了小康生活,你们的梦想实现了,心里应该很舒坦地安享晚年了。""不,我们花堡人历来乐于奋斗,乐于奉献,更乐于追梦。"老支书两眼放着光,扭头向着窗外蔚蓝的天空,深邃的目光中,透着智慧和激情。"当年,你叔叔花宽寿老支书像老黄牛一样,埋头苦干、实干,为桥头公社竖起一面旗帜,花堡村是桥头农业学大寨的先进典型。党的十一届三中全会之后，我又和花堡人民一起继续奋斗，村庄路道，环境卫生整治，农田路网改造，将联产承包的土地进行了流转，创立村集体小型农场种植模式，一桩桩，一件件，哪一样不是我们实干出来的。我们花堡村和其他行政村相比，样样走在前列。可是在乡村振兴、建设特色田园乡村方面，小杨村却走在我们前面，他们建成了特色田园乡村，我们就没有特色吗？想想心里实在不平衡。"老支书越说越激动，边说边烦躁地走来走去，掏出一支烟点上火，猛吸几口，吐出一串长长的烟圈。

我见老支书情绪激动，劝慰道："来来来，别生气，坐下来，有话咱慢慢聊，小杨村被打造成特色田园乡村，是沾了地理优势的光，靠近溱湖湿地公园，你也想将现在的花堡村，不，现在的李堡村打造成特色田园乡村，心情急迫情有可原，但咱不能打击人家的积极性。"

老支书平复了一下情绪，不解地说："我不是嫉妒小杨村，特色田园乡村最重要的是要有特色，到底什么是特色？小杨村有多少特色独特的村庄肌理文脉，悠久的古村落文化，灿烂的民俗文化，我数不出几个来。""没有特色可以创特色，人家的小型农场办得就不错，小杨人家也确有新意，人家这几年村容村貌发生了翻天覆地的变化，这些成绩不可否认。"我接着说。

"他们搞得好，上茅坑还有个先来后到呢？新中国成立以来，我们花堡一直是桥头，甚至是姜堰地区的样板村，资格比他们老多了，再说他们的村容村貌搞得好，那都是政府拿的钱，当年我们搞村庄路道整治，农田路网改造全是咱们花堡人自筹资金搞起来的，这是货真价实的自力更生，没沾国家分毫光。"

"对，你说的话，我赞同，搞特色田园乡村要靠两条腿走路。群众要自愿自觉，敢作敢为。政府、干部、党员要作表率，敢做领头羊，做热心的实干家。你看人家小杨村创建特色田园乡村时，那股干劲，真是没得说。"

"他们干劲大，咱花堡人就觉悟低落后吗？花堡人从来就不缺干劲，不缺奋斗的激情，不缺追梦的理想，也从来不缺脚踏实地的工作作风，在建设特色田园乡村的道路上，难道我们就这样止步不前了吗？""是啊！咱应该在追梦的路上继续奋斗。像现在这样止步不前下去，花堡村真的要成为时代的落伍者了。"我也深有同感地说，"不过话说回来，特色田园乡村怎么搞？怎么建设？可以说也是一个新生事物，值得好好的推敲，仔细地探讨。""提到特色，现在的花堡村和李堡村合成一个村，那就更有特色了，红旗大道傍村而过，这是地理区位特色，二月半庙会撑会船，菩萨龛诞生地水濛汪，花堡王家龙地的传说，这些都是民俗文化特色。你刚才提到的这些特色不可否定，但是特色田园乡村，最重要的还是在'田园乡村'上做文章。"我补充说明自己的观点。

龚兆兴老支书一时语塞，二人的谈话陷入停顿，片刻停顿之后，我说："今年初中央就召开了2023年农业农村工作会议，把乡村振兴作为全党的工作重点，会议结束后，我们姜堰区，地级泰州市都十分重视，对乡村振兴拿出了具体规划，乡村振兴的壮美蓝图已经绘就，前景一片光明。"龚兆兴老支书说："最近，我在阅读习近平《论中国共产党历史》这部书。特色田园乡村建设，乡村振兴，光有信心还不行，我们不能光打雷，不下雨，光听锣鼓响，不见演员登场。我们每个人都应该拿出实际行动，为乡村振兴出力流汗，献计献策。""放心吧，现在的政府都是务实的政府。乡村振兴就像一台戏，只要有好的剧本，又有好的演员，政府一定会为我们提供好的舞台，我们个人更要主动作为，以主人翁的姿态投身到乡村振兴的行列中，把这台戏唱精彩。最近，我一直关注乡村振兴这个课题，一直在搜集资料，也在深入思考探索这一课题。"

龚兆兴着急地说："你对乡村振兴，建设特色田园乡村有哪些想法，说出来让我听听，你不能放在自己的肚子里，应该和我们一起分享。"

"我认为乡村振兴，建设特色田园乡村应该坚持绿色导向，生态导向，坚持人与自然和谐共生，紧紧围绕以人为本的理念，绿色发展的理念，建设一个政通人和、民富村美的社会主义新农村，为广大人民群众打造干净舒适的居住环境，使农村'颜值'大提升。"

"你的意思我懂。农，天下大业也，农业、农村、农民，三农问题是民族振兴路上的一个薄弱环节，没有农业、农村、农民的振兴，就谈不上中华民族的振兴。乡村振兴就是要打造绿色农业、生态农业、观光农业、旅游农业，把人、村、田三者结合起来融合发展，这就是你说的人与自然的和谐共生对吗？"

"对！具体地说就是绘制美丽的田园风光画，打造成一个个灵动村庄：村容静谧舒适，房舍错落有致，道路干净整洁，庭院优雅清静，村民面带笑意，配上绿树掩映、碧水环绕的优美环境，使之步步有新意，处处添新景。"

"你真有想象力，乡村振兴是一门大学问，你们文化人有眼光，想像力丰富，你继续说。"老支书兴味盎然。

"打造特色田园乡村，要挖掘乡村资源，并合理利用乡村资源，形塑活力乡村，魅力乡村，培育乡村特色，改善生态环境，完善设施配套，彰显特色文化，建设文明乡村、和谐乡村，多措并举，多方发力。乡村振兴，特色田园乡村所包含的内容极其丰富。"

"你能不能说得细一点，让我听个明白。"老支书有点打破砂锅问到底的架势。

"比如说乡村资源、乡村特色方面：拿李堡村举例。二月半庙会文化、花氏住宅、王家龙地的传说，都属于文化特色。整洁的村庄环境，像现在打造的李堡村村部，颜值多好啊，在整个泰州市行政村中，如此气派的村部恐怕要数一数二，这就是特色之一。我们还可以将村庄路道两旁的墙壁全部粉刷一新，并配上宣传画，游客走进李堡村，一定会竖起大拇指"OK"，这是村容村貌建设。村支部、村委会还可搞一些良好家风、良好家训、五好家庭、美丽庭院建设，还可开展歌咏、诵读竞赛，道德讲堂，农民画展等活动，这些都属于文明乡村、和谐乡村建设。"

"噢！这就是你所说的乡村活力和魅力。""没错，老支书你好牛啊！"我竖起大拇指夸赞道。

"你刚才这番话，我稍微理出点眉目了。关于生态环境建设，你有什么打算？"

"生态环境是一个比较广泛的概念，包含的元素很多。比如陆地生态，水生态，地理生态（山、水、河、湖）等。如果从业态方面说，种植业、林业、畜牧业、养殖业等都属此范畴。我觉得目前在乡村振兴、特色田园乡村建设方面，绿色农业、绿色生态、水文生态领域是一个最大的短板，需花大力气研究，使之有所突破。比如打造生态美丽河沟、实施水生景观植物种植就大有可为。"

例如，将原花堡村五家沟的南新河、北新河（原为两条生产沟，河道不宽，现已废弃）护坡，河道上部搭成葡萄架（南新河），或者丝瓜棚（北新河），牵葡萄，牵丝瓜子。河道内栽河藕、养菱角。夏秋两季游客可以驾船行走其间，采摘葡萄、丝瓜子、菱角，还可以赏荷花。周围农田配套水车、风车，栽秧打秧号子，踏水车打水车号子，让游客体验农耕文化、农耕乐趣。还可开发苗木观赏，搞稻蟹共生特种养殖，实施绿色农业，如李堡村的香菇种植，也可扩种草莓、果园种植等。如此综合布局就是所谓的生态美丽河沟、水生景观植物种植模式、绿色农业、生态农业种植模式。

"你这么一说，我觉得这些创意不错，很有特色，看来搞特色田园乡村，眼界要宽，思路要广，不能局限在纯农业种植模式上。"

"是啊，建设田园乡村要围绕农业、农村、农民三者理思路，谋发展。农业方面我们把村庄建设和特色田园建设结合起来，打造绿色农业，生态农业、观光农业、旅游农业。村庄建设方面，重点抓好村容村貌建设，完善好基础设施，根据村庄肌理环境布设景观，彰显特色。特色田园建设方面要打造田园之美，生态之美，水文之美的田园风光。乡村振兴要遵循村庄肌理文脉，挖掘古迹文脉，激活千年古村古镇、名贤故里基因，加以开发利用，另外还要形塑村容整洁、环境优雅、宜住宜居的特色乡村；村民方面坚持以人为本，提升人的综合素质，不仅做到经济富（袋子里有钱），而且还要思想富、精神富，做到物质文明和精神文明建设同步发展。这里我要强调一点，在广大的里下河农村,农业方面一般就是三麦、水稻两茬农作物种植模式,经济效益很低。如何让农民富裕起来,搞纯农业肯定不行,建设特色田园乡村,应该引导农村向高效农业,观光农业,旅游农业转型才有出路,才有希望。

"你说得太对了,乡村振兴还应该和乡村旅游结合起来,这是一个好的着力点。"老支书深有同感。

"如今旅游景点模式已不能满足大众旅游新需求,推动广域游、全域游、乡村游、民宿游已成新时尚、新潮流。所谓乡村游、民宿游就是在区域内整合生产生活文化资源,把观光审美生产生活化;把生产生活观光审美化。游客不再满足于走马观花式的走走看看,而是要观、赏、玩结合,吃、住、品结合,比如让游客驾舟荡漾于河湖水生物种植园、赏荷花、采葡萄、摘菱角,吟唱里下河特色的民间小曲;在波光粼粼的水田、绿浪翻滚的秧田内,一边插秧,一边吟唱甜甜的秧歌号子,打水车号子。还可以住农家屋,吃平淡的农家菜,唱农田歌,看农村戏,享受土质土味。游客需要的是一次参与、一种体验、一个过程,充实地过好每一天,这才是游客们理想中的一种快乐、一种享受、一种幸福。

我觉得乡村旅游还应注意以下两点:一是应该将历史悠久,丰富的人文资源与有特色的农业优势资源相结合,以田园之美、生态之美、人文之美,做好乡村旅游、民宿游这篇大文章。二是应该将乡村旅游引向乡村旅居。

乡村旅游是让游客观看整洁的村容村貌,评品、鉴赏悠久的文脉,感受丰富多彩的民俗风情,欣赏独具特色的农业生态、水文生态、美好的田园风光。乡村旅居就是让游客换一种方式逗留休闲。打造乡村旅游,既要让乡村可以观看,又可以居住和玩耍。打造富有特色民俗旅居地,引导游客吃农家饭、烧农家菜、住农家屋、干农家活、观田园风光景,采农家田园菜。暖暖休闲村,依依人间烟。

归结起来,乡村振兴搞乡村旅游是关键,乡村旅游形塑田园特色,生态宜居村落是关键,形塑田园特色、生态宜居村落的关键是做到"七美"：田园美、生态美、乡村美、庭院美、家风美、环境美、人文美，做到美美与共。

乡村振兴，打造特色田园乡村需要调动两个积极性，特色田园乡村就像是一座桥梁，一头是政府，一头是群众。政府是龙头，群众是龙身，政府搭舞台，群众是演员。要想乡村振兴红红火火出成效，作为龙头的政府既要编写剧本，当好导演，还要为群众搭建舞台，如果没有剧本，没有导演，就是有再好的演员也演不出精彩的戏剧。现在有一种"剃头挑子一头热"的现象。广大人民群众对美好生活的追求，越来越强，对物质文化生活的期待越来越高，政府这头舆论宣传搞得轰轰烈烈，口号喊得震天响。政府到底有没有编好剧本，有没有搭建好舞台？即使有了剧本，也搭建好舞台，但你不充当导演，也不挑选演员，这出戏永远也登不上舞台。目前政府确实打造了一些特色田园乡村，如小杨人家等，但就我所了解到的这些特色田园乡村实际上含金量不足，不能彰显特色田园乡村的活力和魅力。"龚兆兴老支书插话说："我们现在迫切需要打造一个含金量更高，特色更鲜明的田园乡村——李堡村特色田园乡村，我深切地希望上级领导能够引起高度关注。"

"乡村振兴最重要的是做好顶层设计，拿出方案，村级基层组织分层实施、分步推进，积少成多、聚沙成塔，一步一个脚印地走实，一个景点一个景点的打造，最重要的是立说立行，光说不练是假把式，只要政府和群众两个积极性都调动起来，心往一处想，劲往一处使，众人拾柴火焰高，乡村振兴一定会更上一层楼。搞乡村振兴等、靠、要不行，坐享其成不行，怕苦畏难更不行。"

"你说得太好了，一提乡村振兴，不少干部首先摆困难，强调资金困难，哀叹说起来容易做起来难，缺少立说立行敢于担当的勇气和锐气；下面基层群众这边热情高、欲望强，摩拳擦掌空跳脚，两头不着实，最后是竹篮打水一场空。"老支书龚兆兴既忧郁又激动地说，"我多么希望众人划桨开大船。改革开放之前，花堡人向贫困宣战，披星戴月，艰辛拼搏，埋头苦干争先进；改革开放之后，为达小康，勤劳致富路上，打造美丽宜居乡村五谷丰登、六畜兴旺创辉煌；展望未来，追梦路上，以培促特、以游兴农，渴望形塑特色田园乡村长风破浪会有时。"

小康欢歌满村巷，
经济繁荣创辉煌。
昂首迈进新时代，
李堡新村谱新章。
二零二一逝暮鼓，
二零二二晨钟洪。
新年伊始红日迎，
乡村振兴腾凤龙。

老年活动室

老年社会早来到，村中老人真不少。
老张老王和老李，张嫂王嫂李大嫂。
每天邀约在一起，活动室内天天到。
妇女唱歌又跳舞，闲余唠嗑互说笑。
男人下棋打纸牌，围观好友呼声高。
有人看书和读报，另有张嫂跑龙套。
勤扫地来慢倒茶，边围观来边说笑。
花二专心看新书，花三喜欢读早报。
那边老黄当头炮，这边老姜马来跳。
老花发的是红中，老龚抓的是九条。
林老喜欢斗地主，丁老洗牌技术高。
杨老经常吃苍蝇，输了脸红青筋暴。
额头冒汗脱皮袄，牌友逼他贴纸条。
大家见他害了臊，个个欢呼拍手笑。
张三京鼓敲得好，李四二胡拉得妙。
钱二快板打得精，老周评书说得好。
围观好友香烟叼，旁边小孩哭声闹。
李嫂嗓子音色美，王嫂腰肢有点妖。
王姐唱腔跑了调，蒋姐秦腔音色高。
室外老周浇花草，还有老吕玩笼鸟。
美好家园花堡村，老年生活乐陶陶。
党的亲民政策好，老有所乐在今朝。
老人越活越年轻，幸福生活步步高。

棋　友

老张老花两棋友，见面对骂死老头。
落坐下棋常对嗑，切磋棋艺开笑口。
闲言碎语少开言，摆下棋盘露一手。
老张下棋急吼吼，老花应对慢悠悠。
双方捉对布兵阵，老张先手拔头筹。
一方爱用当头炮，一方跳马来防守。
老张喜欢车开路，老花相兵先露头。
张公叼烟皱眉头，花爹寡言思良久。
那边中炮来将军，这边悔棋吵不休。
双方闹得鸡飞跳，观者劝和各自究。
决胜棋盘必志得，毕后春风志趣投。
以棋会友闲中乐，捉对厮杀老少宜。

家规家训好家风

家规家训好家风，道德养成不放松。

男主家事顶梁柱，妻子相夫勤教子。

养成勤俭良家风，育子勤学在家中。

左邻右舍好友帮，家内家外莫杠丧。

尊师敬长礼不差，修身养性要齐家。

娶妻娶贤不娶色，嫁人嫁心宜嫁德。

身卑莫恋富家女，富门不染青楼妓。

身正不摘出墙杏，家旺不娶懒惰妻。

莫贪香花好男丁，安分守己贤惠妻。

灯红酒绿乱心性，粗茶淡饭弥珍贵。

人在高处心发飘，身居低谷心登高。

有钱不必孤高傲，无钱也不自烦恼。

人在难中莫加盐，马陷坑中莫加鞭。

做人应该心和善，积福积德积因缘。

处心积虑行拐骗，尽出损招耍阴奸。

仰望高处有青天，低头三尺有神明。

大路通天阳关道，耍奸使滑独木桥。

阴谋诡计算计人，迟早自己难超生。

只要你敢伤天理，苍天让你魂魄死。

善恶到头终有报，如若不报时未到。

劝世骂世活一世，一世英名靠自己。

慨叹花堡村

通扬北岸花堡庄，白发老者话沧桑。
远古烟波水茫茫，荒滩河沟芦花荡。

物换星移风物长，知古鉴今群英芳。
花堡儿女争朝夕，荒滩变作米粮仓。

今朝登楼远眺望，千里沃野稻飘香。
愿将白云作诗笺，豪情万丈慨而慷。

早春物苏风渐暖，菜花黄时栖蜂身。
偶见春燕低空掠，燕来堤上报新春。

河岸绿柳理云裳，河边少女对镜妆。
柳枝轻拂舒长袖，碧水红妆映照望。

归林鸟雀枝密曲，晨见花间粉蝶身。
燕入庭前报春到，院边桃红待缤纷。

今日花堡庄

今日花堡庄，日新田野旷。
农田渠成网，月异换新装。
田间机耕道，平展宽又长。
路面硬质化，穿鞋底不脏。
林荫道两旁，绿树列两行。
路桥保畅通，沟渠清水淌。
春天吹绿波，夏到麦穗黄。
秋临稻飘香，冬雪素裹茫。
蓝天白云下，荷花亭亭放。
牛羊遍河坡，菱藕满池塘。
野鸥浮绿水，白鹅曲项唱。
水乡无限好，高歌鱼米乡。
自古农村人，种田汗水淌。
背对天上月，面朝地下黄。
足蒸暑土气，背灼炎天光。
千年农耕史，粒米七斤淌。
树木千年轮，乾坤万年桑。
二十一世纪，农忙人不忙。
科技助三农，农民喜洋洋。
时雨及芒种，四野皆双抢。
收割不用人，插秧机帮忙。
施肥用机器，手机成银行。

治虫无人机,害虫死光光。
除草喷药物,管理网络框。
农业现代化,翘指点赞棒!

序 诗

一

开春禾绿止季雪，雾散风意归倦语。
知秋日影景语甜，晚吟枝摇忆困叙。

二

朝语绘春写序诗，晚风桅花月下词。
弯月融雪翻旧页，金鸡化冰放晴迟。

三

细观枝绿秋山叹，凉泠星语忆江南。
初春祈雨催春纱，梅放花蕊开春寒。

四

另岸灰墙黛瓦廊，廊前粼水轻波荡。
左放花红吐芳菲，右摇弱柳枝条长。

五

绿荫稀疏鸟语啾，微听丝雨韵音柔。
左顾右盼芳草绿，窗外竹影月下愁。

我的心语

我 1955 年 4 月出生,回想自己的人生历程做过学生,当过农民,任职过村干部,手执过教鞭,身份不断转换,其经历虽没有大起大落的复杂变化,但作为一名普通的基层百姓,却沉淀了许多心里话,有一种不吐如鲠在喉的感觉。

我觉得生活如茶,有浓有淡,有清香浓烈之韵;事业如歌,有词有曲,有高山流水之音;人生道路,有坡有坎,有一帆风顺之道;家庭命运,有圆有缺,有悲欢离合之痛。在全书即将结束之际摘取几个个人生活节录与各位同享。

底层百姓平凡人

世界那么大,你走来走去,从起点出发,走到终点就像绕地球一圈,最终是个圆;社会如海一望无垠,你的航船永远永远靠不到岸;生活除了油米柴盐,剩下的就是酸甜苦辣;人生道路,如同 20 世纪六七十年代一般,不是坑坑洼洼,就是雨天的泥泞不堪。千千万万、平平凡凡、普普通通的底层社会的人,要么像一叶小舟在茫茫波涛中起伏颠簸,要么在陡峭崎岖的山道步步登高,艰辛地爬行。

白天,你不停地奔波,东奔西跑,为家庭生计,为个人命运拼搏流汗,只有漆黑的夜晚,饮下几杯苦酒,然后蒙被大酣,只有在此刻,才会忘记腰酸腿疼,忘记疲惫不堪,忘记长嘘短叹,美梦中求得片刻的心安。凡人如同一根草,娘胎下来赤条条,一命呜呼全剧终,化作烟尘上天桥。

我与花堡村

人生格言

你平坦幸福的人生道路,一半是前人为你栽下的树荫,一半是你的祖辈们为你流下的汗水、为你积累的财富。你的一帆风顺,不是你的运气,而是前人为你铺垫好的路,是祖上先人们留下的阴德。当你享受一切美好生活时,不可任意消耗挥霍现有的资源,福荫享尽,必是你的灾难,不懂感恩的人不会有好的善果。你要学会积善积德,一半留给自己的后半身,另一半留给子孙后代,祖上的阴德需要一代传一代,别在你这里断档,更不能给子孙留下罪孽,迷失自己就是背叛了祖先,别让自己成为孽子孽孙。不道德,损人利己,违法犯罪,任何作孽当诛,这是命运的定数,天命不可逆。

学插秧

小时候,我陪妈妈下田学插秧。早上站在田埂上,眼望一大片水田,心里总觉得秧田好大好大,整个人,包括我的心都变得很渺小。这么大一块水田能把它栽完吗?内心空落落的。胆怯、心虚、犹豫得不敢跨出第一步。其实,当你迈出了第一步,胆怯的阴影便立刻烟消云散了。小孩子学走路,田径运动员跳高跳远是这样,空中学跳伞是这样……晚上收工时,满田秧苗绿油油的,白浪滔滔的水田消失了。于是,心里有了成就感,自己不再渺小,突然变得强大了,内心也更加充实自豪。此时,你再回头想一想,早晨下田前的心态,忽然觉得很可笑,很幼稚。怕做是懒汉,怯做是熊汉,退缩是软蛋。做任何事,只要敢于迈出第一步,就是勇敢,而持之以恒地做下去,就能创造不凡。结论:只有先开花而后才会结果,无花哪有果?

妈妈常对我说:"干活之前,你不要管田有多大,也不要想做活儿难不难,苦不苦,必须清醒地告诉自己:眼怕手不怕,世间万物人最大。不信鬼不信神,世间万物靠活人。"妈妈曾经说过的话,虽不是名言经典,但对我很有用,使我终身受益。下面一首诗读过之后,人人都会有所感悟:

命数天意定,运数自己定。

命运好与坏,学会自改变。

天命不由人,命运靠自拼。

福运是否到,掐指算天命。

若无凌云志,一切成幻影。

人的一身有好多驿站,每一站都有它的定数,磕磕绊绊,沟沟坎坎天意安排,也是天命注定,但运数是由自己决定的,经过顽强拼搏,同样会迎来美好的风景,什么样的心态决定什么样的结局。一架梯子靠在墙上,你若胆小不敢攀登,就只能永远站立于地面,成为井底之蛙。但是你若鼓起勇气向上攀登,你就一定会登上屋顶。此刻你极目远眺就有了一揽众山小的开阔胸怀。人的果敢、勇气决定人的格局。《心路》这首诗简述了我退休后的心理历程。

心路

退休闲得慌,冷静细掂量。

将相本无种,天子坐朝堂。

若想人前站,金子要闪光。

夕阳虽铲土,偶想撰此书。

明知山有虎,也要走一走。

哪怕撞南墙,仍需赌一赌。

凝思皱眉头,伏案疾笔书。

畅想夜无眠,熬夜灯花落。

四载坐窗寒,夙愿终成著。

春节老了

二零二二虎年，背影仍在眼前。

心里有点迷惑，过年不再新鲜。

春节老迈龙钟，脚步行走蹒跚。

颇感越来越老，徒生几分慨叹。

村庄越来越富，年味不如从前。

生活越来越好，年气反倒平淡。

回味儿时年代，年趣多么盎然。

喊苍龙唱凤凰，花生豆衣兜装。

看花节打钱墩，蹦蹦跳心欢畅。

新衣裳新鞋帽，穿在身喜洋洋。

红春联元宝墩，家门前好鲜亮。

早晨起拜新年，接红包几角钱。

买零食细品尝，棒棒糖实在甜。

烫干丝红枣茶，汤圆宵满口扒。

吃得香玩得欢，天天乐长不大。

饥饿时盼过年，穷日子巴过年。

现如今年变味，找根由须思辨。

衣无愁食无忧，无所求年无味。

无童趣没奢求，难怪年没了味。

圆　梦

　　炎帝神农氏播种五谷，轩辕掌管部落，仓颉结绳记数，大禹治水三过家门而不入，秦始皇统一六国铸辉煌……中华文明五千年，已有众多历史学家著书立说。

　　我的人生经历，我了解，我熟悉。家乡的一草一木，一树一果，喧闹的田园生活，淳朴的乡风民情，无数的风物人情，个人的家庭变迁，自己的童年生活，艰困的学业之路……往昔的一切，随着光阴的流逝，早已成过眼云烟。老家是根，根在思念就在，寄托就在，每到清明节、七月半、过冬等时节到来之时，都会举家赶往老家烧钱化纸，祭祀已故先人，缅怀父母的恩德。

　　我的一生，经历五次家宅变迁，1962年底，我家第一次复建房屋，砌了个"丁头府"，我五六岁时，全家五口挤睡在一张床上，妈妈、姐姐睡在床西头，父亲、哥哥和我三个男人睡在床东头。姐姐十六岁时，我家翻建了3间茅草房。我26岁时，到了婚娶之年，建起一座假十寸的砖头平瓦房。结婚之后，1999年我家重新翻建了两层楼房。我59岁时，在姜堰城内购买了100平方米、120平方米的两座商品房，成为一名城市居民。

　　我从事教育39年，现是一名退休教师，我的生活工作经历常常历历在目、记忆犹新。童年时代的生活画面，就像放电影一样，在我的眼前晃来晃去，潜藏在脑海深处的乡村记忆，如同波涛汹涌的浪潮撞击思维的闸门。有人说乡音难改，要我说乡情难忘。时常有一种欲望和冲动，禁不住让我欣然抬笔泼墨。小时候的生活经历就像一个百草园，丰富的素材让我的笔尖止不住地流淌，欲罢不能。

历史既像一个阳光隧道，又像一本日历簿，翻过去就永远过去了，心里总有一份沉甸甸的责任和义务，我要用文字记录下人生经历，我要用语言描述苦难辛酸和快乐的童年。我更想以浓墨重彩的画面还原五彩缤纷的田园生活。经过四年多的废寝忘食，起五更爬半夜，现在笔尖仍然止不住流淌，四年多的朝朝暮暮，往昔欢声笑语的童年，乡村空旷田野里牛鞭的甩响，甜美的秧歌，老百姓披星戴月、躬身驼背、挥汗如雨的背影已经离我们远去。如今，我心里悬着的一块重石终于落地，我已经力所能及留下了一段乡愁。

在我的圆梦征程上，我实现了两个梦想：一是儿时进城的梦想；二是完成这部作品的梦想。今后，我将继续在花堡村乡村振兴的征程上发挥余热、贡献力量！

情暖三春

　　经过四年多各有关方面的共同努力,《我与花堡村》一书终于和读者见面了。在起步写作时,我只想写自己的童年生活史,家庭的起伏跌宕史。随着写作的不断深入,我又有了新的想法,继续拓展写作的范围。我深知自己不仅是家中的一员,同时也是花堡村的一员,所以,我决心尽力探寻花堡村的方方面面。

　　思路决定出路。从 2019 年起,我走村入户,深入调查走访耄耋老人,长期在花堡村任职的老干部,还有资历深厚的老农,以及不少文史爱好者。我细听他们回忆往事,倾听他们讲述,并认真详细地记录。与此同时,我还查阅了大量文史资料和相关书籍,并不断地收集、筛选、挖掘、整理,发现了很多十分有价值的资料,有些史料极其珍贵。比如,珍贵的花堡村沧桑的演变史、口头流传的二月半庙会起源,庙会上由八个彪形大汉抬着的菩萨龛的神秘诞生地水濛汪等。

　　历史是金山,历史是富矿,悠久的民俗文化是一段乡愁,同时也是一种历史长河中的传承。一个民族有历史,一座村庄同样有历史,这种弥足珍贵的史料,是留给我们的宝贵财富,是先辈们创造的灿烂文明。一个时代有一个时代的奋斗,一代人有一代人的追求与担当。我们这代人不仅要书写属于自己的历史,还必须传承先人留下的历史,这是我们应尽的责任与使命。传承历史固然重要,新中国成立后花堡村普通百姓的生活史、奋斗史同样必须记录,并留下痕迹。正因为有了这种情怀和志向,我才决定将这些口头流传的民间动人故事用文字整理出来,将花堡人改天换地、艰辛奋斗创造的成就记录下来,并使之永久保存下去。

俗话说：六十年风水轮流转，三十年河东与河西。2021年恰逢辛丑牛年，让我这平凡之人，几乎一夜之间牛气冲天，成了小小花堡村中的名人。这名气从哪儿来的呢？皆因我出了一本《我与花堡村》的书（首版）。名不见经传的花堡村，开天辟地能出文学书籍者，唯我一人，真可谓"袜子没底——高升了"。我能出书，除了自身的努力，还缘于遇到一些善人、高人、贵人。这是怎么回事呢？个中原因，让我慢慢说给你听。

2015年，我从学校退休赋闲在家。2018年5月，来到高强水泥制品有限公司从事门卫工作。俗话说闲则生非，门卫工作过于清闲，这清闲与一位退休的教师沾上边，会产生物理反应。秀才虽穷，但穷不失志，竟还舞文弄墨，倒也能写出几篇像样的文章，大言不惭交于公司领导浏览。领导看后，和颜悦色，毫无鄙视之态，不仅如此，竟还为我拨云透雾，指点江山。几次三番之后，渐渐地文人相亲，视为知己，常常推心置腹平等交流，各抒己见，不少真知灼见，让我茅塞顿开，长进不小。

我忘了介绍，与我相知相亲者，乃高强水泥制品有限公司的董事长张汤林。此人年过半百，一米七五左右，身材魁梧伟岸，偶见之，气宇轩昂，谈吐文雅，气度不凡，一看就是一个不俗之人。

进厂入职之后，我才知张董事长竟然身兼姜堰区政协委员，让我吃惊不已。如此身居高位之人竟能和我这名不见经传的门卫打得火热，岂不出乎我的意料之外？张董高尚的人品，豁达大度的格局，让我杖履所至，心悦诚服。

更想不到的，张董事长见我写的文章多了，竟推荐我加入姜堰区新四军历史研究会。由此，我的朋友圈又扩大了，将我又推向一个更高的平台，我仿佛加入了唐僧西天取经的队伍，遇见了好多风云际会的学者。

自从加入新四军历史研究会，我又新结识了一些有识之士：第四届新四军历史研究会副会长、区政协中层领导干部郑桂发同志，区政协文史资料研究工作者朱书忠同志，《百年坡岭村》作者郑应松同志。

他们个个身手不凡,在文学领域著书立说,堪称专家学者。他们有时为我提供写作资料,有时为我的作品建言献策、指点迷津,有时为我的作品修改润色,多方鼎力相助。正因如此,我的作品才有幸呈现在广大读者的面前。让我感激涕零的是朱书忠老前辈,已经七十多岁高龄,在他老伴住院治疗期间,竟然克服困难,不分昼夜地为我修改校阅书稿。中国作家协会会员、泰州市民间文艺家协会主席、泰州市姜堰区作家协会主席曹学林老前辈,尽管日理万机,却仍然愿花五个多月时间,认真阅读书稿,并对书中的标点符号、错别字等细枝末节的谬误进行了校正,这种一丝不苟的工作态度,让我敬佩不已。不仅如此,还精心地为我的作品写了序,并作了高度评价。这种事无巨细的无私帮助,令我终身难忘。

值得我仰慕的还有几位善人。一位是原姜堰政协副主席花庆如。花副主席与我同乡,同是花堡人,对我这部作品也倾注大量心血,从作品材料筛选优化到篇章条目的归类分档;从作品主题的标新立异到语言文字的修改润色,提出了许多宝贵建议。他处处亲力亲为,各方面给予了无微不至的关心和帮助。还有一位善人令我肃然起敬,他就是姜堰区文化馆副馆长张雨松同志。张副馆长为人和善,不仅为我的作品题写了书名,而且为这本书的出版排忧解难,提供了许多宝贵的支持与帮助。我的经历悟出如下道理:遇贵人不交,有名师不拜,遇好书不读是难以有所成就的。我也常常扪心自问,我何德何能,遇见这么多好人,并得到这么多善人、高人、贵人的帮助呢?我将怎样报答他们的恩情呢?我唯一能做的就是尽全力把作品打磨得更完美。所以从去年年初至今,我又在原有基础上,继续补充新内容:增添了乡村美食、民俗文化、古村新貌三大板块,作品内容更全面,更丰富。由于 2020 年版语言文字方面存在不少错误,特别是作品内容也不够翔实,再次进行了认真细致的更正、补充以求更完善。尽管如此,由于本人能力有限,水平有限,作品中一定还有不尽人意的缺陷,敬请广大读者谅解。如有不到之处,敬请大家批评指正。最后,再一次感谢各位朋友和领导对我的无私关心和帮助,滴水之恩,涌泉相报。

现赋诗一首,供大家分享:

　　　　三十九载师教业,一朝退休无所求。
　　　　信马由缰操笔耕,无心插成今日柳。
　　　　寒门雅士叙乡情,乡村俚语更传神。
　　　　波翻云涌村庄史,细述民情谊更深。
　　　　铁杵磨针诚不易,石破天开业方成。
　　　　一室吐烟鸡四唱,几杯淡茶月三更。
　　　　花堡村史终面世,绿柳成荫留后世。
　　　　好事多磨成一册,味如陈坛老醇醣。
　　　　谁云著述无深意,花堡辉煌传后人。
　　　　呕心沥血写赤诚,夙愿达成不虚生。
　　　　捡拾话题凭实录,点击人生看笑脸。
　　　　复制笑脸忆沧海,粘贴沧海话从前。
　　　　凄风苦雨辛酸史,饮水思源醒后生。
　　　　励精图治花堡村,高风永励后来人。

后记

《我与花堡村》一书，犹如一部民俗风情史、一册童年生活照、一组农田风景画、一场农村生活故事会。

前几天，花老先生带给我一本样书，我仔细阅读，感慨万分。一位退休教师，本应安享晚年，可他操笔劳碌，陆续写下了38万多字的史料，令人敬佩。

花老先生用手中的笔，为我们留住一段乡愁。二月半庙会的锣鼓声、卖农具的吆喝声、花堡村砖瓦厂窑工的号子声、双季稻田里的欢笑声、栽秧田里甜美的歌声，声声撞击心灵，唤起人们对古老庙会文化的追忆，对农耕文化、民俗风情、改革开放浪潮的追溯。这既是对乡村历史的留存，也是对乡村历史的传承。

阅读这部书，犹如穿越时空的长廊，读后让人回味无穷，书中记述了20世纪五六十年代的往事。当年在桥头公社沤改旱座谈会上，公社党委书记有段感人肺腑的话："现在我们虽然穷，但是我们不能等、靠、要，我们一定要行动起来，主动克服困难，打好这场沤改旱攻坚战。这场战役打赢了，才能彻底解决吃饭穿衣问题。"这段话说出了全体花堡人的心声，句句动情，声声震耳。书

430

中对改革开放浪潮中花堡干群奋力争先奔小康也着墨颇多,多个篇章,令人激情澎湃,豪情满怀。

书中有景、有情、有故事,展现了民俗风情、人间烟火、农田生活,情景交融,引人入胜。全书内容具有三性:一是平实性,语言简朴,言简意赅,精妙之处,风趣幽默;二是真实性,书中记叙了生活中的许多平凡小事,但小中见大,借事明理;三是全面性,书中展示了花堡村经年累月形成的沧桑历史文化、丰富的乡村民俗文化、多彩的农耕文化以及改革开放后波澜壮阔的乡村振兴等。

写书有艰辛,看书有享受,读书有韵味,品书有感悟,相信读者阅读后一定会深有感触。

2022 年 1 月 20 日

(顾潇系泰州市姜堰区水云楼文学艺术协会会长)

2021 年 12 月 26 日完成初稿